Sylvie Crossman
Jean-Pierre Barou

Enquête sur les savoirs indigènes

Avec une postface inédite

Gallimard

À Olivier Amiel pour sa fidélité.

Cet ouvrage a originellement paru
aux Éditions Calmann-Lévy.

Jean-Pierre Barou a été cofondateur du quotidien *Libération* et membre du comité éditorial des éditions du Seuil. Il a publié notamment *L'œil pense, essai sur les arts primitifs contemporains* (Petite Bibliothèque Payot).

Sylvie Crossman a été correspondante du journal *Le Monde* à Los Angeles et à Sydney. Elle a publié notamment *Le Nouvel Âge, essai sur la Californie* (Seuil).

Depuis 1990, ensemble, ils s'immergent dans les sociétés indigènes. Ils ont été les commissaires de huit expositions, dont une trilogie à la Villette : *Tibet : la Roue du temps*, *Peintures de sable des Indiens navajo* et *Peintres aborigènes d'Australie*.

INTRODUCTION

Disons-le tout de suite — car on nous l'a assez demandé, souvent reproché : nous ne sommes pas allés vers les sociétés indigènes par ambition ou nostalgie, passant indifféremment, au gré de ce qu'on appelle un « plan de carrière », de bureau en bureau, de « spécialité » en « expertise », mais bien plutôt par une sorte de mouvement naturel de nos esprits et aussi, sans doute, par nécessité intérieure. Nous ne sommes ni ethnologues ni conservateurs d'art, et nous revendiquons une méthode qui nous est propre : l'immersion dans ces mondes comme sujets, sujets impliqués, partenaires, et non comme regards froids se posant sur un « objet » d'étude choisi somme toute par accident. Nous sommes bien entrés dans cette aventure, car c'en fut une — totale, bouleversante —, comme on entre dans une enquête, sans en connaître a priori l'issue ni sans toujours bien en maîtriser les règles, le cours. Guidés seulement par la conviction que la vie, tout ce qui la compose et notamment la conscience, est d'abord une pratique, un acte, et que le premier devoir qu'elle exige est le devoir de création. L'acte vital fuit la passivité, la « réification » pour reprendre le mot de nos « nouveaux romanciers ». Il réclame l'éveil, l'inventivité.

Ni ethnologues ni conservateurs en arts « primitifs » ou « premiers ». Alors, d'où venons-nous et qui sommes-nous ?

Il y a toujours des origines. Les origines, pour Sylvie, ce fut Raiatéa, la grande île sacrée de la Polynésie des temps anciens, où l'emmenèrent, à l'âge de onze ans, ses parents enseignants. À l'étroit dans les horizons bouchés du Nord et des banlieues parisiennes, ils avaient demandé à partir à l'étranger. En 1965, ils furent nommés pour quatre ans au lycée français d'Uturoa, chef-lieu de l'île de Raiatéa et de tout l'archipel des « Sous-le-Vent ». Pour Jean-Pierre, fils d'ouvrier, ce fut Georges Limbour, son professeur de philosophie au lycée Jean-Baptiste-Say à Paris, un surréaliste de la première heure, qui allait l'introduire auprès de son extraordinaire cénacle d'amis : Michel Leiris, l'auteur de *L'Afrique fantôme*, André Masson, peintre surréaliste, un des premiers à pratiquer le dessin automatique, Jean Dubuffet, l'inventeur de l'art brut.

Ces présences, nous les eûmes à nos côtés au temps béni de l'adolescence où les leçons ne valent que si des sensations, des émotions les valident, que si, intimement, elles pénètrent, transforment une chair. Raiatéa et Limbour marquèrent nos chairs adolescentes, donc nos esprits ! Elles nous laissèrent deux héritages qu'un jour, plus tard — toute vraie rencontre, aussi, est nécessaire —, nous avons mis en commun pour accomplir notre traversée dans d'autres savoirs, d'autres vérités.

Grandissant parmi les premiers conquérants du Pacifique, les descendants de ces chefs à la peau brune et tatouée qui étaient partis sur des pirogues à balancier répandre la culture maorie jusqu'à cette « île du Grand Nuage » platement baptisée « Nouvelle-Zélande» par les envahisseurs occidentaux, Sylvie acquit très tôt la conviction que le savoir — toujours un peu lointain, vaguement secret — pouvait émaner de ces profondes vallées qu'elle atteignait après avoir bataillé avec un lagon enragé comme une vraie mer, sous des horizons inquiétants à force de changer sans cesse. L'esprit soumis à cet arrachement par un ciel et un océan aussi démesurés qu'indomptés, elle remontait jusqu'à ces fameuses vallées du savoir polynésien, et notamment la plus sacrée d'entre toutes: la vallée d'Opoa, la Rome polynésienne, où avaient officié, bien avant l'arrivée des Blancs, les «maîtres du jouir» si chers à Paul Gauguin et, dans son sillage, à Victor Segalen. Là-bas, près de cette enceinte, délimitée seulement par des pierres, qu'on appelait un *maraé*, elle découvrit que ces chefs régnaient toujours, mais à l'abri des regards et des esprits trop assoupis, trop vite satisfaits. Hommes bruns, superbes, festifs. Elle écoutait couler de leurs bouches des récits incompris mais dont la musique et la cadence étaient si belles, si graves, que la fuite du ciel s'arrêtait et que la paix entrait en elle. C'étaient ces «beaux parlers originels» où, elle le lisait au retour, dans *Les Immémoriaux*, le célèbre récit de Segalen, «s'enferment l'éclosion des mondes, la naissance des étoiles, le façonnage des vivants, les ruts et les monstrueux labeurs des dieux maoris».

Ces maraés étaient vides, mais parce que les dieux s'étaient creusés de leur substance pour remplir le monde, le créer. Les dieux étaient au monde, dans le monde. Revenue sur les bancs du lycée d'Uturoa, elle écoutait ensuite des professeurs, aux cuisses inchangées par le soleil, enseigner *L'Esthétique* de Hegel aux fils et aux filles incrédules des dieux maoris auprès de qui elle grandissait… Pour sa part, elle aimait les deux : Hegel, autant que la musique qui coulait au fond de la vallée d'Opoa, de la bouche des orateurs indigènes, ses premiers maîtres à vivre et à penser. L'époque ? Mai 68...

À l'autre bout du monde, à Paris, l'apprentissage du savoir, pour Jean-Pierre, passa par la révolte. Cette autre face du surréalisme le pousserait à rejoindre les rangs des maos, courant gauchiste se voulant proche des ouvriers et en particulier des immigrés. Il allait faire de l'île Seguin, surnommée « l'île du Diable », sur la Seine, où étaient installées les chaînes de montage des usines Renault-Billancourt, son île à lui, mais sans soleil. Là, le 14 février 1972, ingénieur frais émoulu de l'École nationale supérieure des arts et manufactures de Strasbourg, il entra caché dans une fourgonnette Renault qui transportait aussi Jean-Paul Sartre, arraché le matin même à la rédaction de son *Flaubert*. Il s'agissait de demander des comptes au directeur de la régie à propos du traitement qu'elle faisait subir aux ouvriers immigrés peuplant les rangs des O.S. Dernière chance, Sartre avait dit « oui », le seul à répondre présent. En filigrane, ce qui passionnait autant le philosophe que le jeune ingénieur, c'était bien le savoir « sauvage » de ces O.S., leur cri si souvent entendu : « Pour gagner sa vie, faut-il la perdre ? »

De cette époque, remontent des personnages, des souvenirs : José, le Portugais, que les maos voulaient placer à la tête de leurs comités de lutte en France ; l'assassinat du militant Pierre Overney par un vigile des usines Renault — la plaie mit longtemps à se refermer ; un manuscrit de Simone de Beauvoir : une usine de la banlieue parisienne, à Mérou, avait brûlé, et des ouvrières avaient été gravement mutilées sans que le patron fût mis en cause. Le texte de Simone de Beauvoir se terminait par ces mots soulignés : « En France, aujourd'hui, on peut tuer impunément. » Un éminent journaliste douta, devant Sartre, que Simone de Beauvoir eût pu écrire ces mots autrement que sous la dictée de ses jeunes amis maos. Il fut sommé de quitter l'appartement de l'écrivain.

Ces O.S. étaient des indigènes à leur manière. Sartre et surtout Simone de Beauvoir aimaient les écrits de Limbour. En 1967, Jean-Pierre avait fondé une revue, *Atoll*, îlot jeté sur un monde dont les règles, décidément, lui parlaient peu. Le premier numéro avait été consacré à Paul Nizan, l'ami perdu de Sartre. Le second, dédié à Limbour. La plus fervente supportrice d'*Atoll* fut Clara Malraux. En exergue d'*Atoll*, figurait cette phrase de Nizan écrite à sa femme : « Un jeune homme, c'est quelqu'un qui n'a pas d'habitudes. Je n'ai pas d'habitudes. » Voilà pour les premières graines...

D'autres maîtres, bien sûr, s'ajoutèrent à ces initiateurs. Henry Miller, quatre-vingts ans, en fut un. Le Miller du *Cauchemar climatisé*, déclarant après sa rencontre avec les Indiens de la Mesa Verde : « Nous sommes au niveau mental des dinosaures. Nous nous traînons d'un pas lourd, le cerveau obtus et l'imagination encapuchonnée, parmi des miracles que nous ne discernons même pas. [...] Il nous faudra périr, nous laisser dominer par des êtres d'une race "inférieure" que nous avons traités en parias. » À vingt ans, étudiante de littérature américaine à l'École normale supérieure de Fontenay-aux-Roses, Sylvie voulut le rencontrer et prit l'avion pour Los Angeles. Sur place, Miller répondit à sa demande par retour de courrier, le 11 octobre 1974 : « Bien sûr, vous pouvez venir me voir. Franchement, je hais les diplômes universitaires, en fait tout ce qui est l'éducation. Mais le thème de la "civilisation" (ou de l'annihilation) me fascine toujours.» Le lendemain, dans l'ombre d'une chambre aux vénitiennes à demi closes, à Pacific Palisades, un faubourg de la ville, par l'interstice de ses lèvres grasses et chaudes aux portes desquelles on sentait le sang piaffer comme à vingt ans, le vieux sage, qui se prétendait amoureux d'une déesse chinoise et ne citait plus que Bouddha, Lao Tseu et Mishima, roula devant elle ce mot, son maître mot, *surrender*, en anglais. *To Surrender*: rendre les armes, lâcher prise, mais au sens oriental du mot. Renoncer aux apparences, céder au vide qui n'est pas le néant, accéder à des forces autres que celles des mots, des livres et de la volonté pour mieux laisser agir d'autres raisons que l'intellect seul: se glisser dans le «trolley ovarien», la matrice du monde! «Tout a commencé pour moi, révéla Miller à Sylvie, cet après-midi d'octobre 1974, j'ai commencé à vivre, à comprendre, le jour où j'ai cédé au sens profond de ce mot: *surrender.*» Ce fut plus tard, bien plus tard, qu'elle comprit combien les lèvres de Miller l'avaient guidée. Avait-elle laissé en lui une trace? L'année suivante parut un petit livre, écrit directement en français, *J'suis pas plus con qu'un autre*, où elle devait lire: «J'étais encouragé de le faire par mademoiselle Sylvie Crossman qui est en train d'écrire une thèse sur moi et mon œuvre. Elle est partie, il y a quelques heures seulement. [...] Quand elle sortait, elle m'a laissé dans un état de vertige[1].»

Rencontres, rebondissements, de livres en hommes, en femmes, de chair en chair, de rive en rive... Nous construisions notre famille de pensée au gré de nos rencontres. À Paris, Jean-Pierre glissa des maos de

La Cause du peuple à *Libération*, où il devint journaliste, responsable du Service social. À Michel Foucault, rencontré alors, il présenta l'historienne des ouvriers en grève, Michelle Perrot. Il en résulta ce texte à trois mains : *L'Œil du pouvoir*[2]. Pour lui, il y eut aussi le physicien et prix Nobel de la Paix, Andrei Sakharov, dont il édita, en français, les *Mémoires*, et à qui il rendit visite à Moscou, l'année précédant sa mort. Un nouveau glissement, en effet s'était produit, de *Libération* aux éditions du Seuil, Jean-Pierre ayant été nommé membre du comité éditorial de cette maison. La dissidence vérifiait cette vérité rebelle : le savoir n'est pas une source de repli, de sommeil. Sakharov était doublement rebelle, au sein de la Russie soviétique et face à tous les manichéismes. Il défendait l'idée, à la différence de Soljenitsyne, de convergence qui veut que toute société porte en elle une part de la richesse du patrimoine humain, que c'est la somme de ces richesses particulières qui forme l'universel. Il y eut encore, alors, le vieux Vladimir Jankélévitch, philosophe du paradoxal et de l'imprescriptible. Jean-Pierre fut, comme le philosophe lui écrivit en dédicace, « à l'origine de sa renaissance ». Qu'avait-il aimé en l'éditant ? Justement, ce savoir impalpable, qui hésite, ondule, dans un siècle alourdi de certitudes. Et aussi le piano de Vladimir dans son appartement du quai aux Fleurs, la musique accompagnant toujours la philosophie, faisant corps avec elle, et ses manuscrits corrigés avec des crayons de couleur, aux ratures multicolores comme des plumages de cacatoès.

1980. Ailleurs ? Nostalgie et désir, ennui et faim, ces maîtres meurent et nos consciences s'ennuient dans un monde sans couleurs... Nous nous sommes rencontrés dans un bureau du Seuil — Sylvie prépare un livre sur la Californie dont elle revient après y avoir assuré la correspondance du *Monde* pendant quatre ans — et tout nous pousse à partir, repartir. Éprouver cette aventure de l'esprit dont Miller et Limbour avaient pointé la direction.

En novembre 1985, nous voici aux antipodes. «Tout en bas», disent les Australiens, de leur positionnement géographique et, «au-dessous» de tout, sur le globe. Sylvie, après l'avoir été sur la côte Ouest des États-Unis, redevient correspondante du *Monde*, à Sydney. L'actualité a rejoint le Pacifique: la France vient de couler, à Auckland en Nouvelle-Zélande, le *Rainbow Warrior*, bateau des militants de Greenpeace qui s'opposent aux essais nucléaires, en Polynésie française. Terrain connu…

En Australie, très vite, nous filons vers le cœur du continent, le «cœur mort», disent les Blancs. Nous voulons connaître le pays aborigène: il est là! Le prix en sera élevé tandis qu'un soir, dans ce désert étrange où le vent gronde, appelle, où les pluies diluviennes, une fois l'an, transforment tout en un flot redoutable, dans ce cœur interdit, vibrant, rouge, hurlant de silence, notre véhicule bascula, fit une série de tonneaux.

Inexpérience, initiation… par la terre, la chair? Projetés sur des buissons de spinifex, ces épineux empoisonnés que redoutent tant les nomades, nous perdîmes connaissance. Et la nuit, déjà, œuvrait dans nos poumons perforés. Nous eûmes la chance d'être recueillis, au crépuscule, par une voiture, inespérée, qui passait sur cette piste. Tout, sinon, aurait été fini. Appel radio pour mobiliser une équipe médicale — tous les membres en étaient des Indiens de New Delhi tant il est vrai que les Blancs rechignent à soigner les corps malades ou accidentés des Aborigènes qui forment la quasi-totalité de la population de l'hôpital d'Alice Springs, la seule ville du centre du continent. Nous restâmes trois semaines dans cet hôpital. Et là, tout ce que nous avions vécu, subi ou non, tout ce à quoi nous avions cru, ce dont nous avions douté, tout se révéla vrai ! La résistance, la rébellion, la beauté convulsive... L'endroit résumait tout, avec sa morgue jouxtant la crèche, avec les Blancs d'« Alice », comme on dit là-bas, qui n'entraient pas ici à cause de ces Noirs sans espoir, et ces Noirs eux-mêmes qui profitaient de la nuit pour arracher leur goutte-à-goutte et retrouver leur désert, seigneurs délabrés, mais quels seigneurs ! Jamais l'image de notre fils, Benjamin, deux ans, petite boule blonde dormant au creux d'une colline d'enfants sombres, dans la crèche de l'hôpital, ne s'effaça de nos mémoires. Et sur nos épaules, nos cuisses, le spinifex empoisonné a gravé pour toujours ses traces, cicatrices indélébiles.

Endoloris mais guéris, nous avons repris la piste, la même. Et fini par rejoindre, enfin, tout au bout, le site de Papunya, au cœur du désert. Déjà, tout se décalait. Nous étions devant une ville fantôme, aux baraquements rouillés, aux barbelés fatigués. Fantôme de prison. Sa population ? Des chiens errants avant que ne surgissent les derniers survivants d'une épopée terrible qui avait vu naître ici même, au début des années soixante-dix, la peinture à points, celle que l'Occident considère aujourd'hui comme l'image de marque de cette culture longtemps maudite. Geste inaugural, brandi comme un défi à la déchéance, à la colonisation de l'esprit. À Papunya, au milieu du XXe siècle, avaient été rassemblés de force les maîtres du désert par l'administration de Canberra qui entendait former les nomades aux valeurs « civilisatrices ». Ce projet avait échoué.

Les paradoxes s'enchaînaient. Papunya, c'était la Florence aborigène. Tout autour, au loin, tout près, dominait éternellement cette instance : le désert rouge, sa matière, sa couleur, sources de tout.

Les peintures qu'on nous montra sur place rompaient insolemment avec la misère qui émanait toujours de Papunya. Leur beauté nous renvoyait à nos souvenirs d'hôpital : elle rendait bizarrement plausible cette fuite dans la nuit des malades aborigènes. Il se tissait une connivence entre ce drame et cette beauté, une complicité les unissait. « Je ne conçois pas de vraie beauté sans le malheur », avait écrit Baudelaire. Comme un flot fatigué, l'Occident conquérant avait buté contre... des peintures. Pour la première fois de leur histoire, les initiés de Papunya, en effet, avaient transposé leurs signes sacrés sur ce qu'ils avaient à portée de main : des contreplaqués, des morceaux de tuiles arrachés aux baraquements. Pour couleurs, des roches broyées, des plantes. Leur salive pour liant. Des touffes de cheveux, des brindilles pour pinceaux. L'Occident fut décontenancé. Une honte couva : comment expliquer ce jaillissement ? La civilisation recula, un peu, puis beaucoup, inquiète devant une histoire qui revendiquait une fidélité à un passé immémorial.

Cet « appel », et notre éblouissement, c'est ce que nous avons voulu communiquer quand, l'été 1990, nous avons inauguré, au musée des Beaux-Arts de Montpellier, le Musée Fabre que, depuis Arles, Van Gogh accompagné de Gauguin visita, notre première exposition[3]. Nous voulûmes révéler, comme ils nous avaient été révélés, les chefs-d'œuvre aborigènes de l'école de Papunya.

Nous sommes restés incrédules face aux réactions suscitées en France par cette exposition. Dans sa préface à l'ouvrage[4] du collectionneur tchèque d'art aborigène, Karel Kupka, dont la collection est aujourd'hui au Musée des arts africains et océaniens à Paris, André Breton, le surréaliste, avait écrit : « Aimer d'abord. Il sera toujours temps, ensuite, de s'interroger sur ce qu'on aime jusqu'à n'en vouloir plus rien ignorer. » Comme lui, nous avions aimé d'abord. Mais déjà, les conservateurs de musées, universitaires, « experts » en tout genre, nous cataloguaient. Nous entrions dans leurs catégories eurocentristes, nous devenions les tenants d'une vision *esthétisante* au détriment d'une approche *ethnographique*, alors que nous ne nous reconnaissions déjà plus dans l'une ou l'autre de ces catégories. « Ce n'est pas de l'art à proprement parler », disaient les uns, trouvant ces peintures trop chargées d'intentions, pas assez « gratuites », trop loin de l'art pour l'art, tandis qu'en face les ethnologues lançaient : « Pas assez authentique ! », en pensant à un art ethnographique pur de toute ingérence, car ces peintres du désert, au fil du temps, étaient allés jusqu'à se servir de peintures acryliques, de toiles, le comble de « l'impureté » pour ces spécialistes juges et censeurs. Nous avions contourné ce tri « civilisateur » qui a trop souvent pour conséquence de rendre invisibles aux yeux du grand public des œuvres majeures, issues de la lutte de l'esprit contre l'évidence banale et vulgaire d'une société qui se prétend détentrice du droit à vivre, écrire, peindre, penser, exposer, tout en glosant à l'infini sur les droits de l'homme... Tout en s'essoufflant à vue d'œil.

Personne ne voulait voir que cette beauté était inséparable d'un savoir, mais pas d'un savoir ethnographique, limité, sans portée universelle. Pas plus qu'on ne voulait entendre qu'une société dite « primitive » n'a jamais isolé la beauté, n'en a jamais fait un domaine séparé, lié à un marché, des musées, des cotations... et que cette beauté libre de ces entraves n'en est que plus signifiante, fondatrice, et, si l'on peut dire, d'autant plus « gratuite », sacrée. Car que penser de cette « gratuité » du monde occidental chiffrée en millions de dollars, à qui l'on dédie des temples — ces musées —, sinon qu'elle aboutit à parquer la beauté, à la confisquer, comme si déjà c'était une « espèce » en voie d'extinction ? Si plus tard, d'ailleurs, les initiés du désert jouèrent le jeu, acceptèrent de voir leurs œuvres entrer dans nos institutions, ils ne cachèrent jamais que c'était comme un « miel » — le mot fut prononcé devant nous — qu'ils nous tendaient avec l'espoir de nous attirer vers des hauteurs plus suaves.

Ah, comme nous avons blêmi d'entendre ce directeur redondant d'un influent musée du sud de la France formuler depuis son fauteuil de cuir cette sentence : « Les sociétés traditionnelles semblent programmées pour disparaître rapidement » !

À Sydney, Darwin, Albuquerque, Santa Fe, Dharamsala..., à la barbe de tous ceux qui, en Occident, s'arrogeaient le droit de discourir sur l'« acculturation » de ces pauvres êtres « broyés » par la culture « dominante », les « primitifs » en question non seulement n'avaient pas disparu, mais pensaient *sans* nous, pensaient *sur* nous ! Diplômés des grandes universités du pays, devenus eux-mêmes chercheurs, anthropologues, critiques d'art, ils signaient des articles dans des revues professionnelles dirigées par leurs homologues africains, indonésiens, papous, maoris... Et ils réfléchissaient, entre eux, sur ces étranges concepts inventés par les Blancs : « Il est difficile de s'imaginer que l'anthropologie — science de l'homme fondée sur une vision dominante du moi — puisse être née ailleurs qu'en Europe et en Amérique, conséquence d'une certaine idée de l'universalité. Il en va de même pour les musées, qui s'arrogent non seulement le droit, mais le devoir de représenter les autres », écrivait Virginia Dominguez, une Indienne de sang mêlé, en poste à l'université de Santa Cruz, en Californie, dans un article que nous montra à Sydney, un peu narquois, Djon Mundine, le seul conservateur aborigène du pays, spécialisé dans l'art contemporain de son peuple. C'est, lui aussi, un « sang mêlé », fruit d'Irlandais et de ce peuple de la région de Sydney auquel appartient son héros : Pemulwuy, le premier Aborigène à s'être en 1788 dressé contre les colons britanniques et à qui l'on attribue cette sentence que Djon aime reprendre à son compte : « Je ne serai jamais un homme blanc ! » Encore que, jouant avec ses rastas qui lui tombent jusqu'aux chevilles, Djon préfère la citer dans sa version originale : « *Tyerabarrbowaryaou !* ».

Sur le campus de l'université du Territoire du Nord, à Darwin, capitale du *Top End*, « le bout du bout », tout au nord du continent, Marcia Langton, directrice du Département d'études aborigènes, fulmine un jour d'été 1996 : « Vous nous avez gavés jusqu'à la nausée de vos mythes anthropologiques — théories sur nos hordes, nos tribus, nos liens de parenté, nos affiliations spirituelles primaires et secondaires... Vous nous demandez de prouver que nous vivons dans un état de pureté quasi originelle alors que vous n'avez de cesse, depuis deux siècles, de mettre en place des politiques qui ont précisément pour fin de nous éloigner de cette pureté primordiale. Nous ne sommes pas la version tronquée, châtrée, de votre système socioculturel ! » Cette Aborigène est la première de son peuple à avoir acquis le grade de docteur en anthropologie. Elle ne cache pas qu'elle est entrée dans cette discipline pour la forcer à changer, pour transformer nos regards, pour nous obliger à parler des « primitifs » en partenaires de nos temps modernes, ce qui ne veut pas dire nécessairement en êtres conformes à nos canons « civilisateurs »...

« Nouveau primitif » ? James Faris, ce Blanc de Santa Fe, aux États-Unis, paraît bien l'être, lui aussi. Il est anthropologue comme Marcia, et aussi critique qu'elle à l'égard de sa discipline. Devant une bouteille de vin du Languedoc, heureux hasard ! nous dînons dans une taverne de la ville. Faris est un grand lecteur de Foucault. « Il est possible, comme le laissait entendre Michel Foucault, nous avoue-t-il, que l'anthropologie comme d'ailleurs toutes les autres sciences sociales de représentation soit un obstacle obstiné sur la voie d'accès à une pensée immanente. »

Faris a passé vingt années de sa vie à recueillir de la bouche d'hommes-médecine navajo des informations sur la voie de la Nuit, première « spécialité » de médecine de ce peuple qui place la santé au sommet du savoir. Il a participé à des cérémonies ; il s'est impliqué ; il a « rendu les armes », « lâché prise », comme disait Miller. Sa complicité à l'endroit de cette société navajo transparaît dans ses yeux rêveurs et acérés à la fois. Faris a sans doute enquêté comme jamais encore on ne l'avait fait. Remontant aussi loin que possible dans les filiations de maîtres à disciples qui ont uni tous les hommes-médecine ayant pratiqué ou pratiquant à cet instant la voie de la Nuit. Noms, dates, croquis, nuances infinies. Le tout, sur ce seul volet de la culture navajo.

Oui, nous avions changé d'époque. Ces « nouveaux primitifs » se dérobaient à nos regards, refusant de se laisser représenter par nous. Ils s'offraient dans leur immanence, nous plaignant même, nous, pauvres

Blancs si enclins à nous dédoubler, à toujours rechercher dans l'« autre », et notamment en eux, les « bons sauvages », un salut à nos drames existentiels !

Des êtres vivants, des acteurs, en chair, de la conscience contemporaine et qui revendiquaient, contre toutes les prédictions, d'être pleinement associés à la pensée et à la pratique de la modernité ! Tous nous l'exprimaient, alors qu'une confiance s'installait peu à peu entre nous-mêmes et cette nouvelle génération de « passeurs » métis, partisans d'un peu moins de pureté mais d'un peu plus de survie. Ils nous ouvraient leurs portes, nous projetant même, à présent, au sein de leur immanence. Un jour, en Australie, il nous fut confié par le Departement of Aboriginal and Torres Strait Islanders Affairs en la personne de sa directrice aborigène, Roni Ellis, cette mission : à nous, des Blancs, des Français, il était demandé, moyennant rétribution, d'enquêter sur les communautés artistiques aborigènes du pays. Ce fut un hasardeux voyage sur l'infini serpent de macadam qui fend du sud au nord le cœur de l'Australie. En camping-car, nos deux enfants près de nous : Cléa, la petite sœur de Benjamin, avait six mois.

Mais, pas plus que Djon Mundine ne voulait devenir « un homme blanc », nous n'eûmes jamais la tentation de nous glisser dans la peau d'un indigène. Loin de nous de devenir ces « pitoyables suiveurs », attitude contre laquelle le psychologue zurichois, Carl Jung, qui gravita beaucoup, mentalement, autour de ces mondes, met en garde. L'émotion certes mais pas au point de perdre notre jugement. À l'heure du bilan, nous pouvons dire que nous n'avons jamais perdu de vue la raison. Nous n'avons pas non plus voulu régler des comptes avec l'Occident, même s'il a beaucoup à se faire pardonner. C'est l'aube d'une nouvelle époque qui nous a attirés, retenus dans sa lumière. L'aventure n'en fut que plus passionnante.

Et bientôt, comme naturellement, se détachèrent dans nos parages des interlocuteurs auxquels personne ne s'attendait : des médecins généralistes, des cancérologues, des neurologues, des chimistes, des astrophysiciens. Aux « nouveaux primitifs » vinrent s'ajouter ces figures inédites, nos « nouveaux scientifiques ».

L'origine de ce dialogue eut lieu pendant l'hiver 1996, à Paris[5]. Sam Begay, éminent homme-médecine de la Nation navajo, colosse ployant sous les colliers de turquoise, marqua de son pas puissant la neige qui tomba cette année-là sur la capitale. De lui, nous apprîmes qu'un même mot, en navajo, *hozho*, veut dire santé et beauté. Les lois de cette pensée immanente ne cessaient de se vérifier : elle dialoguait avec la beauté sans perdre de son efficacité. Un soir, Sam alla plus loin. Il lança à des médecins français rassemblés dans un restaurant tout près de la Grande Halle de la Villette : « Surtout ne nous prenez pas pour des sorciers ! » Alors, un de nos grands patrons de médecine, en costume-cravate, acquiesça : oui, il comprenait, il validait, même, les principes de cette médecine si complémentaire de la nôtre à ses yeux et, à ce titre, si nécessaire. L'étrangeté — mais en était-ce bien une ? — était que, si un virus se glisse en vous, c'est qu'une faille s'est ouverte qui la laissé passer. Le virus est la circonstance. La guérison, une harmonie qui reprend place au sein de l'individu actif, qui agit dans ce sens.

Des astrophysiciens, à la pointe de la recherche, corroborent aujourd'hui le savoir cosmique inscrit dans le mandala de Kalachakra, le plus riche d'entre tous, figure mythique de la culture tibétaine, composée de cercles concentriques, de carrés qui s'imbriquent les uns dans les autres, figure de poudres, colorée, éphémère. Les hypothèses vertigineuses des maîtres tibétains, établies depuis des millénaires, recoupent la recherche occidentale la plus contemporaine, la plus audacieuse en matière de physique de l'univers.

Le vide, la prophétie, la santé et l'art, ces thèmes, successivement, apparaîtront dans le cours de cette enquête. Pourquoi ? Sans doute parce que nous nous sommes sentis plus concernés par eux. La prophétie et l'esprit qui s'y exerce demeurent un étrange mystère tout en continuant à tenir une place presque décisive au sein de nombre de ces sociétés, et notamment de la société tibétaine. La santé, elle, ne saurait être oubliée, qui détient la clé de nos jours ! Et, plus qu'aucun autre peuple, les Navajo l'ont placée, cette santé-beauté, au cœur de leur vision du monde. Enfin l'art : il donne accès et sous-tend toutes ces sociétés et les Aborigènes semblent bien le peuple artiste par excellence. Ces thèmes, d'une certaine manière, se complètent, s'interpénètrent. Et, s'agissant de la prophétie, on verra que celle-ci aide à gérer au mieux les lois de la politique. C'est vers ces thèmes, d'ailleurs, que la science occidentale, alors qu'elle s'adresse aux mystères du cerveau humain et sonde l'infiniment grand, l'espace, se dirige aujourd'hui de préférence. Les transes de l'oracle d'État tibétain fascinent les spécialistes des neurosciences, et le vide, vers lequel tendent les praticiens du bouddhisme, attire nos théoriciens du vide quantique ; la médecine navajo convainc nos grands thérapeutes, mais dialogue aussi bien avec nos philosophes des sciences ; quant à l'art aborigène, il hante désormais tous les grands musées de la planète et nous rappelle à l'impérieux devoir de la création, de la beauté sans quoi le vivant s'épuise, s'amenuise. Bref, si ce fut notre choix, il semble que nos propres scientifiques, chercheurs, ces nouveaux interlocuteurs, le valident à leur manière par leurs propres questionnements.

Oui, cette présence de scientifiques occidentaux, d'universitaires indigènes, contribua à effacer l'idée que ces sociétés ne sont gérées que par le surnaturel, la magie, et à asseoir enfin celle que leur savoir n'est pas réductible à leur seul, leur lointain périmètre mais peut gagner jusqu'à nos sciences, bref que les savoirs indigènes ont, au même titre que les nôtres, un caractère universel.

Disons tout de même qu'il fallut batailler, un peu. Nous avions constitué une base arrière en créant Art sans frontières, avec le soutien de ces hauts et libres aînés : Michel Butor, Michel Déon, Jean et Simonne Lacouture et Léopold Sédar Senghor. La bataille, sans faire jamais rage, prit parfois des tours insidieux. Un grand spécialiste des « arts premiers » tint à qualifier nos manifestations de « shows à la Buffalo Bill » tandis qu'un autre nous fit part de son scepticisme : l'Aborigène Marcia Langton était-elle vraiment l'auteur de cette séduisante formule « La terre, c'est les beaux-arts » ? On nous soupçonna, comme si elle n'en eût pas été capable, d'avoir tenu sa main, rédigé, pour elle, cette apostrophe iconoclaste ! Elle, en qui nous avions vu comme une réminiscence de Simone de Beauvoir...

Shows à la Buffalo Bill ? Nous avons toujours sollicité la présence du sujet indigène. Chaque fois aussi, avant d'entreprendre, nous avons consulté les représentants les plus éminents et les plus légitimes de ces sociétés, les plus concernés aussi par ce dialogue inédit de savoir à savoir.

Nous ne prétendons pas avoir tout compris, tout savoir maintenant de ces indigènes venus d'Australie, du Tibet, d'Arizona, du Nouveau-Mexique. Mais il est indéniable que, à leur contact, nous nous sommes « éveillés », au point de nous sentir parfois presque étrangers, absents au monde qui nous enveloppe. Sans doute étions-nous aux origines déjà un peu indigènes. Au terme de cette enquête, nous le sommes devenus encore un peu plus. Si un mot peut résumer ce qui nous est arrivé, c'est celui-ci : irradiation. Au fil des années passées auprès de ces initiés des deux mondes, comme évoluant entre les rangées de ces universités vivantes, ces bancs d'amphithéâtres invisibles, nous avons été irradiés comme d'autres peuvent l'être, mais en négatif, par la radioactivité. Insidieusement, ce savoir s'est glissé en nous, nous a pénétrés, modifiés.

Une chose est sûre : sur cette route, aujourd'hui, nous sommes un peu moins seuls. Nous-mêmes avons rallié la troupe de tous ces passeurs modernes, ces êtres déjà à la frontière entre deux mondes, êtres de l'ombre et de la lumière — certains hélas ont disparu trop tôt — qui, tout au long de notre enquête, nous ont ouvert les portes, lesquelles, sans eux, seraient peut-être restées fermées à jamais. Ces prophètes, ces vrais mutants. Ceux qui, issus de nos mondes, s'étaient immergés dans les leurs. Ceux qui, inversement, venus de leurs mondes, baignaient dans les nôtres. Nous n'oublierons jamais leurs regards — ces interstices d'une conscience nouvelle. À eux, nous dédions ce livre, à tous ces compagnons de voyage qui ont rendu visible l'invisible, palpable l'intangible.

Nous le dédions aussi à tous ceux que, depuis, nous avons rencontrés sur des routes parallèles, ici.

À tous les « indigènes » occidentaux, qui, depuis des années déjà, travaillent en silence à la refondation de nos propres savoirs, à une expansion de nos consciences occidentales. À tous ceux aussi qui seraient tentés de nous suivre, de les suivre, sans jamais bien sûr nous imiter !

Et à nos enfants Benjamin et Cléa, il va de soi, ces indigènes du futur.

I

LES TIBÉTAINS
UN PEUPLE PROPHÈTE

Éternellement, si l'éternité tolère encore les souvenirs, nous nous rappellerons notre arrivée à Dharamsala, par une nuit pluvieuse de fin août 1994, dans la jeep de notre ami moine, Thinlay — une vaillante mécanique morte peu de temps après ce voyage.

Pas question de nous laisser venir par nos propres moyens depuis New Delhi où nous avions atterri. Benjamin, notre fils de onze ans, est du voyage. Pas Cléa, sa petite sœur. Nous l'avons laissée en France, redoutant l'impact sur son trop jeune corps des médicaments « antipaludisme » et « antihépatite » dont nous ont bourrés les médecins du Centre de médecine tropicale de Montpellier, car tout porte à croire que le paludisme est plus virulent que jamais. Encore qu'à Dharamsala, sur les contreforts de l'Himalaya, les moustiques se fassent rares. Nous souffrirons de troubles oculaires et musculaires et d'un début d'hépatite médicamenteuse — effets secondaires classiques —, comprenant pourquoi nos vieux coloniaux finissaient souvent leurs jours dans les stations de cure du Massif central ou des Pyrénées, à moitié aveugles et le foie malade !

Au volant, Thinlay se confirme le fonceur que nous

fréquentons depuis maintenant deux ans. Drôle de moine !

Dharamsala est la capitale de l'exil, à six cents kilomètres d'ici. Les Tibétains l'ont reconstruite face au Tibet historique, juste de l'autre côté de l'Himalaya, dans l'État indien de l'Himachal Pradesh. C'est là que le dalaï-lama, leur chef religieux et politique, réside depuis son départ, en 1959, pour incompatibilité avec l'occupant chinois.

Sur la route, on fonce, quoi qu'il arrive ! Le pied sur le champignon et, si quelqu'un surgit en face bloquant tout l'horizon, comme un camion délabré plus un autocar plein à craquer, on ne s'écarte pas. Thinlay est du genre bouddha rageur ! Et sur cet axe unique qui monte vers le nord, les bas-côtés sont des précipices et l'état des véhicules que nous croisons est proprement indescriptible ! Dans la jeep, la radiocassette hurle un rock de Jim Morrison.

Nous traversons un village au milieu duquel Thinlay gare la jeep pour courir vers un café de briques sales et en revenir avec, à la main, un poignard dans son étui doré. Il rit et glisse cette arme sous sa robe. Elle appartenait à son père. Comme le révèle son faciès toujours en alerte avec ses yeux vifs et moqueurs, sauf quand la déprime fait chuter tous ses traits, Thinlay est khampa par son père. Il descend de ce peuple nomade de la province du Kham, dans le sud-est du Tibet, peuple guerrier qui n'a jamais cédé à aucun pouvoir : ni, autrefois, à l'administration centrale de Lhassa, la capitale historique, ni, aujourd'hui, aux Chinois. Les Khampas, dès 1950, date de l'entrée dans le pays de l'Armée de libération populaire, ont pris les armes pour résister aux Chinois et n'y ont renoncé qu'après que le dalaï-lama en exil, et prophète de la non-violence, leur eut demandé — par message enregistré — de les déposer. Mais il suffirait d'un geste, d'un seul geste, pour qu'ils les reprennent. Tout comme d'ailleurs Thinlay se tient prêt à sortir, s'il le faut, ce poignard magnifique qui a dû trouer plus d'une chair ! En effet, nous approchons de l'État d'Himachal Pradesh où se trouve Dharamsala. La région est peu sûre ; au-delà, c'est le Cachemire, qui revendique son indépendance, et ici brigands et indépendantistes se confondent. On peut tomber à tout instant dans une embuscade.

Deux heures du matin. La nuit scintille et semble prête à craqueler, verre saisi par le givre. Les paupières de Thinlay s'abattent comme des ailes lourdes de papillons. Nous nous relayons au volant à sa place tandis que la route grimpe et se gaine de brumes épaisses. Nous sentons l'impressionnante présence de l'Himalaya aux conifères serrés, à la fraîcheur qui s'accentue. Soudain, la jeep se déporte. Nous avons crevé.

La nuit est totale. Thinlay a bondi. Dehors, il arrache sa robe de moine, le voilà habillé d'un seul caleçon et d'un authentique tricot de peau ! On ne voit plus que ses chaussettes montantes, du plus rituel des grenats, et ses chaussures — anglaises, du meilleur goût. Il s'affaire dans la nuit, à l'arrière du véhicule. Inutile de faire signe aux rares camions qui passent : ce peut être un piège, à leurs yeux. Thinlay râle, une pierre à la main. Il cogne sur le cadenas qui protège la roue de secours. L'obscurité rend impossible la composition du code qui permettrait de la libérer. Mais nous avons de la chance : un camion a ralenti et le chauffeur nous lance une boîte d'allumettes. Enfin, le cadenas s'ouvre, et, soulagé, Thinlay crie, dans la nuit sonore : « *Be careful*, attention aux tigres ! » Nous traduisons et Benjamin se réfugie dans la jeep. Il est vrai que les tigres rôdent aussi.

Plus que jamais moine guerrier, indompté ! Thinlay tient parfaitement sa place au sein du monastère Namgyal. C'est lui qui coordonne, à la manière d'un imprésario, les réalisations de mandalas à l'étranger. Nous l'avons rencontré à Gênes, en Italie, où il dirigeait une équipe de moines du monastère chargés de créer, au sein du palais des Ducs, un grand mandala de poudres : une figure clé de la philosophie tibétaine qui ne doit rien aux mots mais aux couleurs, aux formes, aux idéogrammes. Il faut apprendre à s'imprégner de cette figure composée de cercles concentriques, de carrés imbriqués les uns dans les autres ; il faut savoir en parcourir le dédale visuellement et mentalement dans l'espoir de toucher au centre. Le mandala est tout à la fois œuvre d'art et support de méditation, bible ouverte, traité de philosophie et d'astronomie, manuel de médecine où l'on apprend à gérer ses énergies, et même ses flux sexuels ! Le temps viendrait où nous entendrions de la bouche du dalaï-lama qu'il n'est pas bon qu'un jeune moine ait des pertes nocturnes, qu'il éjacule dans son sommeil. Déperdition d'énergie ! Car les Tibétains n'ont jamais séparé l'énergie physique de l'énergie spirituelle. La première conduit à la seconde ; elle en est le soubassement comme la bombe A est le levier de la bombe H, dirait encore un jour devant nous le dalaï-lama, un des rares maîtres aujourd'hui de l'enseignement sous-tendu par ce mandala.

Nous étions alors si loin de ces vérités ! Comme beaucoup, nous confondions le bouddhisme avec une cure de thalassothérapie, un catéchisme pas très éloigné du nôtre. Nous avions tendance à y voir une philosophie du prêt-à-penser, confortable, pure de toute moisissure, eau vierge d'une source à laquelle on puise tout en souriant à son gourou…

Mais déjà là, sur cette route, les choses changeaient, s'ébranlaient, tandis que Thinlay, la roue de secours ayant remplacé le pneu crevé, renfilait sa robe de moine et replaçait dessous le poignard de ses ancêtres khampas.

Nous comprîmes mieux ce personnage attachant lorsque nous découvrîmes les travaux de l'universitaire américain Melvyn Goldstein, passionnante incursion dans le Tibet profond, délestée de tout parti pris aussi bien à l'égard de la Chine que de l'« empire de lamas » qui régnaient à Lhassa avant l'arrivée de l'Armée rouge[1]. Les moines guerriers, dits moines *dobdo*, formaient 10 à 15 p. 100 de la population monastique. Des gaillards imposants, armés de gourdins, prêts à tout. Avec leur manière singulière de nouer leur chevelure et leur entraînement aux arts martiaux, ils constituaient, dans ce pays, la seule armée digne de ce nom. Ces guerriers pouvaient aller jusqu'à se battre entre eux pour posséder les faveurs d'un mignon. Que d'histoires troubles et cachées !

Au bout d'une ruelle à pic, après un dernier sursaut, la jeep s'est rangée le long d'un mur, dans une cour de béton vide, déserte : le monastère Namgyal. Il est trois heures du matin. Une pluie fine et pénétrante nous extrait de notre fatigue. Un froissement. Il vient de la terrasse, ou plutôt du parvis d'un temple, de l'autre côté de la cour. Nos regards s'accoutument et découvrent une découpe ciselée. Une silhouette chute. Entre les colonnades, oui, un corps s'abat, s'étale, puis se redresse en s'appuyant sur les mains. Le mouvement se répète. Thinlay s'est éclipsé pour aller chercher les clés de notre logement. Nous avançons vers cette apparition. Fixés à ses mains, des patins — nous le devinons — l'aident à glisser, bras projetés en avant, sur le sol du parvis. Il se redresse, retombe et s'étend de tout son long. Litanie d'un exercice perpétuel, sans fin. Magique ! Oui, ce froissement, ce mouvement le sont tandis que Thinlay réapparaît.

Le visage de notre ami moine trahit un mélange d'effroi et d'admiration. La silhouette qui se prosterne dans la nuit n'est pas un moine ordinaire, comme lui, mais un disciple engagé sur la voie de la « libération ». Un adepte qui veut à la fois mater son corps et son ego, comme, à l'année, un caporal rageur oblige une jeune recrue à accumuler des pompes pour faire entrer en lui la discipline. La démarche est un peu la même, le caporal en moins. Car ce lama dans la nuit aspire à n'être plus qu'un maillon sur la route du grand continuum impersonnel qui unit l'homme à l'univers.

Six ans après cette première nuit, nous nous retrouverions à Nice, devant une palette à la diable sauce moutarde, en compagnie de cinq moines, dont Thinlay, évidemment, venus jusqu'ici pour construire un nouveau mandala de Kalachakra. Nous évoquerions ce souvenir. Lequel d'entre ces cinq moines avait accompli jusqu'au bout l'exercice dit de la grande prosternation ? Désormais, les discussions et les révélations s'étant multipliées, nous n'étions pas sans savoir qu'un disciple digne de ce nom se doit d'accomplir cent mille prosternations en tout. Alors seulement, la voie se dégage. Tenzin, l'aîné des cinq moines présents à Nice, au nez osseux, au sourire tranchant, mais par ailleurs « maître de la discipline » au monastère Namgyal, lui seul, Tenzin, avait accompli jusqu'au bout ces exercices. « Dix, au début, expliqua-t-il, puis trente, chaque jour un peu plus, quatre cents fois en une seule journée, et les derniers temps, sans m'arrêter de l'aube jusqu'à la nuit... » L'aube étant fixée, pour un Tibétain, à trois heures du matin !

Pire, si nous osons dire ! Car, en fait, les grandes prosternations ne constituent qu'un seul des six exercices préliminaires (répétition de formules, de gestes, d'offrandes dont celle du mandala...) requis avant d'être autorisé à aborder la pratique proprement dite de l'Éveil, à s'avancer sur la route menant à cet état si convoité, l'état de bouddha. Et, à l'image des grandes prosternations, ces autres exercices aussi doivent s'accomplir cent mille fois chacun. Ainsi en est-il de l'offrande du mandala, figure qu'il faut faire et refaire — certes, elle peut être seulement formée de quelques grains de riz composant un cercle dans le creux de la main : oui, un pratiquant abouti peut avoir formé au moyen de grains et par la seule force de son pouvoir mental jusqu'à cent mille mandalas ! Seulement après, et sous la conduite d'un maître, peut commencer le vrai voyage.

Comment Tenzin avait-il réussi pareil exploit ? Les rides forment des cercles concentriques sur l'eau calme de son visage : il rirait, s'il ne souriait en permanence. Il l'a fait, c'est tout, et les autres moines, autour de la table, le confirment.

À Dharamsala, l'aube est déjà bien avancée : il est quatre heures ! Nous abandonnons presque à regret la silhouette en mouvement pour suivre Thinlay. Il a réussi à libérer une cellule près des cuisines. Les moines s'éveillent et les effluves de chou bouilli accompagnent notre premier sommeil au monastère Namgyal.

« C'est par ignorance que vous, les Occidentaux,

assimilez à de l'obscurantisme nos pratiques de prosternations. C'est à travers ces exercices qui abolissent son "je", son ego, que l'adepte approche de sa nature divine. Ce n'est pas par un exercice mental que l'adepte peut espérer vaincre son petit "je", mais par des exercices physiques liés bien sûr à sa bonne foi et à son désir d'y parvenir. C'est le corps qui donne accès à la nature divine, laquelle est universelle, impersonnelle, tout à l'opposé du "je". Sans le corps comme outil, pas de découverte du divin. Exécuter ces exercices mécaniquement, sans une foi ardente, reviendrait à ne pas les faire du tout. Se prosterner avec une bonne motivation, je l'ai dit, est déjà une victoire. Le corps est un outil suprême au service de l'Éveil ; les dieux n'en ont pas, eux ! Et en ce sens, nous leur sommes peut-être supérieurs. » Autrement dit, c'est ce travail d'humilité, d'effacement de son « je », de son ego, à travers les prosternations répétées, qui conduit à l'orgueil universel, suprême, où l'être devient l'égal d'un dieu. Supérieur, même, puisqu'il s'est forgé lui-même ce statut.

L'homme qui nous parle ainsi, ce matin, comme un livre, s'appelle Lobsang Dhargyal. Il a trente-huit ans, est secrétaire général du monastère Namgyal, le monastère privé du dalaï-lama. Ici, cent quatre-vingts moines constituent le corps d'une élite spirituelle, ils font songer à une garde rapprochée, mais d'un genre inédit, car, avec leurs rituels, c'est bien la protection et la survie de l'esprit qu'ils entendent assurer, et plus particulièrement de celui entre tous qui incarne l'esprit, le dalaï-lama, ce qui veut dire « océan de sagesse ». Parmi ces rituels, celui de Kalachakra, dit la « Roue du temps », éminente figure. Namgyal est plus qu'un sanctuaire : une université monastique où se forment les futures générations de grands maîtres. Car, par le mandala de Kalachakra, que les moines de Namgyal sont les seuls habilités à réaliser, passe tout un enseignement, le plus riche de ce bouddhisme dit aussi tantrique, du nom des *tantras*, ces livres et méthodes qui renvoient à des pratiques, des actions spéciales, souvent secrètes. On dit que les prémisses du mandala de Kalachakra remontent au temps du Bouddha historique lui-même, Shakyamuni, né six siècles avant Jésus-Christ et qui aurait, en personne, conçu cette éblouissante figure pour refléter son propre cheminement. Mais depuis, grâce à des générations d'exégètes et de pratiquants, combien de raffinements l'ont enrichi ! Autrefois, le monastère Namgyal occupait une aile entière du Potala, le palais d'hiver des dalaï-lamas, à Lhassa. Quand en 1959, Tenzin Gyatso, le quatorzième de la lignée, s'était exilé, cette université garante du savoir tibétain avait naturellement suivi ses pas. Ce mandala de Kalachakra, cette « Roue du temps », nous l'avions fait réaliser à Montpellier, à la suite de notre visite à Gênes, et cela avec la complicité de Thinlay, le moine au poignard. Alors, pour la première fois, nous avions regardé les officiants laisser couler leurs poudres de couleur sur une table au fond bleu. Peu à peu avaient surgi des carrés imbriqués les uns dans les autres, des cercles concentriques peuplés de personnages inconnus, de « déités », de « syllabes graines », de fleurs de lotus et de léopards des neiges, d'éventails en poil de yack, de cloches et de gongs... Le mandala de Kalachakra, dont on dit que l'éclat est cent fois supérieur à celui du soleil, nous était apparu, inoubliable comme cet astre lui-même.

Dans son petit bureau de Dharamsala où se mêlent les odeurs de thé à la cardamome et celles de l'encens Tara élaboré à quelques pas d'ici, au

Centre de médecine tibétaine, Lobsang Dhargyal, le secrétaire général du monastère qui s'adresse à nous, ce matin, a le teint clair de ceux qui ne courent pas les routes avec un poignard. Il est issu, lui, d'une famille d'érudits réputés. Le thé nous brûle les lèvres. Oui, il a le visage diaphane et régulier des natifs de l'Amdo, cette province du nord-est du Tibet dont est issu aussi Tenzin Gyatso, le dalaï-lama, quatorzième de la lignée des « Bonnets jaunes », la couleur de leur coiffe en forme de crête ou de demi-lune. C'est là le signe distinctif de l'ordre des guéloukpas, l'un des quatre ordres du bouddhisme tibétain, ordre auquel appartient le dalaï-lama, et qui dirige le Tibet depuis le XVIe siècle. Tout nouveau dalaï-lama est la réincarnation du précédent. Ainsi se perpétue la lignée. Mais il nous fut murmuré que l'affaire prenait parfois des tours violents, retors, une faction souhaitant imposer « sa » réincarnation. Toute nouvelle réincarnation prenait le visage d'un enfant auquel, jusqu'à sa majorité, on accolait un régent qui, souvent, prenait, lui, goût au pouvoir. On pouvait cacher pendant des années, s'il le fallait, la mort ou l'assassinat d'un dalaï-lama et lui substituer une silhouette au loin, en posture de bouddha et qu'il ne fallait en aucun cas déranger dans sa méditation de trois ans, trois mois, trois jours !

À Dharamsala, ce sont des laïcs, des historiens tibétains formés dans les universités anglaises, américaines, françaises, qui nous ont révélé cette éternité tortueuse, dans le bar de l'hôtel Tibet, le seul à Dharamsala à servir du vin indien. Ils avaient été très marqués par leur lecture, notamment, de Fernand Braudel et de Marc Bloch, et avaient appliqué les méthodes critiques de l'école des Annales à leur propre histoire. Un soir, à la lueur de bougies à cause de la foudre qui était tombée sur un poteau électrique de la rue centrale, ils se confièrent. Nous revoyons encore les visages graves de Jamyamg Norbu, Tashi Tsering, Lhasang Tsering, le groupe à la tête du Amnye Machen Institute, un organisme fondé en 1992 et dont le but est de promouvoir toutes les richesses laïques de la culture tibétaine. Nous entendons encore leurs voix murmurer d'autres secrets dans la pénombre, sans omettre de dire : « Nous sommes des bouddhistes-nés et nous souhaitons le demeurer. » Oui, une solitude aussi perçait dans ce besoin de se raccorder à une société que manifestement ils critiquaient, tout en rendant hommage à son chef suprême.

Lobsang Dhargyal ignore-t-il ces travaux des laïcs, sait-il les violences, les contradictions de ce passé ? L'université monastique de Dharamsala ne dispense pas de cours d'histoire, sinon bien sûr d'histoire religieuse. « Sciences de la logique, sciences du raisonnement, cours sur les différentes écoles du bouddhisme tibétain, cours d'anglais... » Dans le petit prospectus sur le cursus dispensé à Namgyal, point de trace, en effet, d'histoire... Trop temporel ? Lobsang nous toise, les pouces calés sous sa chasuble safran au niveau des aisselles. Son regard plonge dans nos yeux pour vérifier les effets de sa première leçon, à savoir que les bouddhas ne sont pas des dieux mais bien plus, des hommes parvenus au sommet de leur potentiel humain et... universel.

Arrive le moine Seldon, fringant et à l'anglais impeccable : c'est lui qui enseigne cette langue aux élèves du monastère. Il sera notre guide, à présent. Le premier arrêt est pour la Bibliothèque des œuvres et des archives tibétaines. Thinlay et sa jeep nous emmèneront. Il pleut. Nous croisons une grappe de petits bonzes — à peine doivent-ils avoir dix ans ! — accrochés à leurs parapluies. Devant nous, une fourche : ces deux branches encerclent la petite ville qui jouxte le monastère ; elle ne s'appelle pas en vérité Dharamsala — c'est le nom du bourg indien, quelques kilomètres plus bas — mais McLeod Ganj, du nom d'un ancien officier anglais de l'armée des Indes. Les moines entre eux préfèrent dire « Petite Lhassa ». Le long des ruelles, des échoppes s'entassent. Des mendiants aux membres atrophiés réclament quelques roupies : avec l'équivalent de cinquante centimes, on peut déjeuner d'un bol de riz parsemé de quelques morceaux de poulet. Une poste et une banque permettent aux routards et aux disciples, attirés ici par les derniers grands maîtres de ce bouddhisme un peu mythique, de garder le contact avec leur famille et l'American Express ; à l'entrée du bourg, une station d'autobus déverse ces visiteurs en Pataugas, les cheveux serrés dans des foulards interminables. Enfin, surplombant ce terminus, un café, baptisé, non sans humour, le *Mac Lo'* ! L'endroit est confortable, mais nous lui préférerons très vite l'hôtel Tibet.

Notre route descend à pic. C'est rare, ici, où tout semble s'acheminer vers les hauteurs. Elle s'enfonce par une succession de virages en épingles à cheveux dans une vallée miniature, et, curieusement, à mesure que nous descendons, le ciel s'allège, s'entrouvre. Nous n'avons plus le nez collé sur la muraille himalayenne ; à sa place, la chaîne du Dhauladhar démultiplie ses sommets contre l'écrin du ciel cobalt. Thinlay range sa jeep sur un terre-plein, le long du bâtiment de la bibliothèque. Ici sont stockés tous les livres, textes et objets que les réfugiés ont réussi à emporter. Sur la porte d'entrée est placardé un avis de recherche, un jeune Américain porté disparu. En Inde, où la vie humaine ne vaut pas une roupie, les disparitions d'étrangers sont fréquentes. On dort à la belle étoile et on se retrouve au ciel ! Nous entrons. L'escalier est majestueux. Aux murs de la bibliothèque, sur des rayonnages, s'empilent les rouleaux de parchemin que de jeunes Tibétaines viennent chercher avec une grâce de fileuses pour les transposer dans le disque dur de leurs ordinateurs. Les machines ronronnent, disposées en rangs d'oignons. Les nuques des officiantes sont légèrement courbées. À l'étage, un musée austère abrite, à côté de bouddhas et de *thankas*, icônes sur tissu, de terribles photos montrant les ravages de la colonisation chinoise, et en particulier ceux de la Révolution culturelle : corps matraqués, nonnes poursuivies, temples pillés, autodafés, sculptures décapitées...

Il va être midi. Manifestement, même si nous quittons à présent la bibliothèque, la visite n'est pas terminée. Seldon et Thinlay nous entraînent sur un chemin boueux. Une trouée de lumière. Quelques singes nous regardent passer. Soudain, nous sommes dans la cour d'un petit temple qui déploie discrètement sa façade rouge et or. Autour, les cellules des moines. Certains font leur lessive, profitant du soleil. La chaleur est revenue. À l'imitation de Thinlay et Seldon, nous nous déchaussons et poussons la lourde tenture blanche et bleue qui masque l'entrée du lieu.

Thinlay, un peu moqueur, nous observe. C'est lui, de toute évidence, qui a voulu ce détour par ce temple.

L'intérieur est soigné, vide et serein, si ce n'était sur l'autel une déité au regard courroucé, au bras armé d'un glaive. Nous apprendrons qu'il s'agit de Dorje Drakden, la principale déité protectrice du Tibet et de son gouvernement, plus guerrière, plus primaire, plus enfouie, plus orageuse que Kalachakra, bouddha des lumières, du raisonnement, de l'érudition, de l'accomplissement.

D'immenses trompes de cuivre reposent comme des serpents alanguis sur leur support de bois. Seldon nous guide vers une sorte de sacristie. C'est sûr, maintenant, ce n'est pas un hasard si nous sommes là et que, devant nous, se dresse une petite armoire vitrée, protégée par des rideaux. Thinlay est resté dans le temple avec Benjamin. Ici, Seldon nous invite à regarder par l'interstice des rideaux qui dissimulent l'intérieur de cette armoire au beau bois de cèdre. Ce que nous apercevons ? Au premier plan, la statuette d'un personnage étrange, torturé. On devine aussi, imposant, un miroir rond, cerclé d'un collier de pierres turquoise et d'améthystes ; un harnais de cuir ; un arc, des flèches. Et, particulièrement impressionnant, tout en bas, comme si aucune des étagères de verre ne supportait ce poids, un casque de cuivre couronné de têtes de morts ! Nos yeux courent, reviennent vers la petite statuette : le personnage tient un arc, porte un casque, arbore un miroir sur sa poitrine... C'est une représentation de l'oracle d'État, celui-là même dont nous nous sommes entretenus la veille au soir, avec Thinlay. Un peu par hasard. Nous dînions chez sa sœur dont la maisonnette, avec son intérieur tout rembourré de coussins, borde l'immense vallée qui, depuis Dharamsala, dévale l'État de l'Himachal Pradesh vers le Pendjab. Une brume humide pénétrait par la petite porte restée ouverte. Et comme nous demandions à Thinlay s'il avait pu voir le dalaï-lama pour obtenir une audience en notre faveur, Thinlay avait répondu : « Je n'ai pas pu le voir, car il rendait un oracle. » Oracle ? Nous nous étions aussitôt précipités dans cette brèche. Et, assez placidement, les yeux rieurs de Thinlay avaient parlé de cette pratique, non pas courante, non pas à la portée de tous, mais s'inscrivant néanmoins, ici, dans les mœurs. Alors, il avait évoqué l'existence d'un oracle officiel, d'un oracle d'État. Il secondait parfois le dalaï-lama, qui lui-même délivrait des prophéties, encore que son pouvoir en la matière fût moindre que celui de son oracle. Qui plus est, ce dernier avait rang de ministre ; d'ailleurs, il participait aux délibérations du gouvernement tibétain en exil. C'est même sur ses injonctions que le dalaï-lama avait fui Lhassa en 1959 et s'était réfugié en Inde. Et l'oracle faisait partie d'une lignée aussi ancienne que celle des dalaï-lamas, c'est dire son importance !

Nous étions dans son temple. Et il était là, sous nos yeux, avec cette statuette qui le représentait en état de transe. Ce miroir, cet arc étaient ses attributs et on nous les montrait avec bienveillance... Thinlay, sans doute, avait plaidé dans ce sens.

Alors, nous eûmes droit, par la voix de Seldon, à quelques précisions. Elles ne firent qu'exciter un peu plus notre curiosité. Il expliqua que c'est à travers l'oracle d'État que se manifeste Dorje Drakden, déité protectrice qu'on appelle aussi Nechung. Il précisa : « Au moins une fois l'an, pendant les festivités du nouvel an tibétain. » Mais, en vérité, on la sollicite à travers l'oracle beaucoup plus souvent, chaque fois que les ministres ou le dalaï-lama en manifestent le désir. Un petit détail qui, plus le temps passerait, révélerait toute son importance, nous avait surpris la veille, chez la sœur de Thinlay. Ce commentaire de notre ami au poignard : « Même en transe, l'oracle sait se montrer respectueux de Sa Sainteté. » Il avait légèrement gloussé. Devions-nous entendre qu'il y avait trucage ?

Comme le monastère Namgyal avait suivi le

dalaï-lama dans son exil, l'oracle d'État avait fait de même, emmenant avec lui six seulement des moines qui composaient la suite de son petit monastère, le monastère de Nechung, second nom de cette déité terrible. Celle-ci ne réclamait pas moins, dans l'ancien Tibet, de cent quinze religieux à son seul service. Six sur cent quinze étaient parvenus jusqu'ici ! Les premiers temps de l'exil, l'oracle avait logé dans une vieille bicoque de McLeod Ganj louée à un Indien. En 1977, le gouvernement avait pu enfin acheter un morceau de terre et construire des locaux dignes de ce nom. C'était ce temple. Et sa suite avait été aussi recomposée : c'étaient pour partie, ces moines étendant leur linge. Car, insensiblement, leur nombre remontait. Aujourd'hui, ils étaient soixante et un, dont quatre seulement avaient plus de trente ans.

Trucage que cet oracle ? Nous n'avions pas caché un certain scepticisme. Seldon avait ouvert de grands yeux, parfaitement étonné de notre réaction. Il était formel : l'oracle — en tibétain *kuten*, autrement dit « la base physique » — ne se trompe pas. Il ne s'est jamais trompé, c'est le dalaï-lama lui-même qui le souligne, rappela Seldon, sur le perron du temple, avant de nous remettre, un peu plus tard, un texte — extrait du Journal officiel de l'administration tibétaine, l'équivalent de notre Bulletin officiel, notre « BO » — dans lequel on lit ceci, émanant de la bouche du chef suprême des Tibétains : « Moi-même, j'ai affaire à lui plusieurs fois par an. Cela peut paraître un peu bizarre aux yeux des lecteurs occidentaux du XXe siècle. D'ailleurs, même parmi les Tibétains, ceux qui se considèrent comme évolués expriment des doutes sur cette ancienne méthode de recueil d'informations à laquelle je continue d'avoir recours. Mais si je continue de m'y adonner, c'est pour la simple raison que, lorsque je considère les nombreuses occasions où par le passé j'ai interrogé l'oracle, alors, chaque fois, le temps a prouvé que sa réponse était correcte ! »

Et le dalaï-lama ajoutait : « Ce qui ne veut pas dire que je m'appuie seulement sur l'avis de l'oracle. Non ! Je sollicite son opinion au même titre que je sollicite le *kashag*, mon cabinet de ministres, et tout comme je sollicite aussi l'avis de ma propre conscience. Pour rester dans une terminologie politique que nous connaissons bien, je considère que les dieux sont ma "chambre haute" et que mon cabinet est ma "chambre basse". Je consulte toujours les deux avant de prendre une décision concernant les affaires de l'État. Et quelquefois, en plus du conseil de Nechung, je prends en considération certaines prophéties internes à notre société, qu'on retrouve notamment dans l'enseignement du Kalachakra. »

L'homme, prix Nobel de la paix, qui dialogue aujourd'hui d'égal à égal avec les plus grands chefs d'État du monde occidental et même désormais avec des scientifiques de très haut niveau, fonde en partie ses décisions sur l'avis d'un oracle ? Seldon insiste : « Ça vous surprend vraiment ? »

Rencontrer l'oracle... Était-ce possible ? Seldon et Thinlay, après avoir de nouveau échangé quelques mots en tibétain, nous répondirent qu'une chose pouvait à ce stade nous intéresser : un enregistrement sur cassette vidéo de la dernière séance, la dernière fois que le dalaï-lama avait consulté l'oracle d'État. Oui, une vidéocassette ! Seldon n'a pas que la passion des langues, il aime les images et il a lui-même réalisé ce document. Il en est assez fier et ne le diffuse qu'à bon escient. Ce document est surtout destiné à la formation des jeunes. Nous le vérifierions plus d'une fois : rien n'arrête nos moines, et surtout pas le progrès !

C'était il y a trois mois, à New Delhi. Un jeune capitaine tibétain, intégré à l'armée indienne, s'était aspergé d'essence et immolé pour protester contre l'occupation chinoise. Ce geste avait profondément ébranlé le dalaï-lama. Thinlay secoue la tête : la jeunesse tibétaine est à bout, prête à reprendre le combat. Quarante ans d'exil et de non-violence ont donné quoi ? En Afrique du Sud, Mandela a gagné. Pourquoi ? Parce que les siens ont pris les armes ! Restera-t-il seulement des Tibétains, demain, pour témoigner que le Tibet un jour a existé ? Bref, profondément choqué par les images du soldat brûlant vif vues à la télévision, le dalaï-lama avait convoqué l'oracle d'État.

Le lendemain nous parut interminable, avec sa « fête de la Démocratie » qui battait son plein dans la cour du monastère Namgyal. Seldon et Thinlay, comme tous les membres du monastère et même, semblait-il, le bourg entier de McLeod Ganj, avaient été mobilisés pour l'occasion. Il nous faudrait attendre pour visionner la cassette sur l'oracle.

Presque une nouvelle déité que cette démocratie, à en croire les gongs, les tambours, qui résonnent en son honneur dans le matin limpide ! Tout McLeod Ganj semble avoir afflué vers le monastère : bottes rouge et or, chapeaux à large bord et rehaussés de fourrure pour les hommes. Les femmes, nattées, ont le ventre serré par les traditionnels tabliers à rayures tandis que les enfants arborent d'impeccables survêtements Nike. Tous sont mêlés, laïcs et moines, anciens et modernes ! Avec cette fête, une invention de l'exil, la société monastique tibétaine, procédant à son autocritique, tente de jeter les bases d'un régime plus moderne. Le parvis du temple, où nous avons vu l'adepte se prosterner, a été dévolu aux ministres. Drapés dans des robes grises, ils se lèvent un à un pour débiter leurs discours monocordes. Une seule chose nous intéresse : parmi les silhouettes massées sur le parvis du temple, y aurait-il celle de l'oracle, ce ministre à part entière ? Apparemment pas, si nous en croyons le visage impassible de Thinlay. Pas plus d'ailleurs que le dalaï-lama n'est présent : il a tenu à marquer par son absence que cette affaire de démocratie relève plutôt des laïcs. Dans son gouvernement, ils sont en nombre égal avec les religieux depuis 1642, date où ce principe de parité fut instauré par le cinquième dalaï-lama, resté, pour la postérité, « le Grand Cinquième ».

L'oracle d'État

Enfin, nous sommes dans un minuscule réduit à quelques mètres du secrétariat général de Namgyal. Un petit écran vidéo est juché sur une étagère entre des piles de cassettes. C'est le domaine de Seldon, le laboratoire vidéo du monastère.

Des images passent. C'est bien le même chemin, que nous avons suivi avant-hier et qui conduit du monastère Nechung au monastère Namgyal. Une foule compacte, colorée, solennelle, monte dans l'aube. À la tête du cortège, quatre moines, coiffés des fameux bonnets jaunes de l'ordre des guéloukpas. Ces moines endimanchés ouvrent la marche dans un tonnerre d'instruments. Les trompes de cuivre que nous avons vues sur leur reposoir sont à l'œuvre : plusieurs hommes les portent tandis qu'à chaque embout un moine souffle, les yeux mi-clos.

Mais la procession semble se concentrer sur un personnage, un seul, celui que la caméra de Seldon d'ailleurs privilégie.

L'oracle ! De son vrai nom, Thubten Ngodup. De son nom de médium, Nechung. Quand il entre en transe, qu'il incarne la déité, on l'appelle Dorje Drakden, comme elle. Quand on le désigne communément c'est tout simplement kuten. Personnage mouvant...

Pour l'heure et sur ce chemin, il ressemble à un gros Bibendum engoncé dans un énorme vêtement, comme une cuirasse faite de plusieurs couches d'étoffes : soies, satins rouges, bleus, verts, dorés. Peine-t-il ? C'est bien possible, car l'habit pèse près de quarante kilos. On le pousse, on le hisse, et la caméra amateur suit tant bien que mal le mouvement de cet être en état de pesanteur. Elle capte maintenant un éclat : le miroir, celui de la vitrine, dans la petite sacristie, serti de ses pierres précieuses, est posé sur sa poitrine, et renvoie l'éclat de l'aube.

Les trompes et les cymbales accentuent leur fracas. L'oracle plie. Mais son miroir renvoie toujours la lumière d'en haut. Serpent charnu, le cortège ondule, pressé entre le sol, les pics et le ciel. Il pénètre maintenant dans la cour du monastère, la procession s'incurve et gravit les marches menant au parvis du temple de Kalachakra. Le plus petit des deux, car tout à côté se dresse un autre temple, plus vaste en effet, dédié à Shakyamuni, le bouddha historique. C'est sur son parvis que l'adepte, dans la nuit, enchaînait ses grandes prosternations. Une chose surprend : combien ces deux temples, dans leur construction même, sont ouverts ! Pas de murs aveugles, épais, mais de grandes baies vitrées qui laissent voir l'intérieur, sauf quand des tentures s'abattent. Mais elles-mêmes ne restent-elles pas un peu entrouvertes ? Le parvis, la nef sont bondés, le murmure des lèvres enfle. L'air gronde, épaissi par une concentration record de fumées d'encens. Tout est exacerbé, les odeurs, les couleurs, les sons. Au fond du temple, un trône. Sur son coussinet d'apparat, le dalaï-lama accueille l'oracle, la nuque inclinée, les mains jointes, les lèvres arrondies, déjà, livrées à l'invocation. De part et d'autre du trône, en contrebas, assis sur de petits tabourets, une assemblée d'hommes en gris. « Les ministres ! » lâchons-nous. Seldon confirme d'un sourire. Leurs lèvres aussi se serrent sur des prières. Étrange atmosphère dont, même à travers l'écran, nous ressentons les effets hypnotiques…

Les serviteurs de l'oracle s'affairent plus que jamais autour de lui. Ils lui passent le harnais de cuir, car il faudra pouvoir contenir son énergie en transe. Cette camisole ajoute encore au poids de l'habit et à la gêne du médium. À ses reins, nous le découvrons seulement à présent, sont suspendus un arc et son carquois rempli de flèches. Quatre bannières, encore, viennent se glisser entre le harnais et ce corps prisonnier. Quatre bannières de quatre couleurs différentes. Blanche, l'une, pour la paix ; jaune, une autre, pour le progrès de la conscience ; la rouge, c'est la force ; la bleue, le courroux. Oui, il faut bien du courroux pour repousser tout ce qui risque d'interdire la montée de la vision. La force, elle, est nécessaire pour conquérir ce rôle de protecteur divin, s'adjoindre à la déité protectrice. Car Thubten Ngodup va bien devoir se muer, étendre sa « base physique », la mettre en expansion. Quant à la paix et la conscience, ce sont aussi des aides précieuses pour celui qui cherche à révéler la vérité cachée.

L'oracle oscille, vacille, tout en s'approchant respectueusement du trône du dalaï-lama. Chacun guette un premier signe, un premier mouvement, une crispation du visage sur lequel Seldon vient de zoomer. Les traits sont presque douloureux, la peau des joues sanguine. Le médium balance son corps sans heurt, balance, balance, quand tout à coup, beau travelling, la caméra court vers la porte du temple : une épaisse tenture vient de tomber. La pénombre est cependant loin d'être parfaite. Si le monde extérieur s'éloigne, la déité, elle, commence à prendre forme, elle approche, n'est plus très loin.

Car la transe a commencé dans un tonnerre de tambours venu s'ajouter aux sons fracassants des trompes ; les prières elles-mêmes touchent à la démesure. L'oracle tressaille, une série de tremblements rapides, que saisit la caméra, s'emparent de lui. Le visage a changé, pris une pâleur de cire. Ses assistants pèsent maintenant sur ses bras, ses épaules, et de toutes leurs forces, ils imposent à cette « base physique » maintenant agitée, « en expansion », de demeurer ici. Le médium tremble avec une violence grandissante. On l'assied ; plutôt, on le contraint à prendre place sur un petit tabouret tapissé d'une peau de tigre — « Celui qui chevauche un tigre n'a pas envie de mettre pied à terre », dit-on ici — et placé au pied du trône du dalaï-lama, lequel n'a pas bronché. À peine s'il regarde le devin. L'heure est venue de coiffer celui-ci du casque, de l'énorme tiare avec sa frange de têtes de morts. À lui seul, ce casque ressemble à un palais miniature qu'on presse sur la tête de l'oracle. Sous ce nouveau poids qu'on imagine immense, le médium se tasse plus que jamais sur son tabouret. Alors, tout son visage rougit, gonfle. Les dents s'entrouvrent, laissent passer des sifflements. On enfonce encore la tiare. Et à présent la cordelette rouge, qui battait sous le casque, est attrapée, on serre avec elle le cou du médium. Les mains des serviteurs s'activent fébrilement tandis que leurs yeux suivent plus que jamais, sur le visage, les effets de ce garrot inquiétant. Leurs doigts sont rapides, précis. Le médium respire de plus en plus difficilement, il tousse, il s'étrangle. On a peur pour lui.

Et quand ses yeux s'ouvrent à nouveau, c'est comme une autre vie qui émane d'eux, le regard est effrayant et fouille l'assistance sans paraître l'apercevoir. D'un geste, le voilà qui chasse ceux qui l'ont assisté jusque-là, et ils s'écartent, mais sans se retirer complètement. Tout va très vite, maintenant. L'oracle, ou plutôt Dorje Drakden, car son état maintenant est bien celui de cette déité même, et il faut l'appeler comme elle, l'oracle danse, mouvements lents mais menaçants. Il fait comme elle parce que c'est elle ! Il est devenu la déité, elle en personne ! Son bras glisse vers ses reins, dans son dos, il touche l'arc. Il s'en saisit, prend une flèche, bande l'arme. Il vise, va tirer, il tire mais au-delà de la foule, par-dessus les têtes. La caméra de Seldon a du talent : elle monte vers la charpente de la nef, zoome encore, et cette fois filme la flèche plantée dans une poutre. « Il y a de la raison dans la folie ! » disait Shakespeare. On peut l'espérer car, privée de raison, cette flèche eût pu viser et transpercer un assistant. Oui, cette adresse dans l'ivresse est bien une preuve de plus qu'il est devenu la déité. Comme elle, il est empli de courroux, de force, de conscience, mais aussi de compassion : n'est-ce pas ce sentiment qui a guidé sa flèche ?

C'est cette mue, encore, qui rend possible une nouvelle prouesse alors que l'oracle courbe dangereusement son buste en avant. Ce mouvement combiné avec le poids du casque massif, sur une personne ordinaire, lui briserait les vertèbres du cou. Le garrot relié au casque accentue encore sa pression — si c'est possible ! L'oracle devrait chuter, s'étrangler, mais ne chute pas, ni ne s'étrangle. Et non seulement il ne se brise pas, mais il danse, il dodeline, penché comme il l'est. Sa nuque, ses vertèbres jouent comme un ressort doté d'une détente, d'une puissance gigantesques. Les assistants autour redoublent d'attention, de prévenance tandis que Dorje Drakden lâche maintenant sa prophétie ; des sons mystérieux mêlés de mots tibétains. Il parle, il rit, il gesticule. Tout doit être observé, noté. Deux vieux lamas, des greffiers manifestement, sont près de lui, un carnet à la main, ils se portent vers cette bouche tordue, mouvante, souple ; il faut absolument tout noter, tout transcrire, ne rien perdre. Car sa transformation ne saurait durer trop longtemps. Autre signe qui indique son retour déjà vers sa base physique ordinaire, grossière, en rétraction : le visage, sous la tiare, est violacé comme celui d'une personne normale qui va succomber par étranglement. Les serviteurs alors se précipitent, arrachent la cordelette autour du cou. Il était temps ! L'oracle s'effondre, s'affale sur le sol du temple, il n'est plus qu'une forme inerte, rigide. Une planche de chair. Ses assistants la hissent à bout de bras, au-dessus de leurs têtes. Ils l'emportent en courant tandis que l'assemblée dans la nef s'ouvre pour les laisser passer. Sur son trône, le dalaï-lama n'a pas cessé le balancement rassurant de son torse tandis que les cornes, pacifiées, lâchent le flot ample de leurs voix.

La cassette s'arrête là. « Où va l'oracle ? » demandons-nous, troublés, vaguement inquiets. « Récupérer », répond Seldon, déjà occupé à rembobiner sa cassette. Il n'en dira pas plus. L'odeur des *momos* — les petits pâtés à la vapeur si chers aux palais tibétains — annonce le déjeuner, et le maître de la discipline ne tolère pas de retard au réfectoire. Les momos digérés, Seldon propose d'emmener Benjamin avec lui jusqu'au Tibetan Children's Village, le « TCV » — prononcez « ticivi ». Là, dans un parc de vingt hectares accroché à l'Himalaya, tout près de cette frontière par laquelle entrent, chaque mois, des réfugiés dont beaucoup d'enfants, survit la culture tibétaine : tous les jeunes peuvent bénéficier ici d'un enseignement complet en langue tibétaine. Aucun élève n'est tenu de devenir moine, même si tous apprennent les rudiments du bouddhisme. C'est une philosophie d'abord, et elle est partagée, en effet, par tous, laïcs ou pas. Les professeurs assurent à la fois la transmission de la plus pure tradition et un enseignement moderne censé préparer les élèves à intégrer les meilleures universités indiennes, voire occidentales. Ici, on utilise la méthode Montessori, qui compte en France aussi de nombreux adeptes : une méthode pédagogique inventée en 1907, à Rome, par une éducatrice italienne, Maria Montessori, et qui met l'accent sur la liberté des enfants, sur l'éducation sensorielle à travers la musique, la peinture. Le « ticivi » est mené de main de maître par la sœur du dalaï-lama, Jetsun Pema. La construction de cette école et sa gestion actuelle sont financées par de généreux donateurs occidentaux, allemands, suisses, français... Ils donnent d'ailleurs leurs noms aux pavillons où dorment les enfants. Quand on circule dans les couloirs, on croit voir une école comme un peu partout dans le monde, avec des bancs, des pupitres, des tableaux noirs, des élèves rieurs, curieux.

Neuf mille jeunes Tibétains, en trente-quatre ans, ont été formés dans cette école. Cinq cents d'entre eux ont rejoint ensuite des universités de droit, de médecine, de commerce, à New Delhi, Bombay, et même à New York, Londres, Genève. Dix pour cent ont intégré un monastère. Thinlay, Seldon, Lobsang sont de purs produits du «ticivi». Si Seldon entraîne Benjamin là, aujourd'hui, c'est pour le futur, pour lui montrer qu'il existe encore de vrais petits Tibétains, même si son pays, comme nation, n'est plus inscrit depuis des années sur les cartes du monde. En fin d'après-midi, il disputera un tournoi de tennis de table. Benjamin a été champion de France, par équipes — il représentait, pour son club, la catégorie minime. Ici, il sera battu en finale sous les cris des jeunes spectateurs. Et Thinlay, un vigoureux joueur, et mauvais perdant quand il affronte Benjamin, lui aussi applaudira en apprenant la nouvelle.

Nous profiterons de cet intermède pour aller méditer devant une tasse de thé *kangra*, le thé de la région au fumet de conifère pour lequel les Anglais autrefois ont souhaité conquérir cet endroit. Nous sommes chaudement installés au café de l'hôtel Tibet et débattons de cette scène étrange que nous venons de voir, l'oracle, sa transe, son étranglement qui n'avaient rien de feints. Le sérieux avec lequel le dalaï-lama en personne avait assisté à la scène n'était pas moins étrange à nos yeux. Oui, il y croyait et participait à sa manière fermement !

Mais le dalaï-lama a toujours précisé que sa relation à l'oracle n'était pas faite de soumission. « D'une certaine manière, la responsabilité de Nechung et la responsabilité du dalaï-lama envers le Tibet sont les mêmes, bien que nous agissions de façon différente. Ma tâche, qui consiste à diriger, est paisible. Lui, en sa qualité de protecteur et de défenseur, est un guerrier. Toutefois, et bien que nos fonctions soient assez similaires, nous entretenons, Nechung et moi, des relations de lieutenant à capitaine : je ne m'incline jamais devant lui. C'est à Nechung de s'incliner devant le dalaï-lama. » Et en effet Nechung, sur la cassette, s'était incliné devant lui, et non sans révérence. Un ordre persistait bien au cœur de la transe, qui avait de quoi surprendre.

La tentation était grande, bien sûr, de puiser dans nos références culturelles, de parler d'emblée, pour l'oracle, de crise d'épilepsie ou d'hystérie. Certains états de l'oracle saisis sur l'écran nous évoquaient les convulsions décrites par nos neurologues. Nous songions naturellement aux travaux de Charcot, à Freud... Plus récemment, à propos de l'épilepsie, la science avait attesté de la présence d'anomalies organiques touchant un secteur spécifique du cerveau, appelé le « système limbique » ou « lobe temporal ». Nous savions que l'hystérie relève davantage de troubles sensoriels, psychologiques. Ces informations nous seraient confirmées par des spécialistes à notre retour. Jerome Engel Jr., neurologue et professeur de neurologie à l'école de médecine de l'université de Californie, à Los Angeles, serait d'un précieux recours. Sa silhouette est bien connue sur le campus. Un bel homme, barbe blanche, très décontracté, maître de son sujet, rien d'un vieil ennuyeux, seulement un peu terrorisé par la mort. Il a d'ailleurs quelque difficulté à admettre le point de vue de ses confrères universitaires qui veulent que, quand on meurt, tout soit fini ! Engel Jr. est aussi président de la Société américaine d'épilepsie. L'individu épileptique, rapporte cet éminent professeur, peut éprouver des sensations bizarres, manifester des tics buccaux, cligner des yeux, trembler, avoir des pertes de conscience, errer, tomber, devenir rigide, aussi rigide qu'une planche. Pendant ces phases de conscience altérée, il peut même, dans certains cas, quand le système visuel est touché, avoir des visions ; dans d'autres cas, si c'est le système auditif qui est affecté, il entendra des sons. Décrite dans la médecine occidentale depuis plusieurs siècles, l'épilepsie a été longtemps, néanmoins, considérée par la religion comme une manifestation de la possession démoniaque. Les Grecs anciens, eux, préféraient y voir une bénédiction, baptisant l'épilepsie « la maladie sacrée » qu'ils rattachaient à l'oracle de Delphes, la pythie ; Mahomet admettait lui-même dans ses écrits qu'il était touché par ce haut mal ; d'ailleurs, toujours selon Jerome Engel Jr , les visions merveilleuses de plusieurs grands saints, dont Jeanne d'Arc, relevaient de l'épilepsie.

Alors, l'oracle était-il un épileptique caché ? Fouillant plus avant cette question, nous devions apprendre que la médecine tibétaine, aujourd'hui connue et respectée par nos propres professeurs, n'ignorait pas l'épilepsie. Tenzin Choedrak, médecin personnel du dalaï-lama, affirmait que, même si l'épilepsie n'était pas « un problème important parmi les Tibétains comme c'est le cas en Occident », la littérature médicale y faisait néanmoins référence, décrivait ses symptômes détectés à l'examen du pouls, des urines, des rêves, identifiaient les dysfonctionnements physiques qui la provoquaient. Le docteur Choedrak finissait par conclure qu'il existait « trois types majeurs d'attaques, l'une due à une inflammation à l'intérieur du cerveau, l'autre à une influence extérieure comme de mini-organismes invisibles à l'œil nu, le troisième type d'épilepsie pouvant être déterminé à la lecture du pouls : quand on sent à l'auscultation, en appuyant fort, un "pouls vide", qui se dérobe au toucher. »

Quant au dalaï-lama lui-même, il reconnaissait spontanément que, face à ces « personnes possédées » et notamment aux transes de l'oracle, un Occidental avait toutes les raisons de penser qu'il était en présence d'une personne en proie à des accès d'épilepsie. Mais, selon lui, il s'agissait plutôt, et c'était aussi l'avis de son médecin, d'une « apparence de crise ». Si attaque d'épilepsie il y avait, c'en était le visage extérieur ; il fallait plutôt parler d'« impression de crise ». Ces propos avaient été tenus justement devant Jerome Engel Jr. La vérité, toujours selon le dalaï-lama, pouvait être tout autre, surtout émanant de sujets exceptionnels, prédisposés. En tibétain, le terme de possession rassemblait deux syllabes, l'une signifiant « mental » et l'autre « saturer ». « Ce n'est pas, expliquait le chef religieux des Tibétains, comme si le mental de la personne possédée est rejeté et qu'un mental nouveau entre en lui, pas plus que l'un n'est séparé de l'autre. C'est encore autre chose. Il peut également arriver que toutes les facultés sensorielles et mentales du possédé soient suractivées, au comble de leur potentiel. Mais, en même temps, il y a un agent extérieur qui intervient, contrôle. La personne n'est pas maîtresse d'elle-même, quand bien même tous ses sens sont intacts. Quant à dire comment le médium entre en transe ou comment se passe la possession, je ne sais pas. »

Ainsi, il y aurait une cause extérieure, et celle-ci était du ressort des assistants : ce garrot, ces attributs si lourds à porter. En étranglant l'oracle, ils exacerbaient une crise qui sinon, peut-être, ne se serait jamais produite. Et l'oracle était bien tout à la fois en pleine possession de ses moyens — *saturation* de son mental — et, parallèlement, pas vraiment maître de lui, de son destin, ne décidant pas du déclenchement de la crise.

En parlant d'*impression de crise*, insinuant ainsi

qu'il n'y avait peut-être pas crise réelle mais simulation, bref que l'oracle avait quelque chose d'un comédien, le dalaï-lama ouvrait la route à une autre hypothèse : l'oracle était un hystérique plutôt qu'un véritable épileptique, un « acteur » plutôt qu'un « malade ». On sait combien l'hystérie peut prendre les apparences d'une crise d'épilepsie. Les travaux de Charcot à la Salpêtrière, à la fin du XIXe siècle, travaux auxquels avait participé Freud, avaient révélé que les hystériques empruntaient des symptômes aux épileptiques, qu'ils imitaient leurs comportements. Nous n'ignorons pas combien les malades — des femmes surtout, d'où ce nom d'hystérie renvoyant à l'utérus, des femmes, et toutes de milieu modeste — trouvaient l'équivalent d'une source d'inspiration dans les photos que Charcot et ses élèves prenaient des crises et exposaient, soigneusement encadrées, dans les salles de l'hôpital. Une chercheuse comme Monique Sicard, enseignante à l'université de Lyon-II, en vient même à penser, aujourd'hui, que ces photos étaient un « facteur déclenchant[2] ». Ces femmes, marginales, cherchaient tant bien que mal à répondre à l'attente de ces grands professeurs au sommet de la hiérarchie sociale.

Pour revenir à l'oracle, quant à songer à un effet d'hypnose déclenché par les sons, les prières, les litanies, l'encens, qu'en disaient toujours nos spécialistes de l'esprit ? Dans les années 1870, Freud avait assisté à une représentation publique du « magnétiseur Hansen » (un hypnotiseur mondain) et remarqué que « l'un des cobayes humains était devenu pâle comme un mort quand il était tombé en rigidité cataleptique[3] ». L'oracle était tombé au terme de sa prestation dans cet état, emporté à bout de bras, pâle, au bord d'un royaume inconnu, par ses assistants empressés. Freud devait écrire que cette scène avait eu pour mérite « de donner un fondement solide à ma conviction de l'authenticité des phénomènes hypnotiques. Cette conception trouva peu après son porte-parole scientifique en la personne de Heidenhain, ce qui n'empêcha toutefois pas les professeurs en psychiatrie de déclarer encore pendant longtemps que l'hypnose était une charlatanerie et qu'elle était en outre dangereuse, et de regarder de haut les hypnotiseurs[4] ». Pendant l'été 1889, Freud, pour mieux maîtriser cette technique, s'était rendu dans une école d'hypnose spécialement créée à Nancy et qui utilisait à des fins thérapeutiques la suggestion, avec ou sans hypnose. Il en avait ramené « les impressions les plus prégnantes de la possibilité de processus psychiques puissants qui ne s'en dérobent pas moins à la conscience de l'homme[5] ». Ce ne sera pas l'unique fois que Freud identifiera ce pouvoir psychique. Mais, loin de tout expliquer, l'hypnose semble plutôt un révélateur.

Certes, la réflexion de Freud est avant tout d'ordre thérapeutique. D'ailleurs, il se plaint : « On ne réussissait pas à hypnotiser tous les malades ; et deuxièmement, on ne pouvait à son gré obtenir le degré d'hypnose qui était souhaitable dans chaque cas. » Impossible, notamment, de provoquer à volonté le degré optimal de l'hypnose : un somnambulisme avec amnésie qui est du meilleur effet dans le traitement. Freud abandonnera bientôt cette voie, trop aléatoire, trop loin aussi, peut-être, alors, d'une démarche scientifique. Il préférera s'adonner tout entier à l'interprétation des rêves, au rôle de la libido, c'est-à-dire de la sexualité, il aboutira à sa théorie de l'inconscient face au conscient, retombera dans un certain manichéisme, délaissant la part obscure de l'esprit — celle qui aujourd'hui passionne nos chercheurs. Il crée la psychanalyse, une école, un dogme pour d'autres, dont certains de ses disciples qui se sépareront de lui, comme Jung. Et quand Freud pointera du doigt l'occultisme, parlant de « flot de vase noire », peut-être a-t-il encore en tête ce pouvoir psychique, qu'il cherche à tenir pur de toute pratique — à ses yeux — obscurantiste.

La culture tibétaine, dans sa sagesse millénaire, a, face à ces questions, adopté une attitude plus sereine, moins dogmatique. Elle n'a pas écarté ce qui échappait à son entendement, au contraire. Il y a, on le sait, une incroyable tolérance au cœur de cette pensée, autant sur le plan intellectuel que religieux. On ne rencontre pas ce souci de constituer coûte que coûte un système et d'y faire entrer la totalité du monde, écartant s'il le faut ou mettant à l'index ce qui résiste à ce cadre. L'obscur n'est pas rejeté systématiquement. Pas plus qu'il n'y a une sorte de mystique qui ferait que tout mystère est sanctifié, porté aux nues. Un point et non des moindres joue de toute façon : pour un bouddhiste, toute chose observée l'est en relation avec le sujet qui observe. Celui-ci n'est jamais dans une tour d'ivoire. Ce qu'il voit dépend farouchement de ce qu'il est. Un proverbe dit, non sans bon sens : « Vos jugements vous jugent. » Le monde, et tout ce qu'il contient, est une image, une vision où le mental de l'observateur est engagé, et, à ce titre, tout est plus ou moins illusoire, irréel. Tout ce qui prend forme dans notre esprit ne prend forme que sous l'effet de nos perceptions, n'existe que parce qu'il y a un sujet pour le voir, le sentir, l'entendre, le penser. Le bouddhisme, comme philosophie, ne s'est jamais rendu coupable de cette confusion entre apparence

— ou phénomène — et vérité, contrairement à notre culture.

Pour le dalaï-lama, les oracles existent parce qu'ils se manifestent à nous. Inutile de chercher à les éliminer : ils nous coudoient, ils vivent dans notre monde. De même que certains humains sont cruels tandis que d'autres montrent de la compassion, ces « esprits possédés » révèlent des caractéristiques qu'on ne saurait écarter au nom de l'objectivité, d'autant que celle-ci n'existe pas, pour un bouddhiste. Ils sont « autre chose que nous », tout simplement, en transe, leur base physique en expansion l'est sous l'effet d'un « mental saturé ». Néanmoins, le chef du bouddhisme tibétain n'exclut pas qu'un jour on pose des électrodes sur le crâne d'un oracle. Le débat n'en sera que plus passionnant entre nos neurologues et leurs « déités » en transe.

« Si vous vous liez d'amitié avec quelques-uns de ces esprits, à ranger, précise-t-il, dans la sphère du désir, un des trois royaumes de notre expérience de vivants, ils peuvent être utiles en tant qu'oracles. » Mais pas seulement. Le dirigeant aime à rappeler combien l'oracle, aujourd'hui décédé, qui a accompagné toute sa jeunesse, était affectueux avec lui. « C'était touchant, Nechung m'aimait beaucoup et prenait toujours grand soin de moi. Par exemple, s'il remarquait que je m'étais habillé avec négligence, il venait vers moi, arrangeait ma chemise, rajustait ma robe, et ainsi de suite. » Il répète que le temps a toujours donné raison à l'oracle, que ses prophéties n'ont rien de vague, contrairement à ce qu'on croit. « Il faut se montrer très patient avec Nechung, il n'est pas facile. C'est un grand seigneur ; il a ses têtes, ses caprices. » Le chef des Tibétains ne nie pas qu'il y a risque de fraude. Car certains ont cherché à bénéficier de ce statut sans en être dignes, animés par le goût du pouvoir, l'ambition, l'argent. Bref, au royaume du Tibet, tout ce qui entre en transe n'est pas oracle !

Nous sommes retournés vers le joli complexe monastique de Nechung. Car, hors des livres, présents ou à venir, et des explications, possibles ou impossibles encore à formuler, cet homme, l'oracle d'État, existait, il vivait à quelques pas d'où nous étions. Pourquoi ne pas lui demander de nous recevoir, lui poser à lui, directement, ces questions, restées sans réponse ? Pourquoi ne pas interroger ce ministre, sachant qu'il est le représentant d'une institution qui a résisté aux siècles, au contact avec l'Occident ? Oui, au fond, peut-être suffisait-il de demander à Seldon de nous conduire de nouveau au petit monastère et de nous servir d'interprète... Après les images de la vidéo surgirait le phénomène, en chair et en os !

C'est un beau jeune homme, au visage lisse, au crâne rasé, aux oreilles décollées. Signe de sagesse ? Le bouddha historique a le lobe de l'oreille décollé, légèrement gonflé. Mais le sourire de Thubten Ngodup est plus humain qu'imperceptiblement divin, oui, accueillant. On le sent affable, très concentré. Il n'a que trente-huit ans. Nous sommes dans la sacristie, il est assis sur un petit tabouret de bois verni. Sa robe de moine suit la courbe harmonieuse de ses épaules. Ses poignets souples dépassent de la chasuble qui l'enveloppe et il tient entre les mains un livre ouvert ; il étudiait en nous attendant. Il doit partir en début d'après-midi pour Simla, l'ancienne capitale d'été du royaume britannique. Une ville construite comme une fresque gigantesque, verticalement, au point qu'un ascenseur public en dessert les niveaux. À Simla, des moines s'isolent dans des cellules, leur seul contact avec le monde extérieur demeurant ces plats de nourriture passés rapidement par la porte entrouverte. Là, ils conduisent des retraites de trois ans, trois mois et trois jours. Oui, le nombre « trois » rythme le temps de leur longue méditation. Et nous savons, par une indiscrétion amicale de Thinlay, qu'un ermite vient d'achever sa retraite et demande à la reconduire. L'oracle se rend aujourd'hui à Simla pour porter l'avis du dalaï-lama quant à cette procédure inhabituelle de reconduction.

Le sourire de l'oracle dit bien qu'il nous attendait, qu'il est prêt à nous répondre. Nous hésitons sur la façon de procéder : en entrant, Seldon a donné du « Vénérable » à notre interlocuteur et appuyé ce mot d'une quasi-prosternation...

L'oracle a-t-il senti notre gêne ? D'un geste très simple de la main, il nous propose de nous asseoir. Avec nos carnets, nous ressemblons à des scribes suspendus à ses lèvres. Et tandis qu'il évoque sans détour son histoire, nous retrouvons cette loi en escalade de la tolérance tibétaine : nous nous étions montrés curieux auprès de Thinlay ; Seldon, aussitôt, nous avait fait visiter le temple de l'oracle. Puis, sans l'ombre d'une hésitation, on nous avait projeté la cassette. Et, tout aussi logiquement, nous nous retrouvions devant l'oracle en personne !

« Je suis né le 13 juillet 1958 à Phari, au Tibet, sur la frontière népalaise, mon père était issu d'une famille très connue de grands pratiquants tantriques. En 1966, pendant la Révolution culturelle, mes parents ont fui le Tibet pour se réfugier au Bhoutan, où nous sommes restés quelque temps dans un camp de réfugiés. Mon père depuis toujours voulait gagner l'Inde et recevoir la bénédiction du dalaï-lama ; maintenant qu'il était âgé, il souhaitait se consacrer à sa vie d'ermite. Nous sommes arrivés à Dharamsala début 1969. Ainsi que beaucoup de petits exilés, j'ai travaillé comme coolie à la construction de la route qui relie la ville basse, indienne, au bourg tibétain de McLeod Ganj. Enfant j'ai eu très tôt de l'intérêt pour tout ce qui touche à la religion. J'ai dit à mes parents que je voulais devenir moine. À onze ans, j'ai été admis au monastère Gadong qui, comme Namgyal, avait été reconstruit en exil. Dans notre programme, il était prévu de se rendre tous les jours pour des prières au petit monastère Nechung — il n'était pas ici, à l'époque. C'était assez loin et nous nous y rendions à pied. Pour être franc, tout au fond de mon cœur, je commençais à ressentir une affinité avec Nechung. Et mon père me conseilla d'intégrer ce petit monastère, ce que je fis en 1971. Dix ans plus tard, en 1981, j'avais atteint le plus haut niveau d'études, j'étais devenu *Cho-pon*, chef des rituels. »

Oracle ?

« Non, répond en souriant Thubten Ngodup, d'autant qu'à l'époque le Vénérable Lobsang Jigme vivait toujours, celui qui s'était si bien occupé du dalaï-lama lorsqu'il était enfant. Et qui veillait sur les destinées du Tibet depuis 1945. Mais mon attirance profonde persistait. »

De retour en France, par un mois de janvier pluvieux, nous rendrions visite à un maître tibétain, Dagpo Rimpotché, ami très proche du dalaï-lama que celui-ci ne manque jamais de venir saluer quand il s'arrête en France. Dagpo Rimpotché est un ancien professeur de tibétain à l'Institut des langues orientales, ami d'Anne-Marie Blondeau, directeur d'études à l'École pratique des hautes études en sciences sociales, à Paris, qui nous le présenta. Cet adepte a fondé à Fontainebleau l'institut Guépèle Tchantchoup Ling, un important centre d'études du bouddhisme tibétain. Intellectuel raffiné, il baigne dans les deux cultures. Un jour de triste ciel, donc, il nous précisera, avec toute l'affection qui le caractérise, comment on peut, en effet, se sentir irrésistiblement attiré par une déité. Comme l'oracle l'avait été dès son jeune âge par Nechung. C'était là le résultat de nos vies passées. « Nous avons accumulé des actions, nous avons éprouvé des sentiments, ressenti des passions, et cela a déterminé en nous une sorte de paysage affectif qui, dans notre vie présente, nous porte naturellement vers certaines formes, vers certains êtres, certaines déités. On sait que c'est elle, notre déité, quand, en présence de sa représentation, on éprouve une joie, un calme. » Ainsi Dagpo avait-il lui-même établi un lien particulier avec plusieurs déités, mais, sans cesser de sourire, il déclina notre invite à préciser lesquelles. L'oracle, lui, intronisé dans sa fonction, n'avait plus à cacher son attirance pour Nechung en particulier. Il dut néanmoins convaincre son monde de sa bonne foi et de ses prédispositions, avant d'être adoubé.

En 1984, le Vénérable Lobsang Jigme, l'oracle en titre depuis 1945, décède. Pendant trois ans, le gouvernement tibétain se passe de médium car rien ne permet, aucun signe fiable, d'identifier le successeur. La lignée est en suspens… Le dalaï-lama s'empare de l'affaire et rédige une prière spéciale pour que ce successeur se manifeste. Il engage même les moines des trois grands monastères, Gadong, Drepung et Sera, à s'en faire l'écho dans leur pratique quotidienne. Comme rien ne vient, le dalaï-lama provoque les circonstances : il rassemble sa hiérarchie religieuse et lui demande d'entamer, dans le monastère de Nechung, les préparatifs d'une séance de consultation d'oracle.

Le 31 mars 1987, les plus hauts lamas, auxquels s'ajoutent ce jour-là les maîtres et les moines, sont réunis. Thubten Ngodup, chef du rituel au monastère Nechung, est parmi eux, bien sûr. Au moment même où l'assemblée des moines commence à réciter le texte de l'invocation rédigé par le dalaï-lama, il se met à trembler violemment ; son regard s'affole ; il lâche le bol d'encens qu'il tient entre les mains. Ce jour-là, il était en colère contre cette mascarade : on préparait du thé pour un oracle absent ! Et, de surcroît, il avait osé en faire la remarque à un de ses supérieurs, un grand lama du monastère de Drepung, osé s'en prendre à plus haut que lui ! Symptômes d'une autorité qui s'affirmait. Enfin, ce jour-là, il a du mal à quitter le petit temple dédié à Nechung, du mal à s'éloigner de la déité.

L'événement est immédiatement rapporté au dalaï-lama, par une délégation du ministère de la Religion et de la Culture. Ce dernier convoque l'oracle présumé. Il veut l'interroger, le sonder lui-même : de quels signes avant-coureurs peut-il témoigner, et cela aussi loin qu'il peut remonter dans son enfance ? Quelles ont été son éducation, ses études ? Ses affinités ? Surtout, peut-il parler de ses rêves, les décrire ?

Thubten Ngodup ne tarde pas à révéler au dalaï-lama que, depuis une semaine, il ressent un afflux d'émotions violentes. Il éprouve de terribles maux de tête, le besoin, également, de se dissocier des autres moines, et il n'a pas de réticence, aujourd'hui, en tant que moine inférieur pourtant, à s'approcher de « Sa Sainteté », à dialoguer avec « Elle ». De nouveau, faisait jour ce sentiment d'autorité ; il s'imposait comme une évidence, une vérité.

Mais les rêves ? Point capital ! Thubten répond

qu'il rêve, oui, assidûment depuis sa petite enfance, songes nombreux, singuliers. Il s'attarde sur l'un d'eux en particulier, advenu récemment. C'était en décembre 1985, à Bodghaya, ville sainte au sud de l'Inde où le Bouddha historique connut l'Éveil. Ce rêve retient l'attention du chef des Tibétains. Et pour cause : il donnait lui-même à ce moment précis un enseignement du Kalachakra dans cette ville de Bodghaya, devant deux cent cinquante mille personnes venues du monde entier. Kalachakra, c'est ce bouddha dont le monastère Namgyal est le garant et dont le dalaï-lama a décidé de diffuser l'enseignement depuis qu'il a lui-même fait ce rêve l'encourageant dans ce sens. Un tel enseignement présuppose la présence du mandala du même nom. Cette œuvre faite de poudres colorées avec ses cercles concentriques, ses carrés, ses figures multiples et dont les poudres sont recueillies dans une urne à l'issue de l'enseignement, puis dispersées dans l'eau d'un fleuve, d'une rivière ou d'une mer. L'eau, symbole de l'impermanence puisque tout passe, rien ne demeure pour un bouddhiste, il n'y a pas d'absolu, pas même de dieu. « J'ai rêvé, a expliqué le dalaï-lama, que j'étais au centre du mandala avec, autour de moi, les moines récitant le principal tantra du Kalachakra. Quand le mandala s'est dissous, il est demeuré quelque temps dans une aura de claire lumière. Lorsque je me suis réveillé, j'ai su que, dans le futur, je serais amené à conduire ce rituel de très nombreuses fois. »

Alors que Thubten assiste à ce grand rassemblement de Bodghaya, ses troubles s'intensifient : il saigne violemment du nez, de la bouche, perd même tout espoir de vie. Puis, de nouveau, un songe. « J'ai rêvé d'un long escalier où une colonie de singes accueillait une cérémonie. Les singes tenaient des fruits dans leurs mains et l'un d'entre eux prit la mienne et m'escorta jusqu'aux plus hautes marches. Atteignant une sorte d'estrade, je vis un grand arbre creusé dans lequel on me conduisit. Pendant ce rêve, j'éprouvai une sensation agréable, paisible, douce, comme je n'en avais jamais ressenti avant. Je fis d'autres rêves encore, et tous me procurèrent ce même sentiment. Mon cœur s'emplissait de paix et de sérénité. » Voir des singes en rêve, selon la tradition tibétaine, signifie qu'on a un lien au protecteur du *dharma*, la loi bouddhique, et ce protecteur, c'est le dalaï-lama.

La nuit qui précède sa première transe, Thubten, encore, a des visions. C'est l'aube. En rêve, il se voit marcher sur le toit du temple de Nechung et aperçoit un arc-en-ciel. Il ramasse des champignons et les place dans son châle marron de moine. Cette fois, il s'est même immiscé dans ce songe, il a agi sur lui, il le dirige. Geste inaugural car, en tant que chef des rituels, il n'est pas sans savoir, et le dalaï-lama non plus, que ceux qui contrôlent ainsi leurs rêves ont gravi un palier, atteint un niveau supérieur de conscience ; leurs rêves sont des vaisseaux qu'ils gouvernent et qui les emportent vers des terres inconnues...

Tous ces rêves, et celui qu'il fait régulièrement de Nechung, le médium en état de transe, indiquent que le Tibet tient enfin son nouvel oracle d'État. Mais une dernière épreuve s'impose. Au terme de l'audience, le dalaï-lama demande à Thubten d'accomplir une retraite de quatre mois au cours de laquelle il devra méditer sur Hayagriva. Hayagriva n'est pas n'importe quelle déité, c'est la forme terrifiante d'Avalokiteshvara, le Saint de la Grande Compassion, celui dont les lèvres murmurent éternellement le fameux mantra, ou formule sacrée, que tout le Tibet connaît, *Om Mani Padme Hum*, soit littéralement : « Déniche le joyau dans le lotus ! » Ce mantra doit sa grande efficacité à sa sonorité autant qu'à son sens. Les sons comme les couleurs engendrent des vibrations, des effets au plus profond de la conscience de celui qui les prononce. En se dédiant à la compassion, ce bouddha s'est dédié aux autres.

Thubten va devoir maintenant apprendre à s'identifier au plus près avec ce bouddha de la compassion, sans craindre son aspect terrifiant : car la compassion ne se conquiert pas par la douceur, contrairement à ce qu'on croit, non, les forces qui luttent contre la compassion — l'ego, le moi, le « je » — sont capables de ruses infinies. La voie est pleine d'embûches et il va falloir venir à bout de toutes. Il saura qu'il y est parvenu s'il voit surgir dans son esprit, au terme de sa méditation solitaire, le visage féroce d'Hayagriva, surmonté d'une petite tête de cheval ; Hayagriva, comme sculptée, avec ses contours précis, ses détails, ses couleurs, ses attributs, sur la toile plissée de son cerveau. Ne l'appelle-t-on pas, cette déité, « Hayagriva au cou de cheval », le hennissement de cet animal étant censé percer tous les phénomènes ou fausses apparences, jusqu'à gagner et signaler l'approche de la lumière ?

Seulement alors, le dalaï-lama pourra dire à Thubten s'il est digne de s'inscrire dans la lignée de ces grands serviteurs de l'État que sont les oracles.

Le 4 septembre 1987, c'est chose faite ! Thubten Ngodup est intronisé oracle d'État. En grande pompe, dans le hall d'entrée du petit temple où nous nous trouvons en cette fin de matinée. La cérémonie a lieu en présence des plus hauts dignitaires de la hiérarchie religieuse et laïque du Tibet en exil, de représentants de la diaspora, comme ces envoyés du centre bouddhiste d'Hawaï lié plus particulièrement à la déité de Nechung, le centre Nechung Dorki Drayang Ling. La population de McLeod Ganj, une foule énorme, s'est jointe à l'événement. Les dignitaires ne manquent pas de présenter les *katas*, les écharpes blanches de bienvenue, au lauréat assis sur son trône. Et les étoffes s'accumulent autour de son cou.

Lumineux souvenir... Le présent est-il moins rose ? « En devenant médium, répond Thubten, aujourd'hui, devant nous, j'ai perdu ma liberté personnelle de mouvement ! Lorsque je veux partir en vacances, je dois être sûr que mes dates coïncident avec l'absence, à Dharamsala, de Sa Sainteté. Je dois aussi demander l'accord du Bureau du dalaï-lama et informer le gouvernement tibétain de l'endroit où je serai, au cas où il voudrait me contacter. Je surveille aussi la situation internationale. Je dois par ailleurs observer une discipline précise, pour ce qui est de mon régime alimentaire. Par exemple, je n'ai pas le droit, en qualité d'oracle, de manger de poisson, d'œufs ni de porc. » Il fait une pause puis reprend, tandis que ses lèvres forment de nouveau une courbe sereine : « Mais, fondamentalement, il n'y a pas eu beaucoup de changement. Bien que certains me conseillent de ne pas vaquer à des tâches ordinaires, je continue à faire les choses qui m'ont toujours intéressé et quelquefois j'encourage — et je supervise — les jeunes moines lorsqu'ils s'adonnent à des tâches matérielles, comme repeindre le monastère. Je crois en la dignité du travail. »

Nous apprendrions encore que quand le gouvernement entend le consulter, quand il lui « commande une transe », Thubten se met en condition. « Un jour ou deux avant la date prévue, mon esprit commence à se troubler, mon être intérieur à s'agiter. La veille de la cérémonie, ce trouble s'intensifie. Le jour J, et surtout après avoir revêtu le costume, ce sentiment intérieur devient si intense que, parfois, il est difficile à imaginer. Graduellement, même mes sens se dissolvent et alors, comme si j'étais somnambule, je deviens totalement absorbé et ne me souviens pas correctement de ce qui s'est passé et de ce qui s'est dit. Quand je suis assis sur le tabouret avec mon costume, je médite en récitant les *mantras* de Hayagriva. Lentement, la possession monte, s'approfondit et, peu à peu, je m'éloigne de ma propre identité et de mon environnement. »

Enfin, il fournit cette explication, assez logique, du moins pour un bouddhiste : « J'estime personnellement que devenir un médium est incontestablement le résultat de connexions karmiques qu'on a pu avoir dans le passé et des prières que je n'ai cessé de prononcer. »

En effet, le corps, la parole et l'esprit de tous les vivants produisent régulièrement des actes, lesquels ont des conséquences, les unes visibles, les autres pas, internes et externes. Ils nous modifient comme ils modifient notre environnement. Et cet état nouveau, en nous comme hors de nous, va lui-même être un facteur agissant au moment de choisir un acte plutôt qu'un autre. Cette cause, cette chaîne même de causalités, c'est le *karma*, dont tout individu est porteur, une sorte de valise spirituelle plus ou moins lourde, plus ou moins belle, plus ou moins positive ou négative selon nos actes, dans cette vie comme dans nos vies antérieures. De plus, si chaque être vivant, de l'homme aux animaux, aux plantes, possède un karma, une collectivité elle-même en possède un, somme des karmas particuliers qui la composent. Tous ces karmas, privé, collectif, ou à toute autre échelle, s'interpénètrent et nous prédéterminent. Mais ils ne sauraient être confondus avec le fatalisme, le destin. On peut naître avec un karma négatif et mourir avec un karma positif, selon ce qu'auront été nos actes et ceux aussi, d'une certaine manière, de nos parents, voisins... Les bouddhistes parlent d'une énergie de causalité et la disent infinie. « Un chrétien peut espérer que sa piété et ses bonnes œuvres seront acceptées en réparation de sa faute, mais un bouddhiste, sachant que son bourreau le plus sévère n'est autre que lui-même et que la sentence de ce juge est irrévocable, comprendra que vice et vertu ne s'annulent jamais et qu'il récoltera et consommera les fruits de chacun », souligne un maître occidental, très accompli, du bouddhisme, John Blofeld. « Du point de vue bouddhiste, le mal n'est pas péché mais ignorance, ajoute Blofeld, car nul être capable de prévoir toutes les conséquences karmiques d'un acte mauvais ne pourrait se décider de plein gré à s'égarer. » C'est pourquoi le remède n'est pas la vertu, mais la connaissance, la sagesse.

Ainsi en était-il de l'oracle : le karma de ses vies antérieures, celui de ses parents, l'avaient connecté avec Nechung dès l'enfance puis, par ses prières, il avait renforcé ce lien jusqu'à devenir, en transe, Nechung lui-même.

Léger, à présent, l'oracle s'est levé pour nous saluer. Nous avons joint les mains, fixant une dernière fois son visage comme une empreinte s'inscrivant peut-être dans notre karma personnel, ce visage à la patine brillante et pure, aux yeux bienveillants renvoyant une lumière éthérée, aux épaules douces mais fermes sous le châle lie-de-vin, ce corps parfaitement humain, nullement exalté. Et, à cette image, nous avons ajouté, additionné seulement, sans tri, l'autre face : bouillonnante, courroucée, tordue par la colère combative.

À Paris nous attendait notre exposition[6]. C'était la seconde fois que nous faisions appel aux moines du monastère Namgyal pour réaliser un mandala de Kalachakra, en direct, devant le public. Nous gardons en mémoire, de ce moment, la réponse d'un jeune moine, Khunkyen, à la question d'un journaliste : « Que pensez-vous des Français ? » Insolite réponse : « Je n'en sais pas assez long sur la vie intérieure des Français pour vous répondre. » Resurgissent également les images fluo d'un mandala vidéo : une autre prouesse de la société tibétaine, toujours prête à innover, à la différence de nos spécialistes arrimés à leur sacro-saint principe de virginité, d'authenticité. Authentique, ce mandala en images de synthèse ? Comment en douter ? Il avait été réalisé en 1990, comme nous l'apprit Thinlay, par un moine de son monastère en collaboration avec une équipe de chercheurs de la prestigieuse université Cornell, à Ithaca, dans l'État de New York. Le moine Pema Lobsang Chogyen avait fait le voyage jusqu'à la côte Est des États-Unis pour mettre au point ce mandala inédit, à destination des jeunes moines de Namgyal si friands de jeux vidéo. Et il surgissait à l'écran, en couleurs fluorescentes, comme un vaisseau tournoyant dans l'espace. Ce n'était pas le mandala de Kalachakra qu'avait choisi de représenter, en images de synthèse, le moine Pema, mais celui de Vajrabhairava ou Yamanthaka, le bouddha chargé d'effrayer la mort.

Nous apprîmes des moines que ce rituel de Yamanthaka est complémentaire de celui de Kalachakra, car l'un et l'autre sont comme les deux faces, l'une lumineuse — c'est Kalachakra — et l'autre courroucée — c'est Yamanthaka — d'une même volonté d'assurer la pérennité des forces de l'esprit.

C'est bien pourquoi le monastère Namgyal, avec ses cent quatre-vingts moines, veille sur ce double rituel, plus que jamais garde prétorienne des puissances de l'esprit.

Le corps du songe

« Le rêve, voie royale qui conduit à l'inconscient », avait dit Freud, donnant au début du XXe siècle, avec la psychanalyse, le coup d'envoi, en Occident, d'une science de l'esprit. Le rêve avait été la pièce maîtresse de son voyage dans la psyché humaine.

Il l'était, pour les maîtres tibétains, depuis des siècles. Depuis des siècles, le rêve est au cœur de leurs investigations, de leurs pratiques, de leurs traités — ces tantras. Aujourd'hui encore, par exemple, l'une des activités majeures, en exil, du *karmapa* — le jeune chef d'un des quatre ordres du bouddhisme tibétain, l'ordre des Kagyu, qui en janvier 2000 a déjoué la surveillance de l'occupant chinois pour gagner Dharamsala —, consiste à rêver. Puis à convoquer le « grand maître de peinture » pour que le dernier mette ses rêves en image. Personne n'assiste à ces séances. Personne d'autre que le maître de peinture et le karmapa n'est autorisé à voir ces peintures ni à connaître les songes dont elles découlent. Les œuvres sont mises de côté, patrimoine pour le futur…

Ces rêves peints vont rejoindre ceux que depuis deux millénaires et demi les Tibétains collectent, accumulent, explorent, expérimentent — matériau premier qu'ils soumettent à un examen scrupuleux, à une pratique approfondie. Deux millénaires et demi, chez eux, de fréquentation assidue quand, en Occident, les rêves ne sont entrés dans notre champ de vision et d'étude, si l'on peut dire, que depuis quelques décennies...

Oui, car chez nous, après Freud, Jung et leurs disciples, ce n'est que vers le milieu du XXe siècle que cette première ébauche d'une science de la conscience se précise avec les neurosciences. Une nouvelle génération de savants, munis cette fois de scanners, d'encéphalogrammes, branchent leurs machines en métal sur les rêves ou plutôt sur les rêveurs pour tenter de progresser dans la compréhension de l'esprit, sa nature, son fonctionnement.

Freud n'a jamais caché que l'hypnose, la transmission de pensée, la parapsychologie étaient restées des énigmes pour la psychanalyse, refoulant par ailleurs, comme nous l'avons dit, l'ésotérisme cher à Jung. Les chercheurs d'aujourd'hui portent précisément leur attention sur ce terrain resté en friche. Et que découvrent-ils ?

Que le sommeil est un phénomène actif, un « état de conscience avec ses propres lois ». Vers la fin des années cinquante survient une découverte capitale : des chercheurs américains et un Français, Michel Jouvet, décrivent ce que l'on connaît aujourd'hui sous le nom de « sommeil REM » (*Rapid Eye Movement*) ou encore sommeil paradoxal, caractérisé par des mouvements oculaires rapides : la personne dort mais son encéphalogramme indique une forte activité. Dans ces moments, le flux sanguin, soit la quantité totale de sang en circulation dans le cerveau, s'accroît sensiblement. Le cerveau apparaît nettement plus actif qu'à l'état de veille. Nous sommes loin de l'idée selon laquelle le sommeil n'est qu'un état passif.

Autre source d'étonnement : ce sommeil REM, quantitativement plus actif, fonctionne sur le même mode cérébral que le rêve. Mais encore, ce sommeil n'est pas l'apanage de la conscience humaine, les animaux aussi en sont dépositaires. Et ce doit être un phénomène suffisamment crucial pour que l'évolution ne l'ait laissé se perdre chez presque aucun mammifère.

La science en vient à avancer que le sommeil REM est une activité cognitive fondamentale. Elle a soumis des personnes plongées dans ce type de sommeil à des encéphalogrammes et découvert qu'ils réagissent aux sollicitations de l'observateur extérieur par un clignement rapide des yeux. Ils rêvent et, provoquée, leur conscience réagit. Oui, l'encéphalogramme témoigne qu'ils sont conscients tout en dormant, en rêvant ! À leur réveil, certains confirment même ce qui s'est passé. Cela fait maintenant une quinzaine d'années que l'existence de ces rêves dits lucides est attestée scientifiquement. On sait par exemple que des personnes pratiquant la méditation, cobayes de choix pour les neurologues, ont en moyenne un à plusieurs rêves lucides par semaine. On peut même dresser le portrait-robot de ces nouveaux rêveurs. Ce sont des êtres qui penchent vers un tempérament androgyne, qui tendent plus volontiers à prendre des risques intérieurs. On trouve dans leurs rangs davantage de femmes que d'hommes. Certains rêveurs testent ainsi des situations, arrivent à sortir d'un rêve pénible. On peut alors comprendre l'enthousiasme des chercheurs qui suivent ou participent eux-mêmes à ces expériences. Ils expliquent que ces rêves sont des lieux… rêvés pour s'essayer à des scénarios inédits, tester de nouvelles possibilités existentielles, remodeler ses expériences. Le rêve fournit un espace où l'on peut ne pas affronter uniquement l'immédiat, mais où l'on peut, au contraire, imaginer, reconcevoir, reconceptualiser.

Bref, le rêve est un outil de connaissance au sens propre, plein. La science aujourd'hui, dont les observations physiologiques, mécanistes, convergent avec les théories tibétaines dans ce domaine, le confirme.

Cet outil, la tradition tibétaine l'a identifié et l'utilise depuis des siècles. Elle en a fait, en vérité, la matière, l'essence même de ses plus hauts degrés de pratique, ceux qu'elle appelle les yogas supérieurs.

Un yogi hindou du XIe siècle, Naropa, a posé les premiers fondements d'un « yoga du rêve ». Ce yoga, les exégètes et les maîtres du bouddhisme tibétain, à travers les siècles, l'ont développé au point de le hisser jusqu'à un véritable art du rêve, plus poussé sans doute que dans aucune autre société. Les pratiquants parlent d'« état distinctif du rêve », de « corps spécial de songe ». On en trouve la trace — faut-il s'en étonner ? — dans l'enseignement si complet du Kalachakra.

Le pratiquant est ce rêveur conscient, il intervient dans le cours de ses songes. Il est sur la même longueur d'onde que nos rêveurs lucides, ou plutôt ce sont eux qui abordent seulement aujourd'hui cette contrée infinie qu'explorent les rêveurs bouddhistes depuis des lustres ! Les « rêves lucides » sur lesquels se penchent les neurosciences sont, oui, les cousins germains de ces rêves dans lesquels voyagent les seigneurs tibétains de l'esprit.

Le Kalachakra enseigne qu'un rêve est malléable, qu'on peut non seulement le maîtriser, le faire coïncider avec son désir, sa motivation, mais aussi, surtout, qu'on peut s'en servir pour accéder aux cimes du savoir. À force d'entraînement, de discipline, l'adepte peut apprendre à dissocier ce « corps de songe » de son corps physique ; il fait voyager cette nébuleuse virtuelle comme si elle constituait une entité en soi, et dans la direction désirée.

Il y a deux techniques pour accéder à ce vaisseau mouvant d'être rêvant. On s'entraîne à des visualisations en état de veille, pratique qui rapproche l'adepte de l'état de rêve lucide. Dans le sommeil, ensuite, un processus analogue se déroule naturellement et rapidement : le corps du songe se manifeste, se distingue, il n'y a bientôt plus que lui sous la poussée du désir du rêveur lucide.

L'autre technique conduit au même résultat, non plus seulement en termes de visualisation mais de réalisation. Cette méthode s'appelle le *prana yoga*. Elle fait appel aux énergies subtiles, vitales du corps grossier. L'adepte, comme un général rassemblant ses troupes, réunit toutes ces énergies — la médecine tibétaine identifie jusqu'à soixante-douze mille souffles — dans le canal ou *nadi* central. Une série de yogas — yoga du retrait, de la stabilisation, du contrôle des souffles, de la rétention... — l'y aide. Pour l'activation des énergies sexuelles, qu'il est fondamental de mobiliser aussi, l'adepte peut travailler avec une partenaire réelle, ou l'imaginer. Ce courant d'énergies regroupées — que parfois le dalaï-lama compare à une bombe A — passe à la fois dans le canal central et le dégage de toute obstruction au niveau des six *chakras* — les organes sexuels, le nombril, le cœur, la gorge, le front et la fontanelle. Déblocage, nettoyage, purification. L'énergie circule et s'éjecte, en quelque sorte. Le dalaï-lama compare ce moment à l'explosion d'une bombe H : elle a été allumée par la bombe A des énergies. La fontanelle, dit-on, peut aller jusqu'à s'entrouvrir. On trouve des signes de douleur, les traces d'un liquide blanc à cet endroit, comme l'a affirmé le médecin du dalaï-lama, des saignements de nez peuvent aussi se manifester. L'adepte alors échappe à son corps grossier et accède à la conscience originelle, universelle. Il lui est donné d'expérimenter le grand vide, le vide en soi, vérité suprême qui fonde toute la pratique du bouddhisme tibétain, dit aussi bouddhisme tantrique ou voie du diamant, tant est élevée la quête, éblouissant ce moment suprême ! Le corps du songe est la porte, en effet, ouvrant sur le vide fondateur.

Rien à voir, bien sûr, contrairement à ce qu'on a longtemps cru, avec le néant. L'adepte entre en relation avec le continuum de la conscience universelle, continuum à jamais ininterrompu, depuis des temps sans commencement et jusqu'au futur sans fin à travers le cycle du karma et des réincarnations.

L'oracle Nechung avait témoigné de nombre de ces signes. Entre ses rêves « lucides », ses visions, sa base physique en expansion, ses saignements de nez... Et si lui-même, par sa pratique, ses transes, devenait un maillon de cette conscience supérieure dont nous ignorions, ignorons encore, tout ?

Quel pourcentage du fonctionnement cérébral connaissons-nous réellement aujourd'hui ? « Un demi pour cent[7] ! » répond Robert Livingston, docteur et professeur émérite de neurosciences à l'université de Californie, à San Diego. Il s'adresse au dalaï-lama qui lui pose cette question, en octobre 1989.

Quelques-uns des meilleurs scientifiques occidentaux sont alors réunis à Dharamsala pour s'entretenir du « pouvoir de l'esprit » avec le chef des Tibétains. Et Lewis Judd, docteur en médecine et directeur du National Institute of Mental Health, à Washington, confirme que notre exploration du mental en est à ses débuts : « Nous en avons à peine gratté la surface[8] ! »

B. Alan Wallace, un des participants de cette rencontre au sommet, docteur en études religieuses et en physique de l'université de Stanford, a tenu cependant, au nom de ses collègues, à prendre ce recul : « Rien ne prouve scientifiquement l'existence de quelque phénomène immatériel que ce soit : l'hypothèse d'un esprit immatériel ne mérite pas même d'être envisagée un instant[9]. » Cependant, il laisse entrouverte une porte en déclarant que la science ne dispose peut-être pas encore d'instruments permettant de détecter la présence de ces phénomènes immatériels.

L'existence d'entités « immatérielles » n'avait donc pas été totalement écartée par d'éminents scientifiques... D'ailleurs, c'est alors qu'il fut convenu de mettre un jour prochain des méditants sous scanner, voire de réaliser un encéphalogramme de l'oracle en transe.

Pour savoir, il faut commencer par croire, finissent aujourd'hui par dire les plus pointus de ces scientifiques. Est-ce à dire que cette machine à détecter l'immatériel ne saurait être conçue si l'on ne croit pas en l'existence d'un monde lui-même immatériel ? Sans doute. On constate aussi que, pour la première fois, des chercheurs, notamment des neurologues, acceptent d'être eux-mêmes les cobayes de leurs propres expériences. Les bouddhistes tibétains, hauts praticiens de la voie de l'esprit, ne sauraient trop les y encourager, eux qui considèrent qu'on ne peut se prétendre une autorité en matière de conscience si l'on n'a pas atteint soi-même un haut degré de concentration méditative, à laquelle on accède seulement par une pratique assidue.

En attendant ces machines à explorer la conscience, notons l'étrange langage dans lequel s'exprime l'oracle lorsqu'il lâche ses prophéties. Car, ne l'oublions pas, il est sollicité sur des questions précises, qui lui sont communiquées dans les jours qui précèdent. Sa réponse prend une forme poétique, elle est en vers, ou en prose, parfois un mélange des deux genres. L'énoncé ne relève pas du langage commun et demande à être interprété. Mais ne dit-on pas que c'est dans une langue « crépusculaire » que le Bouddha historique, au lendemain de son Éveil, aurait transmis l'enseignement du Kalachakra ? À nouveau, les scientifiques reviennent : « Le côté convaincant des rêves, ne négligeons pas ce fait essentiel, vient souvent de leur poésie[10] », fait remarquer Allan Hobson, professeur de psychiatrie à l'école de médecine de Harvard et autre membre de cette délégation venue rencontrer le dalaï-lama à Dharamsala, en octobre 1989, rencontre qui d'ailleurs fut suivie de plusieurs autres et se poursuit désormais au rythme d'une par an. Que la poésie se retrouve sur la route de la science, nous rappelle encore Freud qui déclarait à propos des poètes : « Ils sont dans la connaissance de l'âme nos maîtres à tous, hommes vulgaires, car ils s'abreuvent à des sources que nous n'avons pas encore rendues accessibles à la science[11]. »

L'époque répond à ses vœux, qui voit des scanners détecter dans le méditant, le rêveur, le voyant, le poète, un interlocuteur plus que crédible, un précurseur, un annonciateur, autrement dit, un prophète !

Une élite, dans l'histoire des idées, pressentit pareille rencontre entre nos scientifiques et le savoir tibétain. Il faut citer d'abord le tibétologue italien, Giuseppe Tucci, né en 1894. Tucci voit dans le mandala — figure pourtant millénaire — un « psychodiagramme[12] » ; certes, ce dernier suit de près les développements, tant freudiens que jungiens, de la psychanalyse, mais on ne saurait nier que cette définition recouvre une vérité : le mandala est aussi une machine à identifier en soi, et à combattre, les passions obscures, et obscurcissantes, comme la jalousie, la colère, l'attachement... toutes manifestations de l'ego qui barrent la route à la sagesse. Tucci voue à Jung — et ce n'est pas un hasard — une admiration toute particulière : « Je me réfère ici aux travaux toujours plus importants de la psychanalyse, et tout particulièrement de celle de C. G. Jung dont les analyses, à mon avis, sont destinées à laisser des traces durables dans nos pensées[13]. »

Le Tibet en effet, et en particulier le mandala, a joué dans l'œuvre et la vie du psychiatre zurichois un rôle central. En 1913, à trente-huit ans, Jung rompt avec Freud, son père spirituel. Il trouve sa théorie sur la libido trop dogmatique, quasi obsessionnelle. Il rompt, donc, et sombre dans une grave dépression. Sur les bords du lac de Zurich, le voici en train de disposer des pierres, créant de petits jardins au calme attrayant. Surtout, il dessine, et son crayon erre mais pour revenir inlassablement au centre de la feuille. « J'esquissais dans un carnet un petit dessin en forme de rond, un mandala[14]. » Ce mot surgira bien après, dans ses souvenirs. Car, sur l'heure, il ignore ce cousinage entre ses propres figures et les structures tibétaines. Il connaît néanmoins l'ouvrage de Justinius Kerner, la voyante de Prévost (1829), consacré à cette étrange personnalité qui, dit-on, développa des talents de médium et laissa une série de diagrammes complexes — fait de cercles concentriques — pour représenter les gradations de l'existence spirituelle. Un des biographes de Jung révèle que ces figures avaient fortement impressionné le jeune Jung[15].

Le premier « mandala » de Jung date de 1916 et s'intitule : *Systema munditotius*, « Système du monde ». On peut s'étonner de constater combien ce premier essai s'apparente à ce lointain cousin : mêmes cercles concentriques à l'extérieur, symbolisant l'univers comme dans le Kalachakra ; guère plus de quatre couleurs quand celui-là en compte cinq. En revanche, aucun des cinq carrés imbriqués les uns dans les autres et qui symbolisent tour à tour, en partant de l'extérieur, le plan du corps, de la parole, de l'esprit, de la conscience primordiale, enfin de la sérénité suprême — porte d'accès au corps du songe, au corps du Vide. Grâce à ces figures psychiques, centrées, issues de son imagination, Jung commence à se reconstruire. En vérité, il s'en sert comme support d'introspection, il y voit une « formation-transformation », un « cryptogramme sur l'état, écrira-t-il, de mon Soi, c'est-à-dire la totalité de moi-même[16] ».

Plus tard, le psychiatre dans sa pratique encouragera ses propres malades à faire de même, à laisser aller leurs pinceaux, leurs crayons. Entre-temps, il a identifié le mandala tibétain. La révélation lui est venue en 1928, grâce au grand orientaliste Richard Wilhelm : ce dernier, étrange hasard, lui demande de préfacer sa traduction d'un traité de méditation taoïste, *Le Secret de la fleur d'or*[17]. C'est alors que Jung prend connaissance du mandala oriental. Il identifie le recentrement des énergies psychiques à laquelle convie, aide, cette figure : « Je sentais là une parenté à laquelle je pouvais me rattacher[18]. » Son être propre se fond dans un Soi qui outrepasse les frontières de sa propre culture. Il ne lui reste plus qu'à faire du mandala une figure universelle, à y voir un de ces fameux archétypes, de « ces grands gisements de significations qui constituent l'inconscient collectif de chaque individu », comme l'écrit Ysé Masquelier, professeur d'histoire des religions à l'université de Paris-Sorbonne[19]. « Jung a ainsi parlé, à propos des mandalas, d'expressions variées d'un archétype du centre, de la totalité, de la complétude, de l'unification des opposés. » L'inconscient collectif est né. Il doit énormément au mandala.

Dans un discours à la mémoire de Richard Wilhelm, décédé en 1930, Jung reviendra encore sur ce moment capital de sa vie : « C'est là que jaillit l'étincelle d'où sortit la lumière qui allait devenir l'un des événements les plus lourds de sens de ma vie... Nous touchons là un point d'Archimède à partir duquel notre attitude d'esprit occidentale peut être sortie de ses gonds[20]. »

Point d'Archimède ? Nous ne sommes plus en effet dans le dualisme qui a fondé notre culture : les hommes d'une part, les dieux de l'autre ; la raison ici, les visions là ; le dehors, opposé au dedans... L'a-t-on assez précisé ? Un bouddha, une déité ne sont pas, jamais, des corps, des entités extérieures à l'être humain, mais bien des présences, des principes mis en images, des états énergétiques et psychologiques tout à la fois, et que chacun peut, à force certes de discipline, de rigueur, d'ascèse, identifier en lui-même, générer, développer. Visualiser telle déité, c'est faire affleurer du tréfonds de son être, c'est accepter peut-être, sinon une nature, du moins un penchant, un état supérieur, un palier, grâce auquel, et depuis lequel, on peut espérer encore progresser. Songeons qu'en médecine, aujourd'hui, à Fort Worth, au Texas, dans le centre Simonton, mais aussi désormais à Villejuif, dans le pavillon des jeunes cancéreux, on demande désormais aux patients de mettre des images sur leur système immunitaire, de le visualiser, de lui donner un visage et d'essayer ensuite de l'orienter, de le diriger, un peu comme on fait naviguer un corps de songe. Rêve lucide ? On peut songer, encore et toujours, à ces rêves mystérieux dont les maîtres tibétains ont la maîtrise.

Tucci et Jung composèrent cette première cordée vers les cimes du Tibet. D'autres allaient évoluer au plus près de l'oracle lui-même, le Français Jacques Bacot, l'Autrichien Heinrich Harrer.

Bacot est le fondateur de la première chaire de tibétologie en France. En 1909, dans le Tibet encore interdit, Bacot assiste, contre le gré des lamas et grâce à un mandarin chinois, à une scène qui, de toute évidence, est une consultation d'oracle. Il note : « Qu'était-il, un acteur consommé, un hystérique, un somnambule ? [...] Il ne peut être inconscient car il observe tous les rites. Ses contorsions sont savantes, elles ont du style, et il brandit son arc et son glaive comme ces dieux guerriers des peintures qui dansent sur des cadavres[21]. » Il ajoute : « Son cas a sans doute un nom scientifique. Mais il y avait autre chose, quelque chose d'inexprimable qui n'est pas entièrement humain. On éprouvait le malaise de se trouver sur le seuil d'un monde redoutable et inconnu. Les Tibétains sont un peuple étrange qui vit à part des autres et ne font rien comme eux. Après tout, nos laboratoires pourraient bien n'être pas l'Univers[22]. »

Heinrich Harrer, lui, est autrichien et alpiniste. De ses mémoires, Jean-Jacques Annaud a tiré son film, *Sept Ans au Tibet*. Surpris par la Seconde Guerre mondiale dans cette région du monde, arrêté par les Anglais, Harrer s'évade et se réfugie au Tibet. Grâce à lui, on apprend combien le jeune dalaï-lama, le futur exilé, est un passionné de sciences. Il explore les mécanismes d'horlogerie, s'intéresse tellement à l'art cinématographique que Harrer, devenu son précepteur, lui monte une salle de projection à Norbulingka, son palais d'été. Le dalaï-lama a quatorze ans. Il démonte et remonte, sans la moindre notice technique, le projecteur. Il demande à Harrer de lui expliquer la composition de la bombe atomique après qu'elle fut tombée sur Hiroshima. En 1946, l'alpiniste autrichien assiste, en toute connaissance de cause, lui, à la transe de l'oracle d'État. Dans ses mémoires, il écrit : « Le spectacle est affolant [...]. Ma raison d'Européen se refuse à admettre qu'il s'agisse là de manifestations surnaturelles [...]. Souvent aussi j'ai rencontré l'oracle en dehors de ses fonctions officielles ; je ne pouvais me défendre d'un certain malaise [...]. Il avait une physionomie avenante et rien ne rappelait le masque grimaçant que j'avais eu sous les yeux[23]. »

Un peuple qui ne fait rien comme les autres ? C'est évident, à Barcelone, ce soir de pleine lune d'hiver 1994. Le dalaï-lama est venu donner, pour la première fois en Espagne, un enseignement du Kalachakra, et cette initiation ne peut commencer que par un soir où ce satellite brille au-dessus des têtes humaines. Oui, quand la lune est entièrement là ! Alors les énergies vitales, subtiles, sont au plus haut, comme le sont aussi le mouvement des marées et... le mouvement de la Bourse : nous entendîmes un jour un courtier le préciser !

Bref, « il » est là. Sur son trône. Face à quelques milliers de personnes. Nous aussi avons noué autour de notre tête un petit ruban rouge. Et trouvé une place dans cette foule attentive. Nous pouvons, d'où nous sommes, apercevoir le mandala de Kalachakra, car, bien sûr, il est présent également, érigé en poudres de couleur, au pied du trône de « Sa Sainteté », comme tout le monde dit ici. Un caisson de

Plexiglas protège cette œuvre volatile du vent, de la foule.

Qu'allions-nous apprendre cette fois ? À notre grande surprise, qu'un mandala de Kalachakra est, *in fine*, un palais dédié au vide !

Nous commencions à mieux connaître ce mandala royal, ses grands cercles concentriques symbolisant l'univers ou, plus précisément, la terre, l'eau, le feu, l'air, l'éther et, ceinturant le tout, la conscience universelle. Nous savions à présent identifier les cinq carrés logés à l'intérieur de ces six cercles, s'imbriquant les uns dans les autres, tour à tour, du dehors vers le dedans, le corps, la parole, l'esprit. Puis le carré de la conscience primordiale, et celui de la sérénité suprême. Ces cinq plans s'unissent, la parole en particulier est un trait d'union entre le corps et l'esprit. Défi, déjà, à la logique occidentale qui aime dire « un esprit sain dans un corps sain », faisant l'impasse sur ce niveau intermédiaire. Au contraire de ces sociétés, où la parole est un souffle d'abord, et non un langage construit avec des mots, ou un message, mais bien un souffle qui circule à condition de n'être pas entravé, un souffle qui nous relie aux vents du monde et jusqu'aux énergies, peut-être, de cet astre qui brillait dans la nuit de Barcelone.

Nous savions que la conscience primordiale et la sérénité suprême dialoguaient ensemble, constituaient, même si elles reposaient sur les trois premiers niveaux — le corps, la parole, l'esprit —, une étape supérieure. Pendant son enseignement de Barcelone — il dura une semaine —, le dalaï-lama évoqua avec précaution cette phase ultime.

Ce mandala chargé de toute cette abondance, syllabes sanskrites, figures d'animaux, du porc au cheval, de l'éléphant au léopard des neiges, sans oublier le singe, le rat, le lièvre, le dragon, cette pleine lune et ce soleil couchant, mais encore la multitude de triangles, de ronds, de guirlandes, de bannières, étaient au service de sept cent vingt-deux déités ! Sept cent vingt-deux états de conscience, paliers par lesquels l'adepte doit passer pour atteindre un point unique et microscopique, de couleur bleue, inscrit au cœur du cinquième plan, celui de la sérénité suprême. S'il veut devenir lui-même le bouddha de Kalachakra, il doit aller jusqu'à identifier en lui son double féminin, car, au centre de son mandala, Kalachakra n'est pas seul ; il est en union intime avec Vishvamata. Emmêlé à elle. Et comme ce mandala ne cesse de faire des ricochets sur un océan de sagesse, Kalachakra a ses énergies liées à celles de la lune, et Vishvamata à celles du soleil. Inversion des pôles — mais tout n'échappe-t-il pas à notre logique dans le Kalachakra ? Au masculin, la lune. Au féminin, l'astre roi...

Encore une fois, soulignait cet enseignement, Kalachakra n'est pas un dieu mais une aventure proposée à l'esprit. Kalachakra, dans son miroitement infini, comme une nuit de pleine lune ou un jour de plein soleil, est l'état le plus haut possible de l'être. Mais à Barcelone, quelque chose se précisa, que nous avions entrevu. Le corps du songe réapparut ! Il était là, au cœur même du mandala, en son plein centre, il sous-tendait la présence de Kalachakra, intimement uni à Vishvamata. La figure même du mandala portait l'empreinte de cette présence immatérielle. Ainsi, ces seize chambres qui composaient le plan de la conscience primordiale, le quatrième carré, étaient appelées « chambres du vide ».

Dans ce sas, les énergies vitales, subtiles, réunies aux phases préparatoires, se vidaient de leurs dernières dépendances avec le corps grossier, l'ego, elles se purifiaient définitivement. Insistons : cette purification n'est pas de l'ordre du bien ou du mal. Ces énergies, dont tout adepte est si comptable, s'allégeaient définitivement de leur poids existentiel. Dans ces chambres, il y avait des vases, et, dans ces vases, des nectars : le sang, la moelle, le sperme masculin, la semence féminine, toutes substances épurées désormais de passion, d'entrave. On était dans l'essence pure des choses. Privées de leurs chaînes, ces énergies pouvaient, si on peut dire, se déchaîner ! On approchait de ce moment où, dit-on, la fontanelle peut aller jusqu'à s'entrouvrir et où l'adepte fait l'expérience de la conscience universelle, rejoint, en flottant sur le corps du songe, le grand vide impersonnel de l'univers.

Les mots de l'oracle nous revenaient à l'esprit, tandis qu'il nous disait avec son sourire affectueux : « Ma vie personnelle est devenue insignifiante. »

À Barcelone, le dalaï-lama eut cette parabole, qu'il délivra dans un grand rire, pour mieux faire saisir à ses auditeurs occidentaux ce moment de la sérénité suprême : « Vous pouvez comparer cet état à celui d'un éléphant croulant sous la chaleur, le dos couvert de croûtes tandis qu'au loin il voit surgir un lac. Il y entre. Quel apaisement après tant de souffrance ! La lumière est dorée. Il est maintenant serein, suprêmement. » Il nous manquait de savoir une chose : que l'éléphant, dans la symbolique bouddhique, est l'image du vide. L'éléphant, le plus lourd des pachydermes… Oui, toujours cette inversion des pôles !

Vide bouddhique

De retour à Paris, le vide, encore, nous attendait. Sous les traits sereins d'un astrophysicien de renom, Jean Audouze, longtemps conseiller scientifique à l'Élysée, et, en ces années-là, président de l'Établissement public du parc et de la grande halle de la Villette. C'était lui qui nous avait encouragés à faire le voyage à Barcelone, après celui de Dharamsala. Audouze nous écoute lui parler de ce vide éléphantesque. Derrière ses lunettes dorées, ses yeux pétillent. En ne cessant d'opiner, il saisit son répertoire téléphonique et décroche le combiné. « Michel, j'ai des visiteurs pour toi ! »

Destination : l'Institut d'astrophysique de Paris, boulevard Arago. C'est un vrai petit palais dont nous gravissons les marches. Le savant qui nous reçoit s'appelle Michel Cassé. Il est membre du Commissariat à l'énergie atomique. Il nous attend, manifestement, car il entre sans préambule dans le vif du sujet.

Il confirme : oui, le vide les passionne aujourd'hui, lui et ses pairs. Il parle sans élever la voix, le dos incliné, le visage dense. Et quand il nous regarde, nous voit-il vraiment ?

« Je m'explique. Jusqu'ici, la physique ne donnait de sens qu'aux énergies positives. Avec Einstein, le cosmos est voué à se dilater ou à se contracter. Pour rendre cohérent ce mouvement d'ensemble du macrocosme, Einstein est conduit à ajouter un terme stabilisateur à son équation, afin d'endiguer la dilatation de l'Univers, et qu'il appelle la constante cosmologique. Bref, il y a eu le big bang, *un* big bang, et ça se gère assez bien.

« Tout change avec Paul Dirac, le père de la physique quantique moderne, un Anglais. Dirac est le premier à valider l'existence de l'antimatière, d'une énergie négative. Coup de génie ! Dirac a une vision symétrique des choses. Il imagine l'Univers comme un océan plein de particules virtuelles, d'énergies négatives. Et, selon la loi des symétries, une particule réelle ou positive est le résultat d'un trou dans cet océan de particules négatives. »

L'expansion du cosmos viendrait de ce perpétuel jaillissement.

Nous comprenons un peu mieux quand Cassé reprend pour citer un autre physicien, un Russe, Andrei Linde, de l'Institut Lebedev, de Moscou. « Linde a comparé l'univers à du champagne dont nous n'occuperions qu'une bulle. » Cet océan de particules virtuelles ou négatives serait comme une coupe de champagne dont les bulles, en éclatant à la surface, formeraient autant de big bang, des particules réelles, positives, bref, des mondes. Il n'y aurait pas, par conséquent, pour la physique quantique, un seul monde, mais des milliers, tous issus de cet océan virtuel, appelé encore vide quantique ou faux vide, par opposition au vrai vide qui, lui, n'est riche d'aucune virtualité, qui s'apparente au néant. Mais tout n'est pas si simple...

« Pour nous, astrophysiciens, continue Cassé, c'est le passage du virtuel au réel qui pose problème. Quoi qu'il en soit, le premier ou le dernier état de toute chose, c'est ce vide qui regorgerait d'énergies et serait le substrat éternel du monde, des mondes. Ce vide fondateur est comme s'il n'était pas. On peut le traverser, on peut le chercher, on ne le trouvera pas, parce qu'il n'a pas d'attributs. Il n'est pas observable et pas utilisable. Mais il est omniprésent. Il n'y a aucune manière de se rendre compte de son existence, sinon par ses effets gravitationnels. Par exemple, le faux vide a mis l'espace en expansion gigantesque. Encore une fois, tout vient du faux vide, les forces de la physique sont dans lui : le vide est une banque, une agence de relations publiques. »

Est-il possible de dire pourquoi, à un moment donné, cette banque libère une partie de son capital infini et crée un monde ? La réponse nous désarçonna. Le vide avait, dans la bouche de Cassé, les attributs d'une personne humaine...

« C'est une saute d'humeur du vide qui a créé le monde. Pourquoi ce vide s'est-il mis en colère ? Je ne sais pas. Ce vide connaît une transition d'un état élevé à un état plus bas. Et cet orage, cette libération d'énergie, crée en réalité ce qu'on pourrait appeler la lumière, la première lumière qui, elle, se scinde en matière et en antimatière. Une guerre se produit entre les deux, telle que les survivants, peu nombreux d'ailleurs, fondent l'univers matériel. Donc, il y a genèse et il y a meurtre. Cette histoire est très frappante. Mais le premier état, c'est ce vide qui regorgerait d'énergies. Autrement dit, ce que nous appelons l'univers n'est qu'une bulle dans un champagne généralisé, pour reprendre l'image de Linde. Il y aurait des multitudes de mini-univers, de bulles d'univers, qui émergent du vide. »

La similitude de ce discours avec les aphorismes bouddhistes ne manqua pas de nous frapper. Le bouddha historique, Shakyamuni, né six siècles avant notre ère, avait dit : « Regarde le monde comme une bulle de savon, comme un miracle trompeur. » Il avait dit cela au sortir de sa propre expérience d'Éveil et alors qu'il concevait le mandala de Kalachakra, ce vaisseau vers l'infini de la conscience et de l'espace. De lui, on tenait cet autre aphorisme qui là, devant l'astrophysicien, s'éclairait : « Là où il y a la forme, il y a le vide ; là où il y a le vide, il y a la forme. »

« Logique ! » fit Cassé. Là où il y avait le vide, il y avait bien le monde ; et là où il y avait le monde, il y avait bien le vide.

Et il ajouta, alors que nous évoquions pour lui le système des cercles concentriques de la cosmologie bouddhique qui ajoute aux cinq éléments que nous connaissons — la terre, l'eau, le feu, l'air, l'éther — ce sixième, la conscience universelle, il lança même : « Oui, là-bas, ça pense ! »

Quant à dire pourquoi le vide se mettait en colère, on se surprenait nous-mêmes à rêver à haute voix qu'un maître tibétain, ayant fait l'expérience, à travers ses énergies purifiées et libérées, de la conscience universelle, ultime, pouvait détenir en partie la réponse. « Je t'enseignerai en profondeur les rites de la voie secrète : tu es un vaisseau du grand voyage », dit le maître à l'adepte qui approche des niveaux supérieurs du mandala.

Et le dalaï-lama, maître entre tous de cet enseignement, qui compte ses vrais adeptes sur les doigts de la main, avait, à Barcelone, abordé la question de l'univers : « Si vous prenez une particule d'espace, et que vous suivez son évolution pendant plusieurs milliards d'années… » Quelle conclusion en tirait-on ? Le tantra — texte fondateur — du Kalachakra parle de particules spatiales qu'on a envie de dire « virtuelles » car présentées comme des maillons entre deux mondes, entre celui qui meurt et celui qui s'annonce. L'enseignement tantrique fait en effet mention d'un « espace-temps » qui n'a ni forme ni visage, un « vide », souligne le dalaï-lama, « de manière assez semblable à ce qui se passe avant le big bang de la cosmologie moderne ».

Pourquoi le vide se met-il en colère, libère un nouveau monde ? La réponse tombe sous le coup du bon sens bouddhique : « Dans cet espace vide, il y a un potentiel de matière, explique le dalaï-lama. Comment celle-ci, qui est comme une source fondamentale, est-elle activée afin d'engendrer la création de l'univers suivant ? Elle est activée par le karma des êtres sensibles. » Autrement dit, le karma du monde précédent reprend naissance, forme et corps, parce qu'il est dans sa nature de passer du vide à la forme, de la forme au vide. Le vide se met « en colère » sous la pression de ce karma antérieur, pressé de renaître.

Oui, mais... Comment le karma se déclenche-t-il lui-même ? À Barcelone, le dalaï-lama avait parlé de « mûrissement ».

« Mûrissement, pourquoi pas ? » lança Cassé, pour une fois décontenancé. Puis il ouvrit un bel ouvrage consacré à son ami le peintre surréaliste Matta. Une œuvre, un tableau, portant ce titre, *Intégrale du silence*, de 1990, pullulation de points, de traits, de galaxies blanchâtres, formes nées de nulle part et se dirigeant vers rien. « C'est l'image, commenta l'astrophysicien, que je me fais du vide quantique, un univers fourmillant et informel. »

Mûrissement... Ce mot finit par s'éclairer, grâce à l'anthropologue suisse allemand, Martin Brauen, chef du département « Himalaya et Tibet » au Völkerkundemuseum, le musée ethnographique de l'université de Zurich. Brauen est marié à une Tibétaine. Il est bouddhiste. Nous avions appris, par Thinlay, qu'il avait fabriqué une maquette représentant le cosmos tel qu'il figure dans l'enseignement du Kalachakra, maquette que le dalaï-lama, toujours curieux, avait vue, observée, un jour qu'il se rendait au monastère de Rikon, près de Zurich. Habitué du Kalachakra, Martin Brauen cultive le secret. Mais il finit par se livrer.

« Selon le Kalachakra, l'univers est composé de milliers de systèmes cosmiques ou "raisins cosmiques", comprenant chacun un mont central, appelé mont Mérou dans la tradition, un soleil, une lune, des planètes, des mondes peuplés de déités, lesquels constituent un petit cosmos. Ces petits cosmos s'accumulent pour former un cosmos moyen, et ces cosmos moyens, à leur tour, se rejoignent pour former un cosmos gigantesque qui lui-même englobe ces milliards d'autres systèmes cosmiques, moyens et petits. »

L'enseignement du Kalachakra explique que tous ces cosmos apparaissent après des temps incommensurables, pour disparaître et renaître à nouveau. En réalité, c'est leur karma, toujours selon cet enseignement, qui se place un moment en sourdine, dans un « espace d'attente », quand les mondes auxquels ils étaient rattachés s'effacent selon le principe d'impermanence. C'est leur karma qui s'active. Ces karmas, en se remettant en mouvement, favorisent la mise en place d'un nouveau système de monde. De même que les hommes se réincarnent et portent le karma de leurs vies antérieures, de même le karma de tout cosmos se réincarne lui-même en fonction de son passé cosmique. Cycle d'une rare acuité si l'on songe que le but de toute vie est, en dernière instance, d'échapper à la souffrance, de ne pas se réincarner, autrement dit de se libérer de l'emprise du karma et de laisser ce vide fondateur seul avec lui-même. N'y a-t-il pas, soit dit en passant, comme un suicide cosmique dans le fait de tout faire pour ne pas se réincarner ?

Le mûrissement dont parlait le dalaï-lama était l'essence du vide. Un vide sans mûrissement, c'est un vide sans karma, un vide néant, un vrai vide. En ce sens, il était inutile, ou presque, de chercher une cause à cette génération spontanée. C'était la loi du karma, la vérité même du vide, de la roue du temps, du vide qui jamais ne s'épuise, toujours prend forme et se défait. « Là où il y a le vide, il y a la forme ; là où il y a la forme, il y a le vide. » La loi, c'était cette circularité. De même qu'un cœur bat ou n'est pas, de même le karma mûrissait et donnait naissance à des mondes nouveaux, ou n'était pas. Le temps nécessaire à ce mûrissement était sans importance au regard de ce cycle infini. Enfin, rien ne pouvait abolir le vide, aucune cause ne pouvait agir sur son essence: aucun dieu, aucune raison, aucun être vivant, qu'il ait ou non échappé au cycle des réincarnations. Le vide, c'était bien cette somme des karmas disponibles, pour les bouddhistes; somme des énergies négatives ou virtuelles, pour nos astrophysiciens.

Martin Brauen donna une image plus physique, moins mystique, du karma. Le dalaï-lama lui-même avait déjà laissé entendre cette hypothèse: qu'il n'y a pas de karma sans un minimum de support physique, d'atomes, vision qui nous rapprochait encore un peu plus encore des hypothèses quantiques. Et Brauen abonda dans ce sens: «Nous sommes là, oui, très proches de la vision que les Occidentaux ont de l'univers aujourd'hui. La tradition du Kalachakra ne parle pas d'une disparition totale des cinq éléments, à la fin de ces périodes infiniment longues au cours desquelles se forment les systèmes cosmiques. Les éléments se disloquent et des atomes d'espace les tiennent alors à distance les uns des autres. Grâce aux réserves du karma, accumulé dans le passé, les atomes forment entre eux de nouvelles combinaisons. Les atomes de l'air, par exemple, se rapprochent les uns des autres, provoquant des vents violents dont l'effet est de réunir les atomes de feu. Cette action, à son tour, provoque la foudre, soit l'électricité. De même pour les atomes d'eau, qui amènent la pluie et entraînent les arcs-en-ciel, première manifestation des atomes de la terre, lesquels, en devenant plus denses, produisent de la terre ferme. L'univers tout entier est une construction concentrique, de même type que le mandala. »

Le corps humain s'inscrivait dans cette construction. Sa structure était calquée sur la structure pyramidale du cosmos. Le corps, aussi, était composé d'air, de feu, d'eau, de terre, d'éther et, au-delà, de la conscience universelle. Grâce aux souffles qui le parcouraient, et c'était l'un des buts de la pratique du Kalachakra, l'homme pouvait apprendre à rééquilibrer ses énergies, à les rassembler, à les unifier et, ce faisant, à s'unir avec les énergies du cosmos, à devenir un avec lui.

Ainsi avions-nous rencontré le corps du songe, et voilà que nous revenions vers le corps de l'homme ! Ce voyage éperdu rappelait le cercle magique du mandala, infini et labyrinthique. L'initiation était bien une succession d'étranges déambulations. L'exploration se conduisait tantôt en tournant dans le sens des aiguilles d'une montre, tantôt en plongeant droit au cœur de cette figure. On empruntait des diagonales, on entrait, puis ressortait. Un mandala, il est vrai, est un palais en trois dimensions, composé de cinq étages, cinq niveaux ou plans. Une coupe montre parfaitement cet étagement. Le point culminant est au centre de cette pyramide à étages. Preuve d'une rare délicatesse canonique, ce cœur, sur lequel repose Kalachakra, minuscule point bleu, est composé de cinq coussinets qui s'empilent : de bas en haut, vert, blanc, rouge, bleu, et, seul visible, le coussinet jaune, sur lequel réside ce point bleu. Chaque couleur a son sens ; quant au bleu, on le retrouve sur les planches d'anatomie tibétaine : c'est la couleur du canal central, celle aussi de la semence, de la sagesse, enfin de Kalachakra lui-même en état d'omniscience.

Et si on appelle encore le bouddhisme tibétain la

voie adamantine, la voie du diamant, par différence avec les deux autres voies ou « véhicules » du bouddhisme — le petit et le grand —, c'est justement parce que le diamant, dans sa brillance, concentre toutes les couleurs, parce que son arête est vive et inaltérable et qu'elle permet de trancher le mur des apparences.

Combien de fois, passagers piètrement immobiles de cette singulière odyssée, avions-nous observé, sondé la structure chatoyante du mandala ! Parviendrions-nous un jour à tout comprendre, tout saisir ?

Une chose ne nous avait pas échappé : depuis 1981, date de la première réalisation d'un mandala de Kalachakra, en Occident, à Madison, aux États-Unis, les Tibétains en avaient réalisé pas moins d'une trentaine à travers le globe. Montpellier, Paris, Strasbourg, Nice, Aix-la-Chapelle, Londres, Dublin, New York, Los Angeles, Tokyo, Sydney, Melbourne, Barcelone, Madrid… Quelquefois, nous avions pensé à haute voix, devant Thinlay : ce chapelet de Kalachakras, cerclant la planète, avait sa raison d'être. Mais laquelle, plus précisément ? Lui-même, et ses amis moines, Tenzin, Karma, Khunkyen, Lobsang, Yeshi, Wangchen, Monlam, et Khentze — contre qui notre fille Cléa, bébé, aimait s'endormir en lui tenant l'oreille —, ne cessaient d'arpenter la planète, avec, dans leurs bagages, leurs poudres, leurs règles, leurs compas…

Le mandala de Kalachakra, nous répondirent-ils, était d'une actualité, d'une nécessité cruciales. S'il portait un enseignement intemporel, il s'inscrivait néanmoins dans l'espace-temps de l'humanité. La preuve en était cette date du calendrier tibétain dont nous nous rapprochions irrévocablement : 2327 !

Prophéties

Car le mandala de Kalachakra contenait, nous l'apprîmes, une prophétie, avec cette date butoir de 2327. On y parle d'un âge de fer, on en donne les signes avant-coureurs : « Lorsque l'oiseau de fer volera, que les chevaux courront sur des roues, et que l'homme rouge régnera... » Cet homme « rouge », c'était le Blanc, dont la peau rougit sous le soleil, la colère.

Il est dit qu'alors les conflits se multiplieront sur terre, que des « hordes de barbares sauvages » domineront. L'esprit, dont la lumière resplendissante est enfouie dans les profondeurs, risquera de ne plus être perçu par quiconque. Alors, et ce sera en l'an 2327 du calendrier tel qu'il est inscrit dans l'enseignement du Kalachakra, un guerrier, un prince de la lumière, prendra la tête d'une armée suivie de ses disciples héroïques et sauvera les forces de l'esprit. Pas un dieu, mais un prince riche d'une conscience au faîte de son potentiel. Il arrivera du royaume de Shambala, sorte d'Eldorado, non pas celui de nos conquistadors qui trouvèrent l'or au bout de leur route, l'or qui allait décider de la nature de notre monde occidental, le pervertir pour longtemps : mais un Eldorado de la conscience éveillée, de la claire lumière... Ce prince aura besoin de soldats entraînés, pas au maniement des armes, évidemment, au maniement de l'esprit pur. Des soldats de la paix. Ils gagneront. Ils triompheront des barbares. En 2327.

Il fallait d'ores et déjà s'y préparer, faire tourner la roue du temps, le karma, dans le bon sens, le faire mûrir, former ces soldats, partout dans le monde. Car des Blancs aussi allaient émerger, disait la prophétie, rallier ces conquérants de l'esprit. C'était dans cette perspective que l'enseignement autrefois sacré du Kalachakra s'était ouvert, en vue de mobiliser des disciples inédits, laïcs, à travers le monde.

Ces « guerriers » laïcs pouvaient bien être nos savants, inquiets de voir la terre blessée dans ses fondements moraux par cet âge de fer, cette course aveugle au progrès, aux biens de consommation, ou encore ces initiés du vide quantique, ces prix Nobel dialoguant avec le dalaï-lama. Nos amis tibétains nous tendaient une main avenante et ferme. Plus d'une fois, nous fûmes surpris de les voir reculer devant une question posée sur le Kalachakra à Montpellier, à Paris, Strasbourg ou Nice, et nous demander de répondre à leur place. « C'est à vous, maintenant ! » disait Thinlay en s'écartant mystérieusement.

Mais les Tibétains tendaient aussi la main à des nations indiennes. Par exemple, à l'une des plus petites d'entre toutes, ce qui confirmait bien qu'ils ne faisaient rien comme les autres ! Depuis plus de vingt ans, ils communiquaient avec les Indiens Hopi d'Arizona, en Amérique du Nord. Il y avait quelque chose d'étrange à se dire que ce petit peuple d'à peine huit mille représentants était devenu un interlocuteur privilégié des Tibétains ! Leur éloignement géographique, leur nombre si restreint n'aurait a priori guère laissé supposer pareil rapprochement. Mais qui eût pu croire qu'un jour un prix Nobel de physique comme l'Américain Hans Dehmelt allait éprouver le besoin de se mettre en posture de bouddha pour penser les propriétés physiques d'un électron lorsqu'il est en lévitation dans le vide ?

Les Hopi résident dans une enclave logée au sein de la nation indienne la plus puissante et la plus nombreuse d'Amérique du Nord, les Navajo. Mais, à défaut de posséder le pouvoir, les Hopi détiennent une prophétie gravée sur des tablettes, et même sur la paroi rocheuse d'une grotte où le dalaï-lama s'est un jour rendu.

Que dit la prophétie hopi ? Elle parle, elle, du retour d'un âge de glace, d'un déferlement de grands désastres, de tremblements de terre, d'inondations, de changements dans les saisons, de famines aussi, de sécheresses terribles. Elle aussi est étonnamment précise : on y parle d'une « gourde de cendres », qui serait la bombe atomique. On y évoque une « maison de mica » située à l'est du continent où vivent les Hopi : ce serait le bâtiment aux façades de verre des Nations unies, à New York. On peut sourire, trouver ces détails trop beaux pour être vrais ! Là ne fut pas la réaction du dalaï-lama, qui tint à rencontrer les aînés garants de la prophétie.

Cette dernière dit encore que si les *Bahannas* — les Blancs, encore qu'il faudrait plutôt dire ceux qui ont adopté un certain style de vie, quelle que soit la couleur de leur peau — ne changent pas, si la corruption, l'égoïsme, l'attrait du gain continuent de l'emporter sur les valeurs de la terre nourricière, la terre mère, sacrée, alors, oui, des vents puissants se déchaîneront. La terre procédera elle-même à la purification qui s'impose.

L'humanité a le choix. Deux voies s'offrent à elle : cet âge de glace ou le retour d'une ère d'harmonie. Elle continuera de vivre en « marionnette », ou elle se prendra en main. Même les Hopi devront choisir, car parmi eux certains aussi sont tentés par la vie proposée par les Bahannas. Et réciproquement, tout Blanc n'adopte pas nécessairement un tel style de vie.

Mais à quoi ressemblent ces tablettes, ce rocher de la prophétie ? On peut y voir des symboles gravés dans les replis de la pierre. Un petit bonhomme tenant un bâton qui sert à enfoncer dans la terre les graines de maïs, les semences. Il incarne cette harmonie, ce lien à la terre nourricière. Ailleurs, une chaîne est composée de personnages, chaîne de solidarité. Puis cette tablette, où des symboles figurent sur les deux faces, avant et arrière. C'est sur la face arrière qu'est inscrit un symbole de purification : un homme sans tête. Nous songeons d'emblée à certaines images de l'Occident ésotérique où pareil personnage n'est là que pour rappeler que l'homme est sacré, qu'il porte une part divine, ce que son intellect lui fait parfois oublier, d'où cette décapitation. Ce symbole de purification nous rappelle encore combien l'enseignement de Kalachakra insiste sur l'unité entre l'homme et le cosmos — nous aurions les mêmes composantes énergétiques que lui. Sur les dangers de la pensée unique, cérébrale, qui se referme sur elle-même et peut être une source de déséquilibre. C'est ce repli, cette soumission à l'ego, au moi, si loin des terres de la compassion. Toujours sur cette face figure un autre symbole de fraternité, représenté, cette fois, par un entrelacs de trois lignes.

L'homme doit choisir, sinon la nature choisira pour lui. Les aînés hopi insistent beaucoup sur les tempêtes, le vent, les inondations…

Cette prophétie serait l'œuvre, disent-ils, de Masau, l'esprit qui accueillit les Hopi sur leur terre et avec qui ce peuple signa un pacte sacré les engageant à être les gardiens de la terre, à veiller sur sa beauté, sa prodigalité.

Un point d'histoire semble ici devoir être évoqué, qui donne une légitimité, une réalité à la prophétie des Hopi : la disparition soudaine et mystérieuse de leurs ancêtres, les Anasazi. Ces derniers vivaient dans les canyons de la région ; leur habitat était creusé à même les falaises de ces dédales naturels. On sait seulement que, vers la fin du VIe siècle, d'autres groupes ethniques viennent les remplacer. Une culture s'éteint et une autre prend forme. Des récits empruntés à des historiens chinois, grecs, du VIe siècle, racontent que vers 530-540 la planète subit en effet un grave préjudice. Un Grec, Jean d'Éphèse, rapporte que « le soleil émit des signaux que personne n'avait jamais vus jusqu'à ce jour. L'astre s'assombrit ainsi pendant dix-huit mois. Chaque jour, il brillait pendant environ quatre heures, mais sa lumière n'était plus qu'une lueur sombre ». On songe à la « gourde de cendres », une telle métaphore pouvant se rattacher à différents événements : l'éruption, par exemple, d'un volcan, ou la collision d'une météorite avec la terre — à l'origine sans doute de l'âge glaciaire. Un texte du physicien et prix Nobel de la paix, Andrei Sakharov, sur les conséquences d'une guerre nucléaire, parle d'un nuage noir isolant notre globe du soleil. Au VIe siècle, certaines parties du globe, et notamment en Asie, furent victimes de sécheresses immenses qui s'étendirent sur plusieurs décennies. Les premières grandes invasions en Occident datent d'alors. Or un peuple ne quitte pas sa terre d'origine, à laquelle il est forcément attaché, sans raison profonde. Bien sûr, cette hypothèse d'un globe soumis, au VIe siècle, à un séisme d'une ampleur planétaire, est à manipuler avec précaution.

Ce traumatisme — il y eut, c'est sûr, de grands nuages de cendre, des migrations, des famines — a-t-il été à l'origine de la prophétie ? Il est sûr que nous entrons ici dans un domaine de réflexion auquel nous sommes peu habitués. Mais poursuivons. Des esprits ont pu se demander, à l'époque, si un tel événement, d'une ampleur cosmique, n'était pas le résultat, *aussi*, d'une déroute spirituelle de la part des hommes. Nul doute que, si un tel phénomène survenait aujourd'hui, un « océan de sagesse » comme le dalaï-lama envisagerait ce genre d'hypothèse. Il dit déjà : « Il peut y avoir un endroit où sévit la sécheresse tandis qu'un autre subit des inondations. Pour les scientifiques, il s'agira, dans les deux cas, d'une conjonction de causes et de conditions en un lieu donné [...]. Imaginez maintenant une communauté où règne la haine ou la colère. Je pense qu'un tel état d'émotions négatives pourrait avoir un impact sur l'environnement, et pourrait, par exemple, contribuer à produire une grosse chaleur ou la sécheresse[24]. » De nouveau s'offre l'hypothèse du karma comme cause complémentaire à la cause substantielle ou scientifique. Et c'est peut-être cela qui a conduit à l'élaboration de telles prophéties, lesquelles, répétons-le, n'ont rien de vraiment surnaturel ; qui pourrait douter de leur bien-fondé au regard de l'état actuel du monde engendré par nos actions propres ?

Nos scientifiques sont inquiets, les Hopi aussi. L'étions-nous nous-mêmes ? Roulant, quelques années après notre voyage à Dharamsala, en direction du territoire navajo, nous avons irrésistiblement bifurqué vers une enfilade de hauts plateaux. Nous laissions derrière cette splendide région de l'Arizona qui marque la frontière sud de la Nation navajo et qu'on appelle le Désert peint : miracle de formes et de couleurs terrestres, pastel infini et spontané !

Une pancarte attira notre attention, au pied d'un plateau, avec cette mention écrite à la main : « Interdit aux non-Indiens ». Les boutiques pour touristes avaient tiré leurs volets. Devant nous, une route montait à pic : nous l'avons prise, plus aimantés que jamais, oubliant la pancarte. Une suite de virages en épingles à cheveux, puis nous fûmes au pied du ciel. À notre surprise, étaient garées, à l'entrée d'un village, une multitude de voitures. C'était jour de cérémonie et l'écriteau était destiné à écarter les intrus. En étions-nous ?

Sans nous attarder sur la question, nous avons pénétré dans ce bastion hopi, dressé comme un nid d'aigle. En bas, on apercevait de nouveau le Désert peint. Le vent soufflait, la route se rétrécissait. Les maisons d'argile, aux toits plats, semblaient posées comme sur la paume d'une main. Un poignet mince et sans parapet y donnait accès. Le vide était de part et d'autre. À cause du vent violent, nous prîmes des pulls, pour nous et pour nos enfants — Cléa était du voyage, si elle ne l'avait pas été en Inde. Une rue unique longeait le vide, mais maintenant un grillage nous en protégeait, comme il protégeait la foule. Les adultes avaient des visages sévères, mais ne paraissaient pas prendre autrement ombrage de notre présence.

Soudain, des êtres lourds, gras, scandant le sol de leurs pas — tous portaient des masques et de grands tabliers —, surgirent, nous imposant de rejoindre les rangs de la foule attentive. Ces hommes incarnaient des dieux hopi dénommés *kachinas*. Par les trous de leurs masques, on entendait leur souffle, on devinait leurs yeux. Cléa se serra contre nous. Aux mains, ils portaient des hochets, qu'on retrouvait aussi attachés à leurs chevilles. Ces dieux venaient dire au revoir à la foule. C'était la fin des semailles. Près de nous, nous repérâmes une silhouette blanche : un jeune anthropologue de San Francisco, invité, lui, contrairement à nous. Nous avions de la chance, nous dit-il, de pouvoir assister à une *home dance*. Cette cérémonie célébrait le retour des dieux dans leur domaine, derrière les nuages, après qu'ils eurent aux côtés des hommes, planté les graines dans la terre nourricière. Nous étions en juillet.

D. H. Lawrence, l'auteur de *L'Amant de Lady Chatterley*, lui aussi, avait marqué une longue halte sur cette *mesa* hopi : ainsi appelait-on ces collines aux parois abruptes. Il travaillait alors à son livre, *Le Serpent à plumes*[25], roman de la rupture avec l'Angleterre, la civilisation européenne, au ton si prophétique : « Le temps est proche où les étoiles et la terre, et le soleil et la lune vont danser leur danse guerrière autour de vous autres hommes. »

En 1924, l'écrivain anglais assiste ici à une « danse du serpent », cérémonie qui, dans le calendrier hopi, vient immédiatement après celle que nous avions vue. À l'époque, les Hopi acceptaient que des étrangers se mêlent à eux. On arrivait de loin, et en famille. Mais que voyaient ces touristes du dimanche, sinon des Indiens « arriérés » tenir entre leurs dents des serpents à sonnette, espèce très dangereuse ?

En vérité, ces reptiles avaient une fonction hautement symbolique. Leurs anneaux puissants étaient comme des tenseurs enserrant la terre d'un pôle à l'autre. Le monde allait-il mal à cause des hommes ? Les serpents desserraient leur pression et la terre vacillait, s'écartait de son axe de rotation, des vents terribles surgissaient. Aux hommes d'entendre le message et de modifier leur comportement, sinon les serpents iraient jusqu'à abandonner définitivement leur action régulatrice, et ce serait la fin pour tous. Or, c'est bien ce que nos scientifiques affirmaient qu'il adviendrait si, sous l'effet d'un choc avec une météorite, par exemple, l'axe de la terre bougeait, ne serait-ce que de quelques degrés.

Ce petit peuple hopi s'est toujours soucié de grandes choses. Mieux informés du système solaire, grâce sans doute à nos propres astrophysiciens, ils s'inquiètent aujourd'hui de l'interaction des planètes entre elles. Qu'arrivera-t-il si Neptune, Saturne, Jupiter, Mars, la Terre... se retrouvent un jour dans un même alignement ? De nouveau, les Hopi reviennent sur leur prophétie. « Un jour, certains astres se disposeront en rang, comme cela s'est passé il y a des milliers d'années ; cela marquera le temps où il faut purifier la terre, des changements climatiques et de nombreuses catastrophes surviendront tandis que nous franchirons cette étape. Ce qui arrivera bientôt ; une ou deux choses seront possibles : soit la destruction, soit la prospérité de l'esprit nécessaire pour que la terre retrouve son unité originelle. Cela, nous le savons certainement. » Ainsi parlent-ils !

« Jamais je n'oublierai leur façon d'être littéralement absorbés par la danse, une danse au rythme lent, régulier, infini, et en même temps silencieuse, avec ce piétinement sans fin, toujours tourné vers le centre de la terre — à l'opposé du débordement de l'extase dionysiaque ou chrétienne », se souviendra Lawrence, qui annonçait aux hommes que la bombe atomique finirait par « leur péter au nez ».

Pensait-il si bien dire ? Albert Einstein, l'inventeur de la relativité, mais aussi le physicien à l'origine de la bombe atomique, se trouve en terre hopi, le samedi 28 février 1931, comme nous le précisera, quelques jours après notre propre passage sur les mesas, Arthur Olivás, directeur de la Bibliothèque des archives du Nouveau-Mexique, à Santa Fe. Extraordinaire rencontre, quand on y songe ! La bombe n'est pas encore née, mais Einstein en a déjà jeté les bases théoriques. Un jour, des essais nucléaires seront conduits non loin de ces plateaux, dans le désert de Nevada, et les Hopi ne manqueront pas de rapprocher ces tests, et la bombe elle-même, la « gourde de cendres », de leur prophétie. Lors de sa visite, le physicien est accompagné de sa femme. Tous deux sont entourés de chefs hopi. Einstein donne la main à un enfant indien et porte sur la tête une coiffe de plumes traditionnelle. Il sourit largement, amicalement. Il n'a rien d'un touriste voyeur et sa femme non plus, avec son grand châle indien couvrant sa tête. Einstein est déjà au faîte de sa gloire. Les visages des aînés hopi sont plus graves. Une photo immortalise le moment. Le couple voyage de Pasadena à Chicago et visite aussi le Grand Canyon. Dernier détail : sur la photo avec les Hopi, Einstein tient à la main un calumet de la paix.

Les années qui suivent voient Einstein engager une correspondance avec Freud sur un thème dont l'actualité se précise : pourquoi la guerre ? Le second conflit mondial pointe. Freud est ébranlé, depuis la guerre de 14-18, de constater combien les forces pulsionnelles continuent de diriger le monde, d'avoir à se dire que le progrès, la raison, l'intellect n'ont pas été d'un grand secours pour repousser une première guerre barbare et en prévenir une seconde, qui s'annonce pire !

Qu'opposer aujourd'hui au père de la psychanalyse ? Qu'il manquait à l'humanité, pour éviter ces catastrophes, d'avoir purifié son karma, que la raison, l'intellect ne sont pas tout ? Si la cause substantielle existe, on ne saurait oublier la cause karmique ou coopérante, autrement dit que la paix au-dehors dépend de la paix intérieure.

Un autre prophète s'arrêtera en terre hopi, en son temps : le surréaliste André Breton. Réfugié aux États-Unis pendant la guerre, il vient assister, lui aussi, à une danse des serpents avec sa femme Élisa, le 26 août 1945, en fin de journée. La bombe a éclaté à Hiroshima, le 6 août. Breton raconte, dans un carnet de voyage resté pour l'essentiel inédit[26] : « L'un des danseurs passe avec le serpent littéralement enroulé autour des lèvres : on croirait à un maquillage. Ces serpents sont extrêmement actifs, et le danseur qui avance associé à celui qui tient le serpent ne relâche pas un instant sa surveillance, sa baguette de plumes ne cessant pour ainsi dire d'être en contact avec la tête ou la partie supérieure du corps de l'animal, qu'ils écartent parfois très vivement. » Deux danseurs seront mordus au visage, note Breton. « Expression d'extase totale du troisième danseur, homme de vingt-cinq ans environ, qui garde la tête levée et les yeux fermés bien qu'il ait à monter puis à descendre deux marches au niveau de la grande pierre... » Breton confiera plus tard à Gérard Legrand, avec qui il écrira *L'Art magique*[27], que des prêtres hopi lançaient des serpents dans les jambes des touristes. Il note alors, d'ailleurs, « la présence de deux religieuses dans l'assistance, aussi fâcheuses que possibles ». Les Hopi paraissent, en effet, moins ouverts mais les Bahannas viennent de faire éclater leur gourde de cendres et ils se reprochent, eux les gardiens de la planète, de n'avoir rien fait pour empêcher qu'un fruit de la terre — fût-il un minerai — soit utilisé à des fins destructrices.

Quittant la région, le poète surréaliste la décrit ainsi : « Continent stellaire. Grande pureté très triste, plane et plonge — Grande tristesse pure — très détachée[28]. » Il se rendra acquéreur de poupées kachinas, de dessins zunis — un peuple voisin des Hopi — et révélera, après la guerre, avoir, avec ce voyage, réalisé « un de mes grands désirs de toujours ». André Breton a collectionné des kachinas, noms que les Hopi donnent, outre à leurs dieux, à de petites poupées de bois, légères, colorées, parées de plumes. Il en existe une centaine de modèles différents. Ces poupées, c'est ce qui reste des dieux, après qu'ils sont retournés chez eux.

La nuit commençait à tomber quand nous avons quitté la mesa sans avoir pu interroger un aîné sur le passage ici du dalaï-lama. Les danseurs masqués avaient fini par disparaître, et les suivre avait été impossible. Pourtant, tous occupaient une fonction élevée, selon le jeune anthropologue de San Francisco. Un gaillard trapu, croisant les bras sur sa poitrine, nous avait barré la route, mais sans montrer une hostilité particulière. Il était tout simplement malvenu, pour nous comme pour tous, de déranger les danseurs alors qu'ils déposaient leurs masques et leurs tenues. Nous nous laissâmes dire par la suite — en territoire navajo, mais ce peuple des vastes vallées n'aime guère leurs voisins des cimes — qu'on procédait aussi, durant ces cérémonies, à des sacrifices d'aigles, pratique que condamnaient énergiquement les Navajo, vers le territoire desquels nous roulions à présent.

Nous avons filé vers Santa Fe, où l'archiviste de cette ville brune et chaude, Arthur Olivas, nous informa du passage d'Einstein sur la mesa hopi, nous en montra même les photos. Il nous conseilla aussi de rencontrer la représentante de la Touch the Earth Foundation, une fondation de défense de la Terre reliée aux Hopi, mais pas uniquement. Nous prîmes rendez-vous avec cette Alice, dès le lendemain, dans un petit bistro avec terrasse où sèchent des grappes de piments écarlates. À Santa Fe, la nature est plus indolente, le bonheur de vivre serpente dans les rues, l'air a la couleur chaude du bois et de la bière, qui y est fraîche comme nulle part au monde !

Modestement — car l'humilité, prit-elle soin de nous expliquer, est une vertu typiquement hopi —, cette jeune femme indienne nous confirma que plusieurs fois le chef des Tibétains avait rencontré des aînés de ce peuple.

Il était un peu étourdissant de penser que le dalaï-lama avait eu sa robe, couleur de piment, fouettée par le vent de ce haut plateau où nous nous étions tenus la veille. Et cette fois, l'échange avait dû être total, d'égal à égal, de prophétie à prophétie. Après tout, l'aventure de l'esprit n'est l'exclusivité d'aucune nation au monde, et seules certaines traînent la patte en se livrant encore à des essais nucléaires.

Peuple émouvant que ces Hopi, dont le nombre se réduit insidieusement d'année en année ! Aujourd'hui, ceux qui demeurent ne semblent plus survivre que pour propager la prophétie ! S'ils s'éteignaient, le monde disparaîtrait-il avec eux ? Ils en sont persuadés, assura Alice, car les serpents du globe seraient à ce point en deuil qu'ils cesseraient pour toujours de maintenir la terre en équilibre autour de son axe de rotation.

Leur combat, dont nous fit part Alice, était unique. Quatre fois déjà, ils étaient allés jusqu'aux Nations unies, à New York. Quatre fois, ils avaient frappé aux portes de cette organisation internationale. La première fois, c'était en 1949. La bombe venait de vider ses cendres sur la planète. On leur refusa l'entrée.

Ils se présentèrent une deuxième fois, en 1962. La délégation était conduite par David Monongye. Nouveau refus. Le 16 septembre 1986, son petit-fils, Manuel Hoyungowa, renouvela la démarche. La porte ne s'ouvrit pas plus. Il put laisser, toutefois, sur le bureau d'un haut fonctionnaire, un message posthume écrit par son grand-père et qui expliquait que l'avènement de la race à la peau claire, l'invention de la bombe atomique et la création de l'ONU étaient annoncés dans la prophétie hopi. Avec, également, les instructions laissées aux Hopi pour remédier à cette situation.

Les ancêtres avaient même prévu que leurs descendants devraient faire quatre tentatives avant d'être reçus. Et en effet, le 16 septembre 1986, date de leur quatrième tentative, le secrétaire général de l'ONU en personne, Boutros Boutros-Ghali, reçut la délégation d'aînés hopi, en fin d'après-midi. La rencontre — elle ne dura qu'une heure — fut trop courte pour que le message soit délivré en intégralité ce jour-là. Alors, les aînés laissèrent une cassette vidéo de l'ensemble du message au secrétaire général.

Ce jour-là, la délégation hopi célébra, dans l'enceinte même de l'ONU, une cérémonie du feu avec d'autres Indiens d'Amérique. Au lever précis du soleil, un feu fut allumé, à même le sol d'une des grandes salles de l'organisation, par des Iroquois qui bénirent le lieu avec leur tabac rituel et leurs prières, en direction des quatre points cardinaux. Les aînés hopi, eux, le saupoudrèrent de farine de maïs. Puis une torche de la paix fut brandie. Il fut décidé que ce flambeau serait porté à travers le monde, par des gens de toutes races, de tous âges et de toutes croyances et qu'il reviendrait à l'ONU — il revint à New York le 11 décembre 1986.

Oui, le dalaï-lama avait tenu à en savoir plus. Il avait fait le voyage jusqu'à la mesa hopi et les aînés l'avaient accueilli avec enthousiasme. Ils lui montrèrent les tablettes sur lesquelles figure la prophétie. Ils le menèrent, expliqua Alice, dans la grotte où les hiéroglyphes sont gravés. La représentante de la Touch the Earth Foundation était assez bien informée, même si son enthousiasme débordait un peu notre souci de disposer de détails précis. À l'entendre, nous étions du même bord, des « déités » comme elle ! Cela nous fit sourire car nous pensions, bien sûr, de plus en plus, à cette « armée de l'esprit » dont parle l'enseignement du Kalachakra. Nous évoquâmes la date de 2327 où, disait la prophétie des Tibétains, aurait lieu la grande bataille et la victoire. De toute évidence, Alice eût préféré une date plus rapprochée, encore que la mention de ce détail eût pour effet de nous donner accès aux documents qu'elle avait apportés avec elle, dans une petite mallette...

Nous eûmes droit à des reproductions de dessins, des photos. Alors surgit l'homme sans tête, aux bras et jambes écartés ; un soleil, un feu, une chaîne humaine. Ils figuraient sur les morceaux de roche dont nous avions la reproduction sous les yeux. Un trait de crayon noir soulignait la présence de ces figures, ces symboles à peine perceptibles autrement sur les documents, mais les traits étaient bien là, gravés dans la pierre, et même, sur une photo, pointés du doigt par un aîné répondant au nom de Dan. Ce document ne datait pas d'aujourd'hui, manifestement, car l'homme qui frôlait du doigt la roche était torse nu. Le symbolisme — même un svastika se détachait, et plusieurs svastikas, symbole sanskrit, existent aussi dans le mandala de Kalachakra, liés à la pureté dans les deux cas, tant hopi que tibétain — semblait avoir traversé les siècles et survécu à tous les cataclysmes auxquels l'humanité avait été confrontée.

Les Nations premières sont vraiment inquiètes : à leurs yeux, le sort de l'humanité est menacé, gravement, et elles multiplient les initiatives, les rencontres, pour alerter le monde.

Ne nous y trompons pas : quand les Tibétains offrent à la planète en danger des mandalas de Kalachakra, ils ont en tête, de même que les Hopi, bien autre chose que leur propre survie.

« Un simple coup d'œil sur le mandala de Kalachakra, nous ont souvent dit les émissaires de Dharamsala, suffit pour semer des graines de paix dans le cours mental des spectateurs, même profanes. Toutes ces graines s'accumulent, elles mûriront un jour. Elles seront bientôt capables de modifier le cours du temps, de faire tourner sa roue dans le sens espéré, vers l'harmonie intérieure d'abord puis, forcément, vers l'harmonie de la planète entière. Car le temps où l'esprit imposera, non pas tant par sa force que par sa lumière, sa claire lumière — qui est sa nature même — est proche. Il adviendra, à condition que toutes ces consciences individuelles s'éveillent et que, éveillées, elles s'ajoutent pour éveiller le monde. »

Les Tibétains assurent que l'éclat du Kalachakra surpasse cent fois celui du soleil. Et peut-être faut-il avoir vu un mandala de poudres, vibrant de ses mille rayons dans une salle dominée partout ailleurs par la pénombre, pour accepter pareille déclaration. La pulsion des couleurs est inoubliable. On croirait une peau qui respire. Souvent, nous avons déambulé autour de cette figure, seule avec elle, après le départ des visiteurs, et, plus d'une fois, il nous est apparu que le mandala était comme un fauve assoupi, peut-être un tigre à cause de ses tons chamarrés. Un jour, dans les rues de Montpellier, une femme nous arrêta pour nous dire : « Je me languis du mandala ! » On peut effectivement en regretter la présence chaude et légèrement inquiétante. Nous savions que les jeunes moines qui travaillent à un mandala règlent leur respiration sur leurs gestes minutieux. Pas de souffle intempestif, car il ferait se disperser les poudres colorées. Ils les déversent sur une table à la surface peinte en bleu et les poudres s'écoulent par l'orifice d'un petit cône de métal, sous l'effet de vibrations provoquées par le frottement d'un cône similaire sur l'autre qui sert en quelque sorte de pinceau. Ce bruit de grillon, d'un cône sur l'autre, est, dit-on, le son du vide qui approche. Une fois la figure achevée, avec ses cercles, ses carrés qui s'imbriquent, s'empilent, alors son rayonnement est à son apogée. Mais, pour en avoir été témoins quatre fois, nous avons constaté que l'éclat diffère d'un mandala à l'autre. Ce sont pourtant les mêmes couleurs, le même diagramme, chaque fois. Nous nous en sommes inquiétés un jour auprès de Thinlay — quelquefois, nous oublions bien sûr de dire « lama » Thinlay ! — et il nous a répondu : « Les moines préparent eux-mêmes leurs poudres. » Les plus jeunes fabriquant de toute évidence des poudres aux reflets plus fluo que ceux de leurs aînés. Ainsi va le vide qui, quand il se colore, se teinte en fonction du karma de ceux qui le créent...

Les Hopi et les Tibétains, désormais, se retrouvent régulièrement. À Francfort, en octobre 1994, le dalaï-lama était de nouveau présent. Puis à San Jose, dans le nord de la Californie. Si on ajoute que des initiés aborigènes séjournent dans des monastères tibétains de l'exil, on se dit que cette armée de l'esprit se construit, insensiblement, invisiblement.

En ces temps aussi, les astrophysiciens occidentaux font entendre d'étranges discours. Un jour, nous demandions à Michel Cassé, tant ses propos nous surprenaient, ce qu'auraient pensé de lui ses collègues du Commissariat à l'énergie atomique s'ils l'avaient entendu déclarer que « Là-bas, ça pense ». Il répondit : « Que je suis fou ! » Oui, fou, quand il déclare : « Être dans le vide, c'est être chez soi. »

Écoutant Cassé, nous avons cru entendre le poète Antonin Artaud emporté par sa propre folie, sa souffrance, son génie, Artaud, l'auteur, en 1925, d'un texte éminemment précurseur, pour ne pas dire encore prophétique. Dans la revue *La Révolution surréaliste*, il publie cette année-là une « Adresse au dalaï-lama », qu'il double d'une « Lettre aux recteurs des universités européennes ». On y lit : « Vous fabriquez des ingénieurs, des magistrats, des médecins à qui échappent les vrais mystères du corps, les lois cosmiques de l'être, de faux savants aveugles dans l'outre-terre, des philosophes qui prétendent reconstruire l'esprit.

« Venez, lance Artaud aux recteurs, venez aux écoles du Bouddha, sauvez-nous de ces larves, inventez-nous de nouvelles maisons. »

Tandis qu'au dalaï-lama le poète adresse cette supplique : « Ô Grand Lama, donne-nous, adresse-nous tes lumières, dans un langage que nos esprits contaminés d'Européens puissent comprendre, et au besoin, change-nous notre Esprit, fais-nous un esprit tout tourné vers ces cimes parfaites où l'esprit de l'homme ne souffre plus. »

Ces conquérants de l'invisible sont-ils en route ? Tous ont déjà commis, à leur manière, ce saut de conscience désiré par Artaud. Oui, comme les astrophysiciens paraissent déjà appartenir à cette élite, à cette pointe de la conscience ! Leur conscience semble avoir, au sens noble, « déraillé », s'être allégée, rapprochée du vide, elle ne répond déjà plus aux seuls canons de la pensée logique. Cette affaire, d'ailleurs, occupe davantage les scientifiques que les philosophes. Mais sans doute nos savants ont-ils plus de raisons que quiconque de s'inquiéter de l'état du monde, en raison de leurs travaux. Leurs découvertes mêmes les déportent. Allez parler du vide et de l'inobservable en restant les deux pieds sur terre !

Et, désormais, tester l'esprit sans tester le sien apparaît bien comme un signe d'indigence ! « Qu'un entraînement spécial soit nécessaire pour des expériences de première main, dans de nouveaux domaines de phénomènes, n'a pas de quoi nous surprendre. Un musicien a lui aussi besoin d'exercices particuliers pour accéder à l'expérience, mettons, de l'improvisation en jazz », souligne encore Francisco J. Varela, docteur en biologie, diplômé de l'université de Harvard et professeur d'épistémologie à l'École polytechnique de Paris[29]. Comment avait-on pu oublier que, dans son étymologie même, le mot « connaître » signifie « naître avec » ?

Varela souligne que ce saut épistémologique ne saurait être le résultat de quelques discussions ou colloques. La « vraie connaissance » ne peut être exclusivement théorique. Elle exige de rompre avec le dualisme qui fait du sujet un dogme séparé du reste du monde, extérieur à lui. Cette fois, le sujet entre dans une pratique, se fait complice de ce continuum que les sociétés indigènes revendiquent de façon presque obsessive. Il se déplace, transcende ses propres frontières psychiques et même physiques. Ce positionnement, inédit pour l'Occident, laisse entrevoir une connaissance qui ne serait plus tronquée, qui se teinterait de compassion, qui s'approcherait d'une totalité inédite.

Cette connaissance nouvelle ne saurait effacer nos propres savoirs. Nous-mêmes, en Occident, ressentons le besoin d'aller plus loin, vers l'inconnu, l'inobservable, comme ces indigènes ressentent eux-mêmes la nécessité de frayer avec l'observable, le tangible. Cette attitude peut déranger, surtout les générations d'hier, empêtrées dans des schémas mentaux à sens unique, schémas que même la science, aujourd'hui, comme on le voit, ne valide plus.

Les neurosciences, l'astrophysique, la biologie préfèrent faire cause commune avec les Hopi, les Tibétains, et bien d'autres peuples, que les théories de l'évolution avaient un peu trop hâtivement et à tort condamnés. Aujourd'hui, nos sciences et leurs savoirs se rencontrent pour partager des angoisses et des prophéties. En novembre 1994, mille cinq cents experts, dont cent quatre prix Nobel, réunis au sein de l'Union des savants concernés publièrent un « Avertissement à l'humanité » dans lequel ils mettaient en garde contre la spirale de déclin dans laquelle elle s'était engagée en matière d'environnement, de pauvreté et de troubles, et qui la conduirait à un déclin social, économique et écologique. « Si rien n'est fait, soulignait le professeur Henry Kendall, de l'université de Princeton et prix Nobel, ces problèmes de surpopulation et de catastrophes écologiques convergeront d'ici les cinquante années à venir et plongeront le monde dans d'atroces souffrances ; il y aura un niveau de douleur — famine, maladie, anarchie, défiguration du paysage — plus terrible que ce que l'humanité a jamais connu[30]. »

Est-il trop tard ? Sommes-nous perdus ? Les prophéties des Nations premières ne sont pas sans retour. Comme celles de nos scientifiques, elles laissent toutes place au choix, à la liberté. Nous sommes à un carrefour. Il est vrai, certes, que l'irresponsabilité de bien des dirigeants politiques, le rôle dévastateur du profit, de l'argent dans tous les domaines, ajoutés à l'aveuglement, l'égoïsme, pèsent désormais sur le destin de l'humanité d'un poids lourd. Et, répétons-le, comment un discours de plus, une déclaration humaniste supplémentaire pourraient-ils changer quoi que ce soit à cette situation ? Ce saut de conscience s'impose, autant et même plus qu'une prise de conscience, si nous voulons vraiment changer de cap. Les bons sentiments n'ont jamais suffi et ne suffiront pas !

L'heure est venue pour ces guerriers du vide, du continuum. Eux seuls choisissent encore « de s'accrocher à leurs bouchers et leurs armes de l'esprit », disent les Hopi. « Des ombres qui bougent, dont les mouvements ont encore un sens et qui se déplacent sur un fond de brume des gloires passées[31]. »

Ainsi parlent-ils. Tandis que les Tibétains, eux, répètent la date de la victoire : 2327 ! Et que certains, en Occident, contre vents et marées, leur font écho pour la première fois.

II

LES NAVAJO
UN PEUPLE MÉDECIN

«*Drive in beauty*», conduisez en beauté ! Un panneau de signalisation, au bord de la route, lançait cette injonction qui nous fit freiner. En beauté... Autour de nous, le monde était montagneux et blond, un blond éblouissant sous un ciel radieux, tacheté de flocons blancs, et l'air vif, sans la moindre trace de pollution. La route montait et descendait souplement, complice de ces monts, de cette pureté. Nous venions de Phœnix, capitale de l'Arizona, et remontant l'État vers le nord, avions dormi à Flagstaff pour aborder, dans les couleurs de l'aube, le territoire navajo. Le Désert peint, ses camaïeux de rose, mauve, bleu, était derrière nous et, comme l'indiquait notre carte routière, la capitale de la Nation navajo approchait : Window Rock ou « Le Rocher fenêtre », du nom de ce rocher percé d'un cercle comme une lucarne tournée vers le ciel, un regard vers les dieux ! Près de ce site sacré, les Navajo avaient installé les bureaux de leur président, un grand et bel homme à moustaches qui figurait sur tous les prospectus, ami personnel, disait-on, de Bill et Hillary Clinton, le couple présidentiel.

Mais quand Window Rock se montra, au bout d'une longue ligne droite, nous fûmes déçus, tant l'endroit ressemblait à toutes les bourgades américaines de cette importance. La ville s'organisait autour d'une rue principale, bordée de restaurants fast-food, un Kentucky Fried Chicken, un McDo flambant neuf, et de deux ou trois centres commerciaux. Partout ailleurs, proies impavides, des maisons hérissées d'antennes de télé, flanquées de petits jardinets, semblaient attendre l'heure de consommer. Rien de navajo aussi loin que s'étendaient nos regards. Notre première impression fut bien celle de tous les touristes passant par là sur la route du Grand Canyon. Pas de cavaliers, pas de plumes d'Indiens. Qu'étaient devenus les Navajo d'antan ? À peine une boutique de souvenirs proposait-elle des tapis géométriques, des pierres turquoise, des poteries... Une ville américaine avec son flot calme de voitures, d'habitants somnolents : nous étions un samedi matin et nous avions faim.

La Navajo Nation Inn est une auberge nationalisée, comme son enseigne l'indique. Elle grouillait de monde. Des hommes surtout, des colosses à l'élégance ostentatoire, aux doigts chargés de bagues de turquoise, au poitrail couvert de colliers, aux poignets serrés dans des bracelets de montres eux-mêmes parés de ces pierres bleu-vert, opaques. Cette surcharge de bijoux, sur des corps aussi virils, nous désarçonna. Si dehors la rue restait ce flot tranquille, dans l'auberge, un pouls battait.

C'étaient des hommes d'affaires, à en croire les attachés-cases posés aux pieds des tables. Leurs cheveux, nattés et d'une noirceur bleutée, soulignaient leurs faciès d'Indiens. De toute évidence, ils étaient bien dans leurs bottes, pointues et lustrées ! Dans leurs assiettes s'amoncelaient des piles de *pancakes* — à base de maïs bleu, la variété la plus appréciée ici, nous apprit la serveuse ! Elle allait et venait avec son pot empli de café, répondant à l'appel de ces consommateurs corpulents qui lui tendaient leurs tasses, les anses enveloppées de leurs doigts bagués. Le bleu de cette pierre était obsédant. Quelques Blancs dialoguaient avec les colosses : menus, fades, mais visiblement soucieux d'aboutir, de conclure l'affaire.

À notre tour, nous passâmes commande de pancakes et de café — la Nation navajo est censée être « sèche », sans alcool. Nos enfants, Benjamin et Cléa, collèrent leurs lèvres à de gigantesques sodas.

C'est alors, attrapant un journal traînant sur une table voisine, que nous tombâmes sur l'article qui allait changer notre séjour. Le *Navajo Preservation News* était l'organe officiel du ministère de la Culture navajo.

« Mardi et mercredi derniers, une délégation d'aînés, hommes et femmes, à la tête de laquelle figurait Alfred Yazzie, un homme-médecine spécialisé dans la culture navajo, s'est rendue au Nouveau-Mexique pour visiter trois musées. Le premier arrêt fut pour le Musée d'anthropologie Maxwell, de l'université du Nouveau-Mexique, à Albuquerque. Le docteur Garth Bawden, directeur de ce musée, accueillit le groupe et leur présenta le personnel qui devait les guider à travers les salles, et notamment le coordinateur d'éducation. Celui-ci, après leur avoir expliqué la philosophie et les intentions de l'exposition, leur parla de la chasse, de la cueillette, et de la manière dont notre peuple établissait le calendrier solaire. Le personnel s'excusa de ce que cette exposition archéologique s'arrêtait au XVIe siècle. Cela pouvait donner l'impression au public que l'histoire des peuples indiens de la région n'allait pas au-delà de cette époque. Puis, tout ce monde s'arrêta devant une trousse de médecine et d'autres objets cérémoniels des collections du musée. La trousse de médecine contenait le matériel destiné à plusieurs cérémonies de guérison. Elle avait été achetée par un négociant mormon venu de Kirkland, au Nouveau-Mexique, en 1967, et donnée par la suite au musée. On admira un masque, dont la date de fabrication et le lieu d'origine étaient inconnus. Chacun conclut que ces pièces, en particulier la trousse et le masque, pouvaient être rendues à la Nation navajo, à condition de suivre les procédures légales. Le mercredi matin, le groupe visita le musée de l'État du Nouveau-Mexique, à Santa Fe. On entraîna la délégation dans un endroit à l'écart pour lui montrer du matériel ethnographique jugé très sensible. Alors, Sam Begay, un de nos hommes-médecine, resté silencieux jusque-là, s'avança et déclara que tout cela était très troublant, qu'il comprenait, à voir ces objets dans un décor de musée, pourquoi notre jeunesse est si perdue face à notre mode de vie traditionnel, face à notre culture. Que nos jeunes puissent apprendre nos traditions sacrées de ces musées plutôt que de la bouche d'un vrai homme-médecine, chez nous, là où se trouvent les racines de la vie, voilà qui lui paraissait profondément inquiétant, d'autant que ces objets étaient, et sont toujours, le fondement de notre vie quotidienne. Leur place n'était pas là ! Pour en comprendre l'utilité, il fallait être né dans la Nation navajo, avoir reçu la bénédiction du pollen de maïs ; les autres, les non-Navajo, ne pouvaient avoir qu'une interprétation limitée de notre culture. "Aujourd'hui, il ne reste plus qu'une voie étroite à notre jeunesse, a fait remarquer Sam Begay, parce que toute notre culture n'est plus que conservation, préservation..." Munis de leurs diplômes, de leur formation, les anthropologues et les archéologues sont maintenant les "experts". L'argument principal avancé par ces professionnels occidentaux est le suivant : "Si nous ne sauvons pas ces objets, vous perdrez votre connaissance et votre matériau culturel." Mais cela ne se produira jamais, tant que nous aurons ces trousses de médecine en notre possession. »

Tout l'article, que nous lûmes avidement, était sur ce ton, revendicatif.

En effet, une loi — l'article nous l'apprenait aussi — la Native American Graves Protection and Repatriation Act, ou NAGPRA, votée en 1990 par le Congrès, donnait désormais le droit aux Indiens de récupérer les objets rituels entreposés dans les musées et jugés du plus haut intérêt. Et la délégation navajo, en faisant cette « descente » dans les musées de la région, avait bien cette loi en tête. Ses membres étaient des hommes et des femmes-médecine, car ici on continuait d'appeler ainsi les grands aînés, les initiés, usant de la traduction littérale de *medicine man*, terme utilisé par les Blancs à l'époque de la conquête.

L'article du *Navajo Preservation News* évoquait une troisième visite, au Wheelwright Museum cette fois, toujours à Santa Fe. La délégation avait gravi les marches menant au dernier étage du bâtiment, un espace élaboré selon les principes de la maison rituelle navajo — le *hogan* —, avec son plafond et ses murs faits de rondins de bois. Lynette Miller, la conservatrice, avait tenu à présenter à la délégation des aquarelles rares, œuvres dues à une Blanche dénommée Franc Newcomb, l'épouse d'un négociant établi dans la région dans les années trente. À l'époque, cette femme avait eu le privilège de pouvoir assister à des cérémonies conduites par Hosteen Klah, le plus célèbre des hommes-médecine du XXe siècle, et elle avait reproduit ensuite, de mémoire, nombre des peintures que Klah traçait lui-même sur le sol de son hogan. Avec l'accord de l'homme-médecine, elle avait réalisé ces aquarelles reproduisant des œuvres sacrées, secrètes, aujourd'hui rangées à l'abri des regards dans les réserves du musée. Alfred Yazzie, le chef de la délégation, avait froncé les sourcils : de quel droit le Wheelwright Museum gardait-il dans ses murs des images pareilles ?

Mais plus complexe encore avait été l'affaire de la trousse de médecine de Klah, offerte en son temps au musée par son propriétaire lui-même ! Le journal se faisait l'écho de l'incident : « À ce point de la visite, les hommes de la délégation s'étaient éclipsés dans un recoin du musée pour examiner la trousse dont Klah avait fait don à ce musée ; le personnel avait tout de suite tenu à dire qu'il était tout à fait disposé à la rendre. »

Oui, cette trousse devait être rendue ! Elle, et toutes les autres !

Une trousse de médecine est le bien rituel le plus précieux de cette société navajo. Son contenu seul l'indique : des bâtons de prière, des récipients destinés à recueillir les vomissements, des masques, des bourses en peau de daim remplies de pollen de maïs, des pierres de cristal, de turquoise, arêtes vives et formes molles, mais encore, parfois, et c'était le cas avec Klah, de petits carnets chargés de dessins mystérieux — d'ailleurs, la trousse contenait encore des sachets de poudres colorées. Ces trousses, si rares et si nécessaires à la fois au quotidien des Navajo, surgiraient un jour sous nos yeux. Il nous serait permis de les toucher, dans leur contenant moderne, l'attaché-case ! De même, allions-nous voir bientôt surgir ces aquarelles peintes par la main de cette Blanche, Franc Newcomb, dont la présence dans les réserves du musée avait tant troublé la délégation. Mais nous n'osions l'imaginer, alors !

Hosteen Klah, Franc Newcomb, Alfred Yazzie, Sam Begay... Nous tenions là, oui, à la Navajo Nation Inn tous les personnages de notre histoire, et jusqu'à l'inaccessible trésor : ces trousses, ces peintures ! Une piste s'ouvrait, elle portait un nom, « beauté », *hozho* en navajo, sur lequel chutait l'article. « *Hozho nahasdlii !* », « La beauté est revenue ! ». Cette beauté signalée par le panneau en bordure de la route, et maintenant ce mot associé aux objets réclamés par les aînés, les femmes et les hommes-médecine de la délégation. Hozho voulait-il dire aussi bien beauté que santé ?

Notre séjour débuta avec cette interrogation.

Nous devions tout faire pour rencontrer Alfred Yazzie, le chef de l'expédition dont rendait compte le *Navajo Preservation News*. Ce devait être possible car il travaillait au ministère de la Culture navajo dont les locaux prolongeaient l'auberge. Encore nous faudrait-il attendre la fin du week-end pour tenter notre chance. La Navajo Nation Inn faisait hôtel. Et Yazzie, dans un petit encadré, était interviewé : « On doit tout nous rendre ! », sauf les flèches et les arcs, les plumes et les vieux mocassins, sauf ce qui témoignait d'un *passé* historique. Mais le *présent*, l'actif, devait être restitué. Un musée n'avait pas à s'accaparer un patrimoine rituel. Encore moins, répétait-il, à le traiter comme des restes, ceux d'un passé révolu ! « C'est odieux ! » commentait-il en face de sa photo, un visage rébarbatif, avec de grosses lunettes, des rides rebelles, bref un air qui inaugurait mal d'une rencontre.

Et dans l'auberge, observant de nouveau ces consommateurs, leurs lourds colliers de turquoises, nous ne pûmes nous empêcher de nous interroger : que cachaient ces visages que la civilisation n'avait pas vu ? Nous étions d'autant plus perplexes que la Nation navajo est parfaitement intégrée aux us et coutumes de la démocratie américaine. Tous les documents officiels dont nous disposions attestaient de cette réalité. Cette nation indienne, forte de deux cent vingt mille personnes, compte à sa tête une assemblée tribale de quatre-vingt-dix-huit membres élus au suffrage universel. Le territoire lui-même est découpé en cent dix chapitres. Cette nation est grande comme la Belgique et à cheval sur trois États du Sud-Ouest américain : l'Utah, l'Arizona et le Nouveau-Mexique. Par sa superficie aussi, c'est la plus vaste des nations indiennes d'Amérique du Nord. Son assemblée élit un président, qui va à Washington faire entendre la voix de son peuple, ainsi qu'un gouvernement et des ministres. Depuis le Self-Determination Act, le décret sur l'autodétermination voté du temps du président Nixon, en 1975, les nations indiennes ont la possibilité de traiter directement avec les ministères fédéraux sur tous les points concernant la politique sociale, financière et économique définie par leurs assemblées tribales. Cette même année 1975 avait vu naître, à l'initiative des Navajo, le Council of Energy Resource Tribes, ou CERT, regroupant vingt-cinq tribus de l'Ouest et du Sud-Ouest — Sioux, Cheyenne, Pueblo, Apache, Hopi… —, un organisme destiné à « assister les tribus dans le développement de leurs ressources énergétiques en concevant les projets susceptibles de servir de base à la création d'une économie tribale stable pour leurs réserves respectives ; en les aidant dans la protection de leur environnement naturel et social comme dans la création des services administratifs de leurs ressources, dans le cadre de leur propre gouvernement ». Ces Nations premières, comme elles aiment aujourd'hui à s'appeler, ont des sous-sols riches, en pétrole, en charbon, en gaz naturel, en uranium, comme c'est le cas des Navajo[1].

Mais il y a loin de la coupe aux lèvres ! Les grandes compagnies minières américaines savent parfaitement — parfois avec la complicité des dirigeants indiens élus, loin d'être toujours des modèles d'intégrité, et avec aussi le soutien occulte de l'administration fédérale qui joue sur le caractère relativement flou de cette loi d'autodétermination — manipuler les propriétaires des terrains sur lesquels elles ont jeté leur dévolu. Disons-le clairement : nombre de présidents de la Nation navajo ont été mêlés à des scandales financiers, voire de vie privée, lesquels font régulièrement la une des journaux du territoire, et jusqu'à tout récemment. L'un d'entre ces présidents a été sommé de rendre sur ses fonds personnels — par un système de ponction mensuelle — les sommes qu'il avait dépensées en Europe avec sa carte bancaire de fonction au cours d'un séjour jugé dispendieux et compliqué de frasques amoureuses. Le *Navajo Nation Times* publia sa photo, en joyeuse compagnie, à la terrasse du Fouquet's sur les Champs-Élysées...

Ajoutons que les baux passés entre ces compagnies minières et tel ou tel groupe tribal se révèlent, avec le temps, d'un montant dérisoire ; les *royalties* très inférieures à ce qu'elles devraient être ; le respect de l'environnement loin d'être une priorité de ces compagnies, sans parler des travailleurs eux-mêmes, et surtout s'ils sont des autochtones, qui sont surexploités. Et quand les tribus se défendent enfin, on leur reproche de tirer vers elles uniquement, égoïstement, les richesses du sous-sol américain. Certes, la situation évolue, les peuples indiens apprenant à mieux négocier, défendre leurs intérêts, leurs cadres étant mieux formés, mais l'autodétermination est loin de celle espérée : « Nous n'avons que ce que nous méritons », lâcha un jour un président. Mieux organisés, les Indiens certes obtiendraient davantage, aujourd'hui. Peu d'entreprises — elles nécessitent d'importants capitaux au départ — sont d'ailleurs entre leurs mains. On peut citer la Navajo Forest Products' Industry, mais il s'agit d'exploitation forestière, comme son nom l'indique. Les troupeaux de moutons, de bovins, de chèvres qui traversent l'horizon sont, eux, la propriété des Navajo. De même, leur gouvernement a su, jusqu'à ce jour, résister à l'implantation de tout casino sur le territoire. Ajoutons que les Navajo disposent, comme les autres nations, d'une cour de justice modelée bien sûr sur le système judiciaire américain mais incorporant, pour les délits de moindre importance, des usages traditionnels — son principal mérite est de mettre l'accent sur la résolution pacifique des différends. Mais on ne peut pas pour autant, bien évidemment, parler d'un « État navajo », au sens strict. Rien de ce qui est revendiqué ne doit venir contredire la législation américaine. Le Bureau des affaires indiennes, vieux vestige du temps où les Indiens étaient jugés incapables de se gérer, est toujours là, qui veille. Et le temps n'est pas si loin — même s'il semble effacé à jamais — où le gouvernement américain envisageait d'éradiquer toute culture indienne à travers sa terrifiante *termination policy* !

D'où viennent les Navajo ? On considère qu'ils sont arrivés du nord de la Sibérie, par le détroit de Béring, vers le XIIe siècle de notre ère. Leurs visages en effet ont quelque chose d'asiatique. Mais les

Navajo nient cette vérité historique : « On nous dit que nous venons du détroit de Béring ; nous voulons nous éloigner de cette histoire ; nous avons notre propre histoire de la création, et c'est celle-là que nous acceptons. » Ce genre d'affirmation n'est pas du goût de tout le monde, évidemment, et, curieusement, pas de celui de leurs voisins, les Indiens Hopi. Ces derniers se sentent un peu menacés dans leur petit pays enclavé dans le territoire navajo, sur le haut plateau de l'Arizona, eux qui vivaient autrefois au fond des canyons, dans des villages à l'agencement très sophistiqué. Ce positionnement, résultat sans doute de la disparition soudaine des Anasazi, les ancêtres de ce peuple « stellaire » pour reprendre ici l'adjectif d'André Breton, est une source constante de dispute. En s'installant dans la région, les Navajo ont dépossédé en grande partie les Hopi de leurs terres ancestrales. Ils ont fait leurs ces canyons, ces prairies, ces monts, alors que la présence hopi remontait à plus de quatorze mille ans. Les Navajo ont été jusqu'à s'approprier ces ancêtres anasazi, captation que tout musée de la région aujourd'hui se refuse à contredire. La puissance navajo est un fait, désormais[2].

Nous décidâmes de consacrer notre lundi à Alfred Yazzie. Nous n'eûmes que quelques pas à faire pour rejoindre, depuis l'auberge, les locaux du petit bâtiment qui abritait le ministère de la Culture. Une secrétaire nous fit savoir qu'Alfred Yazzie pourrait « éventuellement » nous recevoir en fin de matinée.

Nous fûmes de retour vers midi. Benjamin, parti en éclaireur dans les couloirs, revint avec ces mots : « Il n'a pas l'air commode ! » Il avait aperçu Yazzie, assis dans son bureau. Nous fûmes invités à nous présenter. L'homme toussait et crachotait dans un petit gobelet en carton qu'il tenait à la main.

D'épaisses lunettes amplifiaient en effet son regard au point de le rendre impénétrable. Un bandeau enserrait ses cheveux. Il nous observa sans dire un mot, prenant son temps, oubliant le nôtre. Nous évoquâmes un artiste navajo, Joe Ben Junior, que nous avions récemment rencontré en France. Ce nom ne fit qu'assombrir un peu plus son visage : « Ce n'est pas un homme-médecine ! » Enfin, nous dévoilâmes la raison de notre présence : nous cherchions à comprendre les raisons d'être de cette médecine, des peintures qui lui étaient associées. Pouvaient-elles être communiquées à un public profane, notamment dans le cadre d'une exposition ?

Yazzie grommela : « Qu'est-ce qu'un mandala ? » Sylvie commença à lui expliquer, sans savoir encore qu'un livre venait de paraître, traitant des rapports entre le mandala tibétain et les peintures navajo. Certains font en effet un rapprochement entre les peintures de sable des Navajo et les œuvres de poudre tibétaines. Ils évoquent le détroit de Béring comme trait d'union. Le livre était sur le bureau de Yazzie, l'auteur l'ayant non seulement rencontré mais lui ayant dédié son travail, à lui et à Margaret Mead, la célèbre anthropologue américaine, connue notamment pour son ouvrage *Mœurs et sexualité en Océanie*[3]. Le livre lui avait déplu.

Sa question n'était donc pas de politesse, même s'il n'en montra rien. Yazzie menait son enquête, vérifiait qui nous étions. La réponse fut longue, un peu laborieuse et nous valut ce commentaire, tout aussi inattendu que le gobelet qui se remplissait peu à peu de crachats. « Je savais qu'on m'avait raconté des bobards ! » La phrase déclencha un large sourire sur le visage de Roger Henderson, un archéologue blanc, d'une quarantaine d'années, assis à côté de nous. Il travaillait avec Yazzie. Ce sourire nous mit à l'aise — Roger deviendrait notre ami — et nous encouragea à dire que, dans un livre…

« On n'apprend pas dans les livres ! » coupa Yazzie. Et, pesant de tout son poids sur la moquette, il quitta son bureau en lançant : « Venez plutôt ce soir dans mon hogan ! » Les hogans étaient ces sortes de cabanes de bûcherons, aux murs faits de rondins de bois, dans lesquelles les hommes-médecine conduisaient leurs cérémonies.

Avec Roger, l'archéologue, la discussion se poursuivit au restaurant de la Navajo Nation Inn. Nous étions entre Occidentaux et il nous parla avec une bonhomie rassurante, élégante. Ses fines lunettes, ses cheveux ras et blonds rappelaient l'or du paysage. Nous étions loin d'imaginer sa mort prochaine, des suites d'une leucémie dont il n'ignorait rien, sans jamais nous en avoir parlé. C'est lui qui prit sur le bureau de Yazzie ce livre unissant Navajo et Tibétains, lui qui nous montra la dédicace, avant d'ajouter : « Alfred déteste ce livre. Il ne supporte pas qu'un non-Navajo écrive sur sa culture. » Puis, Roger se présenta. « Je suis archéologue, je travaille étroitement avec les hommes-médecine. » Il rit : « Ils m'appellent "le Chasseur de fantômes", d'après le titre du célèbre film… » Son boulot consistait à remettre en terre les morts, ceux, plus précisément, dont les ossements, suite aux érosions et autres mouvements géologiques, réapparaissaient à la surface du sol. Ce phénomène n'était pas rare, car nombre d'anciennes sépultures avaient été perdues de vue au fil du temps et plus personne n'en assurait l'entretien. Régulièrement, un bout de tibia ou de crâne venait rappeler aux vivants qu'une sépulture avait existé à l'endroit où, aujourd'hui, passait un chemin vicinal. « Les Navajo pensent que le contact avec les morts doit être évité à tout prix. Quand une personne meurt, ce qui est bon s'en va, et ce qui est mauvais reste. Celui qui dérange ces ossements, tôt ou tard, tombera malade. » Roger ne craignait-il pas pour lui-même ? Il écarta d'un geste pudique notre inquiétude. « Alfred prend soin de me fournir des herbes et du pollen pour m'aider à affronter les morts et pour me protéger. Si je veux survivre ici, il est important que je respecte la tradition. » Roger, ensuite, creusait la terre, enfouissait de nouveau les ossements, « en m'excusant auprès de ces êtres de devoir les déranger », ajouta-t-il, un peu malicieux, mais sans la moindre ironie. On sentait qu'il faisait corps avec les usages navajo. Sur le chemin du retour, le « chasseur de fantômes » marchait à reculons « pour tromper ceux qui pourraient me poursuivre ». Il expliqua encore qu'il désinfectait ses outils, sa camionnette, en brûlant, comme de l'encens, une touffe de genièvre. Surtout, il prenait soin de jeter sur la route, derrière lui, du pollen de maïs en guise d'offrande, de bénédiction et de protection. Avec ce pollen, il traçait une ligne perpendiculaire aux traces des roues. Cette barrière finissait de le séparer des ossements réenterrés. Et, si un doute persistait dans son esprit, Alfred était toujours prêt, au retour, à conduire pour lui une cérémonie. « Comme c'est bon, ajouta-t-il, d'être en vie, en compagnie de tous ces rituels ! » Cette phrase nous revint, comme un boomerang, lorsqu'on nous annonça sa mort, trois ans plus tard.

Enfin, Roger dessina sur une feuille le chemin que nous devrions suivre, le soir même, pour nous rendre au hogan de Yazzie, un peu en dehors de Window Rock : « N'arrivez pas trop tard », conseilla-t-il en guise de salut. Non, lui-même n'y serait pas.

Hozho : ordre et désordre

Nous avons fini par trouver le hogan de Yazzie — tout en haut d'une colline surplombant Window Rock — après avoir tourné en rond dans un maquis de taillis. Le soleil, malgré l'heure, était encore brûlant, la nature ardente. Et, pour ne rien arranger, un feu d'enfer dardait ses flammes juste à côté de la maison rituelle. La cérémonie avait déjà commencé avec ce rituel de purification. Yazzie nous salua à peine. Il était en discussion avec un homme dont la fille avait disparu : ce père qu'il aurait ce soir à rassurer en lui disant si, oui ou non, la fugueuse, sa fille de seize ans, allait réapparaître.

La nuit tomba et nous pénétrâmes dans le hogan. Le sol était en terre battue, les murs de rondins formaient sept côtés, avec une ouverture dans le toit. La lumière de la nuit étoilée entrait par là, et par la porte restée ouverte. Le père de la disparue était accompagné d'amis déjà assis à même le sol du hogan et notre présence ne parut pas déranger cette petite assemblée.

Ce que nous avons retenu de cette soirée tient en quatre mots qui, encore aujourd'hui, ont gardé toute leur vérité : Yazzie, des couleurs, une enquête, l'émotion.

Yazzie ! Dans l'exercice de sa fonction d'homme-médecine, assis en tailleur lui aussi sur le sol du hogan, il nous parut un autre homme. Il manifesta immédiatement une gravité — elle habitait son visage — échappant à la pose, d'emblée dans la solennité de sa fonction. La « prière » qu'il récita, dès l'ouverture de la cérémonie, tous la partagèrent. Cet homme, arrogant le matin, scandait ce soir, les yeux fermés, une litanie ou simplement en murmurait les paroles, sans qu'aucun habit cérémoniel ne le distingue des autres : cette mélopée seule agissait, et d'une manière égale sur tous.

Les couleurs. Elles furent sollicitées dès cette prière. Il en appela quatre, demandant à chacun de s'en imprégner, de faire entrer dans son esprit leurs tons, leurs reflets. Quatre couleurs sacrées indissociables de la course du soleil, des quatre points cardinaux, des quatre monts qui délimitent le territoire, des quatre plantes sacrées, des quatre passages de la vie. Il parlait en navajo et traduisait régulièrement en anglais car un ami blanc, aussi, accompagnait le père. Ainsi furent sollicités, dans l'ordre, le blanc : du jour qui se lève, de l'est, du mont Blanca, du maïs ; le bleu : du jour culminant, du sud, du mont Taylor, du haricot sec ; le jaune : du couchant, de l'ouest, du mont San Francisco, de la courge ; enfin le noir : de la nuit, du nord, du mont Hesperus, du tabac. Les quatre monts, Blanca, Taylor, San Francisco, Hesperus, positionnés aux quatre coins cardinaux du territoire navajo, en délimitaient les contours, le transformant en un hogan immense ; toute la Nation navajo était un périmètre sacré, mais à quatre côtés, à la différence du hogan de Yazzie où nous nous trouvions, avec ses sept pans. Il en existait en effet plusieurs types, qui se différenciaient les uns des autres par le nombre de leurs côtés : les hogans à huit pans étaient les moins sacrés, remplissant la fonction, dans cette nation moderne, de résidences secondaires. Et, bien sûr, cet appel aux couleurs nous fit immédiatement songer, nous aussi, au Tibet, à son mandala où les couleurs imbibent le mental du pratiquant pour en modifier le cours. Les visages, tout autour de nous, concentrés, silencieux, étaient bien sous l'emprise des couleurs.

L'enquête, maintenant : elle entra en scène après

cette « prière », après que Yazzie eut demandé à chacun d'avancer son bras droit, comme lorsqu'un témoin prête serment devant une cour. Les bras étaient tendus souplement quand Yazzie se leva et, les frappant l'un après l'autre, vint vérifier leur bonne volonté ou leur autonomie, observer si ces bras avaient su, ou pu, se détacher de toute pesanteur pour n'être plus que les instruments de son autorité. L'homme-médecine fixait les mains, à présent prises de légers tremblements — la cérémonie portait ce nom, *hands trembling*, « tremblement des mains ». Son regard restait scrutateur, sans indulgence. Il interrogea chacun, leur demandant de dire ce qu'ils éprouvaient à cet instant et surtout de décrire ce qu'ils « voyaient » et, si c'étaient des couleurs, lesquelles ? Il s'y reprit plusieurs fois avec le père, lui posant une série de questions saccadées. Les réponses étaient brèves. Le regard de Yazzie allait du visage à la main et, quand celle-ci manifesta un début de fatigue, c'est-à-dire une raideur, il interrompit le roulement de ses questions. Puis se rassit. Alors il sortit d'un attaché-case noir sa trousse de médecine, une pierre blanche et transparente, un cristal de roche à l'éclat stellaire — quelques bougies mélangeaient leur lueur à celle de la nuit. Il précisa que, maintenant, plus personne ne devrait quitter le hogan. Devant la porte, la clarté lunaire tendait un voile blanc. Et Yazzie délivra son « diagnostic ». Il prit un visage rassurant, protecteur. Il dit ce que chacun espérait, même nous qui n'étions que témoins : « Votre fille reviendra, ne vous inquiétez pas ! » Nous aurions pris le même parti que lui, raisonnable à tous égards, d'annoncer un retour d'autant plus logique que cette jeune fille n'en était pas à sa première fugue, comme il l'avait appris, et nous avec lui, en interrogeant avec insistance le père de la fugueuse. C'était une récidiviste et on ne se perd pas, jamais définitivement en tout cas, sur les chemins de la Nation navajo…

L'émotion, enfin. Elle nous saisit, réveillant nos vieux rêves d'enfance sur les Indiens, quand Yazzie demanda à ce qu'on fît tourner la pipe de terre rituelle. Ses volutes odorantes étaient chargées de purifier l'intérieur du hogan, car le feu au-dehors n'avait nettoyé que l'atmosphère immédiate. La pipe circula de lèvres en lèvres. Même Benjamin s'y essaya. Premier tabac, première fumée… Plus tard, alors que la cérémonie s'achevait et que sa sœur et lui dormaient à même le sol de la maison cérémonielle, corps livrés, une femme navajo se leva et, dans la semi-pénombre, nous tendit une petite bourse en daim remplie de pollen, en nous demandant de les « bénir ». Sur leurs paupières, leur front, leurs joues, nous répandîmes un peu de ce précieux pollen dont les Navajo disent que c'est la plus impalpable des matières. Ils y voient la trace d'une vérité lumineuse qui apparaît puis se dérobe, fascinante et ultime. Nous nous rappelâmes ce que Vladimir Jankélévitch disait de la métaphysique, qu'elle part d'un corps physique qui, à force de s'étirer, devient une sorte de gaze, frémissante et ailée, comme le pollen. Nous avons béni Benjamin et Cléa avec l'espoir soudain noué à la gorge que ce geste les protégerait à jamais de toute pesanteur.

Le lendemain, Roger, le « chasseur de fantômes », nous attendait sur le parking du ministère de la Culture navajo : les deux mains dans les poches, pantalon clair, chemisette à manches courtes, la tête abritée du soleil par un chapeau de paille ceint d'un ruban noir. Son regard très bleu, déjà affectueux, était curieux de savoir comment s'était passée la soirée dans le hogan. Premier vrai pas dans notre amitié, il nous fit cette confidence : « Yazzie est un ancien flic ; très craint, capable de tout faire pour pincer un coupable. » Ce policier avait décidé un jour de progresser dans la société navajo et de devenir homme-médecine. Yazzie, à écouter Roger, était presque naturellement passé de la fonction de flic à celle de guérisseur scrutateur. Sachant, comme hier dans le hogan, poser les bonnes questions. Et Roger ajouta que la Nation navajo est avide d'ordre, information qui provoqua chez nous le même étonnement que lorsque nous entendîmes pour la première fois parler de moines guerriers. Ces Indiens, loin de fumer nostalgiquement le calumet de la paix, faisaient, comme autrefois, du maintien de l'ordre l'axe de leur vie et de leurs rituels. Ils combattaient tous les désordres et notamment ces maux qui détruisent la santé, assura Roger. « Hozho ! » dit-il, un peu plus tard, en levant, pour trinquer, sa tasse de thé. Oui, à nouveau ce mot, hozho, revenait. « Conduisez en beauté », disaient les panneaux de signalisation. « La beauté doit être rendue ! La beauté est revenue ! » renchérissait l'article demandant le retour des trousses de médecine. Hozho, de toute évidence, pouvait se traduire de deux manières, tantôt beauté, reliée à une conduite, à des gestes, des œuvres, des objets, et tantôt santé, en rapport avec des soins, une guérison. Et, sans doute, nous commencions à le soupçonner, la traduction juste était-elle l'union des deux mots. Les Navajo ne dissociaient pas la santé de la beauté, et cet attelage semblait même mener cette nation tout entière. À ses rênes, on trouvait des hommes comme Yazzie, inflexibles et pénétrés de leurs devoirs.

Nous déjeunâmes, de nouveau, avec Roger. Il nous délivra quelques précisions sur la cérémonie de la veille. Ce sont surtout les femmes qui conduisent ordinairement ce type de rituel à caractère divinatoire. Les cérémonies de hand trembling servent beaucoup, et même surtout, à établir des diagnostics, comme on en fait dans les hôpitaux, précisa-t-il en nous regardant. La main «tremblante» cherche et pointe la partie malade du patient, mais, dans ces cas-là, c'est la même personne qui prête sa main à l'expérience et qui établit le diagnostic. Si on revenait au cas de la veille, elle est à la fois le père désemparé et Yazzie détenant la réponse, autrement dit à la fois le désordre et l'ordre. Son esprit, si on peut dire, chevauche ces deux états. La femme-médecine laisse sa main errer comme un pendule, pointer la partie touchée avant de donner son avis. Elle désigne, pressent, énonce et même renvoie à un traitement, une stratégie de guérison.

Pourquoi des femmes? C'était la tradition. Aux femmes revenait ce type d'intervention que Roger compara à l'activité d'un médecin généraliste, en Occident. Et, sous le feu de nos questions, il convint que ces femmes intervenaient dans un état de transe partielle. Il insista: «partielle». Puis parla d'hystérie, et à nouveau corrigea: une hystérique ne se voyait pas ouvrir automatiquement les portes de la fonction. Il fallait qu'elle soit reconnue, cooptée par ses aînées, des femmes exerçant ce métier depuis des années. Une transmission, une filiation, intervenait par conséquent. La plupart de ces «diagnostiqueuses», puisque leur intervention était essentiellement de cet ordre, appartenaient à des familles qui se dédiaient, depuis des générations, à la guérison navajo. Cet adoubement était incontournable; l'hystérie seule n'avait jamais conduit une femme au statut très envié de femme-médecine.

Roger tint à nous rappeler que la science occidentale avait longtemps confondu l'hystérie et l'épilepsie. Il n'en était rien chez les Navajo : ils avaient toujours différencié ces états. Ils courtisaient l'hystérie « partielle ». L'Occident conquérant avait dû attendre les travaux de Charcot à la Salpêtrière, à Paris, à la fin du XIXe siècle, pour percevoir que l'hystérie et l'épilepsie sont deux choses différentes, que la première prend sa source dans l'affectif, la psychologie, tandis que l'épilepsie doit sans doute davantage à des problèmes d'ordre fonctionnel, organique. Cette différence, soigneusement gérée par les Navajo, avait certes été prise en compte en Occident, mais à des époques antérieures, lointaines, dans la Grèce antique, avant de se diluer dans le cours d'une raison conquérante et ne souffrant, sur son chemin, aucune compagne embarrassante. Roger insista beaucoup sur la capacité de contrôle des diagnostiqueuses en pleine activité : leurs mains pouvaient osciller, leur esprit aussi, elles n'en restaient pas moins étrangement vigilantes.

Dans leurs diagnostics, on sentait la présence d'une logique. D'ailleurs, beaucoup de femmes-médecine menaient une enquête lors des jours qui précédaient leur séance d'intervention. Elles s'informaient sur l'histoire du malade auprès de ses parents. Quant à la cooptation par les aînées, elle constituait une autre manière de vérifier si la prétendante ne dérivait pas, si elle était capable d'une maîtrise d'elle-même sans laquelle rien de vrai n'est possible. Il fallait à tout prix fuir l'aveuglement, l'égarement, tout en favorisant un état de réceptivité. Il était même dit que ces séances de hand trembling constituaient pour la femme-médecine une source personnelle de rééquilibrage, dès lors que son hystérie « partielle » se trouvait être une réalité. Guérir en soignant, c'était possible, à condition de ne pas épuiser tout à fait son propre mal, source aussi de clairvoyance. Savant dosage ! Étrangement, et pour la seconde fois, nos amis tibétains réapparaissaient, rôdaient parmi les monts navajo. La part divinatoire relevait davantage, ici comme là-bas, d'une intuition exaltée que d'une perte de conscience ou de connaissance.

« L'hystérique est un sacré comédien », entendait-on dire fréquemment à la Salpêtrière. Les médecins psychologues avaient remarqué que, placés momentanément en contact avec des épileptiques, les hystériques n'hésitaient pas à leur emprunter des symptômes cliniques. Tricherie, ou jeu avec les forces invisibles que tout individu ressent plus ou moins ? À Dharamsala, les moines affirment que, dans ses moments de transe, l'oracle d'État s'identifie à Nechung, cette divinité protectrice du Tibet. Il entre dans sa peau comme un comédien de génie se donne les moyens d'imiter puis de rivaliser avec les dieux. Les Navajo, eux, évoquent l'emprise d'un « monstre », Gila ; ce parrainage n'est peut-être là que pour dire qu'un oracle, ici ou là-bas, est une personnalité hors du commun qui fréquente l'invisible, approche l'impossible.

Certains, en Occident, avaient émis des hypothèses qui démédicalisaient ces manifestations dites hystériques. Breton et Aragon avaient signé conjointement en 1928, à l'occasion des cinquante ans de la découverte de l'hystérie[4], une déclaration qui disait : « Nous, surréalistes, tenons à célébrer ici le cinquantenaire de l'hystérie, la plus grande découverte poétique de la fin du XIXe siècle. »

Breton et Aragon ont, tous deux, commencé des études de médecine. Ils sont sensibles à ce qui se passe en l'absence du regard scientifique, le soir, à la Salpêtrière, et osent l'écrire : « Freud, qui doit tant à Charcot, se souvient-il du temps où, au témoignage des survivants, les internes de la Salpêtrière confondaient leur devoir professionnel et leur goût de l'amour, où, la nuit tombante, les malades les rejoignaient au-dehors ou les recevaient dans leur lit ? » Ce dérèglement des sens ne peut que plaire aux deux jeunes surréalistes. La poésie est à ce prix, et l'hystérique une porte ouverte sur l'univers de l'amour fou. « Nous, qui n'aimons rien tant que ces jeunes hystériques, dont le type parfait nous est fourni par l'observation relative à la délicieuse Augustine entrée à la Salpêtrière dans le service du docteur Charcot le 21 octobre 1875, à l'âge de quinze ans et demi [...]. »

Et Breton et Aragon, toujours dans leur déclaration, donne cette définition bien au-delà de critères scientifiques : « L'hystérie est un état mental plus ou moins irréductible se caractérisant par la subversion des rapports qui s'établissent entre le sujet et le monde moral duquel il croit pratiquement relever, en dehors de tout système délirant. » L'hystérie n'est pas délire mais subversion, elle ne peut, écrivent encore Aragon et Breton, être tenue pour « un phénomène pathologique ». Selon eux, « l'hystérie, peut, à tous égards, être considérée comme un moyen suprême d'expression ». On songe à Rimbaud, au « voyant ». Et pourquoi pas, devant ce bras qui tremble, à l'écriture automatique, si chère aux surréalistes, à cette dictée de la pensée, en l'absence de tout contrôle exercé par la raison, à ces mots lâchés sans souci de morale ou d'esthétisme, l'esprit flottant dans un état de sommeil hypnotique... Cette mystérieuse écriture dont l'un des pouvoirs, notait Breton, consiste dans son caractère divinatoire, ajoutant : « La voix surréaliste qui secouait Cumes, Dodone et Delphes... », trois cités de la Grèce, célèbres pour leur sibylle, leur oracle[5].

Roger, le « chasseur de fantômes », en convint

après nous avoir écoutés : nous devions rencontrer un homme-médecine plus ouvert au dialogue que Yazzie. Il en existait, oui. Il songeait d'ailleurs à quelqu'un.

Le lendemain, au restaurant de la *Navajo Nation Inn*, il y avait une jeune femme à ses côtés, une collègue de bureau. De Lillie — c'était son prénom —, on remarquait d'abord la splendide chevelure, luisante et bleutée comme ce maïs si apprécié, et qui descendait très bas, jusqu'aux chevilles. Le visage fin, le regard léger, tous ses traits s'accordaient parfaitement avec un port de bijoux discret. Cette belle Navajo répondait à la tradition, mais avec distinction. Ses turquoises se résumaient à une bague légère, un pendentif et des boucles d'oreilles qui illuminaient jusqu'à son sourire. Elle était née sur le territoire, mais tout au nord, aux frontières de l'Utah. Son grand-père était homme-médecine, sa grand-mère, comme souvent la femme d'un homme-médecine, diagnostiqueuse. Elle s'appelait Lillie Lane et, pour sa part, avait fait deux ans d'études dans la prestigieuse université de Harvard, sur la côte Est des États-Unis.

Elle connaissait bien Sam, Sam Begay. Cet homme-médecine, dont le nom figurait parmi les membres de la délégation chargés de récupérer les objets sacrés dans les musées, était un vieil ami de sa famille. Lillie était en charge des relations avec les musées au sein du ministère de la Nation navajo mais, comme elle nous l'avoua : « Je n'ai pas été associée à cette visite. » Yazzie reprochait à la jeune femme d'exercer une fonction qui aurait dû être occupée par un homme-médecine, et de haut rang. Dans les yeux de Lillie passa un éclair de défi. « Roger m'a parlé de vous : je suis d'accord pour vous conduire chez Sam. » Cet homme-médecine présentait, entre autres avantages, de connaître l'Europe, les rivages de la Normandie, où il avait débarqué en 1944 en tant que GI américain. Il avait poussé à l'époque jusqu'en Allemagne et gardait un souvenir d'inachevé. Enfin, Sam était un des seize membres du Conseil supérieur des *hataaliis,* cette assemblée formant une sorte de Conseil suprême au sein de sa nation, auquel on se référait en cas de crise grave. Ces seize sages pouvaient même contraindre un président élu à démissionner s'ils jugeaient son comportement indigne, source de désordres. On citait le cas d'un chef de la Nation navajo qui avait dû rompre avec sa maîtresse après une dernière sommation des Seize ! Au sein du Conseil, Sam avait pour mission particulière de veiller à ce que la philosophie navajo trouve sa place dans les programmes gouvernementaux, notamment dans les secteurs de la santé, de la police, de la culture, où les Navajo gardaient une marge d'autonomie. Le Conseil des hataaliis, précisa Roger, avait la charge de tout l'héritage sacré. Il nous apparut clairement que si nous devions aboutir dans notre propre mission, organiser cette exposition parisienne, nous ne saurions nous passer de l'accord de cette haute autorité. Roger approuva : « Vous êtes dans le droit chemin ! » Puis il se leva, replaça son beau chapeau de paille sur un crâne dégarni et nous laissa régler les derniers détails avec Lillie.

Le lendemain, grâce à sa complicité, nous étions à Indian Wells, le pays de Sam Begay. Au-delà de Ganado, nous avions bifurqué vers le sud et de nouveau le Désert peint amoncelait ici et là ses couleurs tendres. Puis, soudain, un sol noir, de lave, prit le relais. Une colline surgit ombrageuse, rectangulaire, au pied de laquelle on distinguait des taches argentées : les toits. Ayant été averti par Lillie de notre visite, Sam nous attendait sur le pas de sa « mairie », un simple baraquement comme tombé du ciel aujourd'hui plombé. Sam nous plut immédiatement. Il conjugue la force et la délicatesse, une corpulence, digne en effet de ces colosses aperçus le premier jour. Comme eux, d'ailleurs, Sam porte d'abondants bijoux de turquoise. Il avait, ce jour-là, une broche en guise de cravate et un collier épais de deux rangs tombait sur son torse. Ses longs doigts, en revanche, étaient vierges de tout ornement. Ce colosse a le visage large, comme une nappe tranquille de vie, encore qu'on y devine, parfaitement présentes, les deux faces du personnage. Pour la force ou l'autorité : le nez puissant, la barrière du regard. Ailleurs, partout, contrepoids délicat, la bonté pointe, attentive. Une moustache fine, en arceau, encercle ses lèvres et son menton. La chevelure, bleutée et luisante comme celle de Lillie, est tirée vers l'arrière et resserrée sur la nuque par une cordelette blanche. Tout de suite, Sam nous expliqua que si les Navajo s'appliquent à porter le plus possible de pierres turquoise, c'est pour se faire reconnaître des Êtres sacrés. Il était sincère : « Comme ça, de là-haut, ils savent que nous sommes les Navajo, que c'est bien de nous dont il s'agit, nous qui vivons à l'intérieur du territoire délimité par les quatre monts sacrés. »

Sam nous entraîna dans la salle de réunion de la « mairie ». Notre première question fut celle-ci : comment devient-on homme-médecine ? Il se confia, mais en parlant sa langue, en navajo, et Lillie traduisit ; la présence de cette belle jeune femme le réconfortait. Il parla doucement, veillant à bien être compris : « On le devient après de très longues années d'études. Certains disent qu'une vie entière y suffit à peine ! Ces études sont indispensables. Un homme-médecine, croyez-le bien, n'est pas un individu disposant de pouvoirs surnaturels, comme on le dit encore trop souvent. Pas du tout ! Il lui faut travailler, et même beaucoup, au moins autant que chez vous, quand on veut devenir médecin. Sans cet énorme travail, vous n'arrivez à rien. »

Au départ, Sam n'avait pas choisi cette profession. Ce qu'il espérait devenir ? Il se redressa pour dire : « Un ivrogne ! » Et comme nous souriions, il se lança dans une longue diatribe contre lui-même. Lillie s'appliqua à ne pas perdre un mot de cette confession. « Je rêvais d'une maison dont les murs seraient faits de bouteilles de bière. Je voulais de la bière partout, des bouteilles d'alcool posées sur des étagères. À cette époque de ma vie, j'ai perdu la tête. Il m'arrivait de monter dans ma voiture et de rouler comme un fou d'ici jusqu'à Albuquerque, d'une seule traite, et d'en revenir aussi vite, le coffre chargé d'alcool. Tout le monde avait peur de ce que j'étais en train de devenir. Alors, on a conduit, spécialement pour moi, une cérémonie. » Déjà ses doigts immenses se saisissent d'un petit panier en osier posé sur la table. Cette vannerie nous attendait, manifestement. Et Sam en manipulait maintenant les contours avec précaution. C'était un panier décoré à l'intérieur par une grande étoile tressée dans une paille noire. « Ce panier, c'est notre Bible. » L'étoile avait douze branches. Une autre, plus petite, séparée de la première par un cercle grenat et ne comportant, elle, que quatre branches, formait le cœur du panier. Sam dit ceci : « Les douze branches de la grande étoile sont l'ombre des Êtres sacrés dont nous, les Navajo, nous descendons. L'arc-en-ciel, ce cercle grenat, évoque le pacte qui nous unit à ces grands ancêtres et par lequel nous nous sommes engagés à ce que le ciel et la terre cessent de se combattre. Nous sommes venus sur terre avec cette mission. C'était le seul moyen d'y parvenir. Auparavant, la terre et le ciel n'arrêtaient pas de se disputer, et il s'ensuivait des effets néfastes dont on voit encore les traces, comme ces cratères creusés par des météorites tombées du ciel. On peut en voir un peu partout par ici, notre région du Sud-Ouest en est remplie. Mais nous avons conclu cet accord, et nous sommes venus sur terre, sachant que les Êtres sacrés auraient toujours un œil sur nous. Nous sommes intervenus. Alors, le monde est apparu tel que nous le connaissons. Le ciel et la terre ont accepté de coopérer : la pluie, en tombant, a donné naissance aux fleurs, aux racines. La vie s'est organisée, elle est devenue possible. L'arc-en-ciel, avec ses belles couleurs qui unissent le ciel et la terre, symbolise parfaitement cette harmonie née avec nous. »

Il précisa : « C'est un panier comme celui-ci auquel on a fait appel quand j'allais mal. On y a déposé tous mes objets personnels, y compris la clé de contact de mon véhicule, et un homme-médecine a fait tourner le panier entre ses mains. » Nous éprouvions une légère gêne devant ces confidences, mais peut-être Sam s'adressait-il aussi à Lillie, et, à travers sa conscience, aux Êtres sacrés qui devaient l'observer, lui et son beau collier à deux rangs de turquoises... Sam est puissant et émouvant. Il continua :

« On a fait tourner ce panier pour moi dans le sens des aiguilles d'une montre, lentement, en imposant peu à peu à tous mes objets personnels de se regrouper au centre. Moi-même, j'observais ce panier et j'étais bien obligé de me dire que je devais, moi aussi, retrouver le centre, parce que je descends comme tout Navajo des Êtres sacrés dont je voyais les ombres sur le panier. Ce jour-là, j'ai réalisé combien ma conduite était contraire au pacte que les Navajo, en venant sur terre, avaient passé avec nos ancêtres. Je me suis isolé pendant plusieurs jours et plusieurs nuits, seul avec ce panier, je l'ai observé longtemps avant d'oser prendre à nouveau mes objets personnels et m'en servir. Un jour, plus tard, en marchant dans la forêt, alors que la première neige était tombée, j'ai entendu une voix qui m'appelait, une voix qui me disait que j'allais devenir homme-médecine. La première fois, évidemment, je n'y ai pas trop prêté attention, mais la voix a répété son message, et j'ai compris que c'étaient les Êtres sacrés qui m'appelaient et que je devais leur répondre. Aussi ai-je commencé mon apprentissage. J'avais plus de quarante ans. »

Cette voix, Sam l'appelle encore sa « vocation ». Car pour s'engager dans un métier comme celui-ci où il faut se vouer aux autres, on ne saurait se passer de cet appel intérieur, qui fait que vous décidez d'orienter votre vie vers la guérison. Sam, qui plus est, avait un grand-père homme-médecine.

« Dans votre médecine, dit-il, l'argent compte beaucoup, et même beaucoup trop. Chez les Navajo, les malades paient en fonction de leurs possibilités. Il m'est arrivé de faire une cérémonie complète pour le prix d'une larme. Parce que ce patient risquait de mourir et qu'il fallait le sauver. Mon grand-père, de qui j'ai beaucoup appris, me disait toujours que c'est au malade de déterminer ce qu'il peut payer, pas à moi. » Ainsi se vérifiait la règle : on devenait d'autant plus homme-médecine que cette corporation était représentée dans sa famille, mais tout aussi bien le devenait-on sans cette filiation, seulement parce qu'on en ressentait profondément l'appel, et qu'on sollicitait alors de devenir l'apprenti d'un homme-médecine réputé. Dans tous les cas, commençaient des années longues et difficiles. Yazzie, par exemple, venait tout récemment de se séparer d'un apprenti qu'il jugeait insuffisamment concerné.

Combien d'années avait duré son apprentissage ? « Il n'est pas fini ! » Et comme nous insistions, Sam avoua avoir déjà étudié, travaillé, plus de vingt ans ! Ce chiffre seul révélait mieux que tout la complexité de l'entreprise, son caractère inédit pour un Occidental. L'anthropologue américaine Nancy Parezo, de l'université d'Arizona, à Tucson, comparerait un jour devant nous les grandes cérémonies de guérison navajo, appelées voies, à des opéras, citant, en guise de référence, la *Tétralogie* de Wagner ! Un tel parallèle s'expliquait par l'ampleur inimaginable que peuvent prendre ces cérémonies de guérison, tant par leur durée que par le nombre des prières, des peintures dont elles s'assortissent, sans compter les coups de théâtre, car il en existait ! Les assistants de l'homme-médecine disparaissent à un moment donné puis resurgissent dans le hogan, transformés. Ils portent des masques, ces fameux masques réclamés aux musées par la délégation conduite par Yazzie, masques représentant l'un ou l'autre de ces Êtres sacrés, aux noms insolites : « Dieu qui parle », « Dieu qui appelle »...

Car c'est au paroxysme d'une cérémonie que surgissait dans le hogan les Êtres sacrés. Préalablement, l'homme-médecine et ses assistants avaient dessiné sur le sol du hogan une peinture de sable composée des figures du panthéon navajo. Ces dieux qui entraient masqués signifiaient que la peinture était aboutie, assez belle pour les attirer jusque sur terre. Puis, le malade était prié de s'asseoir au centre de la peinture. Alors, venait le grand moment : l'homme-médecine, selon un ordre très précis, appliquait ses mains sur l'œuvre de sable, des mains aux paumes humectées, aussi les poudres colorées adhéraient-elles à ses doigts qui, ensuite, se posaient sur le corps malade. Autrement dit, toute la peinture était transférée sur la peau du malade. À lui, alors, d'accepter cette beauté, de réaliser que sa maladie provenait d'une rupture avec l'harmonie et que la chance lui était donnée de reconquérir un équilibre, une beauté intérieure sans lesquels il n'est pas de vraie santé. Parallèlement aux peintures, des chants, des prières, par centaines, étaient déclamés.

« Oui, vingt ans de travail, insista Sam Begay, si on veut être capable de tracer de mémoire toutes les peintures de sable qui rythment une cérémonie, réciter le nombre très élevé de prières, de versets. La moindre erreur peut être fatale. » D'ailleurs, nous apprit Sam, en navajo, on préfère appeler ces professionnels de la guérison des hataaliis, des « chanteurs », c'est ce que veut dire ce mot.

Sam était donc devenu « chanteur » après avoir été un fieffé alcoolique ! Il nous confirma qu'il était capable de réciter des centaines de versets sans jamais se tromper. Des chercheurs « anglos » (blancs), comme David McAllester ou Charlotte Frisbie, ont noté l'incroyable exercice de mémoire auquel se soumettent ces « chanteurs »[6]. Une cérémonie plutôt courte ne comporte pas moins de quatre cent quarante-sept strophes ou versets, chacune de ces strophes étant composée de plusieurs dizaines de vers. L'ensemble est aussi long qu'un poème de Victor Hugo, que sa *Légende des siècles* ! Une oreille non avertie peut croire que des versets parfois se répètent et qu'alors l'effort est moindre. Il n'en est rien. Ces répétitions ne sont qu'apparentes. Chaque strophe comporte une variation par rapport à la précédente, portant parfois sur un mot, un seul, à cet endroit de la litanie et non ailleurs ! Il faut s'en souvenir au bon moment, au bon endroit. Cette subtile variation ne saurait être éludée car si personne, dans l'assistance, ne peut s'en apercevoir, ce n'est pas le cas des Êtres sacrés. Leur indignation, à l'écoute de cette erreur, peut tout compromettre. En vérité, l'exercice suppose une rare concentration ; le devoir de mémoire paraît ici sans limites. Un homme-médecine ne peut laisser, en aucun cas, en aucun moment, son esprit divaguer.

« Même après une cérémonie, nous confie Sam, je continue de penser à mes malades. Pour eux, je suis tenu d'avoir un comportement en accord avec ce que je prêche. Il serait préjudiciable, tant pour eux que pour moi, que je m'égare par mon attitude, que je me remette à boire, à traîner, à dire n'importe quoi, comme autrefois. »

Un homme-médecine ne se considère pas comme l'héritier d'un don, même si ses parents occupaient déjà cette fonction. Sam — et tous les hommes-médecine que nous avons rencontrés le confirment — a toujours réfuté l'existence d'un pouvoir surnaturel, et revendiqué, au contraire, le travail, l'effort, la concentration, la discipline personnelle, toutes qualités qui fondent cette profession. C'est au prix de ce labeur, uniquement, que l'homme-médecine peut espérer s'identifier aux Êtres sacrés.

La beauté est d'essence divine : voilà la vérité ! Elle descend des Êtres sacrés, ancêtres du peuple navajo qui en a la charge, aujourd'hui ; c'est à lui qu'il revient d'en assurer la présence sur terre. La beauté, l'harmonie qui unissent toutes choses, et jusqu'au ciel à la terre, dépendent de ce peuple. Et si la beauté est d'essence supérieure, alors la santé l'est-elle aussi, hozho renvoyant à l'une et à l'autre ?

Sacrée, la santé ?

« Oui », répondit Sam. La maladie est bien la conséquence d'une rupture avec un ordre divin dont les Navajo sont les légataires. Car le malade comprend non seulement que sa santé ne saurait se passer d'un équilibre et d'une beauté intérieurs, mais que celles-ci sont en correspondance, en connivence avec une beauté, une harmonie, plus vastes encore, celles du monde, celles des dieux. Oui, la santé est sacrée, mais qui en douterait ?

Nous étions toujours dans la salle de réunion de la « mairie » de Indian Wells. Alors il plut, une pluie fine, intense, très localisée. Elle approcha et même entra par la fenêtre restée ouverte de la salle où nous nous trouvions. Elle humecta nos visages. Odeurs de ciel et de terre mêlées. Les Êtres sacrés nous faisaient-ils signe ?

Nous ne le savions pas encore, mais c'était peut-être un second signe. Ce fut Roger, le lendemain, à Window Rock, qui nous l'annonça, Roger et son regard lumineux. La nouvelle avait fait le tour des bureaux du ministère de la Culture navajo : « L'autre soir, dans le hogan, la femme de Yazzie a vu au-dessus de vos têtes une lueur blanche. C'est bon signe... » Nous comprîmes assez vite que cette femme — maigre, plus très jeune — était celle qui nous avait demandé de bénir nos enfants. Elle était également diagnostiqueuse.

Ces signes en tout cas allaient nous protéger et conjurer les prédictions fâcheuses. « Jamais, nous avaient dit des anthropologues américains, même les plus amicaux comme Nancy Parezo de l'université d'Arizona, vous n'arriverez à convaincre les hommes-médecine de partager un peu de leur culture avec des observateurs étrangers ! Vous tombez au plus mauvais moment avec cette affaire de récupération des trousses de médecine. Les Navajo sont mal disposés, ils n'ont jamais été autant sur leurs gardes. »

Un homme, au cours de notre séjour, allait porter au point le plus haut la contradiction, se montrant tout à la fois fraternel et critique : James Faris, professeur d'anthropologie à l'université du Connecticut. Un éminent spécialiste de la voie de la Nuit, la cérémonie la plus complexe, la plus totale, la plus puissante, avec, sans doute, la voie du Projectile. Une voie, c'était bien le terme le plus près du navajo, nous précisa Faris, pour désigner une cérémonie.

C'était à Santa Fe, au cours d'un dîner où le maître d'hôtel — incroyable mais vrai ! — nous servit un cru du Languedoc, région où nous habitons. Nouveau signe, mais de quels dieux, alors ?

D'abord, et ce fut notre première émotion de cette soirée mémorable, James Faris était un fervent lecteur de Michel Foucault, ce philosophe qui quelquefois se confia à nous et qui venait étrangement se placer au cœur de la guérison navajo !

Car Foucault reste pour nous celui qui refusa le jusqu'au-boutisme de la guérison occidentale. Apprenant le mal dont il était atteint, le sida, il ne cacha pas avoir jeté dans le caniveau, sans les avoir utilisés, des médicaments censés le soigner. Philosophiquement parlant, il demeure encore celui qui ne voulut pas conclure, surtout pas produire un système. Nihiliste, fauve, mais jamais vraiment cruel. Ses amis à Paris s'inquiétaient qu'il ne dégageât pas mieux sa méthode, de manière qu'on puisse convenablement l'enseigner dans les universités, estimant, eux, à tort ou à raison, qu'il n'y a qu'une façon d'entrer dans l'éternité : en organisant le monde, en annonçant un ordre ! Mais Foucault se tint toujours à l'écart. Ce n'était pas vraiment quelqu'un de rassurant. « Sartre a du génie, pas moi ! » aimait-il à dire. Certes, Foucault n'a jamais caché qu'il ne comprenait pas l'espoir fou de Sartre consistant à prouver que l'homme est, de toutes les espèces, la seule à être libre. Ce sacerdoce l'étonnait.

Refus de la guérison à tout prix, refus de l'ordre à tous crins. Soudain, avec Faris, l'idée s'imposa que ce double refus, chez Foucault, de guérir, d'ordonner, était peut-être les deux faces d'une même tension : un anti-hozho ?

Oui, l'ombre insolente et rieuse de Foucault rôdait, ce soir, autour de nous. Elle circulait parmi les flammèches des bougies posées sur notre table et les ranimait. Dehors, assis à une grande table, un couple de jeunes Navajo dînait, aussi beaux l'un que l'autre. L'ombre du philosophe devait approuver ce jeu des plaisirs réunis. Lui qui nous disait : « Tandis que les masses manifestaient dans les rues et faisaient l'histoire, je défilais moi dans les caniveaux. » Décidément ce caniveau... Comme il refusa l'histoire, il refusa les cures, car l'histoire en est une, d'une certaine manière, qui crée de l'ordre là où il y a de la folie, des cris, des vies ! Foucault avait rejeté jusqu'à la cure psychanalytique, même s'il en éprouva la tentation, durant trois semaines seulement. « La psychanalyse, nous disait-il, est à la fois la vérité et la honte de notre temps. »

Il nous apparut vite, ce soir-là, que si James Faris était un spécialiste si éminent de la guérison navajo, il le devait aussi à sa connaissance aiguë de l'œuvre de Foucault. Celle-ci se déployait certes dans une direction exactement opposée, mais la thèse et l'antithèse ne sont-elles pas comme des sœurs ennemies ? Étrange équilibre. Sans Foucault, Faris n'eût sans doute jamais aussi bien compris les Navajo. Mais sans eux, eût-il aussi brillamment explicité le philosophe de la non-guérison qu'est Foucault, comme il le fit dans ce restaurant de Santa Fe ?

Faris était lui-même à la charnière entre la santé et son refus ; dans une main, il avait les Navajo, dans l'autre, Foucault. Son esprit s'équilibrait comme les deux plateaux d'une balance. Nous engageâmes un extraordinaire débat, inattendu, pas très catholique ni très universitaire, défiant les approches livresques. Une porte s'ouvrit en grand, donnant Dieu sait où !, que nous franchîmes allégrement.

Le sens de la maladie

Michel Foucault, né en 1926, était issu d'un milieu médical. Son père était chirurgien à Poitiers ; sa mère, elle, fille d'un chirurgien de Fontainebleau. Son frère, Denys, devint chirurgien à son tour. La filiation est respectée. Michel Foucault la rompt, mais pas tout à fait pourtant : ses premiers livres s'adressent à la médecine, comme leurs titres l'indiquent. Citons-les : *Maladie mentale et personnalité*, *Maladie mentale et psychologie*, *Folie et Déraison*, *Naissance de la clinique*... Un nom soutient cette trajectoire surprenante, à laquelle la philosophie, si éloignée, en Occident, de toute pratique, ne nous a pas habitués. C'est le nom du maître de Foucault, Georges Canguilhem, médecin lui-même, né en 1904, un résistant impliqué dans les maquis, pendant la Seconde Guerre mondiale. Canguilhem, professeur à la Sorbonne, est surtout l'auteur d'un ouvrage magistral, *Le Normal et le Pathologique*[7]. Il deviendra son directeur de thèse. Le lien entre Foucault et Canguilhem ne cessera plus de grandir, même s'il demeure empreint de pudeur, de réserve : l'admiration est réciproque, l'aîné sait s'effacer, l'élève dire sa dette.

C'est dans *Le Normal et le Pathologique* qu'on lit cette phrase qu'auraient pu signer des deux mains aussi bien Sam Begay qu'Alfred Yazzie : « La nature — *physis* —, en l'homme comme hors de lui, est harmonie, équilibre. Le trouble de cet équilibre, de cette harmonie, c'est la maladie. Dans ce cas, la maladie n'est pas quelque part dans l'homme ; elle est dans tout l'homme et elle est tout entière en lui, les circonstances sont des occasions, non des causes. »

Lisons bien : la maladie naît d'une rupture avec une harmonie, un équilibre. Autrement dit, le virus et le microbe, eux, viennent en second, ils sont la ou les circonstances, non la cause première.

On trouve trace de pareille allégation dans l'œuvre de Foucault, mais détournée. Foucault pointe du doigt le désordre en s'appuyant sur un raisonnement inversement symétrique. Il est conscient que l'ordre, celui auquel se réfère Canguilhem, est loin d'être strictement naturel, qu'il prend appui aussi sur une organisation sociale. L'ordre navajo lui-même n'est pas qu'un cadeau des dieux, c'est un aménagement, si on peut dire, du territoire social. Il émane des splendeurs de la nature, certes, mais dicte à la société des consignes, des devoirs. Yazzie est un ancien policier, ne l'oublions pas. La bonne santé implique de ne pas s'abandonner à l'alcool, à la drogue, à une vie dépravée. Et Foucault écrit, en 1963 : « Selon la médecine des espèces, la maladie a, par droit de naissance, des formes et des saisons étrangères à l'espace des sociétés. Il y a une nature "sauvage" de la maladie qui est à la fois sa nature vraie et son plus sage parcours : seule, libre d'intervention, sans artifice médical, elle laisse apparaître la nervure ordonnée et presque végétale de son essence[8]. » La maladie est une rebelle, elle défie l'ordre, tous les ordres sans exception. Elle s'affronte avec la société qui le lui rend bien. « Mais plus l'espace social où elle est située devient complexe, plus elle se *dénature* », souligne encore Foucault. Plus, en effet, elle perd de sa sauvagerie. Si les sociétés ne cessent d'inventer de nouveaux symptômes, de nouveaux spécialistes, c'est avec l'espoir de « récupérer » la maladie, cette rebelle, de resserrer le maillage autour d'elle.

Il est assez fascinant de constater que, de Canguilhem à Foucault, se trouve résumée l'idée que se font les Navajo de la maladie. Canguilhem exprime très bien que les causes d'ordre médical qu'on évoque en préambule ne sont que circonstances, occasions ; la vraie cause est ailleurs, dans la perte d'un équilibre, une rupture, un divorce, une faille avec l'harmonie — univers courbe et parfait. Par ces brèches, s'engouffrent les virus, les microbes. Et cette rupture, rupture de l'ordre social que le malade a défié par son comportement, réactualise le caractère « sauvage » de la maladie pointé par Foucault. Oui, deux ordres immanents se font face. La maladie, c'est l'intrusion d'un désordre volontaire, libre, face à l'ordre originel du monde. Celui qui jette ses médicaments reste fidèle à la nature irréductiblement rebelle de la maladie.

Nous prîmes — s'il faut tout dire ! — une seconde bouteille. Puis Faris résuma : « Il n'y a pas de guérison sans une remise en ordre et un embellissement des relations qui unissent un malade à ses semblables, à son environnement naturel ; la maladie est un manquement à cette relation. »

Puis il lâcha cette nuance, de taille, se rapprochant soudain de Foucault : « La maladie n'est pas pour autant une punition. Ce ne sont pas les Êtres sacrés qui viennent châtier le patient parce qu'il a désobéi à cet ordre créé par eux. Il n'y a, dans cette affaire, ni enfer ni paradis. Ni commencement ni fin. Le seul responsable, c'est le malade. C'est lui, et lui seul, qui guide ses pas vers la santé ou la maladie. S'il s'écarte, c'est son choix. »

La maladie navajo était un choix ! Foucault eût sans doute acquiescé, car qu'avait-il fait d'autre sinon choisir un certain désordre en écartant la cure, psychanalytique aussi, en rejetant l'histoire, quand tous, autour, procédaient inversement, prenaient leurs médicaments, glorifiaient l'histoire, s'allongeaient sur un divan ?

Faris, à présent, jonglait avec les deux points de vue, celui des Navajo et celui de Foucault. Il était fascinant d'entendre l'anthropologue dire : « La maladie n'est pas non plus l'acte d'un inconscient perdant pied face à un univers rationaliste ; ce n'est pas un dérèglement aveugle, survenu par hasard. L'homme navajo, encore une fois, a son destin en main. Il ne conçoit pas de causalité qui lui soit extérieure. Par son attitude, qu'il peut ou non choisir de corriger, il est lui-même à la source de la maladie. »

C'est sur la suggestion d'Alfred Yazzie que nous avions pris rendez-vous avec James Faris. Les deux hommes se connaissaient bien. De nombreuses fois, Faris avait assisté à des voies de la Nuit dirigées par Yazzie. Leur complicité était évidente. L'anthropologue avait étudié sur place, sans discontinuité de l'été 1983 à l'hiver 1987, la guérison navajo. C'était un témoin privilégié. Tant Alfred Yazzie que Sam Begay s'étaient montrés relativement discrets sur les détails d'une cérémonie. Sam avait seulement admis ne pas connaître la voie de la Nuit, ajoutant qu'il était très tenté de l'apprendre. Mais, avait-il précisé, « une voix me murmure d'attendre, de ne pas me précipiter». Pour l'heure, il maîtrisait deux cérémonies : la voie de l'Ennemi et la voie de l'Eau. Nous connaissions cet obscur sentiment qu'un secret ne doit pas être levé, surtout par celui qui en détient la clé.

James Faris accepta de parler, tandis qu'à Santa Fe nous réunissait le souvenir de Foucault. Il n'en restait pas moins persuadé que, quelles que soient les comparaisons qu'on puisse faire, la guérison navajo ne s'exportait pas. Il n'en démordait pas : même armés de la meilleure bonne volonté, nous dévoierions forcément ces pratiques très anciennes, consciemment ou non. Nous allions faire appel à des critères linguistiques, philosophiques, culturels ou sociaux qui ne s'appliquent en rien aux Navajo. À nouveau, il prit appui sur sa connaissance de l'œuvre de Foucault, affirmant qu'il était possible, comme le laissait entendre celui-ci, que l'anthropologie — comme d'ailleurs toutes les autres sciences de représentation — soit un obstacle obstiné sur la voie d'accès à une pensée immanente. Personnellement, si nous étions d'accord, nous pensions néanmoins que l'Occident était en mutation et capable désormais, les nouvelles générations et la science aidant, de côtoyer des pensées immanentes, surtout si aucun intermédiaire ne venait s'entremettre.

Faris expliqua combien l'anthropologie occidentale avait dénaturé les cérémonies navajo, les expurgeant de tout ce que ce savoir manifestait d'immanent, et d'abord l'extraordinaire poésie des chants, des versets, qui en accompagnaient le déroulement, n'y voyant qu'accessoires quand en vérité tout se jouait dans l'adhésion du malade à cette poétique.

Il y avait des saisons pour les cérémonies, la meilleure étant la période hivernale, quand les ours, les serpents venimeux hibernent, quand le mal et ses représentations sommeillent. Les voies n'en sont que plus efficaces.

On était loin aussi, selon Faris, d'un essoufflement, d'une extinction de ces pratiques. Au cours du seul hiver 1984-1985, la voie de la Nuit avait été donnée cinquante-deux fois, et son déroulement sur neuf nuits imposait un infini décorum. La saison suivante, il y eut autant de célébrations. En 1988, alors qu'il effectuait un nouveau séjour en territoire navajo, il avait eu la surprise de constater que sept voies de la Nuit se déroulaient presque simultanément.

James avait interviewé tous les praticiens de la voie de la Nuit[9]. Il tint à saluer, non sans sourire vers nous, leur « splendide collaboration ». Il avait consulté toutes les archives existantes. Il pouvait préciser que dix-huit nouveaux spécialistes de la voie de la Nuit avaient émergé pendant la période où il menait son enquête. La moitié avait quatre-vingts ans ou plus. Le plus jeune — il avait commencé son initiation à l'âge de huit ans — avait donné sa première cérémonie à l'âge de dix-huit ans, mais ce genre d'exploit est assez mal vu de la profession, tant le grand âge et le mûrissement sont des composantes jugées décisives. D'une façon générale, un apprenti dépend du bon vouloir de l'homme-médecine qui accepte de l'initier, le lien familial ou clanique jouant son rôle au moins à l'origine.

Cette voie de la Nuit était même si prisée que des familles en passaient commande deux ans à l'avance à un homme tel qu'Alfred Yazzie. On y faisait appel aussi bien pour traiter des problèmes personnels que de groupe, pour dénouer des tensions internes à un individu, à une famille ou à un clan. La voie de la Nuit, affirma-t-il, était un des ciments de la société navajo. Sa popularité allait, précisa-t-il, jusqu'à faire de l'ombrage aux politiques eux-mêmes, qui ne manquent pas chez les Navajo non plus ! Non, les politiques n'avaient pas prise sur ce rituel aux retombées sociales infinies. Perdre la voie de la Nuit, pour les Navajo, reviendrait d'ailleurs à ne plus exister. Aussi, nombreux étaient les hommes-médecine à souhaiter, comme Sam Begay, acquérir les clés de cette cérémonie : son apprentissage est long, réclame beaucoup de sacrifices, d'abnégation, mais en retour, celui qui en possède la pleine maîtrise se hisse au sommet non seulement de son art, mais de la société tout entière.

Une autre épreuve attend tout homme-médecine qui veut conquérir cette voie : l'acquisition de la trousse de médecine qui lui est associée ! Si des éléments se procurent facilement, comme le pollen, les turquoises, les cristaux de quartz, les poudres de couleur et même les bâtons de prière, il n'est pas en revanche aisé d'entrer en possession des masques personnifiant les Êtres sacrés. On recommande de faire appel à des masques éprouvés, anciens, provenant des générations précédentes ; beaucoup ont été détruits ou ont disparu à l'époque de la Longue Marche, quand le gouvernement américain força le peuple navajo à s'exiler loin de son territoire. En 1864, huit mille Navajo, dont bien sûr des hommes-médecine, furent déportés à Bosque Redondo, Fort Defiance, Fort Wingate.

L'action en direction des musées ne s'en comprenait que mieux. Ces masques étaient devenus une denrée rare.

Les praticiens de cette cérémonie aimaient profondément la mettre en scène. Sa puissance, plénière, vitale, les exaltait eux-mêmes. Alfred Yazzie, un maître en la matière, avait donné sa première voie de la Nuit en 1980, à l'âge de quarante-huit ans, après douze années d'apprentissage. Depuis, à lui seul, il pouvait aller jusqu'à accomplir huit fois cette cérémonie, longue et physiquement éprouvante, en une seule saison !

Ce rite se déploie sur neuf nuits, ce qui ne veut pas dire que les huit jours intercalaires soient de tout repos. La comparaison avec Wagner, sa tétralogie, nous revint à l'esprit. Car, durant tout cet espace-temps, on prie, on chante, on joue, on porte des masques, on s'évanouit, on peint, on sue, on vomit, on danse, on mange. Quand dort-on ?

Mais guérit-on, après avoir accueilli sur sa peau les poudres de couleur ? Les observateurs « anglos » notent que les Navajo ont recours à cette voie dans des cas de paralysies, de visions défectueuses, de surdité partielle... Autrement dit, la cérémonie répond à des déficiences du corps au niveau des membres, des organes des sens et, par extension, à des blocages internes à un groupe humain, des nœuds. En vérité, cet aspect plus familial, collectif, social, n'était jamais complètement absent. Car quand une voie de la Nuit est donnée au profit d'un patient, ses parents et ses amis sont invités à en profiter. Ils sont présents à la fête qui couronne et clôt le processus. Ainsi peut-on voir rassemblées autour de l'homme-médecine et du patient plusieurs dizaines de personnes, soucieuses de recueillir leur part de bienfaits.

On pouvait identifier, pour chaque cérémonie, de nombreuses variables, complexes. Pour les voies les plus hautes, comme la voie de la Nuit et la voie du Projectile, on dénombrait plusieurs branches, ramifications qui semblaient toutes émaner d'un tronc unique. Jusqu'à douze pour la voie de la Nuit. Tel ou tel canyon avait sa version : on parle alors de « régionalisation ». On distinguait aussi des branches « mâles » et des branches « femelles ». Des versions longues mais aussi des variantes courtes, données l'été, et ramassées sur deux nuits. Le bruit courait qu'un homme-médecine avait eu l'audace de donner une version longue de la voie de la Nuit un été et que le lendemain il neigea ! Un praticien influent pouvait faire école, enrichir la cérémonie d'apports personnels. Mais, dans un cas comme dans l'autre, ces variables restaient rivées au tronc central ; la cérémonie ne quittait jamais son lit initial. La base canonique doit son caractère éternel aux Êtres sacrés qui ont transmis les voies aux Navajo pour leur faciliter leur mission. Et si toutes ces variables avaient fini par être homologuées, c'est parce qu'elles représentaient des enrichissements justifiés, nécessaires.

L'immuabilité profonde de la voie de la Nuit rejaillissait sur l'ensemble de la société navajo. Encore une fois, les McDo, les supermarchés, la télé, qui meublaient l'horizon, n'y changeaient rien. Pas plus que les théories occidentales sur l'acculturation prétendue de ce peuple, apparemment si américanisé. Tant que la voie de la Nuit serait prodiguée, et prodiguée dans le respect de ses fondements initiaux, cette nation indienne demeurerait souveraine, inviolable.

Faisant la queue à la boucherie d'un supermarché du territoire, on peut entendre des ménagères parler des Êtres sacrés et des figures qui trônent au panthéon navajo aussi naturellement que des mères de famille, chez nous, parlent des héros de leur feuilleton télévisé préféré.

Nous laissâmes James Faris devant sa demeure tapie dans la nuit chaude. En nous quittant, il nous avoua que s'il vivait ici, aujourd'hui, c'était pour se rapprocher de ce pays navajo où il était né. Sa terre natale ! Tout s'éclairait un peu mieux. Cet aveu précéda son ultime déclaration : « Croyez-moi, les Navajo ne sont là ni pour nous donner des leçons de morale ni pour assurer notre propre salut ! »

Nous étions évidemment d'accord pour ne pas faire des « victimes » d'hier les nouveaux donneurs de leçons ! Mais, sans aller jusqu'à parler de leçons reçues ou données, ce séjour nous rappelait combien la beauté, pour nos sociétés, est synonyme de musée, de conservation, de règlements, de confiscation, d'enfermement, d'argent, de marché. Notre beauté a si peu à voir avec la santé, et notre santé si peu de lien avec la beauté !

En repartant, nous songions que, il y a quelques années encore, il eût été proprement impensable qu'un Blanc consacre autant d'années de sa vie à l'étude d'une seule cérémonie, navajo de surcroît ! Personne avant lui n'avait réuni une telle myriade d'informations sur la voie de la Nuit. L'anthropologue est allé jusqu'à reconstituer l'arbre généalogique unissant tous les praticiens de cette voie, sur plusieurs générations, de la fin du XIXe siècle à nos jours : Chanteur qui rit, Yeux bleus, Fils du mince bouclé, Cow-boy Begay, Le Vieux, L'Insensé, Le Chauve, L'Homme de l'eau salée, Sarah Hardie, Marie Shirley, Charlie Benally, Hosteen Klah, Fred Stevens Jr., Miguelito, Alfred Yazzie, les grands noms… On pouvait suivre l'obsédant cheminement de cette cérémonie à travers le temps, à travers les hommes. Son indestructibilité n'en éclatait que mieux !

Roger, Lillie, Sam nous livrèrent d'autres noms, tout aussi évocateurs, ceux d'autres cérémonies : la voie du Projectile, d'une ampleur égale à celle de la voie de la Nuit ; la voie de la Grande Étoile ; celle de la Montagne, du Coyote. Elles s'ajoutaient à celles de l'Ennemi, de l'Eau, « spécialités » de Sam. Certaines voies étaient tombées en désuétude, comme la voie de la Grêle, faute d'avoir pu être transmises à temps par les derniers à en connaître les arcanes. Séquelles, toujours, de la terrifiante époque où le gouvernement américain, comme tant de gouvernements occidentaux, faisait tout pour éradiquer les cultures indigènes. Mais les voies les plus significatives, chargées de sens et d'histoire, comme la voie de la Nuit, la voie du Projectile, la voie de la Montagne, sont demeurées intactes et étonnamment présentes.

La voie de la Bénédiction est l'une des plus courtes et peut s'insérer dans ces cérémonies majeures. Prise isolément, c'est la plus commune. On y fait appel pour célébrer les événements de la vie quotidienne, les « passages » ; ainsi, la puberté, un accouchement. Et si la voie de la Grêle n'est plus pratiquée, c'est parce que le dernier homme-médecine à l'avoir pratiquée, le grand Hosteen Klah, est mort sans héritier.

Mais existait-il un point commun entre toutes ? Schématiquement, elles se décomposent en deux temps : un préambule — ou une préface — consacré à la purification du patient ; puis le corps de la cérémonie, ses actes majeurs : la sanctification destinée à reconnecter le patient avec la source du sacré, de l'équilibre, quand les peintures sacrées sont déposées sur le malade. Les deux phases, à vrai dire, s'entremêlent, et l'une peut déborder sur l'autre. Le praticien peut d'ailleurs, suivant les cas, mettre davantage l'accent sur la première ou la seconde. Mais, d'abord et toujours, le malade se purifie, se déleste du mal. Ensuite seulement vient la montée asymptotique vers l'état de beauté-santé, vers hozho.

Des séances de sudation assurent la purification. Elles se tiennent dans un petit hogan, à l'écart du hogan proprement cérémoniel, et on y absorbe des potions vomitives. Dans cette phase préparatoire, l'homme-médecine masse le malade avec des bâtons de prière. Parfois même, le patient est emmailloté dans des branches de yucca qu'on a pris soin de cueillir aux quatre directions cardinales, sacrées. Puis, théâtralement, on le délivre de cette camisole de feuillages et, du même coup, du mal. Les nuits et les jours, dans cette phase comme dans la suivante, sont scandés par des chants, des prières. Par dizaines, par centaines. Certains versets de ces prières sont repris par le malade, qu'on n'a pas manqué de saupoudrer de pollen. Il faudrait ici dresser une liste infinie de gestes, de précautions, pour rendre compte de toute la richesse d'une cérémonie. Car rien, absolument rien, n'est laissé au hasard, tout — même les rares moments d'improvisation — résultant d'une vigilance extrême.

Entrons plus avant — l'histoire est si profonde et si belle ! — dans la voie de la Nuit. Les douze premières prières sont appelées *Tsay-Ge-Gih*, ou « Prières du canyon de Chelly », sans aucun doute le canyon le plus sacré du territoire. Rappelons que ce sillon profond, à ciel ouvert, aux parois abruptes, distantes l'une de l'autre de plusieurs centaines de mètres, forme un couloir immense, avec des méandres, des colonnes de roche disposées en son milieu. Ce lieu insolite, envoûtant, fut celui où, acculés, les Navajo se réfugièrent et résistèrent à l'époque de la conquête de l'Ouest. C'est là encore que les grands aînés viennent se recueillir quand le doute ronge les esprits, à cause d'une sécheresse autrefois, de la pollution des rivières et des fleuves aujourd'hui. C'est là qu'ils observent une plage de sable, la « Page de la prophétie », appelée aussi à cause de ses lueurs, les « Sables brillants », dont ils scrutent les plis pour y distinguer des signes, y entrevoir des réponses. Ainsi font-ils, inclinant le buste humblement devant cette étendue rendue savante, sacrée, par les siècles.

Dans cette cathédrale, ou plutôt sur le sommet de ses colonnades de roche rouge, ultimes plates-formes de survie malgré le soleil écrasant, les Navajo, en 1864, opposèrent leur dernière résistance aux troupes de Kit Carson. Et c'est devant la « Page de la prophétie » qu'ils revinrent sitôt leur retour d'exil, pour y lire l'histoire de leur futur retrouvé.

La voie de la Nuit s'ouvre sur des prières dédiées à ce canyon : il faut les entendre et se laisser bercer. Aujourd'hui seulement, enfin, on accepte d'être sensible à leur beauté, leur cadence. Mais longtemps, les spécialistes occidentaux ont tenu à distance cette poésie dont ils se méfiaient. Longtemps, face aux voies, ils cherchèrent d'abord à en démêler les fils, à en dégager l'histoire, le mythe, le sens, plutôt que de céder au caractère hautement poétique, incantatoire de leurs versets, de leurs prières. Il y eut, c'est sûr, un usage abusif et sans doute simpliste de la notion d'archétype jungienne, comme sans doute on abusa du complexe freudien d'Œdipe. L'homme occidental tend, à chaque nouvelle découverte en matière de sciences humaines, à en adopter aveuglément les principes tant il est friand d'un système de pensée global, dominant, dominateur.

Se porter à l'écoute de cette poésie, c'est approcher cette immanence que les mots ordinaires ne savent faire affleurer. C'est se mettre en condition de réceptivité, c'est se préparer à un état, un peu comme le poète qui se prépare à recueillir une parole sacrée. La sanctification approche.

Mais on ne saurait pour autant oublier combien l'étape de purification, la première, est concrète, opérante, avec ses séances de sudation, ses potions vomitives, ses emmaillotements et ses massages, combien aussi, ces pratiques corporelles et la poésie aidant, elle mêle physique et métaphysique.

Mille petits signes, en effet, annoncent la sanctification : l'homme-médecine dépose sur les lèvres du patient un peu de pollen, matériau dont il se sert aussi, avec l'aide maintenant de ses assistants, pour tracer sur le sol des empreintes de pas allant de la porte au centre du hogan. L'instant est solennel si l'on observe la peinture de sable réalisée en ce centre. C'est la première d'une longue série. Elle représente un petit personnage doté d'une houppette : l'enfant pollen. L'homme-médecine s'est servi de poudres de couleur qu'il a déposées non pas directement sur le sol, mais sur un tapis de sable blanc. Les contours de la figure n'en ressortent que mieux. Le malade peut entrer : on l'attend, il le sait puisqu'il place ses pas dans les empreintes et va s'asseoir aux côtés de l'enfant pollen, la pureté même, la bénédiction même.

Parfois le silence règne, aucun chant, aucune prière ne s'élève. On approche de la seconde phase. La cérémonie est sur le point de basculer avec l'entrée en scène des peintures majeures, de caractère hautement sacré. La voie de la Nuit se déroule, nous l'avons dit, sur neuf nuits. Les jours sont voués à la préparation de ces nuits. La sixième est un tournant car c'est alors qu'on entre dans la phase de sanctification, autrement dit de guérison.

Le grand médecin navajo, le prince de tous, Hosteen Klah, a raconté oralement, en 1928, le déroulement d'une voie de la Nuit. Klah fut un des premiers hommes-médecine à ouvrir son hogan à des Blancs, répondant aux sollicitations d'une riche Américaine éprise de culture indienne, Mary Wheelwright. Il laisse la mécène enregistrer ses chants, il autorise sa dactylo à prendre note de sa version de la voie de la Nuit. Mary Wheelwright sera à l'origine du musée de Santa Fe qui porte toujours son nom, ce musée visité par Yazzie et les siens, quelques jours avant notre arrivée en territoire navajo, où ils avaient récupéré la trousse de médecine de ce même Hosteen Klah. Comme les temps changent ! Devant nous, Alfred Yazzie déclara regretter les choix de Klah. L'aîné en avait trop dit. « Nous en souffrons encore », avait-il tranché, sans indulgence. Pourtant, un dialogue d'une autre nature prenait forme, moins paternaliste. À l'époque de Klah, on disait imminente la disparition de la culture navajo. Aujourd'hui, elle se porte plutôt bien. Fragiles, les Navajo ? Pas tant que ça.

Peintures de guérison

Pour approcher de ce moment clé, au cœur de la voie de la Nuit — cérémonie clé, poutre maîtresse de la société navajo —, nous disposions de la version d'Hosteen Klah.

Sa version de cette nuit cruciale, la sixième, explicite les conditions de l'entrée en scène de la grande peinture de sable qui trône au cœur de cette cérémonie. Celle sur laquelle le malade vient s'asseoir pour être traité par l'homme-médecine. C'est la peinture majeure des douze, environ, que compte une voie de la Nuit. Elle est spacieuse au point, parfois, de toucher les murs du hogan. Les invités, pour lui faire place, doivent reculer contre les parois de rondins. Si, comme nous l'avons dit, il existe plusieurs versions de la Voie de Nuit — on en compte une centaine —, l'œuvre de la sixième nuit paraît avoir un caractère particulièrement immuable. À la charnière de la purification et de la sanctification, elle résume à elle seule toute la guérison navajo.

Car, pour le patient, voici venue l'heure de vérité.

La peinture qui se présente à lui, dans le hogan, porte un nom, *Whirling Logs*, « Tournoiement des axes » ou « des troncs ». Ce nom intrigue, encore qu'on puisse se dire qu'un tel tournoiement peut être celui auquel doit se livrer l'esprit du patient. L'œuvre frappe par sa splendeur. Comme toutes les autres peintures de guérison, elle est faite de poudres et repose sur son lit de sable, le sable gris-blanc des rivières. Sa structure d'ensemble est d'une rigueur implacable. Elle est agencée selon les quatre orientations cardinales — l'est, le sud, l'ouest, le nord — qui renvoient respectivement à l'aube, au jour, au crépuscule, à la nuit, comme le rappellent encore les couleurs qui scandent la peinture : le blanc, le bleu, le jaune, le noir. Un arc-en-ciel — l'image du pacte protecteur passé entre les Êtres sacrés et les Navajo et qui se retrouvait dans le creux du panier montré par Sam Begay — encercle la peinture, mais pas entièrement. Il reste ouvert à l'est. Cette orientation est celle aussi de la porte du hogan : l'est est toujours libre et la cheminée dans la toiture accélère la circulation de l'air. Il ne faut pas entraver le chemin qui mène de la terre au ciel !

Au cœur de la peinture est tracé un cercle bleu. Justifiant le nom de cette œuvre majestueuse, deux axes se coupent à angle droit au centre de ce petit lac bleu ; ils forment une croix aux branches égales dont chacune pointe dans une des quatre directions cardinales. Sur chaque branche, comme des oiseaux perchés, se dresse un personnage dédoublé, dans sa version mâle et sa version femelle : mâle, la tête est ronde ; femelle, elle est carrée. Quatre « déités » qui deviennent huit avec ce dédoublement. À chaque direction, souverain plus que jamais protecteur, veille un Être sacré. À l'est, « Dieu qui parle », au buste blanc comme l'aube ; à l'ouest, « Dieu qui appelle » ; au nord et au sud, « Dieu bossu ». À l'est, « Dieu qui parle » n'est pas doté, comme les autres, d'une canne. Mais l'est, encore une fois, doit rester libre. Dans les cadrans de cette croix, tendues comme des bissectrices, figurent les tiges des quatre plantes sacrées : une par angle, chacune associée à sa direction et à sa couleur cardinales. D'est au nord, se déploient le maïs, le haricot, la courge, le tabac.

L'ensemble est beau, flatte le regard, et c'est bien le but premier de cette peinture : séduire, attirer ces Êtres encore lointains, les séduire assez pour qu'ils éprouvent l'envie de se rapprocher du peuple de la terre, du monde des hommes, de « descendre » dans l'enceinte du hogan. Plus que quiconque, ils sont sensibles à la finesse, l'élégance, la coloration de cette œuvre, puisqu'ils l'ont eux-mêmes initiée. Le nom générique de toute peinture de sable recouvre cet espoir, ce désir de les voir entrer en scène. En navajo, on appelle ces peintures *iikaah*, ce qui veut dire « l'endroit où les dieux vont et viennent ».

Il reste un dernier détail à régler : l'homme-médecine place quatre bâtons de prière bleus au sud du hogan, et quatre bâtons de prière noirs au nord.

Alors, répondant à l'espoir de tous, entre un premier dieu, Hash-Tye-Uhi, « Dieu gris ». On le reconnaît à son masque. Un des aides de l'homme-médecine, un des acteurs de la cérémonie, s'en est paré. Oui, « Dieu gris » a répondu à la beauté de la peinture. À la main, il tient une brindille de cèdre et la dépose dans une coupole : elle contient une potion préparée par l'homme-médecine. Ce même « Dieu gris » saupoudre maintenant, avec du pollen de maïs, la tête, la bouche, les pieds, les mains de tous les personnages de la peinture.

On appelle à présent le patient resté à l'écart. On lui commande d'entrer dans le hogan, de refaire le geste de « Dieu gris », de saupoudrer lui aussi, avec du pollen de maïs, tous les personnages de la peinture. Faisant écho à cette double bénédiction, l'homme-médecine saisit délicatement, sur la peinture, des pincées de poudres colorées. Il prélève un peu de la tête, un peu de la bouche, des bras, des jambes, de ces personnages sacrés et désormais bénis, puis dépose ses prises dans la potion médicinale où trempe déjà la brindille de cèdre dont, maintenant, « Dieu gris » se saisit pour toucher à son tour les mêmes endroits, vitaux, que l'homme-médecine. Puis il remet la brindille à sa place. L'intention paraît sans fin, sans cesse démultipliée : bénir, prélever aux endroits bénis, puis bénir ce qui a été amputé. Insondable délicatesse d'hommes jugés « primitifs » par la « civilisation »...

Quand on lit la version laissée par Klah et recueillie par Mary Wheelwright, on constate que pour lui l'opérateur est tantôt « Dieu gris », tantôt l'homme-médecine, ce qui laisse supposer que l'un et l'autre sont interchangeables, ou plutôt ne font plus qu'un à cet instant de la cérémonie, sans doute, surtout, dans l'esprit du patient. L'homme-médecine est devenu « Dieu gris » et le patient, lui, se rapproche peut-être de l'état de guérison incarné par l'homme-médecine.

Le moment est en effet venu pour lui de s'asseoir

au centre de la peinture. Au point central, au centre de la croix, au milieu des Êtres sacrés, et face à l'est, face à la porte. Ses jambes sont étendues dans cette direction, son buste est légèrement courbé. Humble, en état de récipiendaire. Torse nu. L'homme-médecine plonge ses mains dans la coupe remplie de la potion si soigneusement enrichie de pincées de poudres et où trempe la petite branche de cèdre. Les mains humectées, il les lève et va presser de ses paumes la peinture. Il presse le cadran est, dont la poudre adhère à ses paumes humides. Puis il les pose sur la jambe droite du patient qui reçoit ainsi l'est. L'opération se poursuit en tournant dans le sens des aiguilles d'une montre. L'homme-médecine, ou « Dieu gris », va ainsi peu à peu transférer la peinture, du sol du hogan au corps du malade. Le cadran sud se porte sur sa jambe gauche ; le cadran ouest rejoint le buste et le cœur ; au dos revient le nord ; et quand l'homme-médecine presse doucement de ses mains la tête du patient, c'est après les avoir apposées sur les têtes des personnages et sur les quatre plantes sacrées. La sanctification est en cours.

Hosteen Klah est précis. Tandis que le patient est désormais le dépositaire de l'œuvre sacrée, une dernière fois « Dieu gris » l'interpelle, donnant en même temps le signal d'un partage collectif. Écoutons Klah psalmodier : « Le Dieu appelle par deux fois dans chaque oreille du patient et alors tous les gens présents dans le hogan se lèvent, se dirigent vers la peinture et se traitent avec elle et par eux-mêmes. »

L'affaire est bien celle de tous, même des bien portants qui, ainsi, renforcent leur équilibre.

Puis l'homme-médecine efface ce qu'il reste de la peinture à l'aide de ses bâtons de prière. Tous recueillent le sable et sortent pour le disperser. Ils se dirigent vers le nord, dans cette direction, ils enterrent le sable : son pouvoir, encore actif, ne doit pas être laissé à l'air libre, disponible pour qui voudrait s'en saisir car, forcément, il s'en servirait sans science : maladroitement, dangereusement.

Ainsi se termine la sixième nuit. Mais tout n'est pas vraiment fini car maintenant vient l'heure de la fête, l'heure de manger, boire, fumer, danser...

Une autre peinture de sable — elle marque la septième nuit — mérite d'être décrite. Elle met en scène « Dieu qui appelle » et « Dieu qui parle », dressés bien droit et séparés par une belle tige de maïs bleu. L'arc-en-ciel protecteur reste ouvert, comme il se doit sur l'est. Comme la veille, cette peinture va être appliquée sur le corps du patient. Puis une fête suit. La grande peinture du huitième jour subit le même sort. Nouvelle fête. La dernière peinture, accompagnant les derniers instants de la neuvième nuit, semble, avec sa dotation de nuages — une superposition de petits triangles — dédiée tout entière aux Êtres sacrés, hommage à ce peuple des cieux qui s'en retourne vers sa demeure, là-haut après avoir servi les hommes et réveillé la beauté, tandis que le peuple de la Terre s'apprête, et le patient aussi, à célébrer le retour de l'état d'hozho. Les festivités de la dernière nuit sont marquées par encore plus d'abondance, encore plus de chants, de danses, de nourriture. L'heure est à l'apothéose.

« Dans la beauté, je marche — Avec la beauté devant moi, je marche — Avec la beauté derrière moi, je marche — Avec la beauté au-dessus de moi, je marche — Avec la beauté autour de moi, je marche — La beauté est revenue ! », proclame un des derniers versets de la Voie de la Nuit.

Cette cérémonie majeure n'a-t-elle qu'un caractère hautement symbolique, ou doit-on considérer qu'elle a son efficacité comme tout autre traitement ? Nous l'avons dit, les diagnostiqueuses la préconisent dans des cas de paralysie, de troubles de la vue ou de l'ouïe. Et donc pas uniquement pour résoudre des problèmes de groupe, de santé « sociale ». Faris avait été témoin du rétablissement d'une petite fille atteinte de paralysie, après une cérémonie de neuf nuits donnée par Alfred Yazzie. Elle était ressortie debout sur ses jambes, du hogan. Mal psychosomatique ? Sans doute, mais le résultat est bien là !

Plus généralement peut-être, à chaque cérémonie — à l'image de nos traitements en Occident — coïncide une ou des maladies précises. On remarque que la voie de la Beauté est sollicitée en cas de problèmes gastro-intestinaux ; la voie du Vent s'adresse à des difficultés respiratoires, comme l'asthme ; la voie de la Montagne, aux infections provoquées par des morsures d'animaux ; elle aide aussi, dit-on, les plaies difficiles à cicatriser ; la voie de la Grande Étoile, entre autres problèmes, traite l'anorexie ; la voie de la Grêle portait — puisqu'elle n'est plus — sur les maux résultant des grands froids ; la voie du Coyote s'applique à l'épilepsie tandis qu'une cérémonie comme celle du « tremblement des mains », si elle aide la femme-médecine à établir ses diagnostics, lui permet aussi, nous l'avons dit, de réguler ses propres tendances à l'hystérie.

Nancy Parezo, l'anthropologue de l'université d'Arizona, à Tucson, a dénombré rien moins que mille deux cents peintures de sable pour toutes les voies[10]. Ce nombre pourrait être revu à la hausse. Il atteste, à nouveau, que cette guérison est une affaire bien plus complexe qu'il n'y paraît. Les hommes-médecine conseillent qu'une voie soit donnée sept

1 *Mandala de Kalachakra (Roue du temps)*, en poudre de couleur, réalisé par les moines du monastère Namgyal de Dharamsala, Inde. Montpellier, 1993. Photo © Henri Guillou.

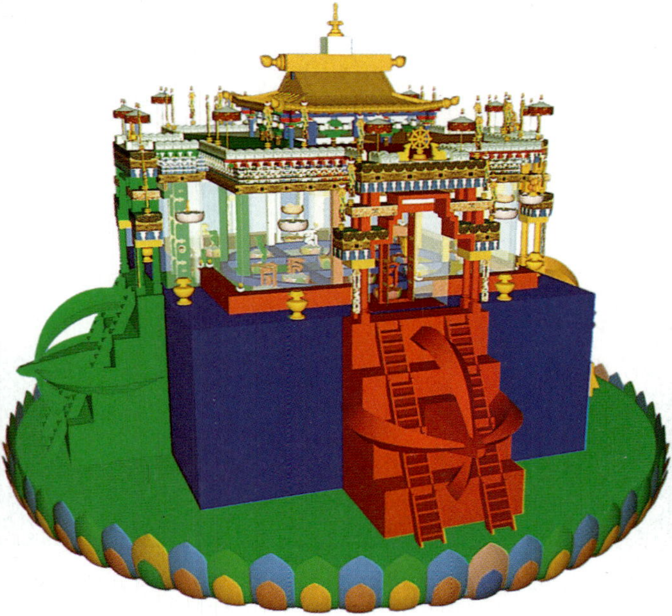

2 *Mandala de Vajrabhairava (Terreur de Diamant)*, en image de synthèse, réalisé par un moine du monastère Namgyal, Pema Lobsang Chogyen, en collaboration avec le département d'images de synthèse de l'université Cornell, aux États-Unis, 1992. © Cornell University.

3 *Mandala d'Avalokiteshvara (Grande Compassion),* en poudre de couleur, réalisé par les moines du monastère Namgyal de Dharamsala, Inde. Marseille, 2002. © Centre Interrégional de Conservation et Restauration du Patrimoine (CICRP).

Franc J. Newcomb 1937

5

Page précédente :

4 *Le peuple du maïs et des orages d'été (Voie de la grêle)*, aquarelle de Franc Newcomb réalisée à partir d'une peinture de sable de Hosteen Klah, 1939. © Museum of Indian Arts, Santa Fé.

6

5 *Montagnes du soleil et de la lune (Voie de la grêle)*, aquarelle de Franc Newcomb réalisée à partir d'une peinture de sable de Hosteen Klah, 1934. © Museum of Indian Arts, Santa Fé.

6 Tapisserie représentant une peinture de la *Voie de la Montagne*, attribuée à Hosteen Klah, 208 x 243 cm, 1930-1936. © Museum of Northern Arizona, Flagstaff.

7

7 *Rêve pintubi*, réalisé par Turkey Tolson Tjupurrula dans le cadre de l'exposition « Peintres aborigènes d'Australie », La Villette, Paris, novembre 1997-janvier 1998. © La Villette/Olivier Verley.

8 *Rêve Anmatyerre*, réalisé par Lena Pwerle, Gloria, Ada Bird et Joy Petyarre, dans le cadre de l'exposition « Peintres aborigènes d'Australie », La Villette, Paris, novembre 1997-janvier 1998. © La Villette/Olivier Verley.

fois à un même patient et sur une durée de plusieurs années. Si une voie reste sans effet, il peut être fait appel à une autre de ses branches, la branche mâle pouvant par exemple venir suppléer la branche femelle...

Cette classification, où telle voie renvoie à tel problème de santé, reste néanmoins sujette à discussion. Ce souci d'ordonnancement est propre à notre mentalité occidentale. La voie du Projectile, si complexe et dont on dit que ses pouvoirs sont délicats à maîtriser, agit contre quoi, exactement ? Les hommes-médecine, entre eux, évoquent les méfaits de la foudre, de ce qui tombe du ciel, qui se déclare de façon foudroyante. Les peintures du « Projectile » sont redoutées ; on hésite à s'approcher de la double représentation d'un serpent enroulé sur lui-même. Le mal est là, présent avec toute sa densité. Miguelito, un grand homme-médecine contemporain de Klah et qui avait fait de cette voie sa spécialité, y fit appel pour traiter sa sœur Marie dont on soupçonnait qu'elle était atteinte d'une tumeur au cerveau ; ce même Miguelito, parallèlement, sollicitait le système de santé occidental. Il n'y a jamais eu, à notre connaissance, d'attitudes de rejet, par les Navajo, de notre médecine et de sa haute technicité[11].

On conçoit, au regard du grand nombre de chants, de prières, de peintures de sable, qu'il ne saurait être question pour un Navajo de pratiquer l'ensemble des voies. Rappelons qu'une centaine de peintures de sable sont associées à la seule voie de la Nuit, et ce nombre, sans doute lui aussi inférieur à la réalité, ne prend pas en compte les peintures associées aux séances de sudation conduites à l'extérieur du hogan rituel. C'est donc tout naturellement que les hommes-médecine se spécialisent dans telle voie plutôt que dans telle autre. On peut penser que cette médecine est organisée comme la nôtre, qu'elle a ses médecins généralistes, les « diagnostiqueuses », et ses spécialistes : les praticiens d'une voie ; certains en maîtrisent plusieurs, mais, dans ce cas, elles sont souvent assez proches, voire complémentaires.

Autre source d'étonnement : la lutte contre l'adaptation du mal aux soins. Chaque prière, chaque chant, chaque peinture, chaque geste aussi bien, peut faire l'objet d'un « léger » écart, destiné à troubler le mal, à le perturber, à lui compliquer la tâche. Il est possible que ces variables soient avant tout destinées à l'esprit du patient, qui ne doit jamais faire d'une cérémonie une habitude. Chez nous, ne dit-on pas que les virus s'habituent aux traitements, qu'il faut alors inventer de nouvelles stratégies pour les contrer ?

On reste songeur face à l'éventail de possibilités dont dispose le soin navajo : tant de prières, de chants, de peintures ! Bien des Navajo sourient en entendant les Blancs s'attrister des déperditions qu'a pu connaître la culture navajo. La voie de la Grêle n'est plus ! Certes, mais la voie de la Nuit, si vitale, si motrice, ne s'est jamais portée aussi bien ! L'Occident a provoqué des dégâts. Indéniablement. Mais sous ses terribles coups de boutoir, un élagage s'est peut-être produit, faisant que seules les cérémonies de toute première nécessité ont survécu. Des branches sont tombées et même des voies ont disparu, mais le tronc, le noyau dur, lui, en est sorti renforcé. Cette analyse paraît devoir s'appliquer à bien d'autres cultures dites, si complaisamment, « menacées ». Que seraient les indigènes sans notre protection humanitaire ? Foutus ? Pas si sûr ! La conquête du Tibet par la Chine communiste a eu pour conséquence de répandre et d'accroître, à travers le monde, le prestige d'un enseignement aussi fondamental que celui du mandala de Kalachakra. Jamais cet enseignement n'a été autant dispensé, autant ouvert aux autres. Même si ce constat ne retire rien à l'ignominie d'une occupation par un pouvoir chinois plus « occidentalisé », plus matérialiste qu'aucun autre désormais. Si demain, par exemple, comme il faut l'espérer, les Tibétains retrouvent leurs terres millénaires, ils y entreront sous la conduite de leur chef spirituel, le dalaï-lama, auprès duquel se tiendra encore et toujours, c'est sûr, l'oracle d'État ; ses prophéties, ses mises en garde seront toujours prisées ; mais dans leurs pas, tout près, on distinguera aussi, sans doute, les silhouettes de nos neurologues, nos astrophysiciens ! Ici et là, au sein des Nations dites premières, une renaissance s'annonce. Ce qui a persisté a du même coup gagné en autorité. Nos coups de boutoir ont peut-être élagué les savoirs indigènes de leurs parties les moins résistantes ou devenues moins nécessaires au profit d'un noyau central issu d'un savoir millénaire. Ce noyau dur a non seulement servi comme composante d'une résistance active contre l'oppression — c'est l'oracle d'État qui conseilla au dalaï-lama de quitter le Tibet occupé —, mais aussi comme vecteur d'une confrontation positive avec nos propres savoirs. Les guerres, sans vouloir les souhaiter, ne laissent pas que des morts !

Nous ne pouvions aller plus loin dans notre enquête sans nous arrêter sur le personnage de Klah, l'homme-médecine qui avait ouvert une route sur laquelle nous-mêmes progressions. Il avait invité une Blanche, Franc Newcomb, à assister à des cérémonies dans son hogan. Celle-ci avait réalisé des reproductions à l'aquarelle des peintures de Klah, des œuvres que le musée Wheelwright, à Santa Fe, avait conservées.

Au réveil, nous filâmes vers Albuquerque, la capitale du Nouveau-Mexique, un des quatre États sur lesquels mord le territoire navajo. La ville ressemble de loin à un grand Monopoly empli par les petits cubes de ses maisons. Enfouie dans sa torpeur, elle repose au fond d'une cuvette ceinturée de montagnes pourpres, une chaîne appelée « le Sang du Christ ». Cette seule vision peut donner soif !

Nous n'avons pas eu à entrer dans le centre de cette ville blanche, nous dirigeant vers la périphérie, cherchant le n° 212 d'une 27ᵉ Rue dans un banal quartier résidentiel, vide de tout passant. Un silence bafoué par la stridence du ciel. Il était environ trois heures de l'après-midi quand, arrivant de Window Rock, nous avons sonné à la porte de Priscilla Newcomb.

La fille de Franc Newcomb était encore vivante, habitait cette ville. « Allez-y, ce n'est pas très loin, nous avait dit Roger Henderson, le “chasseur de fantômes”, et par elle, vous aurez des informations de première main sur Klah ! » La soixantaine, chevelure grise et mise en plis parfaite : le visage de Priscilla respire la bienveillance. La maison est calme. L'intérieur : celui de la *middle class* américaine. Son mari se repose des suites d'une opération ; son petit-fils d'une chute de VTT. Mais au mur du séjour, derrière un grand canapé de skaï blanc, trône une majestueuse tapisserie. « Hosteen Klah ! », lâche Priscilla. Tons riches, rugueux : une tapisserie — cet art que les Navajo, incomparables éleveurs de moutons, pratiquent depuis l'éternité — de Klah. Et Priscilla se tait, nous laisse admirer. Pour la première fois de notre séjour, les Êtres sacrés sont tout près, vivants ou presque dans la matière lourde de la laine brune : ils figurent gaillardement, têtes carrées pour les uns, têtes rondes pour les autres. Nous murmurons : « Femelles et mâles... » Sur les bordures, une pyramide de triangles évoque le monde sacré des nuages, du ciel. C'est de toute évidence une peinture de la voie de la Nuit. Un épi de maïs bleu géant sépare en deux le groupe des dieux. Priscilla cherche à retrouver nos regards. Nous répétons ce que nous avons dit la veille, au téléphone : nous souhaitons en savoir un peu plus sur Hosteen Klah, sur sa propre mère aussi, qui a su si bien gagner la confiance de l'homme-médecine.

Klah ? Il est là, sur les photos de son enfance. Priscilla les a préparées pour nous. Elle a quatre ans sur le premier cliché, pris en 1927. Elle pose avec sa sœur, ses deux cousins et Klah. La couleur sombre de sa peau trahit ses origines navajo. Il est le seul à ne pas sourire, mais se tient très près des enfants. Et Priscilla n'hésite plus : « Quand je suis née, Klah m'a portée, nue, en direction du soleil, et m'a bénie avec de la poudre de pollen. » Autre photo, deux ans plus tard. Aux enfants se sont ajoutés les parents, Franc a quarante-deux ans. Son mari, un négociant, porte des lunettes. Leurs visages sont soucieux sous le soleil. Klah, pas très grand à côté, est vêtu d'un vêtement ample qui rappelle une jupe.

Voici maintenant la photo du comptoir que tenaient Franc et son mari, au cœur de la réserve, car on ne disait pas « territoire » ni « nation », à l'époque, et le terme de réserve traduisait assez bien la réalité : on avait, après la déportation à Bosque Redondo, ramené les Navajo sur leurs terres, mais un autre exil, sous le regard du Bureau des affaires indiennes, les attendait, exil intérieur générant l'indolence, l'oisiveté, l'alcoolisme. Les photographes professionnels de l'époque s'accrochent à la nostalgie, ils abusent des tons sépia, comme le fameux Curtis s'efforçant de capter les images d'un passé qui n'est plus : sa plus fameuse photo montre un Indien sur son cheval, avançant vers l'ouest et le soleil déclinant. La nostalgie cache mal la déchéance, l'errance. Comme alors le Désert peint est fade, gris !

La nostalgie ou la chute ? Les Navajo ont-ils d'autre choix quand, en 1914, Franc et son mari deviennent propriétaires de ce dépôt en bordure de la fameuse Route 66 que tant de ballades de la folk music ont chantée ? Hier comme aujourd'hui, elle traverse le territoire du sud au nord. La photo du comptoir montre de solides murs de pierre, un toit de tôle, une belle pancarte portant l'inscription d'usage : « A. J. Newcomb, licence US, commerce indien. » Le magasin fait office de poste et de point de troc. Les Navajo venaient s'y approvisionner comme dans une épicerie, fournissant en monnaie d'échange des tapisseries, des tapis, des peaux de bête... Les Newcomb les adressaient à des clients éloignés. Mais les billets circulaient aussi. Un des premiers clients à régler sa note d'épicerie en espèces fut précisément Hosteen Klah ; s'il ne reste plus trace aujourd'hui, vraiment, du dépôt, il demeure un lieu-dit dénommé Newcomb, où nous sommes passés.

Priscilla tient à la main une grande page couverte d'une écriture ample et souple. Un manuscrit de sa mère, inachevé, inédit, elle qui avait rédigé quatre livres sur la culture navajo. Des mots dont l'encre semble encore fraîche, sentiment qui doit sans doute à l'absolue clairvoyance du propos, à ses premières lignes, rebelles et définitives comme toutes les grandes vérités que nous cherchons à fuir et qui finissent toujours, à un moment ou à un autre, par nous rattraper. Ces mots : « Nous avions, mon mari et moi, trop longtemps vécu avec les Navajo pour penser en termes de convalescence. Ou bien la personne est malade et susceptible de mourir dans la demi-heure qui suit, ou elle va bien et elle ferait mieux de prendre sa hache et d'aller couper du bois pour allumer le feu du petit déjeuner. »

La convalescence n'avait pas sa place dans la guérison navajo ! Ce peuple de médecins s'inscrivait en faux contre nos principes hospitaliers. Il refusait de considérer la « convalescence » comme un état allant de soi, transitoire, intercalaire, entre la maladie et la bonne santé.

Soit la vie, soit la mort, semblait dire cette déclaration ! Une autre nous revenait en mémoire : « Le malade n'est pas un être puni par les Êtres sacrés », avait insisté Faris. Si quelqu'un s'écarte de l'état d'hozho, c'est qu'il l'a voulu. C'est lui qui rompt, par sa conduite, avec l'harmonie initiale. La maladie est d'abord le résultat d'une attitude. Et la guérison, aussi : au malade de se forger un comportement neuf, plus accordé à l'état d'hozho. Une telle décision est à prendre ou à laisser. « Penser en termes de convalescence », c'est abandonner les commandes. Le malade qui se considère comme convalescent est victime d'un leurre. Il n'a toujours pas compris que la guérison relève de son initiative. Un convalescent est quelqu'un pour qui la maladie vient de l'extérieur, une personne qui laisse faire le temps, les autres, qui n'assume pas les causes, internes d'abord, à l'origine de sa maladie et qui ignore le vrai chemin de la guérison. Convalescent, le malade flotte sur une mer dont les autres, autour de lui, ne cherchent à apaiser que la surface, il est comme un navire sans gouvernail. S'il se rétablit, sa guérison restera en réalité imparfaite, purement physique, mécanique, résultat des soins prodigués sur lui comme individu passif. Ce malade rechutera nécessairement. La guérison, cette philosophie navajo, appelait un sujet actif, engagé.

Un tel raisonnement, bien sûr, s'adresse au mental, à la conscience du malade, appelle l'implication, voire l'introspection. Il va de soi qu'un individu qui se casse une jambe ne saurait se lever et marcher sitôt son plâtre posé. Ce que cette philosophie refuse, c'est qu'on puisse accepter d'être convalescent au point d'en oublier qu'il n'y a pas de place pour cet entre-deux dans la guérison, que la notion de convalescence est dangereuse car elle peut être source d'abandon, d'oubli de son rôle actif, décisif, si nécessaire puisse être la convalescence dans certains cas.

Cette page que nous avait tendue Priscilla était la première d'un ouvrage inédit auquel Franc Newcomb travaillait, la veille de sa mort, et qui devait s'appeler *Les Sept Couleurs du sable*, en hommage aux sept couleurs des peintures de guérison. Car outre le blanc, le bleu, le jaune, le noir, trois autres couleurs sont sollicitées ; le rouge — il peut apparaître dans l'arc-en-ciel protecteur ; le brun : il rappelle la peau des Navajo et teinte parfois le visage des dieux ; le rose, enfin, utilisé pour colorer des symboles particulièrement chargés, puissants comme la foudre dans la voie du Projectile. La foudre en rose...

Comment Franc avait-elle connu Klah ? « Mes parents et Klah sont devenus amis naturellement, leur magasin était près de son hogan, explique Priscilla. Dès qu'ils se sont installés, en 1914, il s'est présenté à eux. Ma mère était jeune mariée et Klah lui a donné une belle peau de renard. C'était un homme prévenant, très bon. Lorsque le pied de Joe Velieto, le mari d'une de ses nièces, s'est gravement infecté, Klah a donné une cérémonie pour le guérir.

Ce n'était pas une cérémonie très importante, et il a invité mes parents. C'est vers 1923 que ma mère a eu l'idée de reproduire les peintures de sable sur du papier d'emballage du magasin, un papier doux au toucher, de la couleur du sable. Le magasin vendait des boîtes de peinture et des crayons de couleur. Les choses ont commencé comme ça. Quand ma mère a montré son premier travail à Klah, il a été très surpris de constater qu'elle n'avait pratiquement pas fait de faute. Elle avait réussi à reproduire de mémoire la peinture du hogan. Alors, il lui a dit : "Si tu as pu le faire, c'est que cette peinture est à toi." Si un apprenti parvient à reproduire de mémoire une peinture, c'est qu'il veut apprendre et qu'il progresse. Puis Klah s'est pris au jeu, il a invité ma mère à d'autres cérémonies. Parfois, il mettait lui-même la main à la pâte, aidant ma mère quand les peintures devenaient trop complexes. En tout, elle a dû reproduire plus de six cents œuvres, et pas seulement avec la complicité de Klah. Vingt-sept autres hommes-médecine l'ont associée à leurs cérémonies. Entre-temps, Klah avait donné une cérémonie en faveur de ma mère, à la fois pour l'introniser comme l'une des leurs — elle serait mieux acceptée par les Navajo — et pour l'immuniser contre la charge spirituelle à laquelle, de plus en plus, en côtoyant les peintures, elle s'exposait. Klah a fait cette cérémonie parce qu'il estimait que ma mère était trop exposée au pouvoir des peintures, des prières, des chants. Cela pouvait devenir dangereux. Il connaissait l'histoire de ce médecin de l'armée américaine, Washington Matthews, mort après s'être intéressé de très près aux peintures de sable, à la fin du XIXe siècle. Il avait succombé, et son informateur navajo aussi, à une paralysie. Ce symptôme frappe les gens qui ont fait usage des images sacrées hors d'un contexte rituel. Aucune peinture de sable ne doit être réalisée gratuitement, sans la présence d'un patient, et si, à titre exceptionnel, c'est le cas, alors il faut impérativement que l'œuvre soit effacée avant que le jour ne tombe, sinon les énergies dont toute peinture est porteuse s'activeront inutilement, à vide, ce qui représente un grand risque. Klah disait encore que seul le sable blanc des rivières pouvait recevoir les images des Êtres sacrés. »

Miguelito, l'autre homme-médecine de l'époque à ouvrir son hogan, « chantera » lui aussi pour Gladys Reichard qui, comme Franc Newcomb, se sent concernée par cette culture indienne ; il donnera une voie du Projectile sur cinq nuits pour la protéger de tout maléfice. Pour Franc, Klah donnera une cérémonie légère, une voie de la Bénédiction, car son amie blanche redoute d'avoir à ingurgiter des potions vomitives. De plus, elle est sensible à cette voie et notamment à sa peinture centrale qui montre un chemin traversant de bas en haut la maison de la vie. Mais plus on monte, plus le chemin se fait léger, jusqu'à devenir du pollen, filament au bout duquel est juché, vibrant, un oiseau bleu, la délivrance. « Dolie-ah-nee ! Dolie-ah-nee ! » « L'oiseau bleu arrive ! L'oiseau bleu arrive ! » chantent les Navajo, accueillant le soleil à la première aube nouvelle, celle qui clôt la neuvième nuit de leur voie majeure.

Voilà Franc membre clanique de la famille de Klah. D'autres hommes-médecine lui ouvrent leurs portes. La jeune femme prend connaissance de nouvelles cérémonies, réalise de nouveaux pastels. Mais elle mesure à quel point Klah est un maître, exceptionnel : il pratique sept cérémonies, un exploit jamais égalé.

Hosteen Klah a dépassé bien des limites. Ce conquérant descend du grand chef navajo Narbona, tué par l'armée américaine en 1849. Il en est l'arrière-petit-fils par sa branche maternelle. Le décès de Narbona mit un terme à la résistance navajo et marqua le début de cette Longue Marche qui poussa ce peuple hors de ses terres. Klah naît en exil, en octobre 1867, un an avant le retour des siens vers l'Arizona. La vie dans la réserve est désormais modulée par la présence d'écoles, d'agences gouvernementales de « protection », de missions, de comptoirs commerciaux. Les Navajo sont d'excellents tisseurs et leurs tapis sont recherchés. La famille de Klah retrouve l'aisance matérielle qui était la sienne à l'époque du chef Narbona. Très tôt, le jeune Klah apprend d'un oncle la voie de la Grêle ; il est particulièrement doué et, à dix ans, en connaît déjà tous les éléments. D'un oncle apache, il apprend la voie du Vent apache. Puis la voie de la Bénédiction, la voie de la Montagne dite encore voie de l'Ours, la voie de la Grande Étoile et la voie de la Beauté. L'heure est venue de passer maintenant à la prestigieuse voie de la Nuit, dont il maîtrisera jusqu'à six branches différentes[12].

Vingt-six années d'études s'écouleront avant que Klah, à l'automne 1917, ne donne sa première voie de la Nuit. Il a travaillé avec tous les hommes-médecine de la réserve — chacun révélant parcimonieusement ses connaissances. Il a alors quarante-neuf ans et entend que sa première célébration de la voie de la Nuit, voie dont le pouvoir de cohésion sociale est bien connu, soit la plus brillante jamais donnée depuis que les Navajo sont rentrés d'exil.

La nouvelle se sait, circule. Deux mille Navajo assisteront à l'événement. Klah et sa famille possèdent un cheptel de mille cinq cents moutons et chèvres dans lequel Klah puisera pour nourrir tous ses invités. Il va jusqu'à organiser une course de chevaux — son peuple adore ça ! — pour que la fête soit complète. Mais l'apothéose restera la maîtrise impeccable dont Klah fera montre au cours de ces huit jours et neuf nuits.

Encore aujourd'hui, une telle capacité est considérée en territoire navajo comme inséparable d'une vérité cachée : Klah, en effet, est hermaphrodite. Sur ce point, certains disent qu'il fut émasculé lors d'une bataille entre Sioux et Navajo. Plus qu'aucun autre, l'hermaphrodite est à la confluence de deux mondes, le masculin et le féminin, l'autorité et l'intuition, l'humain et le divin. Son balancement entre ces deux terres paraît perpétuel, sans fin. Les Êtres sacrés montrent l'exemple, qui ont deux visages : carrés et ronds, du genre féminin et masculin. Sur terre, il en va de même : les Navajo considèrent que l'hermaphrodite est l'être le plus rapproché des dieux. Une famille où naît un de ces enfants, disent-ils, connaîtra la richesse, la paix, le bonheur[13].

Klah, très tôt, assuma son statut, portant des jupes, tissant, comme le font les femmes. Il fut, oui, un puissant et audacieux tisseur. « Tisseur », ce mot peut d'ailleurs servir à désigner un hermaphrodite. « Si un jour la Nation navajo ne génère plus de tisseurs, il en sera fini d'elle », entend-on dire souvent, encore aujourd'hui. Car alors les Êtres sacrés auront choisi de ne plus se manifester sur terre, de ne plus prendre d'enveloppe corporelle. Sacré, un hermaphrodite est traité avec des égards particuliers. Mais lui-même a des devoirs : ne jamais se marier, et n'avoir de relations sexuelles qu'avec des hommes. Quelques-uns des plus grands hommes-médecine furent bien des hermaphrodites.

À la charnière de tant de mondes, comment Klah n'aurait-il pas accepté de l'être aussi entre le sien et le nôtre ?

Il est présent aux expositions universelles de Chicago, en 1892, en 1934, acceptant de représenter la culture indienne, encore qu'il se plaigne, lors du second séjour, de se sentir étouffé par la foule. Chaque fois, il fait des démonstrations de tissage. La presse locale écrit, en 1934 : « Klah a déclaré vouloir se rendre à cette exposition pour voir quels changements étaient intervenus en quarante ans et quelles nouvelles choses les Blancs avaient songé à entreprendre. » On songe au dalaï-lama si curieux, depuis l'enfance, des découvertes de nos scientifiques. Klah est surtout attiré par le planétarium de Chicago, curieux de ces planètes repérées par nos télescopes et ignorées des siens, des Êtres sacrés eux-mêmes.

Klah s'éteint en 1937, des suites d'une pneumonie. Beaal Begay, l'apprenti sur qui il comptait tant, est décédé en 1931, laissant un vide jamais comblé. Klah n'a eu ni le temps ni, peut-être, la volonté, de former un ou des nouveaux élèves. Ces longues années d'apprentissage lui paraissent-elles d'un autre temps ? Avec Klah s'éteint la voie de la Grêle ; il en était le dernier dépositaire.

Mais Klah laisse un musée ! Ce musée, visité par Alfred Yazzie et sa délégation... et à l'initiative duquel on trouve la riche mécène de Boston. Mary Wheelwright est une vraie aventurière : elle voyagera sinon jusqu'au Tibet profond, du moins sur ses premiers contreforts. En 1921, elle visite le territoire navajo et s'arrête au comptoir des Newcomb. Elle s'enthousiasme pour la réserve, ses habitants. Franc encourage son engouement. Elle partage d'ailleurs ses analyses. Mary est persuadée que la culture navajo va disparaître, qu'il faut en recueillir les derniers éléments pendant qu'il est encore temps, et les conserver dans un musée, qu'elle financera. Faut-il penser que Klah a partagé ce sentiment ? Ou, plus probablement, voit-il dans cette femme la possibilité de poursuivre une politique d'ouverture profitable aux siens ? En 1921, en compagnie de Franc, il se rend sur la côte Est, chez Mary, dans sa propriété au bord d'un lac.

Car cette volonté de faire connaître sa culture s'est encore traduite, chez Klah, par la réalisation d'une série audacieuse de grandes tapisseries, reproduisant des peintures rituelles de la voie de la Nuit. Sa communauté craint pour lui, mais Klah se sent en règle, assez pour ne rien redouter, assez pour que rien, finalement, ne lui arrive. Sa première tapisserie est un monumental carré de trois mètres cinquante de côté. Et, comme s'il entendait pousser encore plus loin son exploit, il n'hésite pas à tisser l'œuvre centrale de la voie de la Nuit, cette peinture magistrale, *Le Tournoiement des troncs*, sur laquelle le patient, au paroxysme de la cérémonie, est invité à s'asseoir. Voilà ce tourbillon sacré livré à la fixité des regards, de tous les regards…

Probablement Klah s'est-il imposé une cérémonie de protection, mais il a tenu aussi à omettre, dans ces œuvres destinées au monde extérieur, certains détails. Ces « erreurs » volontaires ont permis de « désactiver » la peinture. Le risque est moindre. Cette règle, Franc aussi se l'imposait, sur les suggestions de Klah. Ne jamais provoquer les Êtres sacrés ! Cette première tapisserie sera achetée par une certaine Mme Gillette, une Blanche de passage dans la réserve.

La seconde représente un motif de la voie de la Grêle. Nous sommes en 1921, et c'est Mary Wheelwright qui l'acquiert. En 1928, elle recueille, avec l'aide de sa dactylo, la version de la voie de la Nuit de Klah, mais ne la publiera qu'en 1938, un an après la mort du célèbre homme-médecine[14]. C'est une version épurée, écourtée, au regard du manuscrit original. Et même, a-t-on envie de dire, censurée. Mary déleste sa version de toutes les annotations poétiques qui pourtant imprègnent si profondément le récit de Klah. Nuisent-elles à son souci, tout occidental, d'ordonner, de synthétiser, d'extraire le mythe qu'elle juge embarrassé par toutes ces fioritures ?

Cette bienfaitrice néglige les clauses dont dépend la santé, la guérison : ces litanies, ces chants, ces prières dont le malade s'imprègne dans sa marche vers la guérison. « Dans la beauté, je marche... » Dans sa version, la beauté se retire comme une marée souillée. Mary simplifie et dénature à la fois cette thérapeutique complexe et hautement poétique. Elle lui ôte sa chance d'être. Elle retire au malade la possibilité de s'imprégner d'un autre destin, de le sentir éclore en lui tandis que ces chants, ces prières s'élèvent, l'envahissent, le conquièrent et qu'il choisit de les faire siens. On peut, en effet, s'en tenir à un récit sans chair, considérer les masques comme d'anodins accessoires, voire des diableries. Pire ! On peut interpréter cette beauté, déposée si délicatement sur le corps du malade, comme une simple gestuelle, et non comme la remise en scène d'une création, la reconstruction de sa propre sacralité brisée. C'est faire de la guérison une vérité glaciale, une affaire mécanique, au lieu d'une reconquête. Entre Klah et ses bienfaitrices, les malentendus ont été nombreux, contrairement à ce qu'on pourrait imaginer.

Le musée que Mary Wheelwright finance, avec le soutien moral de Franc Newcomb et celui aussi, d'une certaine manière, de Klah, s'appelait à l'origine le Musée d'art cérémoniel navajo. Construit sur les hauteurs de Santa Fe, il se nomme tout simplement, aujourd'hui, le musée Wheelwright. Et, nous l'avons dit, quand nous en avons poussé la porte, cette glorieuse institution venait d'être délestée de la trousse de médecine d'Hosteen Klah !

Or jamais, cette trousse, si convoitée, ne fut donnée par son propriétaire à Mary Wheelwright ! Que contenait-elle ? « L'ensemble, rapporte Franc Newcomb, se composait de trois coffres remplis à ras bord, ainsi que de longs rouleaux rigides en peau de bison contenant des cannes de bambou, des tiges d'herbes de la pampa et autres objets en longueur. Mais l'essentiel de la collection résidait dans les masques et les peaux tannées. »

Klah entendait que sa trousse restât dans le circuit intérieur de la guérison navajo. L'homme-médecine meurt en mars 1937, non dans son hogan, mais sur un lit d'hôpital de la mission Rehoboth. Franc Newcomb a fait transporter dans l'hôpital voisin, tenu par des missionnaires, le corps épuisé de son ami. Sur ce lit chrétien, Klah dicte ses dernières volontés. À Franc Newcomb, il offre sa trousse de médecine de la voie de la Bénédiction. Mais sa trousse la plus précieuse, celle de la voie de la Nuit, il la confie à une de ses nièces, une Navajo, qui a été sa fidèle assistante, collaborant activement au tissage de ses nombreuses et monumentales tapisseries. Enfin, rapporte Franc dans sa biographie de Klah, ce dernier demande à être enterré « à la manière des Blancs » tout en précisant que ses proches devront aussi prononcer les prières et interpréter les chants navajo favorables au voyage de l'esprit, après la mort. Jusqu'au bout « hermaphrodite » ! Aux Blancs, Klah donne son corps. Aux siens et aux Êtres sacrés, il donne son esprit.

Un journal de Gallup, ville frontière du Nouveau-Mexique qui borde au sud la « réserve », daté du 3 mars 1937, rendit, de ces dernières volontés, un écho différent : « Hosteen Klah, grand homme-médecine navajo, initié à des milliers de chants païens, a été enterré selon le rite chrétien. » Chants païens, rite chrétien... Le *Southwest Tourist News* publia pour sa part un article plus respectueux de la vérité : « Hosteen Klah, vénérable homme-médecine de la tribu navajo, est mort lundi à la mission de Rehoboth, près de Gallup, emportant dans la tombe les mystères de sa profession. Depuis le décès de son apprenti survenu quelques années auparavant, Klah n'avait jamais initié d'autre jeune à sa place. »

Dans les mois qui suivent, le Musée d'art cérémoniel navajo sera inauguré. Sont présents Mary Wheelwright, Franc et Albert Newcomb, des neveux, nièces, petits-neveux et petites-nièces de Hosteen Klah, quelques hommes-médecine et une « guérisseuse ». En tout, vingt et un Navajo. C'est peu si on se souvient des deux mille personnes qui assistèrent à la voie de la Nuit inaugurale de Klah !

Le musée à l'époque présente des œuvres de Franc ainsi que des objets rituels de Klah. La salle du haut, avec ses rondins, rappelle un hogan de huit côtés. Au sol repose un grand caisson. L'œuvre de sable qu'il contient est une création de deux artistes « anglos », Van Muncy et William Henderson. Ils se sont inspirés des peintures navajo. Qu'en aurait pensé Klah ? L'œuvre paraît proche de la parodie, avec son petit dolmen sortant du sable. Dans la biographie qu'elle consacra à Klah, Franc écrit, en conclusion : « Au fil des années, les Navajo en viendront à accepter de plus en plus l'éducation, les coutumes et la religion de leurs conquérants ; alors les anciennes voies et croyances seront oubliées. Mais une grande partie du passé sera conservée à l'intérieur du Musée d'art cérémoniel navajo, qui se dresse comme un mémorial dédié à la mémoire de deux grandes personnalités, Mary Cabot Wheelwright et Hosteen Klah[15]. »

Pour Franc et sa complice Mary, la culture navajo est condamnée à disparaître : ces cérémonies qu'elles ont tant admirées sont l'expression d'une « ancienne religion ». L'échange rêvé par Klah ne pénétra jamais vraiment leurs esprits. Le musée devint un lieu de mémoire, de conservation, tout ce que devait déplorer, des années plus tard, dans l'article du *Navajo Preservation News*, Sam Begay. Nullement un espace de vie, d'espoir. Non, le futur ne logeait pas entre ses murs. Klah y apparaît au mieux comme le dernier des grands dinosaures navajo !

Quant à sa trousse de médecine de la voie de la Nuit, si elle finit par atterrir au musée, c'est après que Mary Wheelwright l'eut achetée à la nièce légataire. Franc et Mary avaient été indignées d'apprendre que les composantes de cette trousse étaient empruntées par des hommes-médecine pour conduire leurs propres cérémonies. Elles redoutaient que ces outils, en circulant, se perdent ou soient volés ! Mary fit une offre élevée... Les trousses de la voie de la Grêle et celle de la voie du Vent furent acquises de la même façon. Aujourd'hui, cet ensemble a retrouvé le chemin de la guérison navajo.

Nous avons quitté Albuquerque et sa torpeur et, remontant vers le nord, nous avons retrouvé Santa Fe, visité ce musée Wheelwright, ou du moins ce qu'il en restait. Sur les visages, la désolation se lisait. Jonathan Batkin, son directeur, nous confia, les bras ballants, le front en sueur : « Ils ne veulent plus qu'on les étudie ! »

Non, la culture navajo n'est pas convalescente, elle vit, vibre, s'inscrit dans notre temps. Nous devions en avoir une preuve de plus en franchissant de nouveau les frontières de la Nation navajo. La vaste plaine vibrait sous la chaleur. Tsaile est à quelques kilomètres du canyon de Chelly, dont la proximité sacrée se devine, surtout par un jour éclatant comme celui-ci. Ici est établi le Navajo Community College : la première université jamais créée par un peuple indien et entièrement gérée par lui. Elle a été fondée en 1968, la grande année de la victoire des droits civiques, pour les Noirs américains mais aussi pour les Indiens de ce pays.

Le bâtiment central, qui abrite, entre autres, les services administratifs, a la forme d'un hogan. Tout autour se déploient des bâtiments de béton, unis les uns aux autres par des chemins d'herbes brûlées par la chaleur. La cafétéria est dotée d'un billard américain, d'une machine à sodas, et on croque ici, comme sur tous les campus américains, des hot dogs et des *ham and cheese sandwiches*. Par une porte entrouverte, nous apercevons un amphithéâtre rempli d'élèves ; le cours est en anglais. Tout le campus est bilingue, l'enseignement en anglais et en navajo, et les non-Indiens sont les bienvenus. Nous avons rendez-vous avec Harry Walters, un anthropologue navajo, directeur du Hataalii Museum, le musée des hommes-médecine navajo, logé dans le bâtiment central.

Nous en parcourons les salles, dans une semi-pénombre. Pas d'autres visiteurs que nos pas feutrés. Les peintures de guérison sur les murs ne sont ni des reproductions à la façon des pastels de Franc Newcomb ni des tapisseries à la façon de Klah. Les œuvres sont en poudres colorées, comme dans un hogan, mais accrochées aux murs et fixées sur de grands panneaux de contreplaqué dont les plus grands font bien deux à trois mètres de côté. En vérité, ces représentations des Êtres sacrés ne reposent pas sur le bois directement, mais sur un lit de sable beige qui colle au bois, sert de fond. Tout est comme dans un hogan sauf qu'ici tout est vertical et tient comme par miracle. Le lit de sable, les poudres colorées, rien ne glisse. Un nom nouveau s'attache à ce prodige, cette hérésie peut-être : celui de Fred Stevens. Son nom figure sur tous les cartels. Une secrétaire vint nous dire qu'il était formellement interdit de prendre des photos. Trop tard ! Nous avions heureusement rangé notre appareil, mais son regard resta suspicieux. Et quand Harry Walters nous reçut enfin dans son bureau, il ne cacha pas sa méfiance à notre égard.

Il lâchait ses mots au compte-gouttes. De sa fenêtre, on apercevait un pan ocre et rocheux, barrière cachant en partie le ciel bleu. Nous insistâmes : qu'est-ce qui différenciait ce campus d'un autre ? Cet homme sévère n'était pas dépourvu d'humour : « Le problème, lâcha-t-il, c'est que la culture occidentale s'aligne rarement sur la nôtre ! Elle ne reconnaît pas, comme les Navajo, qu'il y a en tout être du feu, de l'eau, de l'air, de la terre, de la lumière, du soleil. Ce qui compose le monde nous compose aussi. Aussi, tout ce qui arrive à la lumière, à l'air, nous concerne au premier chef. Veiller à ce que l'eau, l'air, le feu restent propres, c'est essentiel pour la survie du genre humain. C'est vrai pour les Navajo comme pour les non-Navajo. Nous veillons à l'enseigner. »

Il ajouta : « Nous ne voulons pas, pour autant, placer notre jeunesse dans un ghetto. Ici, nous préparons les jeunes à entrer dans les campus américains qui délivrent les doctorats ou les *masters* de niveau supérieur. Nos deux années d'études correspondent grosso modo aux deux premières années d'une université classique, les années *college*. Certains jeunes, après ce cycle, préfèrent rester sur le territoire : ils deviennent techniciens, infirmières, fonctionnaires. »

Passerelle entre deux mondes ? À l'origine, les éducateurs puisèrent sans complexe dans les travaux de l'anthropologue et philosophe Gregory Bateson, mari de Margaret Mead, célèbre anthropologue elle aussi. Ce personnage réputé de la côte Ouest américaine, Bateson, s'était interrogé sur « la structure qui relie toutes les créatures vivantes », cherchant l'équation de la vie comme une sorte d'Alfred Einstein des sciences humaines [16]. Comme bien des indigènes, il englobait tout le monde vivant, flore et faune comprises, dans une seule communauté : une totalité en mutation, un champ subtil d'interactions, d'intégrations, pas d'exclusions.

Ce collège répondait à ce souci d'unité. Si on y apprenait la philosophie et la langue navajo, la trigonométrie et l'algèbre, un cours portait sur les différentes formes de déviance et notamment celles qui marginalisent un individu. Toujours ce désir d'ordre, d'harmonie, d'unité. Alors que la plupart des disciplines enseignées d'un bout à l'autre de la planète, y compris sportives comme le karaté, le badminton, étaient dispensées ici, on pouvait encore s'initier à la fabrication des mocassins, apprendre à ciseler des bijoux en argent ou en turquoise, découvrir la tapisserie, la vannerie, la poterie. Nous ne doutions pas que l'étudiant apprenait alors qu'un panier en osier est bien davantage qu'un panier, que sa décoration participe d'une vision précise du monde, comme nous l'avait révélé Sam Begay. Des gestes et des pensées appartenant à la tradition navajo attendaient tout étudiant accepté sur ce campus. « Si nous voulons apprendre à nos jeunes comment gagner des dollars et comment s'insérer dans la société moderne, nous tenons à leur enseigner parallèlement comment vivre et guérir », poursuivit Harry Walters en souriant enfin. Dans son esprit, l'enseignement occidental était défaillant sur ce point crucial.

Un non-Indien pouvait-il, à ses yeux, profiter des acquis de la guérison navajo ? Sa réponse nous surprit : « Je pense qu'un non-Navajo peut être soigné par un homme-médecine, à condition, bien sûr, qu'il reconnaisse préalablement nos valeurs. Si vous les respectez, si vous avez foi en l'homme-médecine — le garant sur terre de l'équilibre — alors oui, votre mental sera en accord avec le sien et vous pourrez être traité par lui. Il vous guérira. » Le sourire s'était éteint, assombri de nouveau par la méfiance.

Alors, il parla de son musée, des œuvres exposées, de Fred Stevens, un disciple de Klah, que Nancy Parezo, l'anthropologue de Tucson, avait connu à l'époque où Stevens vivait dans cette ville. Fred Stevens était mort tragiquement, au cours d'une violente altercation avec les siens, agressé. Avait-il été trop audacieux, allant jusqu'à réaliser et transférer sur des supports fixes les peintures médicinales ?

Tout commence classiquement, si l'on peut dire. Né en 1922, d'une mère « diagnostiqueuse » et d'un père homme-médecine, Fred Stevens est élevé selon la tradition. Il est berger, observe la beauté du monde. Enfant doué, il apprend, dès l'âge de six ans, les premiers rudiments de la voie de la Bénédiction. Parallèlement, il devient apprenti boulanger. Ce cheminement entre les siens et nous marquera sa vie. Dans les années quarante, il cède — il a une vingtaine d'années — aux sollicitations des Blancs qui souhaitent lui voir faire des démonstrations de peintures de sable, à Lupton, une bourgade de l'Arizona, dans un centre pour touristes accolé à une station d'essence. Puis, avec ses enfants et sa femme Bertha, Fred Stevens monte une troupe de danse. Il est le premier homme-médecine à avoir un statut d'artiste. Il participe aux foires qu'affectionnent les Navajo. Dans les années cinquante, il s'installe à Tucson sans cesser de poursuivre son apprentissage d'homme-médecine. Il parfait sa connaissance de la voie de la Nuit cérémonie que son père ne pratiquait pas, et dont il a acquis des sections entières auprès d'Hosteen Klah.

À Tucson, il rencontre Luther A. Douglas, un pilote de l'armée américaine basé dans cette ville. Chimiste de formation et artiste, Douglas est un passionné de culture navajo. Jusqu'ici, toutes les peintures réalisées en poudres, même celles destinées à de simples démonstrations, doivent être détruites avant la nuit. Avec l'aide de Luther Douglas, Stevens met au point une colle spéciale qui va lui permettre de fixer le fond de sable sur des supports de contreplaqué puis, par-dessus, les poudres de couleur. Il veille, comme Klah, à ne représenter que les peintures issues de cérémonies qu'il connaît. Comme Klah encore, il prend soin de désactiver les images sacrées, omettant scrupuleusement certains détails, modifiant la place d'un symbole — le plaçant sur la gauche de la peinture alors que la tradition le veut à droite, entrouvrant, face à l'ouest plutôt qu'à l'est rituel, l'arc-en-ciel protecteur… Désireux de donner à son entreprise toutes ses chances, il pulvérise un vernis protecteur sur la peinture une fois celle-ci achevée et collée. Le résultat est visuellement très proche des œuvres réalisées dans les hogans. C'est une véritable révolution culturelle.

Certes, Fred Stevens avait eu des prédécesseurs, mais jamais aussi constants. En 1918, après de laborieuses discussions avec la direction du musée de l'université d'Arizona, à Tucson, un autre homme-médecine, Sam Chief, avait consenti que six peintures de sable, de démonstration, soient préservées grâce à un procédé un peu similaire. Aujourd'hui, il ne reste qu'une de ces six peintures réalisées par Sam Chief. Pour nous, dans les réserves de ce musée, on alla la chercher en haut d'une grande armoire : la peinture avait autrefois reposé sur une table dont on avait, depuis, coupé les pieds. On descendit le plateau, et nous découvrîmes ce premier vestige inaugurant l'époque moderne. C'était une peinture de la voie de la Plume, commenta Nancy Parezo qui nous accompagnait ce jour-là.

Fixées, les œuvres peuvent circuler, se vendre, elles sont légères à porter, fascinantes à regarder, et forcément moins coûteuses qu'une tapisserie réclamant des kilos de laine. Mais Fred Stevens cherche à pousser encore plus loin l'ouverture initiée par Klah. Il est persuadé que sa médecine et celle des Blancs peuvent dialoguer. Il milite pour que les polices d'assurance américaines remboursent les soins délivrés par les hommes-médecine et pour que ceux-ci trouvent leur place dans les hôpitaux — l'époque moderne, qui entérine tout cela, finira par lui donner raison !

Audacieux Fred Stevens ! En 1965, nous raconte Nancy Parezo, le président des États-Unis, Lyndon Johnson, tombe gravement malade et Fred Stevens tient à réaliser pour lui, spécialement, une peinture de sable. Il demande qu'on la lui apporte jusque dans sa chambre d'hôpital, mais le staff présidentiel n'a pas suffisamment foi en la guérison navajo pour répondre à cette demande. La peinture n'atteint pas Lyndon Johnson, elle s'arrête... à la Maison-Blanche, où elle demeure encore aujourd'hui, accrochée au mur d'un bureau. En 1967, Fred voyage jusqu'en Angleterre et fait devant Élisabeth II, dans Buckingham Palace, une démonstration de peinture de sable. L'homme a du charme, convainc. Dans une petite galerie fourre-tout de Taos, cette ville du Nouveau-Mexique, pas très loin, elle non plus, du territoire navajo et où vécut D.H. Lawrence, nous achetâmes une petite planche de contreplaqué portant une figure brune et bleutée, drapée de la jupette réglementaire et dotée d'une délicate tête ronde : un Être sacré du genre masculin... Au dos, figurait le nom de l'artiste : Fred Stevens III, le fils de Fred. Son père signait Fred Stevens II. Le marchand ignorait tout, et de l'œuvre réalisée selon la technique de la fixité et de son auteur, et nous emportâmes avec émotion cette peinture cédée pour une bouchée de pain.

Sur le campus de Tsaile, aujourd'hui, les peintures de Fred Stevens II servent à familiariser les étudiants avec la culture navajo, ses symboles, sa mission, ses concepts et notamment celui de beauté/santé. Et Harry Walters, dans une dernière confidence lâchée d'un ton toujours bourru, nous révéla qu'un « cours d'hozho » couronnait sur son campus le cycle des études. On finit par hozho. Puis on entre dans la vie.

« Conduisez en beauté », répétaient comme un leitmotiv, les panneaux de circulation. Pour la première fois, nous gagnions l'extrême nord du territoire. Nous avions dépassé l'étrange rocher en forme de vaisseau qui annonce Shiprock, ville frontière encore mais septentrionale, pas très loin cette fois de l'État du Colorado. Nous fûmes fascinés d'apercevoir, dans l'enceinte de l'hôpital ultramoderne, à l'entrée de la ville, un hogan rutilant avec ses rondins de bois blonds. Nous allions apprendre d'une aide-soignante navajo que, outre ce hogan, une salle entière de l'hôpital était consacrée à la guérison navajo. C'était une pièce dont la porte ouvrait sur l'est, dont le sol en béton comportait une sorte de trappe qui communiquait avec la terre tandis qu'au plafond une ouverture assurait la circulation vers le ciel... Dans cette pièce aussi se tenaient des cérémonies.

Il faut ici barrer la route à un préjugé, tenace, qui consiste à penser que la présence d'une médecine non occidentale dans un hôpital classique relève du soutien psychologique ou de l'effet placebo. L'homme ou la femme-médecine tiendraient en quelque sorte la main du malade navajo. Leur intervention se réduirait à un accompagnement affectif. Peut-être, dans le hogan de Yazzie par exemple, on pouvait parler de guérison, mais dans un hôpital « anglo », comment était-il concevable que cohabitent deux guérisons aussi différentes ? Que venait faire ce hogan ?

Le vouloir-guérir

La réponse nous vint... à Paris. Un beau matin, Sam Begay, venu d'Indian Wells avec son attaché-case à la main, sa trousse de médecine triée, préparée pour le voyage parisien, débarqua à Roissy. Il avait fini par accepter notre proposition de venir partager un peu de sa culture navajo avec les Français. Sa seule exigence : être accompagné d'un autre homme-médecine choisi par lui, Ben Silversmith, membre aussi du Conseil des hataaliis à Window Rock et plus à l'aise que lui, disait-il, dans les « relations publiques ». Car l'exposition que nous avions tant souhaitée finalement avait lieu et bénéficiait même de prêts importants : tapisseries d'Hosteen Klah empruntées au musée de l'Arizona du Nord, à Flagstaff, pastels de Franc Newcomb obtenus exceptionnellement grâce à l'intervention de Lillie Lane. Prêts impensables aux États-Unis mais Lillie, sans doute aussi pour agacer un peu Yazzie, avait pesé de tout son poids en notre faveur en tant que responsable, au sein du ministère de la Culture navajo, des relations avec les musées « anglos ». Nous avions pu entrer dans les réserves, voir ces œuvres interdites, les choisir, veillant toutefois à écarter les reproductions de Franc que nous sachions les plus sensibles : pas de serpents enroulés sur eux-mêmes et appartenant à cette puissante voie du Projectile. Quant à Yazzie, après avoir été tenté par ce voyage — Roger Henderson nous l'assura —, il nous avait fait savoir au dernier moment, toujours par Roger, qu'il ne se résolvait pas à faire un séjour prolongé hors du territoire navajo, terre sacrée, suprême hogan. Craignait-il que ses soins perdent en efficacité ? C'est bien ce que nous fit comprendre Roger.

Le courant, c'est vrai, était mieux passé avec Sam, avec qui nous avions déjà partagé, sur le territoire, quelques émotions Ainsi, ce soir où nous l'avions raccompagné à Indian Wells, après avoir enregistré, dans un studio de la radio navajo de Window Rock, un de ses chants, une profonde litanie de la voie de l'Eau qui allait accompagner, dans l'exposition, les peintures de sable. Presque rentrés à notre hôtel, nous nous rendîmes compte qu'il avait oublié sa trousse de médecine dans le coffre de notre voiture. Craignant son inquiétude, nous reprîmes la route : trois heures de nouveau par une nuit sans lune et, à minuit, il devait retrouver sa précieuse trousse. Avait-il apprécié ce geste, perçu un signe, un de plus, dans cette mallette oubliée et rapportée ?

Assez naturellement, une rencontre fut organisée entre Sam Begay, Ben Silversmith et des médecins français. Un soir, en dînant, Sam brisa le silence avec ces mots. Ils étonnèrent : « Surtout ne nous prenez pas pour des sorciers ! » dit-il en redressant son buste ployant à Paris sous quatre rangs de turquoises. Médecin, il l'était devenu après bien des années d'études et il envisageait de les reprendre bientôt, à plus de cinquante ans, pour aborder la voie de la Nuit, voie royale ! La discussion s'engagea, polie, compliquée parfois par les métaphores dont les deux médecins navajo usaient abondamment. Oui, comme un refrain d'images poétiques ! La plus audacieuse surgit après qu'un médecin français, Philippe Lefèvre, eut demandé à ses collègues navajo de parler du cancer. Les causes de cette grave maladie ? « La foudre ! » lança Sam sans hésiter, tandis que Ben plongeait le nez dans son assiette. Un silence suivit, assez long pour nous autoriser à intervenir : « Sam, un divorce, est-ce la foudre qui tombe ? » La réponse fusa : « Naturellement ! »

Tout le monde fut soulagé. Philippe Lefèvre évoqua « les études faites par les médecins et psychologues occidentaux qui tendent à indiquer que les cancers, notamment du sein et de l'utérus chez la femme, surviennent davantage chez des personnes soumises à des chocs importants peu de temps auparavant ». Un autre médecin, Carlos Wandescheer, d'origine sud-américaine, résuma ce qu'il avait retenu : « Le but d'une voie n'est pas de guérir mais de faire prendre conscience au malade de l'origine du mal-être et de l'aider à réintégrer sa famille, au sens large, par des rituels. » Philippe Lefèvre poussa le raisonnement comme tout Navajo l'aurait fait : « La guérison occidentale implique que l'on tue le microbe, alors que l'homme ou la femme navajo se doivent, pour guérir, de reconquérir leur force intérieure. » Une entente, peut-être même une certaine joie, régnait, une harmonie, car Sam, ce soir-là, fit part de but en blanc, au milieu de déclarations sur la santé navajo, de la grande nouvelle : « Je voulais vous annoncer — Ben même ne le sait pas encore ! — qu'à mon retour je me marie ! »

D'autres coups de foudre suivirent ! Un après-midi où Sam, à la Villette, le torse battu de ses lourdes parures bleues, courbé à genoux vers le sol, laissait s'échapper de ses doigts la poudre colorée, un homme se détacha de la foule pour dire : « Je donne raison à cette médecine ! » L'intrus se présenta : « Professeur Jean-Louis Accard, de l'hôpital de Créteil. » Ce grand cancérologue français en costume-cravate, plusieurs fois chargé de mission par le ministère de la Santé, répéta : « Je donne entièrement raison à cette médecine parce que je n'ai jamais réussi à guérir quiconque, quels que soient les médicaments que je lui donnais, si cette personne ne voulait pas guérir. »

Jean-Louis Accard ne concevait pas la guérison navajo comme une concurrente. Non, il décelait plutôt sa capacité à s'additionner à sa propre action de médecin, lui qui approchait de la retraite, après avoir aidé plus d'un patient à vivre, parfois à mourir.

Accard mettait le doigt sur ce point crucial : on ne guérit pas si, soi-même, on n'en a pas envie, si on ne l'a pas choisi. Après une vie entière dédiée aux soins, dans les hôpitaux les plus modernes, ce patron parisien partageait les positions des praticiens navajo sur la santé/beauté.

Qui ne veut guérir ? Rares sont ceux qui répondraient par la négative. Mais les Navajo disent : cette affaire n'est pas aussi simple qu'il paraît ! Vouloir guérir présuppose la capacité de reconstruire en soi la beauté perdue en optant pour un nouveau comportement. Et l'on ne rebâtit pas la beauté perdue sur une simple demande, un simple claquement des doigts ! L'entreprise implique, au moins, d'identifier comment cette beauté intérieure fut perdue. Sans quoi, toute reconstruction risque d'être vouée à l'échec, si le comportement qui fut fatal n'est pas identifié à la source.

Comment ? On doit se souvenir qu'il n'y a pas une mais plusieurs cérémonies, que toutes, prises séparément, se démultiplient en branches ou déclinaisons. Par ailleurs, toute cérémonie, outre son nom, ses peintures, ses prières, ses chants..., se caractérise — c'est le moment ou jamais de le dire — par la présence d'un héros, personnage qui porte l'histoire poétique, évoquée, plutôt que racontée, par chaque cérémonie. Ainsi dans la voie de la Nuit, par exemple, ce héros s'appelle le Rêveur. Dans la voie de la Grande Étoile, il a pour nom le Blaireau. Dans la voie de la Grêle, le Garçon Pluie... Chaque héros se distingue des autres par son comportement, précisément celui qui a induit sa rupture avec l'harmonie initiale. Mais les Êtres sacrés sont venus à son secours : ils ont conçu une cérémonie spécifiquement à son intention. Pour le Rêveur, ils ont créé la voie de la Nuit ; pour le Blaireau, la voie de la Grande Étoile ; pour le Garçon Pluie, la voie de la Grêle... Et ainsi de suite. Après tout, les comportements humains ne sont pas sans fin. Le héros fut celui-ci qui, le premier, bénéficia de la voie à laquelle son souvenir reste attaché. Cette voie propre fut créée pour sa guérison. Si le malade d'aujourd'hui est dirigé, par exemple, vers la voie de la Nuit, c'est que son comportement recoupe celui du Rêveur : les agissements du héros d'hier et du malade d'aujourd'hui se superposent.

Le processus est bien celui-ci : la diagnostiqueuse détermine à quel héros ressemble celui qui lui fait face aujourd'hui ; elle se fonde sur son caractère, ses tendances psychologiques, son comportement, son mal. L'enquête paraît multiple. La voie à prescrire en découle logiquement. Le nombre des cérémonies s'accorde au nombre des comportements et des maladies qui leur sont liés. Car, on ne saurait l'oublier, il y a une véritable étiologie de ces héros. Et si leur nombre n'est pas infini, c'est qu'au fond les maladies ne sont pas si innombrables que la modernité occidentale, avec sa kyrielle de spécialités, veut nous le faire croire. À l'heure de la cérémonie, le patient va progressivement — s'il le veut bien — s'identifier à celui qui lui correspond, comprendre, à travers ce frère, quel a été le comportement qui lui vaut, à son tour, d'être ici, malade. Le héros est ce modèle, en négatif.

Et quand intervient la grande peinture, plus que jamais le patient se confond avec ce héros d'hier, il se mêle, littéralement, à lui. Il devient ce modèle, en positif. Comme lui autrefois, il reçoit sur son corps les poudres de cette peinture plusieurs fois bénite puisque les Êtres sacrés eux-mêmes ont sanctifié ce moment en surgissant masqués. Un malade qui s'évanouit sous le choc de l'entrée en scène des masques est considéré sur la voie de la guérison. Sa participation, son implication, sa « prise de risques » semblent alors totales.

Cette beauté, animée de sacralité, est transférée sur le patient, comme elle le fut autrefois sur le héros. L'état d'hozho que la peinture symbolise passe sur son corps souffrant. Au malade de savoir accueillir comme il convient cet état, de diriger son esprit vers cette beauté millénaire qui échoue ce soir sur lui. Privilège rare, s'il sait s'en rendre compte et tout faire pour se montrer digne du don, du partage. La guérison est pour bientôt. Car le héros, désormais, c'est lui. À lui, à présent, de se guérir, de faire pénétrer au plus profond de lui cette beauté/santé dont on l'a enduit. Une autre des prières finales de la voie de la Nuit dit : « Par bonheur, je recouvre la santé. Par bonheur, mon calme intérieur revient. Par bonheur, mes yeux recouvrent leur pouvoir. Par bonheur, ma tête s'apaise. »

Puissance des mots ! Ils donnent envie d'assimiler la guérison à une thérapie poétique. Mais puissance des mots, toujours accordés à des actes : car il faut insister sur la matérialité du travail exigé, de l'auto-analyse mais aussi des séances de sudation, d'élucidation, d'identification de ce qu'un comportement peut avoir eu comme conséquences, donc de prise de conscience, puis de reconstruction, de rétablissement, de prise en charge de soi. Ici, la boucle se referme : si un comportement a été la cause de la maladie, un autre, qu'on forge soi-même, donne accès à un nouvel équilibre. Le corps a été un point de passage d'un état à l'autre. Mais pas de hiérarchie, pas d'interdit, comme dans nos sociétés. Guérir, encore une fois, c'est changer, passer d'une attitude à une autre, d'un déséquilibre à un équilibre qui, à son tour, pourra un jour basculer dans un nouveau déséquilibre. Ce processus n'est pas magique : il se déclenche avec la plainte du patient, il passe par un diagnostic, puis par une thérapie adaptée et dispensée par le spécialiste d'une voie précise. Le déroulement ressemble aux nôtres sauf qu'ici le héros, c'est le malade, pas le médecin traitant. La source de la guérison, comme celle de la maladie, relève de lui. Cette prise en charge ne signifie pas que la médecine navajo réfute la nôtre, avec ses médicaments, ses interventions chirurgicales. Elle la complète, comme l'avait parfaitement compris le professeur Accard, elle l'enrichit sur un plan plus profond. Les Navajo déplacent plus loin les frontières de la maladie, de la guérison. S'il y a une thérapie poétique, elle tient à cet infini.

Les mots, leur pouvoir, leur emprise, les Navajo y sont hautement sensibles. Leur société les courtise et s'en méfie à la fois. C'est avec une réticence certaine qu'un individu consentira à dire : « Je suis déprimé », déclaration que l'on entend pourtant si couramment en Occident. Le Navajo dit plutôt : *Yiniil* (*yini* voulant dire « esprit » et *il* « en compagnie », « avec ») pour exprimer son mal-être, ce petit mot s'allongeant considérablement quand on veut le traduire : « Mon esprit est en compagnie du désespoir ou avec la tristesse[17]. » La nuance est de taille. En effet, si mon esprit est *avec* la détresse, il pourra en divorcer. Par contre, ce divorce se complique singulièrement si j'annonce *être* désespéré, car c'est toute ma personne qui se trouve engagée, imbibée par ce désespoir, cette déprime. Le champ psychologique et sémantique a été de tout temps soigneusement exploré, géré, par les Navajo. Leur processus de guérison est tout en nuances. Précautions oratoires pour garder à distance le mal. Diversité des voies pour tenir compte de la diversité des maladies, des comportements dont elles sont issues. *In fine*, la guérison exige de changer — une grande partie de la difficulté tient à ça ! Le malade fait appel à sa liberté. C'est possible, il n'y a pas, à l'horizon, la moindre punition. D'ailleurs, l'individu peut aussi persister dans son comportement antérieur, s'entêter, refuser l'ordre, l'harmonie, la beauté, la sacralité. C'est le début d'une tout autre histoire...

La maladie aurait donc deux sources : l'une, extérieure, que maîtrise la médecine occidentale et qui a sa source dans les microbes, les virus, la pollution ; l'autre, intérieure, et que la médecine navajo identifie, associée à la perte volontaire d'une beauté intérieure, d'une sacralité que chacun porte en soi ; c'est par cette fissure que passeraient les microbes, les virus. Et si des hogans existent dans les grands hôpitaux américains du territoire, c'est justement pour permettre au malade de parachever sa guérison en rejoignant l'harmonie, l'immuable harmonie. Il le peut d'autant mieux désormais que les compagnies d'assurance américaines remboursent l'intervention de l'homme ou de la femme-médecine !

Mais à quoi a tenu notre ignorance de cette médecine ? La question peut se poser autrement : comment un anthropologue pouvait-il identifier la guérison navajo en n'étant pas médecin lui-même ? On doit aussi souligner combien les sciences de l'homme ont refoulé la pensée immanente, le vécu poétique, le sentiment de cette appartenance à un continuum allant du ciel à la terre. Faris écrivit, dans le catalogue de notre exposition : « Les Navajo continueront à être les praticiens de la santé qu'ils sont bien après que l'on aura reconnu que le discours anthropologique était une démarche surannée et impropre, bien après que les musées — institutions honteuses — auront disparu. » L'histoire montre que plus l'ethnographie est entrée en scène, plus l'Occident s'est éloigné de la vérité navajo. On parle de mythe, d'art religieux, d'art cérémoniel, mais jamais de guérison. Qu'on consulte une quelconque bibliographie consacrée à la société navajo ! Les mots « médecine », « santé », « guérison », mots clés pourtant, n'y apparaissent pratiquement pas. Et ceux des Blancs qui se gargarisent du mot hozho en voient rarement les implications strictement médicales. Il faut remonter loin — bien avant que l'ethnographie ne se constitue comme autorité et science — pour trouver des traces d'une possible considération médicale. Nous pensons à Washington Matthews, ce médecin militaire que la paralysie frappa, après ses séjours dans la réserve. Il fut un des premiers à s'intéresser de près à la voie de la Nuit, vers 1880. Il est chrétien, convaincu de la validité de notre propre médecine. Néanmoins, on lui doit une somme d'annotations extrêmement pertinentes. Ainsi Matthews fait-il remarquer, à propos d'un patient pour qui est « chantée » la voie de la Montagne : « La cérémonie le guérit de toutes notions et sensations insolites. » Et, en effet, cette voie concerne des déséquilibres psychiques. De même trouve-t-on sous la plume de Mary Wheelwright, qui n'est pas, c'est le moins qu'on puisse dire, une scientifique, et toujours à propos de cette cérémonie : « Maintenant le garçon était guéri de ses démons et de ses mauvais rêves ; il avait de nouvelles pensées dans un nouveau corps. » Elle-même cède à la vérité de l'annotation quand elle est directement témoin d'une cérémonie. On cherche, en vain, ce genre de propos sous la plume des spécialistes de ces sociétés à l'époque moderne. Ils ignorent la guérison navajo, font de cette société un objet d'étude, occulte la place du sujet pourtant si présent dans cette médecine aux implications si philosophiques. Sa liberté, sa force intime sont pourtant en scène. On songe au président du Navajo

Community College déclarant à ses étudiants : « Vous, et vous seulement, êtes responsables de la façon dont vous vivrez plus tard et dont votre existence se développera. Vous seul pouvez faire le bon choix qui vous conduira sur la voie semée du pollen de la paix. »

La santé engage non seulement sa vie, mais le sens même de la vie. Le « Connais-toi toi-même » de Socrate pourrait se traduire par « Connais ta bonne et mauvaise santé ».

Si l'on considère la variable des comportements, vivre, c'est aller et venir autour de l'état d'hozho. Notre médecine, elle, pense la santé comme un capital, qu'il faut veiller à ne pas gaspiller. Récusant le libre usage de soi, refoulant l'aventure humaine, elle développe l'idée d'une santé peureuse, paralysante, médiocre. Les Navajo, au contraire, savent, enseignent que la santé peut se perdre mais aussi se retrouver. Elle est faite de passages et de transgressions, jamais d'immobilité, jamais de punition. Le « malade » n'est pas nécessairement jugé, condamné, mis à l'index. Il a fait un choix, il pourra, un jour, en faire un autre. Il n'y a pas de malédiction. Foucault lui-même, et son relatif refus de la guérison — autrement dit d'un ordre —, aurait pu trouver sa place dans ce va-et-vient entre harmonie et désordre. Il aurait pu adhérer à un soin qui mise sur la puissance incantatoire des mots et non... des choses. Il aurait aimé une guérison tenant le « fou », le « marginal », pour des êtres libres, responsables, animés par un certain choix, comble sans doute d'un défi à la hauteur des dieux. Cette guérison eût trouvé grâce, à ses yeux, bien mieux que nos camisoles de force, nos chambres blanches d'hôpitaux, nos pharmacies, notre ordre univalent, hygiéniste, terrorisant. C'est bien pourquoi il ne sépara jamais son entreprise, son

« archéologie » des savoirs, du contexte clinique. Il a noté combien la médecine moderne a été le soubassement de toutes les sciences de l'homme ; elle instrumentalise l'individu, lui retire toute responsabilité dans sa guérison ; le sujet devient, se fait, objet. Malade ou bien portant, il est passif : il gère son capital santé ou le laisse gérer par les autres, en petit épargnant, en perpétuel convalescent.

Rester en bonne santé, dit la médecine navajo, ne saurait vouloir dire adopter une attitude craintive. Ce n'est pas nécessairement vivre sans prises de risque, à l'abri dans une bulle, dans la crainte des microbes, des virus, autrement dit de la vie. La guérison navajo semble indiquer qu'il est possible de vivre, d'oser vivre, que rien ne viendra nous punir. On peut s'éloigner de l'état d'hozho si l'aventure le réclame, mais on peut aussi y revenir. Les Êtres sacrés ne nous en voudront pas. La guérison navajo serait finalement au service des possibles, des tentations. Vivez ! Mais ne perdez jamais complètement votre pouvoir de guérison. Vivre, ce n'est pas tout faire pour éviter de tomber malade. Non, vivre c'est avoir la capacité de guérir au moment voulu.

Georges Canguilhem, le maître de Michel Foucault, écrit dans *L'Idée de guérison* : « Une chose est d'obtenir la santé qu'on croit mériter, autre chose est de mériter la santé qu'on se procure. En ce dernier sens, la part que le médecin peut prendre à la guérison consisterait, une fois prescrit le traitement requis par l'état organique, à instruire le malade de sa responsabilité inégalable dans la conquête d'un nouvel état d'équilibre [...][18]. » Être malade, guérir, c'est passer d'un état à un autre, ricocher sur l'océan de la beauté, porter l'aventure humaine au plus haut. Comment, en effet, celui qui n'aurait jamais connu la guérison navajo, faute d'avoir défié l'harmonie qui la fonde, pourrait-il affirmer avoir côtoyé les dieux, là où ils sont, dans la pénombre du hogan ?

III

LES ABORIGÈNES D'AUSTRALIE
UN PEUPLE ARTISTE

C'est au mois d'avril 1986, à l'hôpital d'Alice Springs, la seule ville blanche du centre de l'Australie où nous avions été hospitalisés d'urgence — un accident de voiture sur une piste du désert, plusieurs tonneaux, côtes cassées, poumons perforés, secourus miraculeusement alors que le crépuscule vouait déjà à l'ombre et à l'oubli nos corps allongés, douloureux, inconscients — que nous avons approché pour la première fois les habitants noirs de l'Australie.

Les Aborigènes étaient partout dans l'hôpital, mais pas un Blanc à l'horizon, ni dans les rangs des malades ni dans ceux des médecins. L'équipe soignante venait de New Delhi, en Inde. Dans ce cœur du pays-continent, les Aborigènes sont en plus grande proportion que partout ailleurs, et leur présence, à laquelle tous cherchent à échapper, envahissait, obsédait l'endroit. Aborigènes conduits ici après un coma éthylique, un accident de la route, et qui, dans la nuit, s'échappaient, silhouettes évasives, pour aller s'agglutiner au pied de bosquets d'arbres, sur la pelouse, devant l'hôpital. Femmes enceintes, dans les couloirs, se regroupant pour une mélopée. Enfants blonds — le sang pur, chez les jeunes nomades, se détecte à ce détail — courant librement. La nuit, l'hôpital devenait une annexe du désert. Malades non pas allongés sur leurs lits, mais dressés, comme aux aguets. Et ceux qui, dans la lumière de l'aube, refusaient les soins, corps fermés dont les infirmières les plus chevronnées n'arrivaient pas à trouver les veines tandis que, prévenus Dieu sait comment, d'étranges aînés, silencieux, aux visages ascétiques, manifestement épargnés, eux, par la déchéance, surgissaient dans l'encadrement d'une porte, semblant veiller à ce que le sang noir ne coule pas hors de leur Loi. Et il ne coulait pas !

À la bibliothèque de l'hôpital, nous étions tombés sur un lot de documents concernant les Aborigènes : photocopies d'articles, notamment, dont personne ne sut nous dire qui les avait réunis. Et notre surprise fut grande de découvrir alors que les tribus du désert se partagent le ciel étoilé, avec la Voie lactée comme frontière et comme repère. La veille de notre accident, allongés sur le dos, nous avions longuement observé son tracé lumineux, nos corps, à l'approche du sommeil, se soulevant lentement vers elle. Nous apprîmes que les Aborigènes avaient constitué leur propre cartographie du ciel. L'auteur de l'article, B. G. Maegraith, notait : « Dresser la carte du ciel n'est en aucun cas facile, même pour un observateur averti. L'Aborigène n'a pas retenu notre façon de représenter les étoiles à l'aide d'animaux ou de leurs traces. L'Aborigène a une manière plus complexe de faire des regroupements en introduisant une classification maritale, des liens de parenté, ainsi que des sous-divisions tribales. » Tandis que nous parlions de Grande et de Petite Ours, de Scorpion, ils unissaient les étoiles en couples, familles, clans, s'inspirant de leur propre organisation sociale. Ils considéraient ces étoiles un peu comme des parents, sentiment que renforçait cette répartition du ciel entre les tribus.

Trois semaines à lire, à cicatriser. Rob, un docteur blanc, le seul du genre (mais il était rattaché à Médecins sans frontières), fut informé de notre présence à l'hôpital d'Alice. Il exerçait dans un dispensaire de la ville qui accueille des Aborigènes. Il s'occupait de ces jeunes Noirs qui passent leur temps, une boîte de Coca-Cola remplie d'essence suspendue autour du cou, à en sniffer les vapeurs. On appelle cette pratique *petrol sniffing*. On pense qu'elle a été introduite en Australie pendant la Seconde Guerre mondiale par les GI américains postés à Darwin pour défendre sa face nord, exposée aux Japonais. Ou, plus vraisemblablement par les mineurs soumis, dans ce Territoire du Nord, à des conditions de vie particulièrement dures, et qui, l'alcool bu, sniffaient les réserves d'essence, initiant les Aborigènes à cette drogue mortelle consumant les poumons, provoquant des tumeurs cérébrales…

Rob tint à fêter notre sortie de l'hôpital. Nous regretterions presque son ambiance nocturne ; ces moments passés à chercher Benjamin, qui n'avait que deux ans, dans une montagne chaude de petits corps noirs, là, dans la crèche hospitalière.

Rob nous avait annoncé la nouvelle : à la fête, il y aurait Andrew, un grand initié du peuple des Warlpiri, de la communauté de Yuendumu, au nord-est d'Alice. La nuit était tombée, bleuâtre et orangée. Le désert s'assoupissait. Nous avons attendu que la soirée s'avance avant d'entraîner Andrew, une sorte de géant placide, à l'écart des barbecues et de la piscine. Alors, face au désert, sous cette Voie lactée plus éclatante que jamais de blancheur, nous l'avons interrogé sur ce partage du ciel, ces mariages entre étoiles. À notre grande surprise, il se braqua: « Si je réponds à vos questions, demain matin, je suis un homme mort ! » Puis il avait déplacé sa silhouette épaisse hors du champ de notre curiosité. Nous ignorions encore que ce pays cache toujours des meurtres rituels, qu'on peut y être pointé, de loin, par un initié dirigeant vers vous un os aiguisé ; l'Aborigène ainsi visé, dit-on, le sent ; sans l'aide protectrice d'un autre initié, il se laissera mourir, tant est grande dans le désert la force de cette hypnose à distance !

Ainsi débuta notre séjour, par un accident de voiture et ce mutisme un peu inquiétant: « Sacré, secret », ces mots revenaient comme un leitmotiv dans la bouche des Aborigènes et de leurs alliés. Puis, plus rien.

Le lendemain, un ciel cobalt, vif, nous entraîna. Nous étions décidés à tenter une nouvelle fois notre chance, à reprendre la route du désert. Nos côtes nous faisaient encore souffrir, mais nos poumons retrouvaient leur souplesse: nous n'étions pas fumeurs ! Rester dans Alice Springs eût été laisser s'installer un doute en nous. Le désert rouge, que nous avions si longtemps survolé en avion de Canberra à Alice Springs, nous appelait de nouveau. Nous avions marqué en effet un arrêt à Canberra, capitale fédérale de l'Australie, après Sydney, où nous avions atterri en arrivant de Paris. Ce survol de l'intérieur du continent nous avait confirmé que l'Australie est d'abord un gigantesque désert: il occupe pratiquement les neuf dixièmes d'un pays grand comme quatorze fois la France.

Désert d'ocre rouge. La piste est belle, large comme une avenue. Nous dépassons, sans nous attarder, le lieu de l'accident. Nos mémoires, déjà, transforment les tonneaux mortels en souples roulades grâce auxquelles ce peuple nous est apparu. À droite, à gauche, au-dessus, des colliers de nuages courent dans le ciel. Inoubliables nuages ! Ils construisent leurs boucles puis s'immobilisent. Peu de vent, aujourd'hui. Tout profite à la chaleur. Nous apercevons, au loin, des poteaux télégraphiques gris et inclinés, témoins du temps où Alice — le prénom de la femme du premier chef télégraphiste installé ici, en 1872 — était le poste de transmission, en Australie, des messages adressés à la mère patrie, l'Angleterre, depuis la lointaine colonie. La ligne reliait Sydney à Londres, en passant par Alice, Darwin au nord, puis Java, le relais de la colonie des Indes, Gibraltar, ses fils tantôt aériens, tantôt sous-marins. Industrieux colons... Ah, la majesté du silence bondissant de continent en continent ! Puis, le crépitement des signaux. En huit jours, six heures et vingt minutes, un télégramme atteignait la capitale britannique.

Comment ce « cœur » avait-il pu être aussi longtemps appelé « cœur mort » ? Les couleurs sont si pures ! Mais les premiers explorateurs avaient espéré un lac, et leur déception fut totale face à cette terre couleur sang se déroulant à l'infini, avec ses rares buissons et ses menhirs bosselés construits par les termites.

À bord d'un camping-car, nous roulons vers Papunya. Cette destination s'est imposée à nous, au même titre qu'en Italie un amateur d'art dirigerait d'abord ses pas vers Venise ou Florence. Dans les années soixante-dix, Papunya, à l'origine un simple point d'eau, avait été le lieu d'une incroyable renaissance aborigène. Là était née cette peinture à points célèbre aujourd'hui dans le monde entier : tous les collectionneurs se l'arrachent, tout musée des Beaux-Arts, en Australie, l'expose. La National Gallery of Australia, à Canberra, présentait, face à face, une œuvre d'un artiste du désert nommé Maxie Tjampitjinpa et un tableau de Tiepolo, le peintre italien du XVIIIe siècle, une Vierge en adoration. Un maître du désert face à un maître occidental : la confrontation donnait à cet art une place égale au nôtre !

Le tableau exposé à Canberra était étonnamment moderne avec ses figures géométriques, ses couleurs pures. Il faisait songer à Kandinsky, Klee, Mondrian, à ceci près que Maxie Tjampitjinpa avait réalisé son œuvre en prenant appui sur sa propre tradition, vieille d'au moins quarante mille ans. Il avait fait appel aux pictogrammes qu'on trouve gravés sur les roches du continent et datant bien de la préhistoire. Les Aborigènes, au dire de Randall White, un anthropologue américain de l'université de New York, vivaient déjà en Australie il y a quarante mille ans au moins, à l'époque des dernières glaciations. Les cercles concentriques, les sinusoïdes qui donnaient à leur peinture un aspect si moderne, presque abstrait, figuraient sur le plat des roches plantées dans le sol du cœur de l'Australie.

La préhistoire était entrée en force dans nos regards à Canberra, avec ces tableaux. En Australie, les préjugés à l'égard des Aborigènes étaient tels que cette science n'était apparue que très récemment. Interdit, avant la fin des années soixante, avant le grand référendum de 1967 qui, seulement alors, avait accordé la pleine citoyenneté aux premiers habitants du continent, de penser que ces hommes et ces femmes, nus, dépourvus de toute possession matérielle, aient pu avoir leur part dans l'évolution, dans la créativité humaines !

Et quelle part ! Car, ces trente dernières années, les préhistoriens s'étaient rattrapés, démontrant que la créativité aborigène avait précédé en ampleur, en qualité, la créativité de l'homme occidental. En 1969, près du Lac Mungo, avait été exhumée une sépulture que le carbone 14 avait permis de dater à moins vingt-cinq mille ans : c'était le plus ancien vestige au monde de cette sorte, et qui prouvait que les Aborigènes d'Australie avaient, les premiers, offert à leurs morts de tels raffinements : crémation et parures d'ocre ! À Olary, un site aborigène, d'Australie du Sud, deux archéologues, Margaret Nobbs et Ronald Dom, avaient établi que les signes — cercles, sinusoïdes — gravés sur la roche remontaient à moins trente-deux mille ans, voyant là l'une des toutes premières manifestations artistiques de l'histoire de l'humanité. Quant aux scènes de danse et de chasse, au trait d'une rare finesse, peintes il y a vingt mille ans dans les grottes de l'extrême nord du continent, elles faisaient de la peinture aborigène la plus vieille au monde, antérieure à celle d'Altamira ou de Lascaux.

Les Aborigènes, toujours selon Randall White, avaient été à la charnière entre l'homme de Neandertal et l'*Homo sapiens sapiens*, dont nous sommes tous issus ; ce passage d'un être ancien à un être moderne au cerveau plus développé avait eu lieu sous leurs yeux, vers cette date de moins quarante mille ans ! Quant à la métamorphose des pictogrammes préhistoriques en idéogrammes modernes, elle s'était produite à Papunya, là où nous allions, au bout de cette piste. Nous progressions vers ce site en dépit des douleurs que les bosses de la route ravivaient. Nous devions ménager nos côtes, ne pas faire de gestes brusques, nous avait répété le jeune patron de l'équipe médicale de New Delhi, et tandis que nous lui expliquions les raisons de notre présence ici — approcher cette beauté —, son regard fixait les corps noirs, difformes et laids, errant sur les pelouses de l'hôpital.

La « clim » ronronnait. Nous dépassâmes une carcasse de voiture abandonnée. À côté, comme incrusté dans le ciel d'un bleu épais, un écriteau bancal portait cette mention : « Pas d'essence ici ». Les couleurs se répétaient avec force, annonçant celles vers lesquelles nous roulions. Partout, le bleu du ciel, l'ocre de la terre, le vert des buissons ; revêches, certains, les spinifex, portent des épines empoisonnées. Animant le paysage, des rassemblements rachitiques d'eucalyptus ou, comme un signe zen, le simple tracé d'un mulga, l'arbre du désert, au tronc gros comme un doigt et cependant centenaire.

Soudain, une silhouette dégingandée nous barre la route. Un homme, noir, dans un manteau de cuir élimé, sous cette chaleur ! Il est borgne, hirsute, mais son visage empreint d'une certaine bonhomie. Nous freinons. Il monte par la porte coulissante du camping-car. Il boit la canette de Coca que lui tend Benjamin.

Il pue, notre passager. L'odeur, rance, émane de sa chevelure. Et son œil valide ne cesse d'aller et venir. Son anglais est rudimentaire et, alors que nous répétons : « Papunya… Papunya… OK ? », il répond en pointant son buste de l'index : « Papunya, *yeah*… Kaapa, *first one*… » semblant dire qu'à Papunya, lui, Kaapa, est le premier. Le chef ?

Nous n'obtiendrons pas plus de lui. Sur l'horizon, enfin, notre destination se signale par un amoncellement de carcasses de voitures : roues en l'air, retournées sur le dos, elles forment une cité fantôme. Car, à en croire les fumées qui s'élèvent, des hommes vivent dans ces carcasses. L'œil valide de Kaapa est aux aguets.

Des pneus à demi enfoncés dans le sol et même des

barbelés, plus loin, délimitent une autre cité, avec les restes d'une aire de jeux, son toboggan renversé, quelques maisons aux toits de tôle ondulée, certaines sans portes ni fenêtres. Des chiens, quelques êtres humains traversent ce décor de lendemain de guerre.

Nos propres repères nous guident dans cette désolation. Papunya a d'abord été, avant d'être le lieu de naissance de la peinture à points, un centre d'assimilation créé en 1959. « Hommes noirs, nous voulons vous rendre heureux. Mais vous ne pouvez pas être heureux à moins d'imiter l'homme blanc. Construisez des huttes, portez des vêtements, travaillez et soyez utiles. Aimez l'homme blanc[1] ! » Cette admonestation, remontant au XIXe siècle, de Hinshmark, un gouverneur de l'Australie du Sud — un des six États du pays — devient la règle en 1951. « Assimilation » : si le terme apparaît dans les circulaires du Bureau des affaires aborigènes dès 1937, cette politique culmine avec le référendum de 1967 — 91 p. 100 de oui — qui donne enfin, après plus de trente années de bataille des Aborigènes et de leurs supporters, la citoyenneté australienne aux premiers habitants du pays. Jusqu'à cette date, un article de la Constitution en faisait foi, ils n'étaient même pas comptabilisés lors des recensements. Les chevaux, les troupeaux, oui, mais pas les « Abos » !

L'éminent ethnologue australien A. P. Elkin, membre du clergé anglican, propose le terme « assimilation » dès 1938. En 1967[2], il écrit : « Tous les autochtones, qu'ils soient de sang pur ou mêlés, ne pourront construire leur avenir que dans le cadre économique, politique, social et religieux de la vie australienne, coopérant au développement de cette dernière. » Il n'a pas l'ombre d'un doute : « Leur propre civilisation est en train de se désintégrer, et par les étapes successives de l'assimilation, ils s'acheminent tout droit vers une ère nouvelle. »

En 1945, Elkin a pourtant noté, le premier, l'étonnante ressemblance entre les initiés du désert et les maîtres tibétains : « Un éclairage sur les hommes aborigènes de haut degré peut venir d'une comparaison avec leur équivalent tibétain, un pays caractérisé par sa spécialisation psychique [...]. J'ai souvent pensé que le silence et la solitude du désert australien, l'absence de bruit, de foule, le manque de précipitation et les longues heures passées à faire peu de choses étaient des conditions favorables à la méditation et à la réceptivité, aidaient à se connecter au monde et à faire surgir des images de personnes ou d'événements non présents[3]. »

Un initié aborigène reçoit son savoir des aînés, un savoir qui peut être transmis selon une généalogie familiale, de père à fils ou de mère à fille, mais aussi, quand un aîné distingue, parmi les jeunes, un sujet qui lui semble mériter recevoir de lui un héritage spirituel. En l'occurrence, et nous y reviendrons, la tradition aborigène peut se comparer à une bible dont chaque page appartiendrait à un individu en particulier, qui la transmettrait. C'est pourquoi d'ailleurs des cérémonies distinctes, jalousement conservées par ceux qui en sont les dépositaires, se doivent à un moment ou à un autre d'entrer en contact, pour que les pages de cette bible aborigène se rassemblent et qu'un continuum, comme une reliure, se forme. Ainsi, certains enseignements constitués d'une multitude de segments portés par des groupes humains à travers le pays aborigène finissent-ils par former d'immenses pistes spirituelles qui peuvent se déployer sur mille cinq cents kilomètres, comme la piste de l'ocre ou celle de l'émeu.

Quant aux hommes de haut degré, ce sont des initiés qui, au-delà de la transmission du savoir, ont atteint, par l'ascèse, des niveaux de perception qui les rapprochent, en effet, des maîtres tibétains.

Mais Elkin est aussi un homme blanc de son temps, modelé selon la pensée darwinienne qui croit que certaines espèces — les Blancs en l'occurrence — sont faites pour survivre et d'autres — les Aborigènes — pour s'éteindre. En 1959, la politique d'assimilation, en vigueur dans le Commonwealth, veut que soient regroupés à Papunya, pour mieux les intégrer à la grande et puissante famille blanche, les peuples nomades du désert de l'Ouest : Aranda, Anmatyerre, Luritja et Warlpiri. Les Pintubi, les plus éloignés, arrivent plus tard, dans les années soixante. Ce transfert de population est facilité, si l'on peut dire, par le souvenir du massacre de Coniston, en 1928. Les tribus redoutent de semblables représailles. En 1928, tous les Blancs de la région, fermiers et policiers réunis, ont abattu dix-sept aînés en pleine cérémonie. Cette expédition punitive était destinée à venger la mort d'un prospecteur minier, Frederick Brooks, tué par des Aborigènes et dont le corps avait été retrouvé dans un terrier à lapin.

Un millier d'Aborigènes, pas plus, se retrouvent parqués à Papunya. Mais le désert boude le surnombre. On ne peut y survivre qu'en petits phalanstères. Il faut pouvoir respecter le rythme de reproduction des espèces, ne puiser dans les ressources du désert, baies sauvages, kangourous, vers blancs… qu'à bon escient.

Sur place, les nomades découvrent la civilisation dans sa quintessence : un poste de police, une école, un temple, une station d'essence avec son épicerie. Sa pompe rouge nous attend. Nous stoppons sur son aire défoncée tandis que jaillissent des enfants noirs dont les rires saluent le retour de notre auto-stoppeur. Les doigts enserrant un « Coke » glacé, nous interrogeons le pompiste. Il nous apprend que Kaapa a été débarqué en plein désert par les siens parce qu'il était saoul, une fois de plus, et qu'il emmerdait le monde. « *The first one* » s'éloigne, dérisoire...

En quoi peut-il être le premier ? La réponse nous sera donnée le lendemain matin. D'abord, avec la nuit, nous avons retrouvé la Voie lactée, plus radieuse que jamais, et dormi dans notre camping-car, un peu en dehors du site, contre une colline de la chaîne des MacDonnell, le seul vrai relief de la région. Au milieu de la nuit, un hennissement de chevaux sauvages et le souffle vibrant de leurs museaux à nos fenêtres nous ont réveillés.

Le matin, nous eûmes vite fait de repérer la « maison des artistes » à son agitation. À Alice Springs, la directrice de la Papunya Tula Arts Gallery, Daphné, nous en avait signalé l'existence et même annoncé que nous pourrions y rencontrer un de ses employés, en déplacement là-bas. Cette galerie regroupe aujourd'hui la plupart des peintres et défend leurs intérêts. C'est une coopérative, avec, à la tête de son conseil d'administration, un Aborigène. Jack, l'employé de Daphné, est bien là, ses traits gras reflétant son agacement. Il n'apprécie pas que nous soyons présents alors que des aînés viennent de débarquer, en provenance du désert, à bord d'une fourgonnette. Ils en sortent des toiles roulées : leurs dernières œuvres, que Jack a pour mission d'acheter. Nous attendrons que les tractations soient conclues pour réapparaître. Une heure plus tard, Jack sourit. Dans le petit local de la maison des artistes, derrière, un lot de toiles attend pour partir vers Alice. Jack insiste : la galerie est gérée par des Aborigènes.

Kaapa ? Jack lève les bras au ciel ! Il rit, secoue la tête, regarde au loin les carcasses de voitures, puis nous entraîne vers l'école, ou du moins ce qu'il en reste. Des enfants et des chiens nous accompagnent, sans compter les mouches, agaçantes au possible. Le bâtiment était-il beaucoup plus rutilant autrefois ? Des herbes folles ont envahi sa cour, dont un grillage défoncé rappelle les limites. L'école a un étage. Devant un mur, long, protégé par un auvent, il s'arrête. « C'était là ! » lâche-t-il, un rien provocateur.

Là, un jour de juillet 1971. Là que Kaapa a peint, sur ce mur d'école, à la barbe des Blancs sidérés, ça ne s'était jamais vu, une fresque représentant des signes vieux de quarante mille ans. Des signes jusqu'ici secrets, sacrés. Avec un pinceau. Il lance ce défi en pleine politique d'assimilation, alors que tout ce qui renvoie à l'identité aborigène — parler la langue, par exemple — est banni, puni. Kaapa est le « premier », oui, à oser ça ! Premier et, aujourd'hui, dernier, dernier grand de cette époque à errer encore par ici. Dernier, parce que les siens aujourd'hui rejettent cet homme, n'hésitent pas à l'abandonner en plein désert jusqu'à ce qu'il dessaoule. Premier et dernier !

L'histoire des Aborigènes a toujours vacillé entre ces deux extrêmes. Ils furent longtemps considérés comme les derniers des humains, des « brutes », des « bêtes ». Quand, en 1788, les colons britanniques, avec à leur tête le capitaine Cook, accostent dans ce qui deviendra plus tard la baie de Sydney pour fonder une colonie pénitentiaire, ils considèrent ce pays vide, inhabité. Les formes humaines dans le paysage sont si démunies qu'on refuse de leur accorder le vocable d'êtres humains. En Australie, il n'y a pas d'habitants ! La conclusion s'imposera vite, relayée par un décret officiel du Parlement anglais, à Londres. Ce continent est vide : « *Terra nullius* ». L'Australie, diront les Anglais, n'a jamais été prise, conquise. Les livres d'histoire, d'ailleurs, ne mentionnent pas les hauts faits de la résistance aborigène.

Mais qui sont ces formes humaines ? William Dampier, autre navigateur anglais, a jeté l'ancre, lui, un siècle auparavant, en 1688, de l'autre côté du continent, tout au nord. Dampier émet cette première opinion sur les Aborigènes après un séjour de huit semaines à réparer son bateau : « Le peuple le plus misérable de la terre, il diffère peu des brutes. Leurs paupières sont toujours mi-closes pour écarter les mouches. La couleur de leur peau est noire comme du charbon. Ils ont les pires traits de tous les peuples que j'aie jamais vus et pourtant j'en ai vu des sauvages ! » Ce commentaire figure dans son journal de bord publié à Londres, en 1729[4].

En 1749, Buffon, le célèbre naturaliste français, reprend quasiment ce jugement dans son ouvrage, *La Variété des espèces* : « Peut-être les gens du monde les plus misérables, et ceux de tous les humains qui approchent le plus la brute. » Aux Aborigènes, il ajoute les Eskimos ! Ces deux peuples appartiennent, selon lui, à une « humanité presque marginale ».

Une fausse note, pourtant, dans ce concert méprisant, et sous la plume du capitaine Cook en personne. Dans le journal de bord de son premier voyage, en 1770, il fait cette description à la date du 10 juillet[5] : « Leurs traits sont loin d'être désagréables, leurs voix sont douces et harmonieuses [...]. En réalité, les Aborigènes sont beaucoup plus heureux que nous, les Européens. [...] Ils dorment comme des loirs dans des abris légers ou même au grand air à la manière d'un roi dans son palais sur son lit de duvet. » En

1984, J. C. Beagle, le biographe de Cook, révélera que ce dernier a passé une grande partie du voyage en mer à lire Rousseau, à méditer sur le bon sauvage qu'il croit découvrir sur place, qui n'a d'ailleurs pas plus à voir avec le véritable Aborigène.

En 1779, soit un an après l'implantation de la colonie pénitentiaire, le naturaliste Sir Joseph Bankes, qui avait embarqué avec Cook, est appelé à témoigner devant le comité de la Chambre des communes, à Londres. Pour Bankes, les Aborigènes sont « nus, traîtres et, malgré leurs lances, peureux ». Dans son Journal, publié dès son retour d'Australie, en 1778, *A New Royal Authentic and Complete System of Universal Geography*[6], il a déjà fait valoir l'argument décisif : « En raison de leur ignorance totale de l'agriculture, du commerce, et des moyens de se procurer les conforts et les aises de la vie, il est évident qu'ils figurent parmi les plus misérables des êtres pouvant être jugés humains. » Insolite notation : ils ont une allure « efféminée ». Rappelons qu'un missionnaire catholique, le R. P. Dom Théophile Bérangier, déclarera que les Aborigènes n'adorent « aucune divinité, ni vraie, ni fausse ».

Sur la base du témoignage de Bankes, qui tient là un rôle d'expert, la Chambre des communes déclare, en 1822, que « l'Angleterre s'est acquis l'Australie ni par conquête ni par cession mais par la seule occupation d'une terre désertique ou inhabitée ». *Terra nullius*, une notion empruntée au droit romain privé, était alors étendue à un continent tout entier.

Ces êtres ne peuvent avoir un droit de propriété sur la terre, puisqu'ils ne l'exploitent pas. Ni commerce ni labour ! Ni labeur ! Le travail de la terre est le premier de tous. Le philosophe positiviste anglais, John Locke (1632-1704), dont les travaux inspireront le siècle des Lumières, énonce formellement que la propriété foncière ne peut être dissociée de son exploitation : terre va avec labour et labeur...

En 1799, les autorités de Sydney font parvenir à Bankes, pour expertise, la tête conservée dans du vinaigre de Pemulwuy, le chef des peuples aborigènes de la région et un résistant à l'occupation britannique[7].

Côté français, puisque la France et l'Angleterre se disputeront un temps l'Australie — nombre de baies et de caps, surtout sur la côte occidentale du continent, portent des noms français —, notons ce commentaire de Cyrille Laplace, après une escale à Sydney et en Tasmanie en 1831. Dans l'Aborigène, il voit un « animal laid et méchant ». « Ôtez-lui l'usage du feu, et rien ne distingue plus cette race de la plupart des quadrupèdes. »

En 1835, nouvelle expertise de crâne, celui d'un autre « hors la loi » issu de l'Australie occidentale — les colons britanniques mettront plusieurs décennies à prendre possession de l'ensemble du continent, créant de nouveaux États, six en tout, à mesure de leur progression, le premier restant la Nouvelle-Galles du Sud, fondé en 1788, avec la baie de Sydney comme épicentre. La *Gazette littéraire* de Londres annonce qu'un examen phrénologique a trouvé chez cet individu des traces de « passions barbares ».

En 1859, le naturaliste anglais Charles Darwin publie à Londres son monument, *L'Origine des espèces au moyen de la sélection naturelle*[8]. L'ouvrage résulte du tour du monde de cinq ans que le naturaliste a fait, partant de Londres, le 27 décembre 1831, à bord du *Beagle*. Le Brésil, l'Argentine, l'Australie, le Pacifique... Le premier tirage, de mille deux cent cinquante exemplaires, est épuisé le jour même de sa mise en librairie. En 1876, les ventes sont de soixante mille exemplaires et l'ouvrage a été traduit en français, en espagnol, en tchèque, en polonais… Oui, des espèces, et pas seulement animales, sont destinées à disparaître. En 1881, dans une lettre à son ami et collègue W. Graham, Darwin écrit : « Les races plus civilisées, qu'on appelle les races caucasiennes, ont battu les Turcs à plate couture dans le combat pour l'existence. En jetant un coup d'œil sur le monde, sans regarder dans un avenir bien lointain, combien de races inférieures seront bientôt éliminées par des races qui ont un degré de civilisation supérieur ! »

En 1912-1913, après Darwin, c'est Freud qui, avec *Totem et Tabou*, se prononce sur la conscience primitive. Le père de la psychanalyse est contesté par son ancien disciple et fils spirituel, Carl Jung. Ce dernier a introduit une idée neuve, l'inconscient collectif, une mémoire commune à tous dont il distingue la présence chez tous les peuples de la planète. Le « civilisé », comme le « primitif », préserve en lui des archétypes immémoriaux. L'inconscient est un réservoir, une mémoire, un trésor. Pas uniquement ce repère sombre où se terrent les conflits psychologiques. Les thèses de Jung relativisent le rôle du complexe d'Œdipe, des conflits amoureux, de la libido. En 1911-1912, le conflit fait rage entre les deux hommes et Freud conçoit *Totem et Tabou*, ce contre-feu[9]. Il fait voisiner les « primitifs » et les « névrosés obsessionnels ». Il se tourne vers les Aborigènes, « les plus sauvages, les plus arriérés et les plus misérables », écrit-il. « Ces habitants ne bâtissent ni maisons ni cabanes solides, ne cultivent pas le sol, ne possèdent aucun animal domestique, pas même le chien, ignorant jusqu'à l'art de la poterie. » On retrouve tous les poncifs : « Ils se nourrissent exclusivement de la chair de tous les animaux qu'ils abattent, et des racines qu'ils arrachent à terre. »

Freud emprunte aux travaux des ethnologues de l'époque, et au plus célèbre d'entre eux, le professeur anglais J. G. Frazer. Frazer enseigne à l'université d'Oxford et vient, en 1910, de publier une somme de quatre tomes, *Totemism and Exogamy*[10]. Il a étudié les relations sexuelles, les règles du mariage en vigueur dans les sociétés primitives. Il a donné, lui-même, une place de choix aux Aborigènes. Frazer, comme ses collègues de l'époque, est un ethnologue en chambre. Il dispose, en Australie, d'informateurs en les personnes de Spencer et Gillen. Baldwin Spencer est professeur de biologie, un esthète grand amateur de peinture. En 1894, ce biologiste s'est rendu dans le cœur du pays où il a rencontré Francis Gillen, le chef de la station télégraphique d'Alice Springs, responsable aussi, en tant que seul fonctionnaire en poste dans le centre, des affaires aborigènes de la région. Les deux hommes vont unir leur curiosité, étudier en particulier les Aranda, un des grands peuples du centre qu'un jour on regroupera à Papunya. Ensemble, ils signent plusieurs ouvrages, riches en annotations, auxquels, à l'autre bout du monde, on emprunte, non sans trier !

Freud note ainsi que Frazer a refusé de suivre ses informateurs sur « le motif » de l'organisation sociale, estimant qu'elle ne s'accorde pas avec l'idée qu'on a des Aborigènes depuis deux siècles : « Frazer formula une théorie sociologique du totémisme tout en reconnaissant que le motif dont il déduisait ainsi le totémisme était trop rationnel et supposait une organisation sociale trop compliquée pour être primitive[11]. » Le couperet est tombé ! Freud conclut que les deux mentalités, celle du primitif et celle du névrosé, sont proches, superposables, identiques en bien des points. Le primitif est à guérir, comme le névrosé. Il faut le faire entrer dans les structures de la société, structures occidentales, il va de soi : réalité, travail... Relisons l'ouvrage : « Dans ce réel, que le névrosé fuit, règne la société humaine, avec toutes les institutions créées par le travail collectif ; en se détournant de cette réalité, le névrosé lui-même s'exclut de la communauté humaine. » Au nom du travail collectif, la psychanalyse participa à l'hallali.

Exclus de la communauté humaine ! Et sans recours, puisqu'il n'est pas imaginable d'envoyer au fin fond du désert un bataillon de psychanalystes, capables d'extirper de ces sauvages damnés les racines de la névrose !

Dès 1795, les troupes de la Nouvelle-Galles du Sud reçoivent ordre de « détruire autant d'individus de la tribu des bois qu'elles pourront rencontrer ». En 1816, par proclamation placardée sur les arbres — savent-ils lire ? —, le gouverneur Macquarie fait savoir qu'il est interdit à tout groupe aborigène composé d'au moins six personnes de s'approcher, sous peine de mort, du domicile d'un Blanc. Les Blancs, en revanche, savent lire et tirer. En 1830, trois mille soldats balisent la Tasmanie, forment une ligne d'hommes s'étirant d'une côte à l'autre de cette île qui deviendra un État australien. Tout ce que cette ligne ratisse est rassemblé et déporté à l'autre bout du continent, dans le nord-est tropical, près du cap d'York. Sur le continent, un groupe de femmes et d'enfants se jettent d'une falaise surplombant la Hawkesbury River. On estime qu'à l'arrivée des Blancs l'Australie comptait quelque trois cent quatorze mille cinq cents habitants, population qui tomba à trente et un mille individus en 1911, avant de connaître une remontée régulière, le nombre des Aborigènes étant probablement aujourd'hui du même ordre qu'en 1788 : environ trois cent mille, soit un peu moins de 2 p. 100 de la population actuelle de l'Australie. L'histoire officielle n'homologua jamais la résistance aborigène. Les « brutes » cèdent, ne résistent pas. Elle fut pourtant virulente. Rappelons ces chefs arrêtés, exécutés et dont les crânes étaient envoyés à Londres. Une tribu, les Taungurong, victime d'un massacre au début du XIXe siècle, harcela les colons jusqu'à les obliger à quitter une terre abritant un site sacré, en 1841. Tandis que l'anthropologue Elkin, chantre de l'assimilation, souligne, en 1967, l'année de l'accession à la citoyenneté des Aborigènes, combien les Noirs de sang mêlé souhaitent s'assimiler et « font tout pour y parvenir », l'administration, elle, fait le bilan inverse : « Bien que le nombre des Aborigènes de sang pur décline, le nombre d'individus qui s'identifient comme Aborigènes ne cesse de grandir. » Ce sont souvent les plus radicaux !

Les massacres d'Aborigènes perdureront jusqu'à l'époque moderne. À celui de Coniston, en 1928, il faut ajouter ceux des années quarante dans la région des Kimberley, des tueries, des meurtres commis par des colons désireux d'agrandir leur domaine. On ne connaît aucun procès contre les auteurs de ces crimes modernes.

Et Papunya entre en service, avec son école, son poste de police, son temple... La politique d'assimilation est à peine plus tendre, d'une certaine manière, puisqu'elle est destinée à éradiquer, sinon ce peuple, en tout cas son histoire, sa culture, ses langues, ses croyances. Au début, chaque tribu établit son campement en se tournant vers sa terre d'origine. Les Pintubi, derniers arrivants, s'installent le regard vers leurs grandes dunes perdues de l'Ouest ; les Aranda fixent Hermannsburg ; quant aux Anmatyerre, ils ne lâchent pas des yeux la chaîne souple et mauve des MacDonnell... Les éducateurs blancs ne tardent pas à dresser, en prévision du futur, une prison, et à la baptiser « la maison des singes ». La poussière rouge, alliée de toujours, s'insinue partout, détraque les moteurs, les voitures, les électrophones, les tondeuses à gazon, les esprits... Ceux des Blancs, une soixantaine seulement. Cette résistance passive les inquiète plus qu'une levée de boucliers. La nuit venue, ils se terrent dans leurs pavillons de parpaing, cernés par de maigres rectangles de pelouse. Un instructeur, qui arrive de Papouasie, développe une manie : chaque soir, avant de se coucher, il sort devant sa maison et se frappe la poitrine en poussant des cris comme un Tarzan des dunes, puis rentre en verrouillant sa porte.

La peur calfeutre les nuits. Le jour se lève au rythme d'un mot, un seul : travail, travail, travail !

Il faut que ces nomades apprennent que le labeur est la clé qui donne la liberté. Chaque dimanche, les aînés sont invités à défiler au pas dans la rue principale, délimitée à la niveleuse dans un sol lui-même réticent qui en efface régulièrement les marques. Les initiés portent sur l'épaule, les uns un râteau, les autres une pioche ou une pelle. Ah, cette loi du travail ! Elle a marqué sombrement l'histoire de nos relations avec ces peuples. Et leurs mémoires...

En 1975, dans le nord de l'État du Queensland, sur la côte Est du pays-continent, eut lieu une rencontre entre des Aborigènes et des membres de la compagnie hollandaise Shell-owned Billiton, attirée par un riche sous-sol. La compagnie se vit opposer cette réplique par un Aborigène nommé Wallamby : « Nous avons eu autrefois le dessus contre des gens de votre peuple ; nous pouvons vous défaire à nouveau. » Cet homme raconta qu'un bâtiment hollandais, le *Duyfken*, doté de huit canons, avait accosté dans la région, arrivant d'Inde — en 1606, disent les annales occidentales et le livre de bord du capitaine. Ses marins voulurent implanter un camp, mais les choses dégénérèrent : « Une Européenne prit avec elle une sœur clanique de ma femme et l'emmena. Ils nous forcèrent à travailler pour eux. Travailler, travailler, travailler... » Quatre cents ans plus tard, cette affaire refaisait surface. Wallamby la tenait de son père qui lui-même la tenait du sien... Rien n'avait été oublié, pas même cette sœur clanique lointaine !

Le travail ! L'argent ! À Papunya, les instructeurs distribuent des billets verts et le mode d'emploi : l'épicerie du « village » et ses conserves, ses eaux gazeuses, ses magazines illustrés. Après que les Blancs eurent beaucoup insisté et sans doute menacé, les Aborigènes finirent par gagner les baraquements préfabriqués, mais non sans les adapter à leur goût : ils démontèrent les portes, les fenêtres, les toitures, pour laisser entrer le ciel, le vent, la Voie lactée, lointaine parente ! Ils apprirent, mais sans trop y croire, que désormais ils avaient une reine, Élisabeth II, installée à Londres, et même un Dieu, plus éloigné encore, mais dont le représentant, un pasteur luthérien, se tenait à leur disposition. Le dimanche, ce pasteur, sur un phonographe, leur passait des chants religieux ; les paroles étaient inaudibles, mais, rapporte peut-être perfidement la chronique de l'époque, un psaume semblait plaire aux nomades, celui où il était question d'un autre peuple errant, les Juifs !

Le taux de mortalité infantile devint un des plus élevés d'Australie. Méningites, encéphalites, hépatites, diabète — un Aborigène consommait désormais, en une semaine, l'équivalent de ce que, amateur de baies sauvages et de fourmis à miel, une des raretés de ce désert, il ingurgitait en sucre sur une année avant l'arrivée des Blancs. La mort se servait, chez les petits comme chez les grands. Un abandon, une déchéance s'installèrent, dont personne ne voyait le fond.

Ce fut Kaapa oui, le premier, qui rompit ce cycle, qui réveilla les signes du désert, gravés non loin de là sur les roches à la belle ocre rouge. Lui qui les opposa au désespoir. Sur le mur de l'école, il peignit une fresque s'inspirant directement des pictogrammes laissés par la préhistoire, par ses ancêtres. Il forma, à même ce mur, des cercles concentriques : une grande droite de quatre couleurs, des « U » majestueux. Le « motif de la fourmi à miel », comme il l'expliqua.

« Cette fourmi existe, elle sécrète un miel dans son abdomen ; les Aborigènes en sont très friands », nous confirme Jack, rayonnant. Douterions-nous ? Notre guide pointa du doigt une colline à deux bosses en direction de l'ouest. Cette silhouette est, très exactement, celle de cette fourmi à miel, la bosse la plus grosse représentant son abdomen, la plus petite, sa tête. Jack nous expliqua que, pour fonder Papunya, un ancêtre avait pris le corps de l'insecte. Il avait créé cette colline pour qu'on n'oublie jamais son passage. La bosse la plus petite s'appelait Papunya Tula, oui, comme sa galerie qui vendait aujourd'hui les peintures, ce qui, en langue pintubi, veut dire « le lieu de rencontre de tous les frères et cousins ». Papunya est, comme point d'eau et comme site sacré, un lieu partagé par tous les peuples aborigènes de l'Australie centrale et du désert de l'Ouest.

Une ombre se profile dans notre dos. Kaapa nous a rejoints. Il détourne l'attention vers lui en déroulant sur le sol une toile aux couleurs lourdes. Jack fait la grimace. L'œuvre est sans charme et sans mystère. Kaapa n'est plus le « premier ». Son œil valide s'éclaire néanmoins : « Chep ! » lance-t-il, un peu désespérément.

Papunya : l'éternité des signes

Quelques semaines plus tard, « Chep » est devant nous. Chep, de son vrai nom Geoffrey Bardon, se souvient. Il parle, le visage secoué de tics, de silences douloureux, de poches de sueur. Nous l'avons retrouvé loin de Papunya, loin du désert. À Taree. Il nous a fallu faire un long voyage avant de rejoindre cette bourgade de la Nouvelle-Galles du Sud : redescendre vers le sud, Port Augusta, Adelaïde ; puis vers l'est, Melbourne, et remonter vers Sydney. Longer la côte en direction du nord. Quatre cents kilomètres et là, juste avant de changer d'État, de passer dans le Queensland avec sa grande barrière de corail, c'est Taree. Une maison posée au milieu d'une prairie. Au fond, une rivière coule. C'est un rectangle léger, sans étage, confortable, ouvrant de plain-pied sur cette prairie reposante. Chep vit là, entouré des siens, sa femme et ses deux fils. Il évoque cette époque avec ardeur et anxiété tout à la fois. Tandis que nous parlons, entre soudain, par une porte-fenêtre grande ouverte, un kangourou adolescent, aux cuisses encore fines, au museau fouineur. Bardon l'a recueilli, bébé, un soir, sur la prairie, et depuis l'animal va et vient dans cette maison, sortant et entrant, sans oublier de prendre ses repas. « Il devrait repartir bientôt », lâche Bardon de sa voix monocorde et cassée. Songe-t-il à ses rêves ? Son atelier de peintre, qu'il nous fait visiter, sent le vide. Une toile à peine entamée attend sur un chevalet. Son inspiration est restée captive, à jamais, du grand désert de l'Ouest.

Chep raconte. « J'aimerais donner l'impression que les débuts du mouvement pictural ont été un rêve merveilleux, à l'époque. Mais cela n'a jamais été un rêve. Ce qui me revient à l'esprit, surtout aujourd'hui, c'est un sentiment d'horreur, l'image d'un endroit où la dignité humaine des Aborigènes a été bafouée au plus haut point. Employer des mots comme dégradation, maladie ou saleté ne contribue guère à traduire ce qu'on éprouvait devant les scènes auxquelles on assistait. Parce que la dégradation, la maladie, la saleté étaient partout. »

Il nous tend une pochette de timbres. Il s'agit d'une première édition. La poste australienne a édité quatre timbres, représentant quatre peintures de Papunya de l'époque de l'assimilation. Ils sont placés dans une pochette. À l'intérieur, on peut lire ce commentaire : « Le mouvement artistique du désert naquit en 1971, quand Geoff Bardon, un professeur de dessin du campement de Papunya, mit sur pied un projet pictural de décoration qui vit naître les cercles, les traits, les points symboliques formant un langage visuel, lequel exprime la relation des Aborigènes à leurs ancêtres et à leurs terres tribales. »

Nous observons les timbres, rangés sous leur papier cristal. Il n'y a pas d'œuvre de Kaapa. Nous nous en étonnons et Chep lève les yeux : au mur du séjour, est accrochée une œuvre de lui, du tout début. Sur un fond orangé, une suite de trois figures graciles, comme des hélices d'avion, *Rêve d'orange sauvage*, bien différente de la toile vue à Papunya, ensablée dans le désespoir.

« Kaapa, oui, fut le premier. Il aimait se projeter vers vous avec un mouvement distinct du visage, le regard à la fois rude et omniscient. Il n'était pas aussi grand de taille que ses compagnons, mais il était très prompt à voir ce que d'autres ne pouvaient pas distinguer. Avec son seul œil, j'ai souvent pensé qu'il voyait beaucoup trop loin, et peut-être était-ce la raison pour laquelle il buvait plus qu'il n'aurait dû. » Seigneur misérable ? « Il ressemblait parfois, ajoute Bardon, à un sac-poubelle posé sur des ressorts. » Il ne savait pas rester en place, il quittait le camp sur un coup de tête, sans droit de sortie. À l'époque, nous révèle Bardon, ces nouveaux citoyens devaient demander un permis à l'administration pour aller se promener dans leurs dunes. Kaapa était un rebelle. Ses cuites pouvaient entraîner tout le camp, ou presque, à boire, à délirer.

Quand Bardon arrive à Papunya, en 1971, c'est un camp sous haute surveillance. Il a été nommé professeur d'instruction civique et de culture générale à la Papunya Special School. Il fait vite figure d'exception dans les rangs des Blancs. Il a trente et un ans. Une passion : la peinture. Et pour modèles, Gauguin, Lorca. Le poète espagnol avait trouvé son inspiration dans les romances gitanes et non dans le classicisme ; le peintre français, qui se surnommait l'Indien, s'était dirigé vers les Maoris du Pacifique, tournant le dos aux règles de sa propre tradition. « Étudiant à l'école des Beaux-Arts, j'étais conscient de ces précédents, des hommes qui, avant moi, avaient tout lâché pour partir à la rencontre de leur nation, pour puiser aux sources d'un art véritablement national. Ils s'étaient dirigés vers des sociétés traditionnelles pour enrichir leurs propres pratiques artistiques. »

Bardon, passionné par la peinture, a postulé pour cet emploi avec le désir d'approcher une source, la source de la terre où il est né. À la bibliothèque de l'école des Beaux-Arts, il a lu des ouvrages sur les Aborigènes, observé les signes tracés sur les roches.

À Papunya, il fait évidemment figure d'exception en frayant avec les domestiques de l'école, les jardiniers, les balayeurs, en s'asseyant à leur table à la cantine, en allant le dimanche chasser le kangourou en leur compagnie. Il prête même sa voiture, un minibus Volkswagen, à des employés aborigènes de l'école ! Parmi ses élèves, les jeunes Pintubi détonnent le plus. Leur tribu a été la dernière du désert à avoir établi le contact avec les Blancs, vers le milieu des années soixante. Leurs enfants manquent l'école, Bardon se rend dans leur campement et leur fait la classe, assis à même le sable, comme un indigène !

L'année de son arrivée, en 1971, Bardon lance un programme de décoration du mur de l'école. Il veut voir affleurer les signes aborigènes. Un grand mur protégé de la pluie par un auvent. En classe, les enfants feront des dessins préparatoires. Le résultat est loin de ses espérances. Les élèves dessinent des cavaliers montés sur des chevaux, d'après les images vues sur les magazines, à l'épicerie. Rien des motifs espérés. Le bilan est triste et Bardon en attrape un surnom, donné par ses élèves : « M. Motifs ». Motifs aborigènes, motifs, motifs, ce Blanc pas comme les autres n'a que ce mot à la bouche !

Son manège n'est pas passé inaperçu. L'œil de Kaapa — il est agent administratif à l'école, au service entretien — voit tout. Il a compris l'attente de Bardon. Kaapa et ses collègues, dont Bardon a appris à connaître les visages et les noms, l'ont affublé d'un autre surnom, Chep, lancé comme un jet de salive, à défaut de pouvoir prononcer correctement

Geoff. Que veut vraiment ce Blanc qui déjà partage leur table ?

Le temps s'écoule, avec ses tests : les journées passées ensemble dans le désert, la viande de kangourou partagée entre Bardon et les chasseurs nomades, les pneus crevés et réparés, les vexations qu'ils reçoivent, l'un et les autres, et qui peu à peu rattachent Chep à Kaapa Tjampitjinpa, Johnny Lynch Tjapangati, Old Mick Tjakamarra, Uta Uta Tjangala, Billy Stockman...

Une nuit, tout se précise, dans le silence et le secret d'une nuit étoilée de juillet, en plein hiver austral. Et Dieu sait si l'hiver peut être glacial au cœur du désert ! À Papunya, les bâtiments de la station de télégraphe, en pierre de taille, sont dotés d'immenses cheminées, et les murs extérieurs de meurtrières. On ne se méfie pas que de la température ! « Je me souviens très vivement de ce groupe d'hommes aborigènes, frappant à la porte de mon appartement par une nuit froide et entrant silencieusement, en file indienne. Ils s'assirent dans leurs vêtements tout froissés et apparemment usés jusqu'à la corde, et là, alors, je vis Kaapa, Kaapa Tjampitjinpa, tel qu'il était vraiment. Il tendit furtivement un bout de papier au vieux Mick Tjakamarra, et lui murmura des mots à l'oreille, lui faisant signe de me tendre le papier. Il y eut des gestes, des quintes de toux, des raclements de gorges, et enfin, le papier me fut tendu. Je le dépliai, et un homme, encore un autre, que je ne connaissais pas, et qui ne m'avait pas été présenté, pointa le papier depuis l'endroit où il était assis et lâcha : "Motif !" J'approuvai de la tête et regardai : c'était un croquis hâtif, mais il allait devenir la conceptualisation du *Rêve de la fourmi à miel*, la première affirmation publique de la culture aborigène à Papunya. »

Trois cercles, comme des roues de vélo, reliés par

des traits et, de part et d'autre des traits, des sortes de U couchés. Ce motif, lié à l'ancêtre fondateur de Papunya, avait une fonction doublement vitale. Il rappelait à la fois l'unité des peuples du désert et réactivait la mémoire de ce temps hors du temps, quand la région avait pris sa forme, revêtu ses contours, délimitée non pas par le rouleau compresseur de la civilisation, mais par la ligne douce du corps, de l'abdomen de l'ancêtre fourmi.

En recevant l'initiation d'un aîné — le pan d'enseignement dont il était garant —, un jeune Aborigène recevait les motifs associés au site dont ce dernier avait reçu, lui-même d'un autre aîné, la charge rituelle. Ainsi, à Papunya, site créé par l'ancêtre fourmi à miel, correspondait un ensemble de signes qui évoquaient à la fois les circonstances de sa création et l'enseignement prodigué par l'ancêtre au fur et à mesure où il s'était déplacé sur ce pan de terre, engendrant là un arbre et ses feuilles farineuses pour butiner, ici un point d'eau pour s'abreuver, ailleurs encore la cérémonie avec ses boomerangs, ses lances, au cours de laquelle avaient été initiées autrefois les jeunes fourmis à miel. Oui, ces signes évoquaient le moindre détail de ce voyage initial, ce voyage fondateur, et c'est pourquoi les cérémonies d'initiation étaient aussi des voyages. Il était indispensable d'approcher un site sacré par le même chemin qu'avait pris l'ancêtre pour le créer, puis de faire étape à des points précis, révélés seulement aux jeunes initiés en même temps que l'enseignement qui était attachés à ces sites, secrets, sacrés.

En même temps aussi qu'on leur révélait les signes renvoyant à la mémoire de cette création. Les ancêtres avaient laissé ces signes en héritage, comme des cartes topographiques qui aideraient leurs descendants à survivre sur cette terre et que les grands initiés, régulièrement, au cours des cérémonies, déroulaient à même la terre. De nouveau, alors, ils installaient ces signes, recomposaient ces scènes, directement sur la croûte ocre du désert, avec du charbon de bois, du kaolin, mais aussi des poudres de plantes séchées, des duvets d'oiseau. Puis, ces motifs, ils les peignaient sur les corps des jeunes initiés. Pour la première fois, alors, les adolescents choisis voyaient les signes, les motifs, qu'à leur tour, un jour, ils transmettraient. On marquait la terre qu'ils recevaient en héritage, et on marquait aussi leur peau. Au fer d'une peinture ! Comme si la peau de l'homme et la peau du monde n'étaient qu'une et une seule, confondues, reliées à jamais par ce geste à la peau de l'ancêtre, à la terre qu'il avait hier créée, qui était celle d'aujourd'hui et serait celle de demain. Les jeunes initiés devenaient les propriétaires de ces pans de savoir, et du même coup on les reliait à l'acte créateur, inaugural, qui seul fonde l'homme et fonde le monde. Pour les initiés aborigènes, l'Australie était ainsi : cette bible mobile et vivante, colorée et sonore — car bien sûr aux motifs étaient associés des chants et des danses, aux formes et aux couleurs répondaient des sons et des gestes —, cette mosaïque infinie dont chaque groupe, chaque famille d'initiés, possédait, rituellement parlant, un morceau, un pan. Et quand venait la saison des cérémonies, l'Australie entière s'animait, devenait cette ruche bourdonnante et mobile, tandis que les initiés, mettant leurs pas dans ceux des grands ancêtres d'hier, ébranlaient leurs silhouettes enduites d'ocre rouge et d'argile blanche sur les pistes de cette vérité invisible qui échappait, et échapperait toujours, aux Blancs.

Invisible ? Jusqu'ici, jusqu'à cette nuit glaciale de juillet. Car si, cette nuit-là, Kaapa et les siens, grands initiés, propriétaires rituels du site sacré de la fourmi à miel où les Blancs avaient installé leur « centre d'assimilation », avaient décidé d'en appeler au motif précis de la fourmi à miel, de faire remonter des profondeurs de leur désert l'ancêtre créateur, de le rendre visible, ici, dans ce lieu usurpé par les Blancs, c'est qu'ils n'avaient plus le choix. C'était vital. Les fonctionnaires de l'assimilation, dans leur aveuglement, étaient allés jusqu'à enfermer, isoler dans la cour du poste de police, derrière des murs, l'arbre sacré où avait butiné la fourmi à miel, l'Ancêtre, le premier spécimen de l'espèce, au nectar si recherché, principale source de sucre, au point que les Aborigènes n'ayant pas la chance d'abriter sur leur sol une telle espèce venaient, et parfois de très loin, pour le troquer contre d'autres denrées. Les sucres artificiels, dans les sodas, l'alcool, tuaient ces peuples si sains autrefois. Sans l'arbre sacré, comment le miel de la fourmi à miel pouvait-il survivre encore longtemps ? Et comment les hommes, les descendants de cet ancêtre, pourraient-ils demeurer sur cette terre ? Et le monde ? Voué à s'éteindre... Il fallait libérer l'Ancêtre, le réveiller, le révéler ici même, sur son site propre, activer le signe par lequel il prenait forme, vie. Reprendre l'initiative. Les signes, jamais, n'avaient trahi leurs hommes !

Un matin, devant le grand mur de l'école, sous le préau, ils sont tous là, ces seigneurs affublés des surnoms ridicules imposés par les instructeurs : le Vieux Mick, Tom l'Oignon, le Long Jack, le Petit Lungkata, le Vieux Berthe, Billy le gardien de bétail... Kaapa semble avoir pris la tête des opérations.

« Chez les Blancs, il existait un sentiment profond de répugnance et de dérision à l'égard des Aborigènes et de tout ce qu'ils faisaient. Je me rappelle qu'un enseignant m'avait raconté, d'un air doux et détaché, que deux Aborigènes du camp s'étaient battus. L'un d'eux avait perdu un testicule... Puis, ce collègue s'était mis à rire brusquement et m'avait dit : allons essayer de retrouver le testicule. »

Kaapa, donc ! Lui seul s'approche du mur, un pinceau à la main. Bardon a fourni les couleurs, prises dans son matériel de peintre. Il attaque la fresque. La déception de Bardon est à la mesure de son attente. Ce n'est pas le motif entrevu dans son appartement, lors de la réunion des initiés, le motif espéré et dont il a gardé l'image dans une poche de sa vareuse. Ce qu'il voit surgir, ce sont des ovales, noir et or, avec des ailes dessus, des fourmis, mais des vraies, telles qu'elles figurent sur les livres de sciences naturelles de l'école.

Et Bardon se crispe. « J'ai dit : "C'est des fourmis aborigènes, ça ?" » Ses mains, aujourd'hui, en tremblent encore. Alors Kaapa pose son pinceau. Il se dirige vers le groupe des aînés, restés en retrait. Il parlemente, peut-être davantage avec Johnny Lynch Tjapangati, un excellent gardien de bétail, Bardon le revoit encore avec sa chemise blanche, toujours impeccable.

Kaapa revient. Il reprend son pinceau. Cette fois, il entre dans la légende.

Car il ose maintenant — a-t-il reçu l'assentiment des siens ? — peindre le Rêve sacré, le Rêve originel, le premier Rêve, car ce mot contient tout, lui seul est propre à évoquer à la fois le passé, le présent et le futur, à mélanger ce temps sans commencement avec les lieux, l'esprit des lieux, à désigner à la fois ce qui est créé et l'acte de créer, à confondre l'ancêtre avec son geste éternellement actuel. Et, sous le pinceau de Kaapa, le vrai motif surgit enfin, celui que les Aborigènes appellent le *Rêve de la fourmi à miel*, car il est bien plus que la représentation d'une créature, il est tout ce savoir incarné, accumulé depuis quarante millénaires, soit, selon le calcul du célèbre préhistorien australien, D. J. Mulvaney, mille six cents générations humaines[12] ! Enfin, prend forme le motif si décisif de la fourmi à miel : une enfilade composée de trois ensembles de cercles concentriques, aux couleurs ocre et noires de la fourmi. Puis les « U » majestueux. Puis une sorte de trait d'union entre les trois ensembles de cercles. Une piste. La piste du Rêve. Du Rêve de la fourmi à miel. Le Rêve est revenu, il a parlé.

À Taree, vingt ans plus tard, Bardon se souvient : « C'était un moment incroyable, nous regardions tous le premier hiéroglyphe se poser sur le mur avec amour et beauté grâce à une merveilleuse technique picturale. Certains des hommes s'approchèrent et touchèrent le mur avant même que la peinture ait eu le temps de sécher. Puis les enfants arrivèrent et se tinrent respectueusement à distance, au début. Tous, nous nous écartâmes, pour mieux regarder la fresque. Ainsi naquit l'École du désert de l'Ouest, lorsque, conduits par Kaapa, les hommes aborigènes virent l'image de leur histoire, là, sous leurs propres yeux, s'inscrire sur un édifice européen. Quelque chose d'étrange s'était mis en route. »

Dès lors, Kaapa et les siens s'installent dans la salle de classe de Bardon. « Je les entendais monter l'escalier de leur pas lourd et régulier, pour ensuite s'installer à l'abri des jeunes regards, au fond de la classe, derrière une barricade de chaises, de tables et de plaques de fibrociment. C'était leur façon de préserver les règles du secret et de l'initiation. Cette barricade de fortune leur permettait de ne plus avoir l'air d'être assis derrière les enfants. Ils passaient leurs journées à peindre des motifs. » Geoff est devenu Chep dans la bouche de tous les Aborigènes du camp. Une sorte de rage s'est emparée d'eux, rage de créer! Ils peignent sur tout ce qui leur tombe sous la main: plaques de contreplaqué, feuilles de dessin, chutes de bois. Cette année-là, l'administration a décidé de remplacer le carrelage des maisons de la population blanche par du linoléum: ils récupèrent les carreaux dans la décharge et s'en servent comme de toiles. Chaque peuple a ses motifs, leur nombre grandit, les peintures s'accumulent et Chep s'en réjouit. « Leur art, tel que j'appris à le connaître, était comme leurs feux de camp au milieu des arbres de Papunya: une sorte d'incandescence qui, entre 1971 et 1972, se transforma en un vaste incendie artistique et spirituel. C'était l'expression d'une race humiliée et opprimée, qui découvrait soudain qu'elle pouvait exprimer ce qu'elle ressentait, comme elle le ressentait. C'est ainsi qu'on se rappelait ces feux de camp: ils s'adressaient à vous, où que vous alliez. »

Déjà, des « artistes » se détachent: novateurs, audacieux, ils prennent en main leur destin moderne. Mick Namerari Tjapaltjarri, un Pintubi, peint *Histoire de médecine*, dans l'espoir de conjurer le petrol sniffing, ces vapeurs d'essence reniflées dans des boîtes de Coca vides et qui tuent les adolescents, les plus brillants d'entre eux souvent, ceux que les aînés destinent à perpétuer les motifs, le savoir. Au centre de la peinture, quatre figures, quatre initiés, dansent et chantent « pour garder les enfants en vie », explique Mick à Chep. Au-dessus des initiés, une plante géante s'étire sur toute la largeur de la toile. *Histoire de médecine* est la première peinture réalisée, à Papunya, sur un support de toile. C'est une « bonne plante, une nourriture du désert ». Au-dessus d'elle, encore, « deux enfants en vie ». La partie inférieure du tableau représente « les racines de la bonne plante qui poussent dans la terre ». Clifford Possum, un Anmatyerre, offre à Chep ce *Rêve d'un homme amoureux*, œuvre audacieuse où, au milieu d'une prairie de motifs, se distinguent un pénis et une vulve. Chep, disait-on, va bientôt se marier ! *Rêve de vieil homme devant la mort*, de Old Mick Tjakamarra, un Luritja, raconte, avec les quatre couleurs de la tradition — les ocres rouge et jaune, le blanc et le noir — comment meurt, après avoir assuré la transmission de son savoir, un initié digne de ce nom : en s'allongeant sur le sol du désert, après avoir dressé un petit muret pour se protéger du vent et sans toucher aux réserves d'eau et de nourriture laissées par ses pairs ; on meurt les yeux ouverts, par autohypnose.

Charlie Tjaruru, un Pintubi, décline ses *Rêves de glace*, cercles parfaits, blancs et polaires. Charlie est né dans la région du mont Liebig, solaire, sans brise, un monde sans autres contours que ce mont au sommet rond mais aux pentes raides. Ce grand initié explique à Chep que ses tableaux, composés uniquement de cercles blancs, de sinusoïdes blanches et dont les titres portent inlassablement le mot *ice*, « glace », renvoient à un temps très ancien : « À cette époque, la pluie n'arrêtait pas de tomber et les anciens se serraient dans des cavernes autour de grands feux. Il y avait des éclairs et même une pluie de grêle et de glace. » Geoffrey Bardon affirme que Charlie n'avait pas reçu d'éducation qui eût pu lui donner la conscience de la nature scientifique ou la pertinence géologique de l'ère de glaciation, mais que son histoire était passée de bouche en bouche depuis le dernier âge glaciaire, il y a plus de trente mille ans. « La grêle est très courante dans l'Australie du centre et Charlie, en montrant la glace de mon réfrigérateur, me disait: “Une glace comme ça a modelé les montagnes de mon pays.” Nombre de ses peintures, *Homme de glace, Rêve de grenouille,* entrent dans cette série de *Rêves de glace.*» Pour finir de nous convaincre, Bardon rappelle qu'il existe une grenouille vivant inexplicablement près du mont Liebig, mais à plusieurs mètres sous terre, pour n'apparaître que les jours de grands orages, une ou deux fois l'an. Charlie, souligne encore Bardon, était le plus titré, le plus haut dans la hiérarchie rituelle des hommes Tjungurrayi, un sous-groupe au sein des Pintubi.

Un hall de tôle resté sans destination devient le lieu quotidien des rendez-vous. C'est l'atelier, la première «maison des artistes». «Un matin de février 1972, un homme très grand, à l'allure splendide, qui s'appelait Tim Leura, entra dans le local et demanda si j'avais une planche et des peintures pour lui. Comme je lui demandais pourquoi il n'était pas venu avant, il lâcha: “Je t'observais!” Ce jour-là, il peignit pendant dix heures d'affilée. Il devait devenir mon meilleur ami, à Papunya.»

Tim Leura: lui aussi va témoigner du miracle, car comment ces hommes ont-ils appris à peindre? Ils ont l'art dans la peau, une disponibilité innée à créer. Des œuvres naissent, équilibrées et sauvages. Aujourd'hui encore, devant nous, Chep hésite: comment expliquer la floraison, l'explosion de signes qui jaillirent, en cette année 1971, à Papunya? Cette seule année, plus de mille cinq cents tableaux furent peints sur des supports de fortune. Était-ce le don de ces hommes, leur don à chacun, à tous, qui se manifestait irrésistiblement? Ou bien les signes eux-mêmes avaient-ils un pouvoir immanent, autonome? D'instinct, ces signes se réveillaient, quittaient les roches, le sol du désert, la peau des initiés, et se rassemblaient là, sous la main de ces peintres médiums.

Les tableaux de Tim Leura reflètent ce mystère. Ses œuvres cinglent tels des vaisseaux. Sur une toile, il représente un initié à la façon aborigène — le U — et ce même initié comme un petit bonhomme, à la façon des Blancs. Ce personnage touche, avec son front, un *tjuringa* — objet plat, allongé, entre tous sacrés, régulièrement sollicité, rechargé par les initiés qui s'entaillent le creux du coude et laissent couler leur sang sur son bois, un bois très dur, ce « bois de fer » ainsi nommé par les Blancs. Sur la peinture de Tim Leura, il apparaît que les genoux du personnage plient sous le poids du tjuringa, sur lequel Tim a représenté encore des signes, ces signes qui parent tout vrai tjuringa. Comme si ce personnage, à la mode occidentale, s'inclinait devant la loi du tjuringa. La politique d'assimilation était renversée, exorcisée.

Bardon est bien conscient du danger : en représentant des objets aussi sacrés, secrets, les hommes manient un matériau sensible, interdit à la vue des femmes, des enfants, des non-initiés. « Pour les réconforter, souvent, je leur caressais le front ou la tête en leur parlant doucement, d'une voix rassurante. Ce qu'il faut bien comprendre, c'est que toute la communauté aborigène était en désarroi. Tous étaient prisonniers de la dérision des Blancs. » Ces phrases sortent d'un grand corps ébranlé : Bardon lui-même est en plein désarroi.

Comment montrer sans révéler, comment cacher sans effacer ? Car avant, le désert, le vent, le passage des insectes, se chargeaient d'effacer les peintures sacrées réalisées lors des cérémonies. Éphémères, rendues à l'invisible, presque sitôt la cérémonie terminée. Mais désormais, fixées sur ces contreplaqués, ces toiles, elles s'attardent, se prolongent, durent sous les yeux de tous. Comment résoudre ce dilemme ? Johnny Warangkula, un Luritja pas très à l'aise avec les pinceaux, préfère les utiliser à l'envers. Il trempe le manche dans la couleur, ou même se sert de petites branches d'eucalyptus. Il pose des points. Ils sont propres, depuis toujours, à cette peinture du désert, on délimite ainsi, sur la peau des jeunes initiés, les scènes de la création. On les appose avec des brindilles comme autant de traces du passage sur terre des ancêtres fondateurs du pays. Avec Johnny Warangkula, ce pointillisme devient une obsession. Il comble tous les interstices de ses toiles et crée une neige colorée. Les motifs sacrés semblent miraculeusement s'effacer sous ce voile floconneux : tjuringas, chapeaux de cérémonies, *bull roarers* — ces planches oblongues que l'initié fait tourbillonner, ronronner au bout d'une cordelette en cheveux, formant comme une grande hélice au bout de son poignet, dialoguant avec le vide — tous ces symboles hautement sacrés s'enfouissent et demeurent tout à la fois sous cette neige, comme un filet de camouflage…

Sacrée trouvaille pour montrer précisément sans révéler ! À Taree, aujourd'hui, Bardon s'en émerveille encore : « Bientôt, tout le monde eut recours au pointillisme à la manière de Johnny. C'était une manière de déguiser, de dissimuler les signes sacrés, de concilier ce besoin de montrer et de cacher à la fois. »

Dans cette effervescence, Kaapa remporte un premier prix de peinture, à égalité avec un artiste blanc, au concours annuel de la compagnie pétrolière Caltex, à Alice Springs, en 1971. Bardon a servi d'entremetteur. Il écoule, parallèlement, un lot de peintures à Alice Springs, par l'intermédiaire de la Arms Art Gallery ; la vente rapporte, en un week-end, la somme de mille trois cents dollars.

Les Aborigènes se détournent des tâches imposées par les Blancs. Les jardiniers, les manutentionnaires découvrent qu'ils gagnent davantage en s'adonnant à leur passion, la peinture cérémonielle, qu'en ratissant les sols ou en ramassant les poubelles. Enfin, ils peuvent refuser la *sit down money*, l'argent que les Blancs leur donnent à condition qu'ils acceptent de « s'asseoir », de renoncer à leur statut de nomades. Les fonctionnaires de Papunya ripostent en multipliant les humiliations. Régulièrement, ils font des descentes dans l'atelier de peinture, réquisitionnent l'argent gagné.

Mais le flot semble intarissable. La plupart des tableaux portent un nom générique : Rêve, Rêve de… *Rêve de glace, de grenouille, de kangourou, d'initiés… Rêve d'eau.* Celui-ci glisse entre nos mains après que Bardon l'eut décroché du mur. Sur le petit rectangle de contreplaqué ruissellent trois filets bruns délimités par des points blancs. « Le plus ancien idéogramme au monde », explique Bardon, car il renvoie à l'eau, sans laquelle la vie ne serait jamais apparue. *Rêve de pluie et de foudre, Rêve de l'amour rejeté, Rêve du vieil homme fabriquant des chapeaux de cérémonie, Rêve de la pomme de terre de brousse…* Toute la Création — les humains, les animaux, la terre et ses fruits… — est renommée.

Les peintures plaisent au-delà d'Alice Springs, elles gagnent à présent les grandes villes du Sud, de l'Est, Adelaïde, Melbourne, Sydney, Canberra même, la capitale politique…

« La culture aborigène, à mon avis, était sur le point de s'éteindre, et cette nouvelle expression artistique devait impérativement être portée à l'attention de la nation », récapitule Bardon. À Papunya, alors, les fonctionnaires de l'assimilation l'accusent de faire de la contrebande. Il n'a pas demandé l'autorisation pour faire sortir ces toiles de Papunya. On lui oppose que tout ce qui provient d'un centre d'assimilation est la propriété de l'administration blanche. Il est strictement interdit d'en faire le commerce.

Bardon est sous pression. Elle remonte dans son regard, ses mains, de nouveau tremblantes. Mais il veut tout raconter. À l'époque, il est tellement tendu que, lors d'un séjour à Alice, il oublie de prendre l'argent de la livraison précédente. Or, les Aborigènes attendent cet argent, ils en ont besoin pour défier les éducateurs, les « assimilateurs » dont le credo est le travail. Ils veulent, avec leur arme éternelle, la peinture, la beauté, détourner le nerf de la « civilisation » : l'argent. Le détourner, avec leur art !

De son déplacement à Alice Springs, Chep rentre les poches vides, et sans savoir que, pendant son absence, les autorités ont fouillé la maison des artistes et vidé les caisses, provoquant la colère des artistes. « Les peintres m'attendaient, entourés de peintures à demi terminées ou tout juste commencées. Il devait y avoir au moins quarante hommes rassemblés dans la salle, ce jour de juin 1972, et lorsque j'entrai, ils jetèrent leurs couleurs et leurs pinceaux. C'était fini, ils ne peindraient plus, disaient-ils. La gravité de ce moment ne m'échappa nullement. Très vite, une incantation prit forme sur leurs lèvres, une sorte de chant, qu'ils prononçaient chacun dans leur propre langue et que bientôt tous dirigèrent vers moi : "*Money, money, money*..." "Argent, argent, argent..." Je me souviens que l'air de l'atelier était lourd, lourd d'une poussière fine et rouge, je me souviens du bourdonnement des mouches qui s'engouffraient chaque fois que la porte s'ouvrait pour laisser entrer un autre peintre. Les hommes se tenaient debout, menaçants. Puis Charlie Tarawa, l'homme des *Rêves de glace*, s'avança vers moi et cria : "Qu'est-ce que tu as fait de ce foutu fric, patron, où est ce foutu fric ?" Il parlait plus particulièrement au nom des Pintubi, ces magnifiques hommes libres, et ces mots me procurèrent une profonde détresse. Et tandis que le grondement s'amplifiait pour devenir une sorte de cacophonie inquiétante, je sentis que je me séparais d'eux, profondément, et d'une certaine manière, même, que je me séparais de moi-même. »

L'argent, ce poison, s'est immiscé dans cette histoire, s'est inséré entre Bardon et les peintres. Comme la poussière ocre qui ici envahit tout, il s'insinue, dérègle cette construction fragile. Bardon tombe malade. Une dépression nerveuse qui le marquera à tout jamais. Il est évacué vers Alice Springs, en juillet 1972, l'hôpital que nous avons connu. Puis à Sydney. Autre hôpital. Un an tout juste après ce jour inaugural de juillet 1971, qui marque la naissance de l'École du désert, Bardon s'emmure dans la douleur et le silence.

Mais la peinture existe désormais aux yeux de tous. Avec ses emprunts aux signes gravés dans les roches millénaires, ses détournements de nos propres signes anthropomorphes. Au noir, au blanc, aux ocres jaune et rouge, les quatre couleurs rituelles, se sont ajoutés très vite des jaunes canari, des verts citron, des violets... Ils agrémentent ce système à points, devenu la marque de fabrication des peintures de Papunya. Les œuvres entrent dans tous les musées des Beaux-Arts australiens. Certains conservateurs du pays, comme James Mollison, directeur de la

National Gallery of Victoria, à Melbourne, se font même un malin plaisir de noter qu'en règle générale, « quand les ethnologues parlent de l'art aborigène, ce n'est qu'à la page soixante qu'ils vous disent que c'est beau ». Songe-t-il à excuser ses collègues des musées ethnographiques ? Mollison, un jour, tandis que nous déjeunions dans son bureau sur une table dressée pour l'occasion, tint à nous raconter cette anecdote : « Baldwin Spencer — nous connaissions, bien sûr, par nos lectures, ce biologiste et esthète informateur de Frazer et, indirectement, de Freud — montra à des Aborigènes une reproduction en noir et blanc du portrait de Castiglione par Raphaël. Comme ils sont toujours très polis, ils commencèrent par dire : "Ah oui, c'est bien, vraiment très bien !" Enfin, après quelque temps, ils lâchèrent : "Oui, c'est vraiment un bon dessin de crocodile !" » Mollison éclata de rire : « C'est fou comme il est difficile de reconnaître ce qui ne vous est pas familier ! » Mollison voulait surtout dire que les ethnologues ne sont guère des habitués de la beauté, et donc qu'ils ne la reconnaissent pas facilement…

Mais la voici accueillie, cette beauté, célébrée, par les musées, la presse, les collectionneurs ! La politique d'assimilation recule. La gêne gagne la capitale fédérale, où des fonctionnaires d'ambassades étrangères se portent acquéreurs de tableaux du désert. Le gouvernement se voit dans l'obligation d'abandonner l'assimilation et d'inventer un nouveau concept administratif : le Home Land Movement ; c'est l'ère du « Retour sur les terres natales ». À Papunya, les éducateurs n'ont rien dit, rien fait, quand les tribus ont marché vers leur désert, chacune dans leur direction, sans attendre que les circulaires officielles atteignent l'endroit.

Un nouveau point de ralliement, cependant: la Papunya Tula Art Gallery. Gérée en coopérative, elle a été lancée dès l'époque de Chep, en octobre 1971. Daphné, aujourd'hui à Alice Springs, qui la gère en tandem avec Janis, une Aborigène, se considère comme «l'employée des peintres». Qui pourrait croire, en la voyant, à soixante ans, se promener dans les rues de la ville, son sac à main au bras, passante conventionnelle, qu'une fois dans le désert elle ôte tout aussi sérieusement son chemisier — «mais pas ma jupe!» nous précise-t-elle — pour danser avec les femmes du désert? Initiée? Sans doute. D'elle, nous apprendrions la fin terrible de Tim Leura, le meilleur ami de Geoffrey Bardon. Atteint d'une tumeur au cerveau, ce prodigieux novateur défia encore les règles: dans l'arrière-boutique de la galerie, il peignit son ultime tableau, non pas sur une toile comme désormais tous le faisaient, mais sur une plaque de tôle. Chez Dick, un ami de Bardon, vivant toujours à Alice, il nous fut donné de voir cet entrelacs de jets larges et noirs sur une tôle ondulante, encore toute vibrante de sons et de reflets.

Parce que nous revenons de Papunya, Bardon semble s'extraire de la prison de son passé. Il veut savoir: Kaapa, comment est-il et que reste-t-il, sur place, de ce temps?

Nous nous taisons sur Kaapa, l'alcool, la toile, piteuse... La maison des artistes, elle, l'ancienne, est fermée. Et les rares peintres qui demeurent sur le site — Mick Namerari a rejoint Kintore, en terre pintubi; Turkey Tolson Tjupurrula, un formidable artiste de la seconde vague, vit maintenant, et crée, chez lui, à Kiwirrkura, près du lac Mackay, dans le désert de Gibson; beaucoup hélas sont morts, comme Tim Leura — se retrouvent dans une petite maison préfabriquée. Le matin où nous sommes arrivés, Don Tjungurrayi y travaillait. Accroupi sur le sol, il réalisait un somptueux tapis duveteux, c'est son style, à l'aide d'un bâtonnet qu'il trempait dans l'acrylique.

Tandis que Don peignait, Jack, lui, conduisait ses tractations avec des peintres qui ne faisaient qu'entrer et sortir. Il recevait les peintures et eux, en échange, leur *money*, avons-nous dit en espérant déclencher un sourire sur les lèvres de Bardon.

Puis avait débarqué Sandy, plutôt petit, les yeux pétillants, la chevelure envahie du sable de son pays, un vrai désert, contrairement à cette région de l'Ouest tapissée de terre ocre rouge. D'où le surnom de Sandy, le « Sablonneux ». Il nous confia : « Je ne bois pas, pas même du thé ! ». Il tenait à la main une toile brune, presque carrée, qu'il refusa de nous vendre ; il la garderait pour lui ! La phrase de Sandy nous rappela Kaapa, hier le « premier » et désormais « le dernier ». Mais, bien sûr, nous ne dîmes mot de cela à Bardon : Kaapa, pour lui, était resté celui qui voyait loin, très loin. Nous racontâmes, en revanche, comment ce fut Kaapa qui, devant le mur de l'école, avait prononcé à nos oreilles pour la première fois son nom d'alors, Chep, volée de lettres qui nous avait propulsés jusqu'à Taree. Cette anecdote émut Bardon. Et nous l'avons salué, alors que son kangourou entrait avec la nuit pour manger et dormir. Il eut cette dernière phrase : « Le travail est devenu plus décoratif, moins sensible, il y a encore de très belles œuvres produites à Papunya, mais certains artistes sont devenus les illustrateurs routiniers d'icônes aborigènes. » À qui la faute ? Pour Bardon, à l'argent, au commerce, à la demande croissante d'un marché, aux galeries et même aux musées, un peu trop avides.

Son sentiment est connu du monde de l'art, et

même des artistes de la Papunya Tula Art Gallery, à Alice. Daphné elle-même nous en avait parlé. Bardon s'égarait-il? Beaucoup d'artistes veulent reprendre leur contrôle sur les signes et il en résulte, parfois, cette simplification. En 1972, alors que les peintres voyaient leurs œuvres circuler à travers le pays, une toile d'un artiste warlpiri, peinte à Papunya, atterrit à Yuendumu, communauté appartenant au même groupe linguistique. Son apparition provoqua une terrible colère de la part des aînés. L'œuvre fut cachée, pour ne plus jamais réapparaître. Les signes, après avoir été montrés au grand jour, devaient disparaître des regards impies. Même le drapé de pointillés, à la Johnny Warangkula, fut jugé insuffisamment protecteur : les signes, comme les hommes, retournèrent au désert. Une époque était révolue. Une autre commençait.

Il nous a fallu longtemps avant de comprendre que le Rêve, auquel tous ces tableaux faisaient référence dans leurs titres, était la clé du mystère. Ce Rêve n'avait rien à voir, bien sûr, avec nos rêves à nous, avec Freud. Toutes les langues aborigènes du pays — il en avait existé jusqu'à cinq cents — y faisaient référence depuis des millénaires : Rêve se disait *Jukurrpa* en pitjantjatjara, *Aldjerinya* en aranda, *Wongar* chez les Yolngu, *Njarangarni* chez les Gija... L'ethnologue française, Barbara Glowczewski, qui a vécu longtemps dans l'immense désert du centre de l'Australie, écrit avec une rare conscience : « Il faut bien comprendre qu'il ne s'agit pas d'un simple temps des origines. Le Rêve est plutôt une dimension parallèle au temps historique des hommes, une permanence en mouvement, une mémoire vivante de la matière cosmique [13]. »

Le Rêve était bien la « mémoire vivante » du

monde en train de naître. Non pas, cette fois, un témoignage direct, qui aurait traversé les siècles jusqu'à aujourd'hui. Non pas cela, bien sûr. Un jour, à Darwin, tout au nord du pays, une autre anthropologue, aborigène, Marcia Langton, nous dirait : « Pour nous, la Terre, c'est les beaux-arts ! » Les Aborigènes ont un sens aigu de cette vérité : la Terre est bien, à sa manière, une œuvre d'art. Elle a été créée au temps du Rêve, un temps hors du temps historique, à partir d'une matière cosmique dont on devine la trace dans les lumières de la Voie lactée, ou plus loin encore.

Quant aux ancêtres, ce n'étaient pas des dieux à l'image des nôtres, ni même des créatures surnaturelles nées d'imaginations craintives ou superstitieuses, mais les acteurs de cette matière cosmique, le bras séculier d'une énergie en suspens, eux-mêmes passés de l'état de magma à un état stable pour donner corps à l'Australie.

On songe au Grand Vide des Tibétains, au grand saut du big bang. Mais déjà une autre vérité s'intercalait : tout Aborigène est propriétaire d'un motif, autrement dit d'un système de cercles, de points, de sinusoïdes, de U... Seul celui qui en a reçu le droit par filiation, de père à fils, d'initié à disciple, peut mettre en scène le *Rêve de glace*, le *Rêve du kangourou*... Le *Rêve de la fourmi à miel* ne fut peint sur le mur de l'école de Papunya qu'à la suite d'un long conciliabule avec le propriétaire rituel de ce rêve, Johnny Lynch Tjapangati. Peindre sans en avoir reçu le droit, c'est risquer sa vie.

Heureusement, chacun a son motif, en relation avec un fragment du rêve originel. Chacun est propriétaire d'un rêve et, par voie de conséquence, du territoire qui lui est rattaché. Si, d'ailleurs, un Aborigène a des comptes à rendre, c'est à l'ancêtre fondateur et non pas au possédant d'aujourd'hui ! Car de qui lui viennent ces rêves et leurs motifs ? Des ancêtres eux-mêmes ! Leur tâche accomplie, l'Australıe créée, modelée, outre des empreintes dans le paysage, ils laissèrent aux hommes ces cercles, ces sinusoïdes, ces tracés parfaits, ils les gravèrent dans la roche, avec charge pour eux de répéter ce geste sur le sol du désert, sur leur peau, lors des cérémonies. C'est à cette condition que le monde survivrait, uniquement si ces motifs étaient régulièrement recréés. Tous les tableaux, à Papunya, même les plus novateurs, avec leurs motifs, représentaient des titres aborigènes de propriété, au sens propre. Qu'on demande à un Aborigène de donner les preuves qu'il est propriétaire de cette ocre rouge, de ce sable, de ces collines, de ce désert, il fera une peinture, la peinture de son rêve, du rêve rattaché à ce paysage !

En peignant, les Aborigènes réactivent, réactualisent le jaillissement premier. Eux-mêmes renouvellent leur énergie, se placent à la source du monde, aux sources de la création. Des artistes occidentaux, et parmi les plus novateurs du XXe siècle, ont perçu cette exaltation. Un des fondateurs de l'abstraction, Paul Klee, tenait un peintre pour un « initié [14] ». Un artiste — un vrai, pas un copieur — était pour Klee le continuateur d'un processus unique, indépassable dans son principe, et apparu dans le même temps que le monde. Créer, c'est créer ! Klee écrit : « L'initié pressent le point originel de vie [...]. Il sait un petit endroit gris d'où il peut réussir le saut du chaos à l'ordre. Il pressent ce qu'est la création. Il a quelques idées sur l'acte originel. Il s'entend à faire entrer les choses dans le mouvement de l'existence et, mobilisé lui-même, à les rendre visibles. »

L'initié aborigène est on ne peut plus mobilisé...

La Terre est issue d'un processus de création, il faut s'en souvenir, et, régulièrement, réactiver ce moment, pensent les Aborigènes. Nous entrevoyons dès lors ce qui a pu les pousser à ne pas creuser la terre, à ne pas l'alourdir, l'enlaidir, sous des maisons, des temples, et, eux-mêmes, ces agents du Rêve, à ne pas s'empêtrer de vêtements : si la Terre, c'est l'art, on ne saurait l'habiter autrement qu'en se conduisant soi-même en artiste !

De cette vision, que Spencer et Gillen, bien que sermonnés par Frazer, entrevirent, il découle que ces « totems » en vérité étaient les visages du rêve, ces titres de propriété par lesquels les Aborigènes étaient, et restent, dépositaires d'un territoire et de son peuplement, en assurent la survie, en se gardant bien d'endommager une création d'une telle beauté.

L'art, seul, pas le travail, trouve grâce aux yeux de l'Aborigène. Artiste, il l'est. Cet état est sa croyance. Il ne saurait en être autrement pour lui ! Ce positionnement, physique, mental, de tous les instants, est à mille lieux de nos préoccupations d'Occidentaux. Il ne saurait s'accommoder de la civilisation, du progrès : pesanteur, déformation, endommagement. Pour l'Aborigène, une société sans art est une société condamnée. Condamnée à disparaître avec son territoire, elle se rigidifiera, comme le corps d'un mort, alors qu'au contraire une société peut, à ses yeux, parfaitement exister sans industrie, sans production, sans travail et, bien sûr, sans travailleurs. Une société nomade où l'on se déplace sans cesse pour sans cesse veiller à vivifier ce capital de beauté. L'art est la clé de la vraie vie, non pas la répétition industrieuse. Toutes les espèces, tant humaines que végétales et animales, toutes les terres, les océans, et jusqu'aux vents, aux cyclones, aux arcs-en-ciel, tout ce qui vit, respire, transparaît, affleure, se perpétue grâce à l'art. L'art seul colmate, renfloue ce qui est menacé. L'art seul ranime et relie, étant souffle lui-même, souffle vital, sève bouillonnante, matrice immanente à laquelle puisent sans cesse et se ressourcent sans limites les peintres initiés.

Non, le « totémisme » n'était pas un reflet du meurtre du père, comme le voulait Freud, mais l'expression d'une organisation particulièrement subtile, véritable société virtuelle, toile infinie reliant chacun du plus infime au plus grand en passant par toutes les natures, les nuances, du vivant. Tous sont propriétaires d'un rêve et à ce titre se doivent de l'incarner, de l'animer pour maintenir la terre qui lui est rattachée au-dessus des ténèbres. La terre son humanité, sa faune, sa flore... Un rêve, le *Rêve d'igname*, la patate douce sauvage du désert, décrit parfaitement cette unité du vivant : son motif est un noyau dur d'où s'élancent une multitude de racines au bout desquelles figurent ici un être humain, là un opossum, ailleurs un arbre mulga... Chaque rêve forme un tout, s'ajoute au rêve du voisin. Le monde dépend de connivences, de responsabilités, d'engagements. Personne n'est orphelin à travers ce maillage serré, qui paraît sans fin.

Peuple artiste ? Claude Lévi-Strauss notait en 1962[15] : « Qu'on ne se trompe pas : ces sauvages poilus et ventrus dont l'apparence physique évoque pour nous des bureaucrates adipeux ou des grognards de l'Empire, rendant leur nudité plus incongrue encore, ces adeptes méticuleux de pratiques qui nous semblent relever d'une perversité infantile [...] furent bien de véritables dandys. » Lévi-Strauss est sensible à leur système complexe de rêves, semblant déboucher sur la gratuité, comme si un motif n'existait que pour permettre à son propriétaire de se démarquer du voisin. Un certain dandysme, en effet, se dessine, que l'anthropologue américain Fred Myers a perçu et analysé en enquêtant sur le terrain. Myers a décrit l'individualisme forcené des Pintubi[16], certains n'hésitant pas à quitter leur groupe tribal pour aller proposer leurs services à une bande aperçue au loin, histoire de voir du pays, aucun ne voulant vivre comme un cheval qui retrouve, chaque soir, son écurie. Myers parle avec émotion du « moi » pintubi, neutralisant bien des schémas ethnographiques selon lesquels l'individu n'est qu'un élément du groupe, de la « horde ». En vérité, en terre pintubi, on découpe symboliquement le kangourou autant de fois qu'il le faut pour que chacun ait sa part... de rêve et se distingue des autres, au sein même de sa propre famille. Infinie dissection : *Rêve de la queue de kangourou, Rêve de l'abdomen du kangourou, Rêve des petits du kangourou*. Somme infinie des motifs dont on ne sait plus si elle répond à l'infini du monde ou à l'infini des variétés humaines...

Utopia : la loi des femmes

Le désert, et chaque morceau du continent australien, est une somme de ressources imaginaires et réelles. Et si l'école de Papunya avait révélé le pouvoir des hommes, un autre mouvement allait éclore, comme poussé par une volonté d'exister similaire, voisine. Juste de l'autre côté de la Stuart Highway qui fend l'Australie en deux, du sud au nord, sur l'autre face du désert, sa face est, surgirent les femmes. L'école d'Utopia, un rassemblement de femmes en colère, fit écho à Papunya. À sa tête, la « Matisse du désert », Emily Kame Kngwarreye, morte à quatre-vingts ans et continuant de peindre alors que sa vue avait sombré ! Utopia ? Terre de l'Utopie ! Ici, les femmes, grâce encore à la peinture, firent reculer autant les Blancs que les mâles aborigènes. La tradition s'en trouva rajeunie d'autant !

Gloria Tamerre Petyarre a quarante ans à peine. Des cheveux bouclés, un sourire éclatant, une poitrine opulente exposée à l'air vif du désert. Sur sa peau, sur ses seins, serpente le tracé de l'Awely. Des traits de l'épaisseur d'un doigt : ils soulignent la majesté du buste de cette femme, glorieuse, en effet ! Gloria nous tient compagnie tandis que nous attendons « la grande Emily ».

L'Awely ? « C'est tout et toute chose. Ce sont nos rêves, à nous, les femmes d'Utopia, précise sereinement Gloria en les énumérant, ils s'appellent *Rêve du petit lézard, Rêve du lézard diable, Rêve d'iguane, Rêve d'émeu, Rêve du chien, Rêve de l'igname crayon, Rêve de la fleur d'igname.* » Nous n'osons pas l'interrompre, sachant toute l'importance que ces rêves revêtent dans sa société. Une touche nouvelle pointe : l'Awely, bâtie à partir de ces rêves propres aux femmes, ne renvoie pas aussi exclusivement que chez les hommes à la notion de propriété foncière et spirituelle. Il s'y ajoute un élément de plus : la santé, l'harmonie, l'équilibre. Gloria y fait clairement référence tandis que le ciel bleu se teinte de petits nuages blancs. « La loi Awely est vraiment importante pour nous. Les danses, les chants, les peintures de l'Awely donnent de la joie et de la force aux gens quand ils sont malades. Avec l'Awely, ils recommencent à prendre du poids. Les cicatrices rituelles sont faites pour guérir les maladies. Ça aussi, c'est l'Awely. L'Awely soutient, maintient le pays. » Et cette déclaration définitive, un rien menaçante, tandis qu'Emily apparaît, la tête enveloppée dans un grand châle de soie : « L'Awely est aux femmes, pas aux hommes ! »

On hésite à décrire Emily, tant au premier abord son physique est peu flatteur. Le nez est busqué, osseux. Son visage plissé à l'infini. Des dents lui manquent. Mais il a suffi qu'elle éclate de rire pour que son visage s'éclaire d'une grâce inattendue. Combien de fois avons-nous vérifié cette métamorphose ! Les femmes, souvent, ont ces corps lourds, déséquilibrés, reposant sur des jambes maigrelettes. Elles dansent, et tout change ! Elles marquent, d'une manière si légère, la moindre cadence. Elles oscillent avec une coquetterie insoupçonnable l'instant d'avant. Le rythme est donné par la plante des pieds et se répand, comme une onde, à travers tout leur être. Elles sont la légèreté même des signes, du vent, sur l'herbe brûlée. Une poussière rouge, en réponse, monte de la terre et forme un halo fluorescent dans la nuit éclairée de feux. Une magie s'installe, défiant la matière, le poids des corps ; seule existe l'Awely, dont elles sont devenues l'expression suprême, princière.

Vieillie, Emily ne voit plus guère. Qu'importe ! Toute vraie peinture aborigène se chante, se danse. Et c'est ainsi qu'elle procède : en imposant à son corps des mouvements amples et cadencés.

Nous étions près d'elle, en ce mois de septembre, alors que la chaleur revenait après l'hiver. Emily, sa bouche édentée, rougie à la longue par le *pituri* — cette drogue douce, longtemps mâchée, qu'on utilise aussi pour attraper l'émeu en le répandant à la surface des points d'eau —, rit, d'un rire qui déborde sur tout. Son regard semble chercher le soleil, puis s'en détourne. Il n'est que huit heures du matin. Les ombres sont encore longues. Ses pinceaux, des brosses larges, sont là, pas loin, ils trempent dans de grands pots. Un pinceau par pot, et un pot par couleur. Gloria, les cheveux poivre et sel, frisés, fine et solide à la fois, s'approche. Dans ses yeux gris clair, assortis aux cheveux, on discerne aisément le respect. C'est elle qui, après Emily, devra prendre la tête de l'Awely, la Loi. Mais Emily, pour l'heure, accepte sa main, chaudement, en la palpant, sans cesser de rire. Son cœur, lui, c'est évident, n'est pas dans la nuit !

Elle s'avance, et trouve, en se penchant, un premier pinceau. Elle sait lequel, celui qui trempe dans le pot vert. La toile est déroulée sur le sol, protégée du vent par des panneaux de tôle ondulée, dressés comme une barrière et délimitant une sorte de petite cour. Parfois, ses yeux fatigués semblent nous deviner. Entend-elle ?

Elle veut peindre d'abord. Elle fredonne doucement, puis plus fort. Elle laisse l'Awely monter, affleurer, l'envahir, puis, quand la musique est là, entièrement, elle demande à son bras tenant la brosse d'en accompagner le mouvement. Son corps balance, il obéit à son rythme intérieur. La brosse ne quitte plus la toile, sur laquelle elle répand en cadence son énergie colorée. Des rubans ondulent, progressent. Régulièrement, Gloria replonge la brosse dans la couleur. Emily change de couleur, de pot, de brosse. Au vert succèdent le jaune vif, l'ocre rouge, enfin le blanc.

À Sydney, cette année-là, la critique parle, à propos de ces méandres, de ces rubans emmêlés, du « style spaghetti » d'Emily : il marque les dernières années de cette grande artiste. Quant à la toile qui se poursuit sous nos regards, Emily en dira qu'elle incarne tout : « Tout est là, tout ce qu'il y a à savoir, tout l'Awely, tous mes rêves : la graine de l'igname en forme de crayon et la patate sauvage, toutes les racines et les tubercules qui nourrissent et guérissent mon peuple. » Son nom tribal, Kame, vient de ce *Rêve de la graine d'igname*, ce tubercule étant lui-même appelé « kame ».

À cette époque, les journaux écrivent qu'elle est « la femme la mieux payée d'Australie ». Ses dernières toiles ne montreront que des stries blanches sur un fond noir : « Les cicatrices rituelles », dit-elle, lignes fines tracées avec des pointes de silex. Emily est une légende. Son génie est loué par tous. On compare Emily tantôt à Monet, à cause de son pointillisme, tantôt à Renoir, à cause des courbes sensuelles de son tracé, tantôt à Matisse, à cause de sa maîtrise des couleurs.

Enfant, Emily est choisie et adoptée par l'initié le plus respecté de la région d'Utopia. Adulte, elle quitte son premier mari parce qu'il voulait prendre une seconde épouse, préférant quant à elle convoler en secondes noces — un vrai mariage d'amour — avec un homme plus jeune et pourtant promis rituellement à une autre femme, sa cadette. Si Emily a conduit des caravanes de chameaux, c'est pour convoyer le mica qu'on extrayait autrefois dans la région. Un travail pénible, que reflète son visage ridé, meurtri. À Utopia, on la craint et on l'admire tout à la fois. Emily ne fait rien comme les autres.

Elle ne commence à peindre — hors d'un contexte rituel, s'entend — qu'à l'âge de soixante-huit ans, témoignant tout de suite d'une maîtrise supérieure. Tout commence avec la douceur de la soie. En effet, c'est à la technique indonésienne du batik, peinture sur soie, que la peinture des femmes dut d'abord d'exister. L'histoire débute en 1971, dans la communauté d'Ernabella, à quatre cents kilomètres plus au sud, en Australie occidentale, chez les Pitjantjatjara.

Cette technique est introduite par un artiste new-yorkais, Leo Brereton. Ernabella est une communauté créée par des missionnaires presbytériens en 1937. En 1948, elle s'est dotée d'un atelier artisanal destiné à occuper les femmes. Mais il s'essouffle, et les fonctionnaires blancs ont songé à faire appel à Leo Brereton. Le batik plaît d'emblée, beaucoup. Tandis qu'à la même époque, à Papunya, la tension monte, à Ernabella, la production de batik est perçue comme de l'artisanat et vendue comme tel : elle s'écoule d'autant mieux qu'elle ne dérange aucune des catégories admises. L'artisanat a toujours été le lot des femmes...

Avec le mouvement du retour à la terre, les Aborigènes retrouvent en partie leurs droits. Cette politique, qui succède à l'assimilation, s'accompagne d'une sollicitude de la part des autorités : ils créent une nouvelle fonction, *adult educators*, « éducateurs pour adultes ».

C'est à cette époque, en 1976, que Jenny Green, une artiste botaniste de talent diplômée de l'université de Melbourne, arrive à Utopia pour y vivre et y rejoindre ce poste d'éducatrice pour adultes. Suzy Bryce, employée de l'Institut pour le développement aborigène, vient la seconder, accompagnée d'une amie aborigène, Nyankula, membre de la communauté d'Ernabella.

Le travail de Jenny Green — elle passe son temps à dessiner des planches où apparaissent des plantes, des racines, des tubercules — la rapproche des femmes du désert qui connaissent par cœur la moindre fibre végétale : comment on peut les mélanger à de la graisse de lézard pour en faire des cataplasmes ou des pommades, par exemple. Entre femmes, on se comprend mieux. Suzy Bryce, bien sûr, connaît le batik, son succès auprès des femmes d'Ernabella. Avec le soutien de Nyankula, elle familiarise les femmes d'Utopia avec cet art venu d'Indonésie. « Les femmes d'Utopia attrapèrent leur pinceau et se mirent immédiatement au boulot. » Avec un stupéfiant naturel, rapportera Suzy Bryce, plus tard, quand tous les regards convergeront vers cette nouvelle « école du désert ».

Le batik est une technique très complexe consistant à peindre des motifs sur de la soie avec de la cire chaude. La soie est ensuite plongée dans un bain de couleur qui teinte les parties du tissu non recouvertes de cire. Et quand on fait bouillir le bain, la cire fond. À sa place apparaissent les motifs vierges de toute coloration. Puis, la soie est séchée au grand soleil. Et on renouvelle l'opération : on trace de nouveaux motifs sur la partie maintenant colorée de la soie, on replonge le tout dans un nouveau bain de couleur et on porte de nouveau à ébullition. En fondant, la cire laisse apparaître les nouveaux motifs : ils ont la couleur du premier bain, alors que les motifs de départ ont acquis la couleur du second bain, quant à la soie, elle est de la couleur du mélange des deux teintures ! Les artistes les plus talentueuses répètent cette opération plusieurs fois : superposition des mélanges, des couleurs, accumulation des motifs. Alors flottent sur les fils à linge, fouettées par le vent du désert, de splendides soies peintes, brunes, orange, violettes, riches de tous ces motifs qui sont bien sûr à Utopia, comme à Papunya dans leur version masculine, ceux du Rêve, de la Loi, ici de l'Awely. Silhouettes de plantes médicinales, traces de pas d'animaux, courbes généreuses de seins : les « motifs » sont en effet plus concrets, plus figuratifs.

L'ouverture d'un atelier de batik devait donner encore plus de présence aux rêves des femmes.

Elles se retrouvaient ensemble, unies, riant autour des bains de teintures, échangeant leurs cires, leurs lessives, cajolant leurs enfants et les chassant tout à la fois quand le batik exigeait leur attention exclusive... L'Awely, transposé sur ces supports de soie, leur donna un surcroît de force. L'École du batik prend toute son ampleur entre 1976 et 1979.

Emily s'autorise d'emblée des libertés inédites. À peine si, sur ses soies, on reconnaît encore les tracés rituels, la présence du Rêve de la patate douce, de l'orange sauvage, de la graine de l'igname crayon, les empreintes de l'iguane sur le sable ou celles de l'émeu ; à peine si on identifie encore ses rêves sous la mer de taches et de couleurs qu'elle ose inventer. Ses compagnes s'inquiètent un peu : « Emily va trop loin, elle exagère ! »

Une autre Blanche rejoint Utopia, en 1978, Julia Murray. Elle-même connaît la technique et se souviendra : « Aux cours de batik, on ajouta des cours de conduite automobile, grâce auxquels les femmes purent désormais organiser avec une liberté neuve leurs propres parties de chasse et de cueillette en brousse indépendamment des hommes. »

En septembre 1979, elles sont une quinzaine à monter dans une vieille guimbarde. Gloria, Nora, Ada, Lena, les aînées, les « patronnes ». Les plus jeunes, celles qui un jour prendront le relais, sont aussi du voyage : Myrtle, Tammy, Rosie, Lilly, Daisy, Michelle, Kathleen, Audrey... Non, Emily n'est pas du voyage ; elle a laissé Gloria, sa légataire, prendre l'affaire en main. Le printemps a commencé. C'est un jour radieux, aux contours propres, et le vent chante !

Elles embarquent à bord d'une vieille guimbarde tout-terrain, cabossée par les pistes défoncées, et toutes mêlées, riant et chantant déjà, frappent l'un contre l'autre leurs bâtons à musique. Elles balancent leur torse, à la manière des colonnes de chenilles et des lézards qui, jadis, ont créé leurs terres à elles, sur cette autre face du désert, symétrique à Papunya, terre des hommes, par rapport à l'axe central de la Stuart Highway, mais un peu plus au nord. Elles dépassent le panneau blanc portant la mention « Utopia Station ». Elles empruntent la Sandover, « la Sableuse », une piste meuble, rouge où traînent toujours des traces de pneus. La route sera longue jusqu'à Alice Springs, plus de quatre cents kilomètres. Elles chiquent leur provision de pituri, l'herbe qu'on ne mâche qu'après l'avoir mélangée aux cendres de « l'arbre de fer », si dur que les Anglos l'ont nommé ainsi. De la Sableuse, elles passent à la Plenty, « l'Abondante ». Au bout de cette nouvelle piste, la fourgonnette bute enfin contre le goudron de la Stuart Highway, et les passagères crient leur plaisir.

Ce jour de septembre 1979 est un grand jour. Les femmes en fichu de soie ont rendez-vous avec la cour de justice d'Alice Springs. L'audience est prévue pour la fin de l'après-midi. Elles ont demandé à la justice australienne que les terres d'Utopia leur soient officiellement rendues. Problème délicat s'il en est ! Car le pays appartient d'abord à la Couronne britannique. Et ce depuis 1822, date où l'Australie fut officiellement proclamée « Terra nullius » par le Parlement, à Londres. Seuls les fermiers blancs, sur cette possession britannique, peuvent se voir octroyer un droit de propriété sans empiéter sur ce décret. Mais voilà, Utopia est libre de tout fermage. Alors, sans hésiter à défier le sacro-saint décret, les femmes ont décidé de faire valoir leurs droits immémoriaux sur cette terre.

L'accès à la citoyenneté des Aborigènes, en 1967, plaide désormais pour une révision de leurs droits. Le Northern Territory Land Rights Act de 1976, le « Décret sur les droits fonciers du Territoire du Nord », a été voté dans la foulée. Nouvelle avancée qui en appelle d'autres. Utopia est un fragment de ce Territoire du Nord, vaste, plus grand que la France !

Le décret de 1976 laisse en effet, pour la première fois, une porte entrouverte. Il stipule que les Aborigènes peuvent revendiquer une terre à une double condition : ils doivent apporter la preuve qu'ils l'ont toujours occupée — eux qu'on a sans cesse déportés, baladés d'une réserve à un centre d'assimilation... — et que cette terre, bien sûr, est libre de tout occupant blanc, n'abrite ni ferme ni mine. Si le Territoire du Nord a pris l'initiative de ce décret, c'est que les terres libres ou vides sur son sol sont nombreuses, entre le centre désertique — dont aucun Blanc n'espère grand-chose —, la Terre d'Arnhem, avec sa végétation inextricable, ses serpents et ses crocodiles, et que la population aborigène, ici, est plus nombreuse qu'ailleurs. En outre, le Territoire du Nord, n'ayant pas le statut d'État, dépend du pouvoir fédéral de Canberra : celui-ci a encouragé cette mesure face aux grands mouvements de l'opinion publique internationale, en faveur des droits civiques pour tous et sous la pression des intellectuels australiens.

Utopia ! Cette immense propriété de deux mille hectares est aujourd'hui entre les mains d'un couple, les Chalmers. Dans un souci de réconciliation, ceux-ci ont volontairement renoncé à leur droit de fermage sur une parcelle de quatre cent vingt-six hectares. Utopie ? Ce désert avait paru particulièrement inhospitalier aux premiers explorateurs. Un couple de pionniers affamés, Sony et Trot Kunoth, au début du siècle, le baptisèrent ainsi, dit-on, après y avoir attrapé un lapin, comme un rêve qu'on n'attendait plus ! Les femmes aborigènes rient de cette anecdote. Pour elles, la brousse est comme une épicerie naturelle, aux rayonnages toujours approvisionnés, géante et sauvage ! Il suffit de la parcourir, avec des bâtons à fouir, et une corbeille de brousse sur la tête pour y glaner les lézards à collerette ou à langue bleue, les iguanes à chair grasse, les vers blancs au goût de noisette, si délicieux quand on les grille, les chenilles et les mille-pattes, les émeus, les dindes, les porcs-épics, sans oublier les bananes, les oranges, les prunes et les tomates sauvages, les fruits de la passion, les raisins de brousse, les tubercules, taros et ignames… La région a de tout temps abrité cette abondance, mais les Blancs n'ont jamais su la voir, important ici des bovins qui finissent tous squelettiques. Ironie de l'utopie !

Cette abondance, source de vie, se retrouve dans les rêves dont les femmes ont ici la charge. Rêves de femmes, innombrables et colorés à l'image de cette manne : *Rêve de chenille verte, Rêve de dinde de brousse se régalant de tomates sauvages, Rêve de traces de porc-épic, Rêve d'émeu* et *Rêve de patate de brousse, Rêve de cérémonie de femmes, Rêve de la rivière Sandover…* Ces rêves sont « ce qui garde le pays fort », et quand le pays est fort, les gens qui l'habitent le sont aussi. Ainsi le veut l'Awely.

En débarquant dans la rue où siège le tribunal, les patronnes retrouvent Chris, un jeune avocat spécialisé dans la défense des Aborigènes, et une femme, Meredith Rowell, une anthropologue. Tous deux appartiennent à cette génération d'intellectuels blancs engagés dans le combat pour les droits civiques.

Et l'audience s'ouvre enfin. Meredith Rowell est la première à prendre la parole. Elle attire l'attention de la cour sur « la réticence des femmes à discuter devant les hommes de leurs affaires rituelles », comme le note un assesseur sur son clavier. La Loi des femmes, comme celle des hommes, se transmet de femmes en filles, hors des regards masculins. Traditionnellement, les cérémonies de femmes se célèbrent sans eux, loin d'eux. Et ici, ceux qui les regardent sont non seulement des hommes, mais des hommes blancs ! Double interdit du regard.

Le juge Toohey préside l'audience. Il est coiffé de sa perruque blanche et observe ces femmes brunes, disgracieuses, aussi volumineuses que des piliers de rugby ! Des femmes aux visages renfrognés, aux moues dédaigneuses, sarcastiques, aux seins lourds, presque menaçants.

Chris prend ensuite la parole pour réclamer que le public soit évacué. Le juge accède à la demande, conscient que ces femmes ont des lois et que celles-ci ne supportent pas les regards étrangers, curieux.

Gloria, Ada, Nora et Lena, Michelle, Audrey, Daisy, Rosie et Lilly, les plus jeunes, toutes s'avancent. Le juge Toohey se penche pour regarder alors qu'elles balaient le sol devant son estrade avec des branchages d'eucalyptus, qu'elles nettoient sa moquette ! Elles lancent dans l'air climatisé des poignées d'ocre rouge, comme si cette salle était une succursale de leur brousse ! Le décor semble prêt. Elles se placent à présent en file indienne et progressent par petits bonds, sautillant, un bras replié derrière le dos, l'autre maintenant agitant une sorte de massue terminée par des plumes de cacatoès ! Elles sont de nouveau juste sous le nez du juge Toohey.

L'instant est solennel. Tous le sentent. Les patronnes d'Utopia dégrafent leurs chemisiers. Et ce sont bien leurs seins lourds, puissants, qu'elles dévoilent ! Qu'elles exposent aux yeux du juge Toohey ! Sur leurs poitrines nues, elles ont répandu une graisse de porc-épic à l'odeur entêtante. Puis, sur ce fond blanc, elles ont tracé des bandes ocre, jaunes et rouges, des bandes sinueuses, épousant, rehaussant l'ovale des seins. De leurs lèvres s'échappe maintenant un murmure conquérant, le chant immémorial de la Loi, de l'Awely, dont ces tracés, ocre et sinueux, sont l'autre visage. « Non, explique Meredith Rowell, ce n'est pas une comédie ni une provocation, non, monsieur le juge, simplement, en effet, l'expression de la Loi chez ces femmes aborigènes. » Ces chants murmurés, ces signes révélés sont même, souligne l'anthropologue, des « titres de propriété ». Cette longue fille, qui a séjourné à Utopia, parmi les femmes, qui a appris à les aimer, répète, explique, que si ces signes et ces chants sont des titres de propriété, c'est parce que seules ces femmes ont l'autorisation et l'autorité pour les incarner, les porter et les transmettre, et que c'est grâce à cela que la terre d'Utopia reste en vie, se renouvelle avec tout son potentiel d'abondance. Dans cette affaire, l'anthropologue Meredith Rowell apporte sa caution « scientifique », servant d'expert comme le veut le décret de 1976, expliquant devant la cour la complexité de la pensée aborigène, démontrant que celle-ci n'est pas l'expression de vagues superstitions, mais, au contraire, que cette pensée s'appuie sur un édifice culturel et moral dont même les Blancs pourraient tirer parti s'ils acceptaient l'idée qu'un droit de propriété n'autorise pas à tout faire sur une terre, mais implique des devoirs moraux vis-à-vis des générations futures, autant que vis-à-vis des origines, des ancêtres.

C'est récemment, et grâce aux travaux d'une autre femme, une ethnologue, Nancy Munn, publiés en 1973 et consacrés aux femmes warlpiri, que les Blancs ont commencé à distinguer cette vérité : les femmes aborigènes ont leur autonomie rituelle. Jusque-là, les publications ethnographiques avaient toujours pour auteurs des hommes qui reproduisaient les schémas de notre propre société et réduisaient les femmes du désert « à des bâtons à fouir et à des corbeilles de brousse », comme le fait remarquer Judith Ryan, une femme encore, une Blanche aussi, conservateur en art aborigène à la National Gallery of Victoria, à Melbourne. Avec Nancy Munn, on perçoit enfin qu'elles possèdent non seulement leurs propres rêves, mais qu'elles ont en charge, plus directement, la santé de ce désert.

« Nous sommes les propriétaires de la terre d'Utopia, clamèrent ces femmes en cette fin d'après-midi à Alice Springs, parce que nous avons reçu de nos parents, grands-parents et arrière-grands-parents, ces danses, ces peintures, ces chants. Eux-mêmes les tenaient des ancêtres : en les exécutant, nous maintenons en vie notre héritage avant de le transmettre à notre tour aux générations suivantes. C'est ainsi que la terre dure, qu'elle devient forte, toujours plus forte. L'Awely rend tout le monde heureux : la terre, parce que sa fertilité est assurée ; les espèces, parce qu'elles savent qu'elles ne s'éteindront pas ; l'amour, parce qu'il sait qu'il peut continuer à favoriser l'enfantement ; enfin la santé de tous, l'harmonie de la communauté, et même la profusion d'argent. Sans respect des humains à la terre, comment la terre pourrait-elle donner son respect aux humains ? »

L'assesseur nota pudiquement : « Les femmes choisirent d'ajouter à leur témoignage classique la mise en scène, destinée aux juges, de leurs cérémonies Awely. Elles révélèrent certaines de leurs danses, certains de leurs objets rituels, qui appartenaient à des pays claniques spécifiques, elles formulèrent en termes visuels leurs droits de propriétaires sur ces terres. » Il n'évoqua pas leur nudité. Comment se conclut cette incroyable, cette spectaculaire affaire qui fit résonner le beau nom d'Utopia dans toute l'Australie, d'est en ouest et du nord au sud ? Les patronnes eurent gain de cause. Elles obtinrent un droit officiel d'occupation sur Utopia, à travers un bail emphytéotique portant sur une durée de quatre-vingt-dix ans renouvelable. Ainsi devinrent-elles propriétaires de l'endroit sans nuire à la Couronne. À leur retour, leur premier geste fut de rendre à Utopia son premier nom, son vrai nom d'Angarapa.

D'autres conquêtes suivirent. Les femmes voulurent, comme les hommes à Papunya et pour rivaliser avec eux, tâter de l'acrylique, peindre sur toile. De nouveau, Emily se révéla la plus grande. Ce n'était plus de l'artisanat — à supposer que leurs batiks en aient jamais été — mais de la « vraie peinture », que le monde de l'art identifia bientôt. Les femmes, oui, s'émancipèrent, conquirent un nouveau statut, et pas seulement les femmes d'Utopia. Elles effacèrent d'autres préjugés qui se manifestaient toujours en 1981-1982. À cette époque, une manifestation intitulée « Aboriginal Australia » avait rassemblé sous cette appellation trois cent vingt-neuf expositions qui avaient tourné dans tout le pays. L'art aborigène y était représenté sous toutes ses facettes. Des centaines et des centaines d'œuvres, mais une seule émanant d'une femme, avec, en guise de cartel, ces mots : « Femme pitjantjara d'Ernabella », sans autre précision. Les prouesses d'Emily mirent un terme à cet aveuglement des Blancs, mais aussi à la suprématie des mâles aborigènes.

Certes, Emily ne doit pas faire oublier l'apport des femmes warlpiri de Yuendumu, au nord de Papunya, qui, dès 1983, avaient peint à l'acrylique de petites toiles et des objets divers. Et qui, avec l'argent gagné, s'étaient offert, déjà, la liberté de mouvement, avec une splendide Toyota !

Son cas néanmoins apparaît bien emblématique. C'est la première femme peintre à avoir fait l'objet d'une rétrospective, en 1990, à Sydney. Entre 1990 et 1993, elle expose à Dublin, Saint-Pétersbourg, au Japon, en Biélorussie, sur la côte Est des États-Unis, à Los Angeles. En Europe, le cinéaste Wim Wenders est un grand collectionneur de ses œuvres. Mais de nombreux faux circulent car sa cote, en grimpant, a attiré les faussaires. Femme d'exception. En décembre 1998, sous son impulsion, cent toiles de sa communauté sont exposées dans une galerie en vue de Sydney, la S. H. Ervin Gallery. La première œuvre sur toile d'Emily figure sur la couverture du catalogue. L'exposition convainc, fait fureur même. Fortes de leur succès, ces artistes adultes interpellent, chez elles, le pouvoir mâle et exigent une révision en leur faveur des règles claniques, du moins de certaines. Il est vrai qu'à Utopia, en matière d'art, les hommes font piètre figure : on ne compte que deux représentants du sexe masculin parmi les signataires d'œuvres, et encore s'agit-il du frère d'une patronne et du mari d'une autre !

C'était un autre printemps. À Sydney, sur Martin Place, à l'heure où tous les bureaux de la City se vident de leurs employés pour célébrer, au soleil de cette vaste place, le rituel snack de dix heures. C'était le 4 septembre 1996. Nous apprîmes, en lisant le *Sydney Morning Herald*, la mort d'Emily, l'artiste la plus choyée des galeristes que le continent ait jamais connue. Peu avant sa mort, elle se plaignait, auprès de sa biographe, Anne-Marie Brody, de la frivolité des marchands ; beaucoup la mettaient en difficulté auprès des gens de son peuple, les Anmatyerre. Ainsi ce cartel, *Rêve d'œufs d'iguane*, qu'un directeur de galerie s'était indûment permis d'accoler à une de ses peintures, était impropre. Non, le *Rêve des œufs d'iguane* ne lui appartenait pas. Ce qu'elle avait peint, c'était bien sûr le *Rêve des graines de l'igname crayon*. Elle voulait qu'on corrige ! Sinon, elle ne pourrait pas mourir en paix et Gloria Tamerre Petyarre, son héritière spirituelle, ne pourrait pas assurer proprement sa mission.

En paix, elle mourut. Le cartel fut rectifié à temps et elle décéda sans avoir volé le rêve d'une autre. Son nom tribal, « Graine de l'igname crayon », *kame* en aborigène, aucune de ses sœurs ne le prononça à haute voix pendant au moins un an, pour ne pas freiner son retour dans le monde informe des origines.

Au plus fort de sa gloire, Emily nourrissait jusqu'à cent vingt personnes. Elle ne succomba jamais au pire des péchés en terre aborigène : la cupidité. Emily distribuait son argent non pas seulement à ses parents directs mais à sa famille élargie, faisant profiter de sa richesse tous ses parents claniques, entretenant à travers ces dons multiples sa vaste toile familiale, reliée selon des règles difficilement compréhensibles pour un Blanc. Tout Aborigène possède une famille proche, parents par alliance comme chez nous, avec mère et père, sœurs et frères, enfants ou petits-enfants, comme en Occident, famille classique à laquelle s'ajoutent, au loin, un « oncle », une

« sœur », un « frère », un « cousin ». Ces liens, sans autre fondement que des règles claniques, tissent à l'infini une sorte de réseau virtuel qui fit encore dire à Claude Lévi-Strauss, en 1952, devant l'Unesco : « Pour tout ce qui touche à l'organisation de la famille et à l'harmonisation des rapports entre groupe familial et groupe social, les Australiens, arriérés sur le plan économique, occupent une place si avancée par rapport au reste de l'humanité qu'il est nécessaire, pour comprendre les systèmes de règles élaborés par eux de façon consciente et réfléchie, de faire appel aux formes les plus raffinées des mathématiques modernes[17]. » Lévi-Strauss devait prolonger sa réflexion, en 1962, en souhaitant « qu'on puisse un jour transférer sur cartes perforées toute la documentation disponible au sujet des sociétés australiennes, et démontrer à l'aide d'un ordinateur que l'ensemble de leurs structures techno-économiques, sociales, et religieuses, ressemble à un vaste groupe de transformation ».

Qu'on comprenne bien ! En distribuant son argent, Emily ne faisait pas qu'aider matériellement les siens. Elle donnait une consistance à un réseau humain formant une vaste cité à la fois fraternelle et virtuelle, dédiée à l'unité du vivant et intimement liée à la Loi. La cupidité menace cette construction. Elle mourut en paix, c'est sûr ! L'art produit de l'argent, en vérité du sang. Toujours, cette vérité en terre aborigène : sans l'art, rien n'existe, ne demeure, ne survit.

Turkey Creek : le principe d'innovation

Quelle autre société a jamais fait à ce point de l'art une philosophie, une religion, une source, la source de la vie ? En quoi les Aborigènes croient-ils ? En leurs chants, leurs danses, leurs peintures ; ils sont pour eux la face sensible, visible d'une vérité ancienne, imparable : nous avons été créés comme la terre, la Voie lactée et l'univers. S'il est bien un point commun entre tous et chacun, c'est l'art. Car l'art seul est de même essence que ce qui présida à la création du monde.

Ne pas créer, ne pas se souvenir que l'homme est une création, oublier que la terre elle-même est une œuvre, c'est se livrer à la défaite, se laisser assimiler à une chose, c'est-à-dire à ce qui n'a pas d'existence. Créer, au contraire, c'est ce qui permet de vivre, de respirer, d'agir, d'échapper au néant qui menace chacun dans son quotidien. L'art, dans ce contexte, ne saurait être réductible à la notion de conservation, de décoration, de confiscation, de représentation, à la notion de musée, de commerce, de dollar. Il est pratique de vie, exercice de survie, gymnastique de l'esprit, mémoire, défi, liberté, et non sommeil, spéculation, placement.

L'art, nous rappellent les Aborigènes, est à la fois une aventure individuelle et collective. Lorsque Matisse déclare, en 1908, qu'un tableau doit être comme un « calmant cérébral[18] », cet anxieux pense à lui, comme à tous. De même, quand Picasso peint, il cherche, et il l'a dit, à exorciser ses propres démons après avoir vu les masques primitifs du musée de l'Homme en 1906 ou 1907. Son projet est universel. Cette fonction, spirituelle, de l'art, tous les maîtres de l'abstraction l'ont revendiquée, de Kandinsky à Mondrian, de Klee à Malevitch, ce dernier n'hésitant pas à laisser entendre qu'un vrai tableau n'est pas fait pour être vu : « Quelle absurde doctrine que de croire que nos yeux sauraient voir[19] ! » Un tableau s'adresse d'abord à l'esprit qu'il aborde comme un bâtiment battant sous son propre pavillon et qu'il éveille, sort de sa torpeur mieux que les mots trop dévoués à la raison, sauf peut-être en poésie. Un tableau est actif. Ce sont nos musées qui l'oublient, tout à leur projet de représentation, de regard, de conservation. Kandinsky parlent des « Primitifs » comme « ces artistes purs [qui] ont essayé de ne représenter dans leurs œuvres que l'Essentiel intérieur, par élimination de toute contingence extérieure[20] ». Nos musées ne sont plus souvent, aujourd'hui, que cendres là où furent le feu, la vie, l'élan, la maîtrise de soi. « L'art, résume Kandinsky, dans son ensemble, n'est pas une création sans but de choses qui se dissolvent dans le vide, mais une force qui tend vers un but et doit servir à développer et affiner l'âme humaine. »

Quel Aborigène nierait ces déclarations ? L'art est pour lui tout à la fois un ressourcement, un retour aux origines, mais comme vers un point focal, vers un principe actif, libérateur, moteur. Ce principe porte un nom : le Rêve.

Les origines ne relèvent pas, chez les Aborigènes, de la nostalgie, du retour en arrière, d'un mental qui refoulerait l'inconnu, l'aventure. Mais bien d'une sommation : être un créateur en actualisant par des chants, des danses, des peintures, son Rêve. Au sein même de sa tradition, un autre principe existe comme dérivant du premier : le principe d'innovation qui autorise et même encourage, aux heures cruciales, critiques, la création de nouvelles cérémonies, et donc par conséquent de nouveaux cycles de chants, de peintures, de danses, lesquels à leur tour, une fois canonisés, si l'on peut dire, iront rejoindre le chaud magma des origines et du futur.

Un artiste, Rover Thomas, incarne tout particulièrement ce principe. Il fut l'agent d'une innovation dans laquelle toute l'Australie aborigène du nord se reconnut et qui le mena, en 1990, jusqu'à la Biennale de Venise, notre Mecque de l'art contemporain. L'ancien gardien de bétail des Kimberley — ainsi appelle-t-on le nord-ouest du continent australien, du nom de ces collines rugueuses qui prennent, au crépuscule, des tons pastel inoubliables — devint même, un peu comme Emily avant lui, la coqueluche des critiques d'art et des marchands. On lit à son propos dans le catalogue de Venise : « Les sujets de ses peintures vont de vues de ranch à des sites et des détails de paysage d'une grande signification spirituelle et mythologique. Images ramassées, réduites à l'essentiel, mais très organisées sur le plan de la structure, combinaison de lectures littérales et de vues aériennes, comme des cartes ou des perspectives rapprochées. Si l'on compare avec des peintures plus traditionnelles, ces paysages et son œuvre en général témoignent d'un art très novateur par rapport à des formes d'art local connues jusqu'ici. »

Mais comment ce gardien de bétail que rien, a priori, ne destinait à cette ascension, en arriva-t-il là ? Rover Thomas commence à peindre, moins tardivement qu'Emily, encore que ce ne fût pas, pour lui non plus, avant l'âge de cinquante-huit ans environ. Et plus étrange, après avoir été visité en rêve par une vieille initiée. Elle s'adressa à lui dans son sommeil, l'encourageant à peindre.

À nous-mêmes, Rover racontera l'histoire un jour de printemps 1991, dans une ferme du plateau des Kimberley, à la sortie de Kununurra, petite ville sans histoire, aux pelouses neuves, qu'on atteint au bout de cinq heures de piste après avoir bifurqué vers l'ouest au niveau de Katherine, sur la Stuart

Highway, environ trois cents kilomètres avant Darwin quand on vient d'Alice. Non sans s'être trempé, avant, dans les sources chaudes de Mataranka. Et avoir dégusté, dans une boulangerie de Katherine, dernier délice avant les sandwiches de la Victoria Highway, d'odorants pâtés fourrés à la viande, aux rognons, parfumés au curry, au paprika... Sur la Victoria, nous avons échappé aux *willy willy*, tourbillons de vent surgis de nulle part et qui déstabilisent le conducteur, trouvé enfin les collines brunes, mauves et roses, salué le corps plantureux des baobabs.

Et à présent, nous étions devant un homme, pas très grand, qui cachait son regard derrière de grosses lunettes noires destinées surtout à masquer son œil poché. Rover sortait d'un combat rituel, suite au décès d'un des siens, et n'avait pas, manifestement, ménagé sa peine. Il portait un chapeau à bords larges et un bandana rouge à son cou. Enfin, une chemise jaune à fleurs, largement entrouverte, laissait voir d'autres cicatrices mais beaucoup plus anciennes, rituelles ; leurs boursouflures formaient comme des chaînes brunes de chair. Ajoutons le bouc qui cerne son menton : Rover ne passe pas inaperçu !

L'initiée qui avait incité Rover à peindre était morte dans des conditions inquiétantes. D'abord, elle avait eu un accident de la route provoqué par une mousson inhabituelle en ce mois de décembre 1974. À l'hôpital de Wyndham, un port des Kimberley, on décida de l'évacuer par avion vers Perth, tout au sud. Le pilote survolait Cape Levêque — du nom du navigateur français à l'époque des conquêtes coloniales — quand l'initiée succomba, au moment même où l'avion passait au-dessus d'un terrible tourbillon inscrit dans cette mer, en toute saison, et redouté des navigateurs. Ce tourbillon porte un nom : Tawurrkurima. Il est censé tenir sa force de l'ancêtre qui créa la région, le Serpent arc-en-ciel, l'ancêtre le plus puissant et le plus craint de toute l'Australie. C'est lui qui avait précipité la mort de l'initiée, en captant son esprit.

Rover expliqua : « Son âme a été aspirée par le Serpent arc-en-ciel. Dans mon rêve, elle s'est plainte de ne pouvoir regagner le monde des origines. Les ancêtres étaient en colère et l'empêchaient de regagner sa terre natale. »

La colère du Serpent avait repris de plus belle, quelques jours après ce décès. Le jour de Noël 1974, la ville de Darwin, capitale du Territoire du Nord, est rasée par un cyclone, baptisé Tracy à la demande des féministes australiennes, indignées que les cyclones ne portent que des noms masculins ! Une montagne de vents, d'ouragans saccage la ville. L'eau détruit tout et, derrière ce désastre, les Aborigènes voient, bien sûr, l'esprit du Serpent. L'eau est son domaine, surtout quand elle gonfle, fait rage. La colère de l'ancêtre se confirmait.

Ici, on est dans les Kimberley, terre d'élevage, rassemblement de déracinés qui ont quitté leur terre ancestrale, ses chants, ses peintures, pour devenir gardiens de bête nomades, mais pour le compte des fermiers blancs. Rover est de ceux-là. Au fil des années, des transhumances, ses liens au Rêve se sont distendus, comme chez la plupart des Aborigènes de cette région. Il est né en 1926, au « Puits 33 », un point d'eau du désert de Gibson, tout près du lac de la Désolation. Son père, un Wangajungka, dépend des Blancs qui passent par là avec leurs troupeaux en direction du sud et des grands centres miniers. Bull Camel, « Chameau Taureau », c'est son surnom. Sa mère, une Kukatja, conserve, elle, son nom du désert, Marrbi. Adolescent, Rover se retrouve plus au nord, à Billiluna, d'où il aime filer vers un autre lac, plus clément, où l'eau des pluies parfois se répand, attirant les émeus et les cygnes noirs. Son père meurt. Rover remonte encore vers le nord, dans les pas d'une sorte de père adoptif, un Blanc, Wally Dowling. Il devient à son tour gardien de bétail, à Texas Downs Station, un grand ranch des Kimberley. Il est victime d'un grave accident de cheval. Il n'a pas loin de cinquante ans. Il a pris femme.

Ainsi va sa vie jusqu'à cette nuit brûlante de décembre 1974, quand ce rêve lui vient. Un rêve qui suscite l'émoi de toute sa communauté, oblige cette dernière à tenir une sorte de concile. Une grande initiée ne s'est-elle pas adressée à lui juste après sa mort et après la destruction de Darwin par un cyclone ?

Rover poursuit son récit, assis dans un fauteuil défoncé, sous une véranda. Nous avons pris place dans le canapé, assorti jusque dans son délabrement. La ferme où nous nous trouvons est celle de Don, le mari de Perry, une sœur clanique de Rover. Partout autour, un infini de couleurs douces. Don est à la tête d'une plantation de vingt-sept mille manguiers, mais comme régisseur, car l'exploitation appartient à une coopérative aborigène. Un fermier blanc d'exception, faisant corps avec ce pays, ses habitants noirs. Il envisage pourtant de quitter l'endroit depuis que de petits avions de tourisme, tôt le matin, déchirent le ciel bleu. Il s'enfoncera plus à l'ouest, vers des terres sauvages. Rover a plaisir à rendre visite à ce couple et ses trois enfants, surtout depuis la mort de sa femme, Rita. Ce jour-là, Don nous sert d'interprète, car Rover parle un mélange d'anglais et de mots empruntés à plusieurs langues aborigènes de la région, créole que Don manie parfaitement.

Caché derrière ses lunettes, l'Aborigène raconte :

« Elle m'a dit : je n'ai pas pu passer, pas pu arriver jusqu'à Perth, depuis j'erre désespérément, il m'est impossible de regagner le monde des origines. Elle ma demandé quelle cérémonie je voulais : "*Balga, wonga ?*" »

Balga, wonga ? Des cérémonies, explique Don. Il porte ce soir une écharpe blanche, son regard est droit, fin, aussi fin que sa moustache.

En 1937, l'ethnologue allemand Petri assiste à une cérémonie mettant en scène le monde des fermiers et de leurs troupeaux, nouvellement installés dans les Kimberley. Les Aborigènes originaires de la région, les uns portant des cornes, les autres pas, exorcisent ainsi l'arrivée des Blancs. Petri est saisi par le caractère théâtral de la cérémonie. les visages épuisés des acteurs, intensité d'autant plus troublante que, à part lui, il n'y a pas de public. Ici, on joue pour de vrai !

Il conclut que cette cérémonie est politique, et non rituelle. La démarche ne date pas d'aujourd'hui pour qui découvre, au plus profond de grottes par ailleurs recouvertes de motifs ancestraux, des dessins de bateaux à voiles, des motifs plus récents, évoquant les premiers contacts entre les Aborigènes et les Malais. Ceux-ci restaient l'espace d'une saison, après être passés par le détroit de Macassar, pour pêcher et assurer la salaison de leurs prises. Ils apprirent aux Aborigènes l'usage de la pipe.

L'initiée souffla finalement à Rover les éléments d'un balga, d'une cérémonie inédite. « J'ai reçu d'elle les chants, les peintures ; il a fallu plusieurs rêves. Pour les tableaux, c'est Paddy Jaminji, mon oncle, qui les a peints au début. » Paddy Jaminji, l'oncle clanique de Rover, a lui l'autorité nécessaire pour transposer ce rêve en… Rêve. Rover est trop jeune : tout juste cinquante ans ! Et pas assez initié.

Le fin et précautionneux Paddy Jaminji peint, sous la dictée de Rover, les scènes « vues » pendant le rêve. Il les peint sur des panneaux de contreplaqué. Un autre vieil initié, très respecté, George Mungmung, l'y aide. De longues discussions précèdent chaque mise en œuvre. Rien n'est laissé au hasard.

Paddy appartient au clan tribal des Gija et ceux-ci, présents dans les Kimberley depuis toujours, ont su, eux, préserver leur identité. Le « pays » n'est pas loin, bible inépuisable. Un autre détail : l'endroit où Rover a eu ce songe est un lieu chargé en mémoire : Warmun, Turkey Creek pour les Blancs, « le Ruisseau des dindons ». Ce lieu, après avoir été un centre de rationnement avec son poste de police, est revenu en la possession de ses occupants rituels, ces mêmes Gija. Enfin, lorsque Rover a reçu son rêve, il se reposait, entre deux cérémonies. Le rôle de Paddy ne s'en trouve que plus justifié. La vieille initiée aussi était gija. Rituellement parlant, elle était même liée à Paddy. Par son lien à son oncle, Rover pouvait considérer l'initiée décédée comme sa mère clanique. Toile infinie des relations aborigènes auprès de laquelle notre toile électronique fait figure de piètre réplique !

Le dalaï-lama des Tibétains n'aurait pas manqué de noter la cohérence : ce cyclone rare était la somme d'une cause substantielle — climatique — et d'une cause coopérante — le karma négatif des Aborigènes. Son ampleur venait de là. Il aurait approuvé l'analyse des aînés d'y voir un reflet de l'état moral et spirituel des Aborigènes. Et aurait-il nié la valeur du rêve ?

Autre rebondissement : à Kalumburu, un site situé pourtant à plusieurs centaines de kilomètres au nord de Turkey Creek, une autre cérémonie de type balga, un inédit était inaugurée avec, pour figure centrale le cyclone, et, pour ancêtre tutélaire, le Serpent arc-en-ciel. La région était quadrillée d'événements, de signes, tous complices. La cérémonie pouvait naître.

Elle naquit ! Composée de tableaux que les Aborigènes vont porter, dressés sur leurs épaules, qu'ils vont chanter, danser, au fur et à mesure que les sites évoqués sur les peintures seront foulés par les pas des initiés, comme en pèlerinage. Elle fut baptisée Gurrir Gurrir, comme en avait exprimé le souhait l'initiée elle-même, au cours du rêve.

Un des panneaux peints annonce le retour de la vieille initiée sur sa terre natale. Les autres renvoient à de hauts lieux de la tradition, ainsi ce site Puwalin, une source d'eau intarissable associée au Serpent arc-en-ciel. Sont nommés aussi Elgee Cliffs, Nine Mile, Bow River... depuis longtemps délaissés. Une peinture évoque le port de Darwin ; sur une autre sont représentés deux serpents, un bon et un méchant, en train de se battre. « Le bon a fini par gagner », lâche Rover, un rien goguenard.

En 1975, pour la première fois, la série est portée, dansée. Les initiés parcourent tout le pays, voyageant de site en site. Ils aident la vieille femme, avec ce voyage dansé, à regagner le lieu de sa conception où origine, présent et futur fusionnent.

La cérémonie est donnée à plusieurs reprises sur un territoire englobant une bonne partie des Kimberley, la terre sacrée du peuple gija. L'expédition passe chaque fois par tous les lieux mythiques et se déroule en tout sur plusieurs mois. Au fil du temps, la cérémonie s'enrichit de nouvelles peintures.

La première série se trouve aujourd'hui au National Museum de Canberra. On y sent la main de

Paddy, l'homme autorisé. Les couleurs, rêches, trahissent leur origine naturelle : roches broyées, kaolin... Les tracés peuvent paraître gauches ; il sont en vérité dépourvus de concession à la sensibilité visuelle occidentale. Plusieurs autres séries furent en effet réalisées, pour satisfaire à la demande des Blancs. Mais aussi parce que chaque fois qu'une cérémonie a lieu, une nouvelle série est peinte. En vérité, le temps passant, la cérémonie fut moins célébrée ; elle avait atteint son but.

Et Paddy mourut en 1996, à quatre-vingts ans. Dans sa chambre d'hôpital, à Wyndham, diminué mais toujours actif, il disait à ses visiteurs, à son ami Don, le fermier blanc chez qui nous avions rencontré Rover : « Cela me rend heureux, au-dedans, de peindre. » Aux murs de l'hôpital étaient accrochés ses derniers dessins.

Rover n'a pas attendu la disparition du vieil oncle pour réaliser ses propres panneaux. En 1984, il prend le pinceau. Il y est autorisé car, auprès de Paddy, l'apprentissage a été assuré. À ses côtés, tandis qu'il lui dicte le contenu de ses rêves, il le regarde peindre son pays, son relief modelé par le Serpent arc-en-ciel, l'ancêtre fondateur le plus puissant de toute l'Australie, ses sites sacrés. Il l'écoute chanter ce pays, suit le mouvement léger de son corps alors que son pinceau trace la silhouette des douces collines, comme des séries de petits cônes pointant sur la toile. Il le regarde mélanger l'ocre à la résine. Parfois, à son tour sous la dictée de Paddy, dictée non plus de mots mais de couleurs, de matières et de formes, il met la main à la pâte. Il apporte sa touche.

Il s'émancipe. Il peint prudemment d'abord, puis de plus en plus, de mieux en mieux, superbement ! Sur ses premières peintures, il colle au thème du

Gurrir Gurrir. Il s'en tient aux couleurs traditionnelles : le blanc, le noir, les ocres — jaune et rouge. Il fait sien l'alphabet aborigène avec ses cercles concentriques, ses sinusoïdes. Audacieux, déjà, il lance quelques clins d'œil : pour marquer ses points blancs, il se sert de sucre en poudre et d'une colle à base de résine. Si le style est bien celui des Kimberley, sans fioritures ni dispersions, terrien au possible, on sent sa main dans la souplesse des lignes, dans la matière de l'acrylique, car il y vient. Ses aplats de noir ont une rare présence. Et déjà certains Blancs trouvent le style de Rover étonnamment pictural.

Comme à Papunya, à Utopia, une « école de peinture » naît, l'école de Turkey Creek. Car, dans la foulée de Rover, d'autres prennent le pinceau. Des noms se détachent : Jack Britten, Hector Jandany, Henry Wambiny, Queenie McKenzie... Le principe d'innovation s'applique à la vie de chacun. Chacun, en effet, puise, pour peindre, dans son histoire personnelle, ses souvenirs, son imagination. Queenie McKenzie met en scène le grave accident de cheval de Rover, à Texas Downs Station. Elle était présente ce jour-là, donnant les premiers soins à Rover, qu'elle sauva, sans doute. L'école de Turkey Creek est un puissant mélange de réalisme et de poésie.

Rover amorce sa grande série des *Massacres*, qui fera sa notoriété. Il se fait le chroniqueur de ces événements dramatiques, survenus dans les années quarante, quand les Blancs, souvent arrivés de Californie, s'installent dans les Kimberley, avec une sauvagerie digne des débuts de la colonisation. Aucun livre d'histoire n'en parle, mais comment effacer de sa mémoire ces enfants noirs que les fermiers prenaient par les pieds et frappaient contre des arbres ?

Comment oublier cette Aborigène qui, ramassant une balle perdue, la tendit à un Blanc, lequel en chargea son arme et l'abattit ? Ces autres hommes, encore, empoisonnés avec de la strychnine mélangée à des boulettes de viande ?

Rover recueille ces histoires, et les peint. On vient vers lui : Queenie lui parle de son père, un Blanc, qui fut un de ces fermiers et tueurs. Pudique, elle charge Rover de le « dire » à sa place. Rover transpose ces scènes : camaïeux de bruns traversés de lignes blanches ; masses de couleurs juxtaposées, fauves, jaunes ; volumes noirs que l'ocre rompt ; et, parfois, surgissant soudain, à peine perceptibles, posés comme une virgule ou un point dans un texte, un signe, une forme plus circonscrite, un cercle blanc au bout d'un cylindre : les crânes, dans un tronc d'arbre, d'un groupe d'Aborigènes abattus par un fermier parce qu'ils avaient faim et avaient tué une de ses vaches pour se nourrir.

Pas de larmoiement, des œuvres sans cris, sans haine, empruntant à l'alphabet pictural aborigène aux couleurs de la terre, si étonnamment émancipées de leurs sources douloureuses, qu'on songe, encore, à la phrase de Baudelaire : « Je ne conçois pas de vraie beauté sans le malheur. » Aux conservateurs des grands musées du pays qui commandent ses toiles, Rover livre aussi de petits billets, où est consignée, pour la postérité, l'histoire cachée dans ces tableaux. Car il leur demande aussi de conserver cette mémoire, de la stocker dans les réserves de leurs musées.

Un tableau clôt cette nouvelle série, *Roads meeting*, « Croisement de routes ». Deux pistes formées de deux bras. Deux mains s'avancent fraternellement, peut-être le signe d'une réconciliation, sous réserve que ce passé ne soit pas oblitéré. À nous-mêmes, ces mains rappellent les doigts de la préhistoire, entrevus un jour, en Australie occidentale, dans le fond d'une grotte, à l'écart de la Nullarbor, la « route sans arbre » qui traverse d'ouest en est, de Perth à Adélaïde, le continent. Des nomades avaient laissé ces marques, emplissant leur bouche de poussière ocre et soufflant entre leurs doigts écartés, posés contre la pierre : mains d'enfants, de femmes et d'hommes. Dans le fond de la grotte, nous avions superposé nos propres mains à ces mains immémoriales. *Roads meeting...*

Un temps, nous avons rêvé à une confrontation entre Rover et Soulages, autre maître, occidental, du noir. Mais un de ses meilleurs spécialistes et habitué des cabinets ministériels s'y opposa, avec ces mots qui nous firent froid dans le dos : « Le risque, vous comprenez bien, serait de voir Soulages servir de faire-valoir au peintre aborigène ! » Il sut convaincre Soulages, qui avait écouté notre proposition, de sa propre supériorité.

La nuit tombait sur la ferme de Don. Rover quitta son fauteuil pour aller allumer à l'écart un grand feu. Don, dont la propriété longe un fleuve, la Dunham River, monta dans une petite barque avec notre fils, Benjamin, tandis que Cléa pouponnait Don Junior, le dernier-né de Perry et de Don... Senior ! Un blondinet aux cheveux frisés. Le feu avait fait sa braise très largement quand les deux pêcheurs réapparurent avec, dans leur filet, un gros barramundi, la succulente perche australienne que Perry prépara à la mode de son peuple, en laissant se calciner dans le feu la peau et ses écailles. Audedans, la chair avait la blancheur irisée de la nacre. Ou de la transparence du ciel. Après le dîner, Rover alla chercher une paillasse dans la demeure de Don et la jeta près du feu, puis s'étendit sous les étoiles. Rabaissant son grand chapeau sur ses yeux meurtris, il nous salua d'une main et s'endormit, nous laissant à notre camping-car. Au matin, il était parti quand Don nous réveilla, les bras chargés de bananes et de mangues tout juste cueillies.

Cinq ans plus tard, en août 1996, nous étions de nouveau dans les Kimberley. Nous avons voulu revoir Rover Thomas et, avec Don, notre ami fermier, avons repris la Great Northern Highway depuis Kununurra, plongé dans les terres blondes et mauves des Kimberley jusqu'à Turkey Creek, le site où, en 1974, Rover avait tant rêvé, et où il vivait à présent.

C'est un homme très fatigué que nous réveillons de sa sieste. Le grand peintre est malade. Il a continué de boire, beaucoup trop, indifférent à sa gloire, préférant brûler sa vie. Il a eu un petit-fils, qu'il a souhaité prénommer Dylan, comme Dylan Thomas, un autre Thomas — cousin clanique ? —, le poète britannique rebelle, mort lui aussi de fatigue et d'alcool !

N'empêche : son premier geste est d'échanger sa casquette grise contre un élégant chapeau de paille fine, orné d'un cordon de cuir tressé. Dandy ! Ainsi ressemble-t-il à celui d'autrefois. Jane, la fille de Rover, mère du petit Dylan, assiste à la rencontre. Nous le voyons, aujourd'hui, pour lui demander l'autorisation de présenter à Paris tout à la fois les tableaux, les danses et les chants du Gurrir Gurrir, cérémonie sur laquelle il exerce toujours un droit moral, surtout depuis le décès de son oncle Paddy.

Comme Emily encore, Rover a toujours laissé l'argent de ses tableaux irriguer les Kimberley. Quel musée australien ne possède pas un ou plusieurs tableaux de lui ? Sa réputation a attiré, aussi, les faussaires. Ils rôdaient autour de lui dans les derniers mois de sa vie. En 1995, après avoir été opéré d'un trachome, Rover avait voulu revoir sa terre natale ! Ému aux larmes en retrouvant Billiluna, les cygnes noirs et les émeus de sa jeunesse, il avait réalisé une ultime série, autobiographique. Présentés à Melbourne, à la William Mora Gallery, ses derniers tableaux avaient tous trouvé preneurs le soir même de l'inauguration. Une des peintures, insolite, insolente, s'intitulait *Cabine téléphonique la plus isolée d'Australie*...

Puis, Rover tendit sa main vers le ciel comme autrefois, ouvrant grand sa paume aux rides bleutées, répondant qu'il était d'accord pour que soit célébrée à Paris la cérémonie du Gurrir Gurrir. Il regrette de ne pouvoir faire le voyage pour accompagner les peintures, mais il dit que Don ira, le mari de Perry, sa sœur clanique. Et Don viendra, en effet. Alors que nous partons, Rover nous demande de lui faire parvenir une toile, immense, vierge, pour une œuvre qu'il a en tête. Il a déjà son titre : *Australia*... Rover mourra en mai 1998, un peu moins de deux ans plus tard, sans l'avoir peinte.

Qu'avons-nous préservé de lui ? Nous roulions dans la nuit tombante, sur la route qui nous ramenait à Kununurra, la ville tranquille où Don a sa ferme, un peu inquiets, car nous avions crevé à l'aller et n'avions plus de roue de secours, quand un grand rire nous soulagea tous. Benjamin portait sur la tête la casquette grise de Rover. Aujourd'hui, elle est chez nous, posée comme un signe sur le rebord d'une fenêtre donnant sur un ciel jamais assez bleu...

En mai 1998, nous apprenions son décès par un appel téléphonique de Don. Mary Macha, une amie commune qui avait encouragé les débuts de Paddy Jaminji et de Rover et était restée très liée aux deux peintres, nous raconta, elle, comment Rover avait été enterré, religieusement, selon le rite chrétien, à Turkey Creek, où une mission de sœurs maintient une présence. Un tract fut rédigé ce jour-là, pour expliquer à ceux qui accompagnaient le défunt dans sa dernière demeure que ce « grand homme aborigène » était accueilli par le Seigneur. « Il a suivi la loi de Dieu en suivant les lois de sa culture. Aussi, pour l'honorer, nous mettrons sur son cercueil le drapeau aborigène », disait ce tract. Le cercueil était magnifique, avec des poignées de cuivre flamboyantes. Ainsi l'avait voulu Jane, sa fille. Ainsi l'accepta la communauté de Warmun, ou Turkey Creek, qui fit entendre ses propres chants. Il fut enterré dans un cimetière au bord de la Great Northern Highway par laquelle on file vers Broome, la ville perlière au bord de l'océan Indien. Nous songeâmes, en apprenant cette mainmise des religieuses sur l'enterrement, aux funérailles de Hosteen Klah. Aux Blancs le corps, aux Aborigènes l'esprit.

Nous sûmes que Don avait lu notre message, ce jour-là. Des mots envoyés à sa ferme, par télécopie, et qui disaient : « Viendra un temps où son nom sera cité à l'égal de celui de Picasso. La dernière fois que nous l'avons vu, c'était à Warmun, en août 1996, par un jour très chaud. Nous avions tiré Rover de sa sieste, mais en dandy typique qu'il était, il avait trouvé le temps et l'énergie de passer une élégante chemise à fleurs, un bandana autour du cou et sur sa tête son plus beau chapeau. C'est cette image de lui que nous garderons toujours à l'esprit. Adieu Rover. Bonjour, monsieur Thomas ! » Cette dernière phrase renvoyait à un tableau icône de la peinture du plein air français, *Bonjour monsieur Courbet*

(1854), de Courbet lui-même, montrant le peintre avançant dans la nature française, salué par le mécène montpelliérain Alfred Bruyas, au temps où les peintres commençaient à s'aventurer hors des ateliers. Ce tableau se trouve au musée Fabre de Montpellier où, dans une exposition en 1990, nous avions rendu hommage publiquement à Rover pour la première fois en France.

Adieu Rover ! En août 1996, nous gagnâmes Darwin, la grande ville du nord bâtie face à la mer, turquoise, d'Arafura, entièrement reconstruite depuis 1974 et les ravages du cyclone Tracy. Elle resplendit, avec ses façades dévorées par les bougainvilliers qui embaument l'air. Le nouveau temple chinois, au toit rouge, crénelé, rappelle qu'au début du siècle il y avait à Darwin un quartier chinois, qu'on y fumait l'opium, que les Aborigènes y prirent goût et qu'un décret fut émis, menaçant d'emprisonnement ceux qui alimentaient en drogue la population noire. La société australienne se montra autrement moins prévenante s'agissant du petrol sniffing. Et si ce fléau a été en partie endigué, c'est grâce à l'action des aînés, non des assistantes sociales. Darwin est une ville délicieusement moite. Dans son casino, posé sur la rive de la mer d'Arafura, nous jouâmes à pile ou face : un joueur lance, sous l'œil d'un arbitre, deux pièces qui doivent retomber toutes les deux du même côté pour que la partie soit conclue ; à la roulette, longtemps, il fut possible de jouer ici sans limite de fonds, histoire d'attirer les joueurs richissimes du sultanat de Brunei, au nord-ouest de l'île de Bornéo, face à Darwin, juste de l'autre côté de la mer.

Nous avions rendez-vous avec Marcia Langton, une anthropologue aborigène. Et actrice sublime !

Elle arrache les larmes dans *Cris dans la nuit, une tragédie rurale,* un court-métrage de dix-sept minutes, tourné en 1990 et primé au festival du film féminin, à Montréal. C'est une autre Aborigène, Tracey Moffatt, qui a réalisé ce film. Marcia a accepté de participer au Conseil de réconciliation, créé par le Parlement australien en septembre 1991, et composé de douze représentants aborigènes, de deux représentants des Îles du détroit de Torrès et de onze Australiens blancs. Une réconciliation ethnique et culturelle est-elle possible? Ses yeux lâchent des éclairs passionnels qui captent longtemps les nôtres. Dans ce film, *Cris dans la nuit,* Marcia incarne une Aborigène adoptée par une Blanche. Adulte, elle regarde mourir cette mère devenue invalide: haine et amour n'ont peut-être jamais été si proches que sur le visage hanté de Marcia, interprétant le rôle de la fille adoptée à l'âge adulte. La réalisatrice, Tracey Moffatt, se dit grande lectrice de romans libertins et l'affirme dans la presse: «*Histoire d'O* est le premier roman érotique que j'aie lu durant mon adolescence. Uniquement pour les passages de sexe. J'aime montrer dans mes images une maîtresse qui se décompose, une servante qui change de statut.» Elle est l'auteur de magnifiques photomontages, de grande taille. Elle peut mettre en scène une Blanche en tenue de prostituée, un clope aux lèvres, à côté d'un client avachi, une canette de bière à la main; contrepoint à cette déchéance, une Aborigène: elle figure au premier plan, yeux levés vers le ciel, angélique, et en sari, histoire de manifester une solidarité avec les émigrants venus d'Asie. Tracey, elle-même, est étonnamment belle, farouche, capable de se transformer un soir en *baby doll* pour mieux aiguiser les désirs des Blancs et en faire un nouveau film. Elle expose à New York, à Milan... Elle déteste qu'on dise qu'elle est une « artiste aborigène ». Elle parle au nom de son peuple, certes, mais en utilisant une « stratégie artistique ». Elle veut tout, et pour elle et les siens ! Voit-on jamais inscrit sur les cartels de nos musées, à côté des œuvres de nos maîtres : « Artiste blanc » ? Cette ambition ne saurait supporter aucun estampillage réducteur. Elle est « artiste », c'est tout !

Nous sommes à l'université du Territoire du Nord. Marcia dirige le département d'études aborigènes. Nous parlons à l'abri d'un grand chapiteau blanc posé sur la pelouse du campus. Elle tient à nous dire combien son peuple est loin d'être sorti d'affaire. En ce mois d'août 1996, la réconciliation est « un processus en ruine ! », déclare Marcia, qui revient de Canberra, où elle a donné sa démission du Conseil de réconciliation. La tension était montée d'un cran, à cause d'un projet de loi visant à accorder aux peuples aborigènes de la région du cap Occidental, à la pointe nord-est de l'Australie, le droit de transiter sur les terres des fermiers blancs pour pouvoir célébrer des cérémonies sur leurs sites sacrés. Un Premier ministre conservateur, John Howard, dirige aujourd'hui l'Australie, et il s'oppose à l'idée d'accorder un tel droit, que les fermiers considèrent comme une menace directe contre leurs droits de propriété. Les intérêts fermiers et miniers du pays n'ont jamais avalé les « concessions » faites aux Aborigènes par les travaillistes, en matière de droits fonciers. La révolte couve chez ces Blancs du bush, ravivant la terrible guerre de civilisation entre leur monde et les Aborigènes.

Peuple artiste ? Marcia est formel : « L'art fonde notre identité, notre relation à la terre : là est le secret de notre survie. Notre monde symbolique a toujours structuré notre société. » Les Aborigènes, comme hier, sont opposés à une société de consommation. « Nous sommes, dit-elle, prisonniers d'un système économique dont nous ne voulons pas. » Les conséquences de ce refus sont bien connues, errance, désœuvrement, délinquance, surtout pour les jeunes Aborigènes vivant dans les villes. Ses paupières se font lourdes : « Ce qui nous fait mourir en prison, ce sont nos croyances ! »

Elle insiste : « Notre mort a commencé avec l'arrivée de Dampier, des colonisateurs hollandais, des Anglais, puis des premiers anthropologues. Vous nous avez gavés jusqu'à la nausée de vos mythes anthropologiques, théorie sur nos hordes, nos tribus, nos liens de parenté, nos affiliations spirituelles, primaires et secondaires ! Les Aborigènes, tout en étant l'objet d'une fascination globale, continuent d'être victimes de vieilles représentations, de jugements au premier degré formulés par des gens qui, sans doute, ne comprenaient pas ce qu'ils voyaient. »

Marcia rappelle la résistance des signes. « Dans les années cinquante, soixante, ce sont les Aborigènes eux-mêmes qui ont décidé de donner accès à leurs lois cachées. Rien d'autre ne marchait. Ils n'avaient pas le choix. Une fois le processus enclenché, il a été très difficile de le maîtriser. Ouverts, les secrets se réduisaient, perdaient en force. Heureusement, il y a eu l'excellent travail de certains conservateurs en art aborigène qui ont veillé à la préservation de nos valeurs autant qu'il était possible. Grâce à eux, une grande partie de notre force continue de s'exercer. Et l'attraction d'opérer : il y a une telle faim pour nos images ! » Nous retrouvions dans sa bouche d'universitaire les craintes des initiés.

Nous lui demandons comment elle définirait le Rêve. C'est alors qu'elle lance, rendant caducs bien des exposés ethnographiques: « La terre, pour nous, c'est l'art. » La sentence parle à toutes les oreilles. Le globe est une œuvre d'art qu'il faut protéger des voleurs, des pilleurs. « Si nous ne sommes pas effacés de la surface du globe, nous pourrons, avec notre système culturel, démontrer que la survie de l'humanité dépend de la capacité de tous à respecter l'environnement et à partager équitablement les ressources de la planète. La pensée blanche en matière de droits fonciers est particulièrement pauvre, car elle s'élève rarement au-delà des contraintes politiques, administratives et législatives, des contraintes qui limitent l'éventail des options et les ramènent à des solutions immédiates, expéditives. Tout était réuni pour justifier les transgressions des Blancs sur les droits aborigènes à la terre, pour empêcher la reconnaissance des adaptations créatives des Aborigènes en matière de droits fonciers, grâce auxquelles pourtant ils ont assuré la continuité de leur relation à la terre depuis des millénaires. »

À l'instant de nous séparer, Marcia insiste encore pour dire « qu'il n'y a pas de culture primitive aborigène, mais une culture contemporaine aborigène; beaucoup d'entre nous n'entrent pas dans la définition stéréotypée de la culture traditionnelle ». C'est sûr, et très embarrassant.

« Une culture aborigène contemporaine! » L'idée défie nos schémas. Car toute modernité, surtout artistique, ne saurait se traduire autrement que par des emprunts à nos comportements. Qui ne nous copie pas est vite taxé de « primitif », d'artisan d'une tradition. La norme, c'est nos musées, nos conservateurs, nos artistes, nos mécènes. Et, de nos jours, la grande affaire est de revendiquer, en art, la gratuité. Que voulez-vous dire, exprimer, faire? Tous répondent d'une même voix: « Rien. » Dire, c'est trahir, certes, la force des couleurs. Mais celles-ci, on l'a vu avec les derniers grands maîtres de l'art occidental, agissent sans parler ni tomber dans la gratuité. Gauguin fut le premier à réclamer que le peintre s'adresse au « centre mystérieux de la pensée ».

En Australie, un Aborigène, Djon Mundine, conservateur de métier, a déréglé la machine à produire de l'art contemporain du monde occidental. C'est à Djon que l'art aborigène doit d'être entré dans des musées des Beaux-Arts d'Australie puis d'Amérique, d'Europe. C'est lui qui aime dire aux visiteurs en souriant : « Nos peintures sont comme du miel ; elles sont là pour vous attraper. »

Tandis que nous quittons Marcia, ce 22 août 1996, pénètre, sous le chapiteau blanc, un petit bonhomme vif : le gouverneur général d'Australie. En visite sur ce campus, il entend faire un arrêt prolongé au département des études aborigènes, une manière de marquer sa désapprobation de la politique du gouvernement de Canberra. Mais un gouverneur général est nommé directement par la reine d'Angleterre, il lui est possible, depuis le référendum de 1967 faisant des Aborigènes des Australiens à part entière, de peser sur le statut de ces êtres membres désormais du Commonwealth. Déjà, le 16 août 1975, Gough Whitlam, alors Premier ministre travailliste du pays, avait déposé dans le creux de la main de Vincent Lingiari, un chef gurindji, une poignée de terre, de sa terre ; ce geste hautement symbolique était dirigé contre le décret de 1822 faisant de l'Australie une terre vide, sans habitants, *Terra nullius*, avant l'arrivée des colons britanniques.

Djon est devenu expert dans l'art de détourner nos institutions. En 1988, à la Biennale de Sydney, il veilla à faire exposer deux cents totems funéraires de la Terre d'Arnhem, tous réalisés pour l'occasion. Au Nord, il existe en effet de vrais totems, taillés dans des troncs d'arbres dénudés de leur écorce ; les initiés y peignent de savants quadrillages. Les couleurs sont celles de la tradition. Rien de vraiment contemporain ? Pour les créer, quarante-quatre initiés mirent la main à la pâte, notamment le grand George Milpurrurru. La National Gallery of Australia de Canberra, dirigée à cette époque par James Mollison, finança la réalisation du projet. Il en résulta autant de totems que d'années d'occupation de l'Australie par les colons britanniques. Cette grave et solennelle forêt sculptée témoigna, en pleine biennale, de la douleur des Aborigènes. On peut voir désormais cette forêt à la National Gallery of Australia de Canberra, tout de suite en entrant. Les masques de bois, la partie haute des totems, lancent au visiteur leur impénétrable murmure.

C'est Djon qui aime à déclarer, au détour d'une phrase, en aborigène, *Tyerabarrbowaryaou*, « Je ne serai jamais un homme blanc ». Il reprend ici, nous l'avons dit, la déclaration de foi du premier résistant aborigène de tous les temps, Pemulway, celui dont les Blancs adressèrent la tête, conservée dans du vinaigre, au botaniste Bankes, le compagnon de Cooke.

Djon était à Darwin lors de notre passage, au retour de Turkey Creek, et Marcia nous conseilla vivement de le voir. À cette époque, il vivait entre la Terre d'Arnhem et Sydney. Notre rencontre eut lieu à sa demande au bar du Plazza Hotel. En redressant la taille, un sourire amusé aux lèvres, il nous tendit sa carte de visite, non pas blanche, bien sûr, mais vert olive, comme l'inextricable végétation de la Terre d'Arnhem. Elle portait ce titre « Conseiller artistique, Bula'bula arts, Ramingining», et sa photo. Djon n'est pas grand, mais joue à merveille de ses nattes, des rastas épaisses qui, déroulées, tombent jusqu'à terre et lui font comme une espèce de traîne sauvage. Ces nattes somptueuses, enduites régulièrement de graisse de kangourou, constituent son label, comme la photo en témoignait : un chapelet de gros pythons serpentait autour du visage de Djon. Ce jour-là, les nattes traînaient sur les accoudoirs de son fauteuil.

Jane était à ses côtés. Jeune, fine, amoureuse. Djon nous la présenta en précisant qu'elle était avocate, chargée aujourd'hui d'une question délicate : le *copyright* aborigène, leurs droits d'auteur. Les premiers habitants de l'Australie en ont assez de voir leurs motifs sacrés rejoindre les tee-shirts, les emballages de bière, ou servir de décoration au dollar australien, quand ce n'est pas à des tapis fabriqués en Asie ! Jane attaque en justice tous ceux qui refusent de comprendre qu'un motif vient du Rêve et appartient à un initié en particulier, et que celui qui veut se servir de son motif doit préalablement obtenir son accord.

Djon, ce jour-là, avait beaucoup insisté : « Venez me voir à Ramingining ! » Ramingining, sur notre carte, était un petit point au bord de la mer, mais assez loin de Darwin. Un site difficile d'accès ; par la route, il faut redouter les crocodiles en balade car Arnhem est leur terre. Il en est de deux sortes, de rivière et de mer. Ces derniers, les plus gros et les plus féroces, sont capables de happer une mouette filant au ras de l'eau. Et très aventureux : on peut tomber nez à nez avec un de ces reptiles de cinq mètres de long, la nuit, à Darwin, dans les rues en bordure de mer. Nous avions noté que des compagnies d'assurances proposaient des contrats spécifiques contre les attaques des crocodiles. « En cas d'attaque, courez en zigzag, un "croc" s'essoufflera avant vous. En ligne droite, il rattrape n'importe qui sur les vingt premiers mètres. » Conseil d'« Abo »...

Terre d'Arnhem : la brillance

Finalement, nous avons pris un petit Cessna, aux ailes turbulentes, et atterri à Walkumbimirri, l'aérodrome de Ramingining. Benjamin a eu mal au cœur et Cléa, sa sœur, s'est endormie sous l'effet de la terreur. L'avion s'est posé non pas sur une piste de béton, mais sur un sol de terre avec des nids-de-poule, une herbe inutile, rase. Le jour se lève à peine, une brume masque encore les frondaisons. Toutefois, vers l'est, une somptueuse brûlure orange flotte sur une végétation dominée par les eucalyptus et les pandanus. Nous sommes en pleine brousse tropicale, au cœur de la Terre d'Arnhem, immensité verte qui occupe sur la carte tout le nord du continent australien.

À peine si nous avons eu le temps de penser aux crocodiles ! Avec le jour qui se lève, Djon arrive au volant de son pick-up, une fourgonnette avec une benne arrière. « *Sorry !* » Il s'excuse de son retard, puis nous serre tour à tour dans ses bras. Il est torse nu, ses nattes ce matin sont soigneusement réunies en catogan contre sa nuque.

Tandis que nous roulons, Djon nous donne une première leçon : « On compte, en Terre d'Arnhem, six saisons. Les Européens n'en identifient que deux, la saison sèche et la saison des pluies. C'est beaucoup plus complexe, certains de nos aînés parlent même de huit saisons. » Il ralentit un peu, avance la tête vers le pare-brise, et nous montre, en dirigeant son regard vers les feuillages des eucalyptus, des fleurs, comme des écrins orangés de couleur ; elles scintillent dans le matin. Deuxième leçon : « Quand ces fleurs apparaissent, nous entrons dans la saison du miel, de septembre à octobre, quand il est le plus abondant et le meilleur. » Pour localiser les ruches, un Aborigène plaçait dans une petite cage quatre ou cinq abeilles, en libérait une première qu'il suivait en courant jusqu'au moment de la perdre de vue, il en lâchait une seconde et, ainsi de suite, jusqu'à la ruche et son miel tant convoité.

Avec la lueur de ces fleurs dans les yeux, Djon lance : « Tout, ici, a été créé par l'Esprit du miel. » Même, ajoute-t-il, ces rochers oblongs — nous les apercevions, des sortes de bouteilles — creusés de trous qui résonnent la nuit quand le vent souffle. « On entend murmurer l'Esprit du miel. » Et quand Djon use d'une métaphore faisant appel au miel pour expliquer la présence des peintures aborigènes dans nos musées, il reste fidèle à cet Esprit !

La troisième leçon s'impose d'elle-même. Le monde, selon les Aborigènes, est uni par des connivences. Une petite fleur annonce l'abondance du miel. Oui, mais pourquoi cette fleur, a priori à mille lieux du miel ? Parce que l'œil aborigène, d'une extrême acuité, a perçu sa beauté et que sa raison a identifié qu'elle éclôt au moment où le nectar convoité devient lui-même abondant. Un scientifique ne fait pas nécessairement ce genre de rapprochement. Il voit dans le miel, d'abord, une nourriture résultat d'un processus biologique et chimique. L'Aborigène pense aussi à sa survie et prend appui sur des repères visibles, sensibles pour détecter le meilleur moment pour recueillir ce miel. Dans le désert, c'est bien une légère variation de la couleur des feuilles du mulga, l'arbre centenaire, qui annonce que l'heure est venue de creuser jusqu'à ses racines et qu'on y trouvera ces précieux vers blancs riches en protéines.

Pour nous, ces rochers, ces montagnes, ce sont d'abord des phénomènes géologiques dont nous datons l'existence avec nos compteurs Geiger. L'Aborigène, animé à la fois par son respect du monde, de son environnement et son souci de survivre, distingue dans la nature les signes d'une complicité rapprochant l'art du savoir. Son approche est plus subjective et plus réaliste, d'une certaine manière. En Australie, des observateurs occidentaux, aujourd'hui, considèrent que les Aborigènes sont « les aristocrates de la nature ». En ce sens, les histoires que rapportent les peintures des initiés ne sont pas à proprement parler des « histoires ». Un initié ne raconte pas d'histoires. Il cherche à nous rapprocher de cette vérité initiale, à savoir que le monde forme un tout sur des bases sensibles, complexes, unissant le cœur de l'homme au cœur du monde. « Là-bas, ça pense », comme dit Michel Cassé, mais ici aussi, avec cette fleur scintillante qui hèle les Aborigènes !

Pour un homme de la Terre d'Arnhem comme du désert, tous les traits sans exception du paysage sont personnalisés. À écouter Djon, nous apprenions que Ramingining et ses alentours résultent des exploits de l'Esprit du miel. Cet Esprit demeure, on ne peut nier qu'il scande toujours la vie si on s'en réfère à ces fleurs, ce nectar, ces arbres cachant des ruches, ces trous dans les roches, ces abeilles... Il y a du vrai et du « faux », c'est-à-dire du subjectif. Ces éléments fournis par la tradition non seulement permettent de se repérer, dans l'espace et le temps, d'élaborer une carte sensible du monde, mais également de réfléchir, de s'impliquer soi-même dans le continuum moral de la vie tout en y survivant noblement, comme un artiste.

Les premiers toits de tôle percent la verdure. Nous entrons dans Ramingining où vivent environ sept cents Aborigènes. Les fumées âcres des feux nous imposent leur silence. Insolite, un terrain de football trace son périmètre avec ses poteaux de but et son herbe rase. Des antennes de télé grimpent et concurrencent les fumées... Qu'en pense l'Esprit du miel ?

Nous dormirons dans la maison de Djon. Elle se dresse sur pilotis. À l'intérieur, un lit assez petit, un frigo dont les formes disent l'ancienneté, une télé à peine plus moderne et, posé sur une table à tréteaux, un ordinateur portable, lui du dernier cri. Djon dormira chez des voisins. Il s'éclipse pour quelques instants, en s'excusant. Aux murs, des peintures sur écorce viennent nous rappeler que Ramingining est un des centres artistiques les plus remarquables de la Terre d'Arnhem. Cœur du classicisme. Une Venise de l'art aborigène si Papunya est sa Florence, car ici pas de ruptures formelles aussi tapageuses que dans le désert.

Quand Djon revient, c'est pour nous entraîner dans une visite des lieux. Ici, alors que la matinée rayonne, les corps sont fins, élancés, sans graisse ni excessifs ballonnements. Tandis que nous explorons le centre du village, la beauté des individus éclate. Les enfants ont des dents immaculées, le fond des yeux d'une blancheur de nacre, leurs parents sont vêtus de tissus chatoyants. Rien à voir avec les fantômes désœuvrés de Darwin.

La main de Jack Wunuwun est fine, ailée, de même nature. Le peintre est concentré sur son pinceau, et sur l'écorce qu'il décore. Il travaille sur la surface interne, soigneusement nettoyée. L'index et le pouce, pour maintenir le pinceau, forment un rond délicat. Pour nous, c'est un nouveau rendez-vous avec les signes.

Jack Wunuwun est un grand initié. Car Djon n'a guère attendu pour nous faire découvrir Bula'bula Arts, « sa » maison des artistes. Le lieu baigne dans une lumière paisible. Appuyées contre les murs, des écorces peintes. La plupart portent les motifs de l'Esprit du miel ; nous reconnaissons les roches percées de trous. Les initiés vont et viennent. Beaucoup préfèrent travailler au grand air avec, pour seul abri, une bâche tendue entre deux branches d'arbre. On vient ici avec l'espoir que Djon vous annonce qu'il a trouvé preneur pour vos peintures, à Darwin, Canberra, Los Angeles. Oui, jusque sur la côte Ouest des États-Unis où Djon s'est récemment rendu, à l'invitation d'un homme d'affaires, propriétaire d'une chaîne de télévision, qui figure avec la reine d'Angleterre sur la liste des personnes les plus riches de la planète. C'est un passionné d'art aborigène ; chez lui, à Los Angeles, Djon fut reçu comme prince avec sa traîne de rastas...

La main de Jack progresse imperturbablement. Elle trace des traits parallèles, ocre jaune, très rapprochés les uns des autres. Il doit en être à une centaine ! Au milieu de la toile, une figure au contour noir et emplie de petits points blancs, comme une bouteille oblongue. Les traits parallèles évitent cette figure. Le poignet mince, osseux, de Jack prend soin de se lever quand approche la « bouteille ». Maintenant, il entame une autre série de traits parallèles qui coupent les premiers, formant de minuscules losanges Le motif central, cette bouteille oblongue, paraît s'installer au milieu d'un écrin de croisillons. Le regard de Jack, d'un bleu clair, quelquefois se lève pour mesurer l'effet produit. Son pinceau est en fibres d'eucalyptus et l'extrémité, qui lui sert à déposer la couleur ocre, se redresse comme un cil. En guise de palette, Jack se sert d'un galet plat ; là, il écrase de petits morceaux de roche, surtout ocre jaune et orangé. Nous retrouvons la palette traditionnelle : le noir, le blanc, les deux ocres.

L'artiste apporte à cet agencement une sorte de bienveillance appliquée qui s'enfuirait si tout était trop parfait, si Jack avait l'idée saugrenue de s'aider d'une règle, par exemple. Jamais n'existeront les machines à fabriquer ces petits croisillons !

Ils annoncent l'imminence d'une manifestation qui va durer plusieurs semaines.

Les enfants seront les premiers concernés. Car s'il y a comme partout une école officielle, tenue par les Blancs, les initiés apportent leur part à cet enseignement, sans d'ailleurs demander leur avis à quiconque. Car une trentaine de Blancs vivent à Ramingining, répartis entre les instituteurs, les membres de la police du territoire et quelques pasteurs, représentants d'une mission méthodiste apparue tardivement, dans les années soixante-dix.

Djon nous annonce que nous pourrons assister à la cérémonie inaugurale. Regard noir, grande moustache, barbe fine en collier, cheveux coupés ras, Big Joe pourrait sortir d'un loft d'artiste. Il porte une veste chamarrée, rayée, mais dessous le torse est nu. Autour du cou, en pendentif, son porte-monnaie. Une cigarette pend à sa main et il ne paraît pas avoir beaucoup plus de cinquante ans. Il vient aux nouvelles. Pour la cérémonie de ce soir, doit-il prêter des peintures ? La question reste un long moment en suspens avant que Jack, tout à sa tâche, ne lâche un « oui » méticuleux. Djon n'a rien dit.

Albert. Son chapeau sert à tenir le bandeau qui dissimule son œil droit crevé peut-être ou blessé. Ce matin, il part en forêt avec une hache. La mousson a imbibé le bois, et c'est à cette saison que l'écorce se détache le plus facilement des arbres. Tout artiste découpe lui-même ses supports en songeant déjà à l'œuvre qui leur est destinée. « Le bois parle », dit-on par ici, mais faut-il s'en étonner ? La présence d'un nœud servira à mettre en valeur tel contour de motif. Préalablement, on chauffe l'écorce au-dessus d'un feu, on l'aplanit, mais sans forcer ; les peintures gardent une part de cet arrondi originel. On nettoie ensuite la face intérieure avec du papier de verre. Avant d'attaquer la peinture, il est bon d'appliquer sur cette face lisse un apprêt, soit une couche d'ocre rouge, soit, plus rarement, une fine pellicule de suc d'orchidée sauvage — cette espèce de fleur pousse ici en abondance. Cette seconde option laisse davantage apparaître la matière du bois. Puis l'artiste prépare ses couleurs. Si l'ocre vient de la roche qu'on broie, le noir provient du charbon de bois ou du manganèse, un élément que les Aborigènes de la région ont longtemps troqué avec les Aborigènes de l'Est ; la couleur blanche est celle du kaolin. Enrichir ses couleurs, cela peut se faire en brûlant les ocres pour obtenir des nuances : l'artiste s'approche du vert olive, du mauve, du rose. Les pinceaux sont fabriqués avec des fibres d'eucalyptus, des fibres de feuilles de palmier, mais, pour les traits les plus fins, on n'hésite pas à employer des cheveux humains.

Quant aux images, aux figures mythiques, il en existe toute une déclinaison. Il n'y a pas que l'Esprit du miel. On dénombre l'Esprit du kangourou, l'Esprit du serpent arc-en-ciel, du chien, de l'oie sauvage, du lézard à langue bleue, à collerette… Un même Esprit peut se segmenter, car cette règle de subdiviser un motif se retrouve en Terre d'Arnhem.

Chacun entretient un lien avec un Esprit, et cette relation, comme on sait, le rend responsable du site fondé par celui-ci. Quoi qu'il en soit, l'Esprit du miel, ici, domine.

De retour dans sa maison sur pilotis, Djon allume son ordinateur portable. Juste pour nous donner une nouvelle leçon. Une image apparaît : la reproduction d'une œuvre de Jack, une écorce de jeunesse. « Rappelez-vous, lance Djon, la finesse des croisillons que vous avez vus. Dans cette œuvre qui remonte à trente ans, ils sont moins nombreux, plus épais, maladroits, moins resserrés. Entre eux, il y a la place pour de petites fleurs ; ce sont les crottes de la chauve-souris, un autre ancêtre fondateur, sur lequel Jack a des droits. » Nous concluons que Jack a gagné en maîtrise, et ses croisillons, en densité, en précision. « C'est un grand, un des plus grands ! » tranche Djon.

C'est Djon encore qui nous apprendra que le père du dadaïsme, Tristan Tzara, connaissait les chants aborigènes. À la galerie Dada de Zurich, le 12 mai 1917, Tzara lut un ensemble de « Poèmes nègres » — ainsi est-il écrit dans le programme de la soirée. L'origine de ces poèmes « traduits et lus par Tzara » est précisée : il y a des chants aranda et luritja, deux groupes linguistiques aborigènes du désert central, qui connaîtront Papunya dans les années soixante. Aranda et luritja, oui, ces noms figurent sur le programme. Comment Tzara a-t-il eu accès à ces chants ? Le directeur du musée de Berlin, le baron Moritz von Leonhardi, a publié en 1909, en collaboration avec le pasteur Georg Reuther, deux études sur les tribus du désert australien, et notamment sur les Aranda. Reuther a fondé, en décembre 1888, la mission luthérienne de Killalpaninna, près du lac Eyre, en territoire Diyari. Reuther connaît Carl

Strehlow — ils se sont mutuellement rendu visite —, un autre pasteur luthérien, fondateur, en 1877, de la mission d'Hermannsburg, très au nord du lac Eyre, en terre aranda. Étrange comme, pour nous-mêmes, les signes s'ajoutaient ! En effet, Carl Strehlow eut un fils avec une Aranda. Celui-ci grandit à Hermannsburg et apprit aussi parfaitement l'anglais que sa langue maternelle. À l'époque, les missionnaires proposaient un toit et de la nourriture aux Aborigènes qui acceptaient de rejoindre leurs missions. Ce fils, plus tard, sous la signature de T. G. H. Strehlow, publia des ouvrages ethnographiques et en particulier cette étude sur les Aranda, publiée en 1947, où il décrit ses camarades d'Hermannsburg comme de véritables « snobs ». C'est d'ailleurs la lecture de ce livre qui confortera Claude Lévi-Strauss dans ses intuitions : « Peu de civilisations, autant que l'australienne, semblent avoir eu le goût de l'érudition, de la spéculation, et de ce qui apparaît parfois comme un dandysme intellectuel, aussi étrange que l'expression puisse paraître quand on l'applique à des hommes dont le niveau matériel est aussi rudimentaire. » Cette appréciation, flatteuse, transparaît aussi, nous l'avons dit, dans les travaux de Fred Myers sur le « moi pintubi ». L'ethnologue new-yorkais nous met en garde contre l'existence de « théories » ethnographiques un peu trop rigides, aveugles ! Cette vision ne doit cependant pas nous faire oublier combien le désert est un grand monastère, qu'on y survit en méditant, porté par le vent de l'esprit, que la télépathie y règne, et que ce « moi » n'est peut-être pas réductible à l'ego, que pointe avec lui une constellation spirituelle. Enfin, c'est en revenant d'Hermannsburg que nous avons basculé dans une série de tonneaux qui allaient nous entraîner à l'hôpital d'Alice.

Tout débuta donc près de ce site, lui-même inaugural !

Djon s'éclipse. Le contenu du frigo nous étant offert, nous avons déjeuné et un peu dormi. Il devait être six heures du soir quand Djon nous a réveillés, plus explicite que ce matin : « Vous assisterez à la partie publique de la cérémonie, elle aura lieu ce soir, dans le camp d'en bas. »

Avec la nuit, nous avons vu des jambes, animées de rythmes saccadés, lancer des flammèches, les danseurs ayant attaché des feuillages à leurs membres et mis le feu à ces rameaux de verdure. Averses d'étincelles, soutenues par le hululement des *didgeridoos* — longues trompettes en bois, d'un mètre ou deux, au cœur évidé sur toute la longueur à cause du travail obstiné des termites —, par le claquement aigu de bâtons qu'on heurte, le chant des femmes, le balancement de leurs corps. Et nous avons aperçu les visages couverts d'ocre, de kaolin, masques blancs communiant avec le monde invisible, de Jack, Big Joe, Albert et d'autres : ils entraînaient une longue file de jeunes garçons vers la brousse.

Le lendemain, et sur les conseils appuyés de Djon, nous achetâmes, et très volontiers, une peinture à Jack. Nous eûmes le sentiment que la transaction en cachait une autre. Jack nous observait, autant que les billets verts que nous lui tendions. Djon, lui, savait ce qui se jouait, mais ne nous en avait rien dit. Prudent. Le regard de Jack s'éternisait. Puis, levant le bras avec lenteur, il prit l'argent, sans un mot. Mystificateur, Djon nous demanda de l'attendre dehors et s'entretint avec Jack à voix basse. Puis il nous rejoignit, en lâchant : « C'est d'accord ! » Nous étions autorisés à nous rendre ce soir, à notre tour, dans la brousse, mais à une condition : emmener avec nous la belle peinture de Jack couverte de croisillons.

Nous n'eûmes pas à beaucoup marcher, après avoir laissé nos enfants à la garde d'une nounou aborigène. Leur base était à l'orée de la bourgade et ressemblait de loin à une infirmerie de brousse. Les jeunes reposaient sur des couvertures, allongés sur le dos, leurs bras au-dessus de la tête, leurs bustes offerts aux pinceaux des aînés, des « soignants ». Le camp était installé sous un arbre centenaire. Big Joe, Albert et les autres, tous, tenaient délicatement des bâtonnets de bois et opéraient à même la peau des enfants, traçant des bandes blanches, des motifs que les enfants recevaient avec toute la gravité voulue, les yeux fermés, abandonnés au Rêve. Quelquefois, l'un d'eux ouvrait les paupières, révélant un regard craintif, pour aussitôt les rabaisser. Régulièrement, d'un geste lent et calculé, la main de l'aîné allait tremper son pinceau dans une canette de bière Foster sectionnée, remplie d'ocre diluée ou de kaolin. Puis elle reprenait son ouvrage sur le torse du garçon. Big Joe colorait d'ocre l'intérieur d'une figure représentant une oie. Un homme frappait l'un contre l'autre deux boomerangs crayeux, blanchis, pour rythmer son propre chant qu'il modulait d'une voix sourde.

Jack était assis dans le creux d'une fourche basse du grand arbre et surveillait la scène ; sa main, au loin, nous fit signe de nous asseoir aussi.

Tous les enfants recevaient sur leur buste, leurs bras, leur visage, les motifs reliés à l'Esprit du miel. On percevait aussi une litanie formée de voix féminines, mais il n'était pas possible, d'où nous étions, d'apercevoir les chanteuses.

Voyage, voyage… Ces jeunes êtres allaient s'imbiber de cette vérité : le paysage est un lieu vivant, il a été créé par l'Esprit du miel. Guidés par les aînés et préparés par leurs soins, porteurs de tous les motifs, les attributs se référant à ce passé, et plus encore à cet Esprit, ils allaient refaire le chemin qui avait abouti à la création de Ramingining. Car L'Esprit du miel avait tout créé, le golfe de Castlereagh, la rivière Glyde qui s'y jette après avoir longé leur village, les abeilles, les ruches, les alvéoles, la cire, le miel, les eucalyptus filandreux dont les fleurs orangées et rouges apparaissent avec la saison du miel, les sacs en fibres de pandanus avec lesquels on recueille le miel — ils pendaient aux branches de l'arbre centenaire, sorte de grandes nacelles allongées. S'ils avaient reçu les motifs et revêtu les parures — des bracelets de duvet, de plumes autour de leurs petits biceps —, c'était bien pour refaire ce voyage, en comprendre la logique. N'avaient-ils pas été jusqu'à adopter pour l'occasion le sexe féminin de cet Esprit, comme en témoignaient ces bracelets délicats de duvet et peut-être ce chant, au loin ?

Comme peu de choses étaient laissées au hasard ! Comme tout annonçait la poésie ! *Poiein*, « créer » en grec : le menton des jeunes élus était souligné d'une belle ligne blanche de kaolin. Le menton particulièrement dont la courbure rappelle celle de la vague ; ce blanc devenait l'écume, mais l'Esprit du miel n'était-il pas arrivé par la mer ? Les hommes chantaient :

D'où sommes-nous venus ? De la mer…
Oui, la mer.
Puis nous avons ouvert l'embouchure de la rivière.
Oui, la rivière.
Puis, en jetant l'arbre, creusé la baie, et créé les rochers.
Oui, la baie et les rochers.

Et quand l'eau des marées s'est retirée,
Et quand la mer s'est retirée, nous sommes apparus.

Avec la nuit, un feu lançait ses flammes vers un ciel noyé d'étoiles. Alors réapparut notre écorce. Au milieu d'autres. Elle se dressait, posée contre un tronc d'eucalyptus. On comptait une dizaine d'écorces. Cette haie d'images se détachait sous l'éclairage du feu crépitant. Et le motif de notre écorce nous apparut avec une précision renouvelée. On apercevait parfaitement la forme du rocher percé d'orifices — la bouteille —, identique à ceux dont Djon nous avait parlé, ces rochers oblongs près desquels, la nuit, il était possible d'entendre le murmure de l'Esprit du miel ; ce motif à présent paraissait porté par un frémissement. Sous la lumière du feu, le réseau de croisillons scintillait, crépitait lui-même, comme d'ailleurs les croisillons de toutes les écorces. La haie d'écorces vivait, oscillait, émouvants signaux.

« *Bir'yun* ou effet de brillance. Bir'yun, appliqué aux peintures, est l'effet visuel provoqué par les fins croisillons qui couvrent la surface d'une peinture sacrée. Leur vision produit une sensation de bonheur, d'extase. Les Aborigènes voient dans cet effet une similitude avec le *wangarr*, autrement dit le monde des Ancêtres. À mes yeux, le bir'yun est un effet transculturel. La façon dont cet effet est perçu peut varier selon les individus au gré de certains facteurs neurophysiologiques, mais, fondamentalement, il transcende les contextes culturels particuliers. Ces croisillons sont de même nature que l'éclat de la mer au soleil couchant. »

Cette définition du système des croisillons et de

ses scintillements dans la nuit nous fut livrée, peu de temps après, par l'anthropologue Howard Morphy. Nous étions dans son bureau surchargé de livres, à la Australian National University de Canberra. Nous l'avions intercepté entre Oxford, où il enseigne aussi, et cette Terre d'Arnhem que, depuis vingt ans, il ne cesse de sillonner avec sa femme, une linguiste, la meilleure spécialiste des langues de cette région, y compris des parlers créoles. L'anthropologue Donald Thomson remarque le premier, en 1937, dans ses notes de terrain, l'importance du concept de « brillance ». On peut dire de bir'yun qu'il renvoie à une qualité esthétique, car il opère indépendamment d'un message, même s'il s'adresse aux cinq sens à la fois. Howard Murphy poursuit : « Seuls les Aborigènes de haut rang arrivent à produire l'effet de brillance. Ils y font appel pour conduire les initiations, mettre en condition les novices. Un initié qui vieillit et dont les mains tremblent, autrement dit qui n'est plus en mesure de faire des hachures en croisillons tant ce travail nécessite de doigté, cet initié âgé peut être conduit à cesser son enseignement, sauf s'il trouve un maître plus jeune que lui capable de réaliser, mais sous sa direction, ces croisillons ; sinon, encore une fois, il interrompt son enseignement, il se tait pour toujours. »

Longtemps, la thèse inverse a triomphé, aux époques où le « primitif » était un reliquat du passé, et pas notre contemporain. Les spécialistes enseignaient qu'il suffit qu'un symbole soit présent sur une écorce pour qu'il remplisse son rôle. Qu'il fût laid ou beau n'y changeait rien. On associait le motif à un symbole, comme la faucille et le marteau ont longtemps représenté le communisme. L'effet de brillance atteste du contraire. Il anime l'écorce ;

il provoque un état d'esprit. Un initié a défini ainsi ce qui arrive avec le bir'yun : « *Ngoy ngamathirri, ngoy kitkitthun* », qui se traduit par : « La lumière qu'on a au cœur quand on est heureux, la lumière qui fait sourire. » À la manière du Bouddha ?

Le message, son image sont une chose. Le message s'adresse à la raison, il est loin d'être négligeable, et l'on comprend que l'ethnologie s'y soit montrée à ce point sensible, jusqu'à ignorer le témoignage de l'invisible, comme Rome a tourné le dos à la quête d'un maître Eckart songeant au Vide. Le message mythologique raconte la genèse du paysage, il permet d'en comprendre la naissance, de se conduire comme il convient, dans le respect d'un ordre mis en place par le Rêve, les ancêtres. Bir'yun est autre chose, bir'yun est une émotion sacrée, un éblouissement capable d'apaiser les tensions, de créer un climat de bonheur, non d'être seulement réceptif au message mais d'en être déjà, en partie, l'incarnation. Aucun enseignement ne saurait se passer de cette vérité : à savoir qu'il ne doit pas être seulement compris mais reçu, éprouvé, intériorisé. Ce pouvoir de l'effet de brillance est sous-tendu par le monde des ancêtres. Il y a deux pouvoirs, et l'écorce les conjugue : celui des ancêtres ou de l'invisible ; celui des humains ou de la raison. Il ne faut pas craindre de se demander si cet effet de brillance n'est pas d'une certaine manière supérieure au message, à l'image. L'effet esthétique est si particulier : il apparaît, à vrai dire, à la charnière du visible et de l'invisible — pollen, diraient les Navajo ! — alors que le message vient du monde visible et y retourne. Encore une fois, si cet effet outrepasse la raison, il n'est pas là pour la nier ou la détruire. Faux débat que celui qui consisterait à opposer cet effet esthétique à la logique rationnelle, ou l'art au message ! Ce sont deux registres différents qui parfois se rapprochent, s'entrecroisent, mais sans jamais se confondre. Leur essence rend impossible cette communion.

À Ramingining, nous n'aurions pas l'autorisation de suivre tout le processus de l'initiation, dont l'un des temps forts serait la circoncision des garçons. Mais ces peintures sur leur corps joueraient leur rôle, feraient entrer ces jeunes êtres dans le monde improbable des origines.

Djon est radical : « Si l'art aborigène actuel est fort, ce n'est pas parce qu'il a retenu l'attention récente d'un public blanc, mais parce qu'il découle de fortes traditions culturelles qui évoluent depuis plus de quarante mille ans et qui sont toujours vivantes. » Nous boudons l'évolution, la force qui l'anime et qui va du plus ancien au plus moderne. Nous coulons ces objets dans des moules esthétisants qui sont à mille lieux des leurs, si l'on se souvient du sens de ce mot, bir'yun.

Or, ces œuvres refoulent l'idée de représentation, elles agissent, hier comme aujourd'hui, même quand elles figurent dans nos musées, tantôt peintures sur écorces, sur toile, tantôt installations, constructions de sable, de poudres minérales, végétales, agencées à même le sol. Elles sont alors, comme le répète si souvent Djon à ses interlocuteurs blancs, « des ambassades de l'esprit », des fragments du territoire virtuel et mental des Aborigènes projetés sur une terre étrangère. D'ailleurs, la question de l'authenticité des œuvres présentées au public occidental, si souvent invoquée comme la question cruciale par nos spécialistes, ne concerne pas les artistes aborigènes. Surtout quand le critère de cette authenticité est d'abord l'ancienneté. L'important, aux yeux des Aborigènes, c'est d'abord la permission, l'autorisation, le droit de réaliser une œuvre parce qu'on en a reçu la propriété et parce qu'on l'exerce sans relâche, en maintenant l'œuvre en vie. On ne joue pas avec ce principe.

Pas plus qu'on ne pèse sur la terre.

Des économistes occidentaux n'hésitent plus, aujourd'hui, à réhabiliter l'idée, aborigène s'il en est, que la terre puisse avoir un tout autre usage que celui que la société occidentale lui a imposé, qu'elle puisse être un legs à l'égard duquel il faut se conduire avec le plus de légèreté, de grâce possible. Marcher sur elle à la manière d'un nomade, en pesant le moins possible, poser ses yeux sur un buisson de baies sauvages puis, sitôt comblée la faim du moment, regarder ailleurs, progresser plus loin, après avoir laissé, pour le nomade suivant, une ration de « sucre ». Tony Dingle, professeur d'économie à l'université de Melbourne, écrit : « Nous savons maintenant que les chasseurs-cueilleurs aborigènes étaient des managers de ressources très savants et sophistiqués, capables de vivre de la terre avec le minimum d'effort. Ils savaient gérer le temps, de manière à pouvoir jouir d'une vie spirituelle pleine et satisfaisante, d'une vie cérémonielle et sociale riche et ample, une fois leurs besoins en nourriture assurés[21]. » Un autre économiste, Marshall Sahlins, va jusqu'à voir dans la société aborigène « la première société d'abondance[22] ». Le désert australien est un grenier inépuisable, une épicerie sans parois, des pâturages sans clôtures. Sahlins affirme que si les Aborigènes n'ont jamais été des cultivateurs, c'est que leur système de chasse, de cueillette et d'échanges leur assurait une économie abondante, diversifiée, harmonieuse — leur silhouette d'autrefois en est la preuve —, « festive », plus satisfaisante en tout point que la nôtre. Relisons cette description du corps aborigène avant que ne l'affecte l'économie industrielle : « Jour après jour, j'ai regardé les splendides corps sans vêtement des hommes qui marchaient à nos côtés. Leur peau brillante de santé sous laquelle roulaient leurs muscles, leur port royal étaient un perpétuel plaisir des yeux. J'étais particulièrement frappé par la dignité des plus âgés[23]. »

Tony Dingle rappelle que « de tous les systèmes économiques conçus par l'ingénuité humaine, celui de la chasse et de la cueillette est le plus ancien, et que c'est en Australie qu'il a survécu le plus longtemps. Le système très différent d'économie capitaliste et industrielle dans lequel nous vivons aujourd'hui, vieux de deux cents ans, en est à peine au stade de l'enfance, et il est loin d'avoir démontré son efficacité ».

Comment nier que, absorbés dans le travail, la conquête, nous nous sommes enfoncés dans les pesanteurs de la production, de la sédentarisation, de l'uniformisation, dans les conflits, la démesure, autant d'actes qui placent aujourd'hui la société occidentale au bord de l'asphyxie, voire de l'extinction, menaçant avec elle toute la planète ?

En vérité, les Aborigènes essaient de nous dire que celui qui survit n'est pas le plus « puissant », le plus « dominant », mais au contraire, magistrale leçon, le plus « léger » d'une certaine manière, le moins pesant, le plus nomade, le plus créatif, le plus « artiste ».

On ne peut guère imaginer plus grand défi lancé aux Blancs que cette phrase de l'Aborigène Galarrwuy Yunupingu, extraite d'une lettre ouverte qu'il leur écrivit en 1976, précisément l'année du décret sur les droits fonciers en Territoire du Nord dont les patronnes d'Utopia allaient s'emparer: «Mon père m'a appris que si je faisais une marque ou une entaille sans raison dans ma terre, je blessais les os des peuples de cette terre. Un jour que nous étions partis pêcher ensemble et que je laissais traîner derrière moi ma lance qui faisait une trace sur le sable, mon père m'a dit d'arrêter de faire cela. Nous ne devons creuser et faire des marques dans le sol que lorsque nous célébrons des cérémonies ou que nous recueillons de la nourriture. La terre est ma colonne vertébrale. Si je suis encore droit et fier, si je n'ai pas honte de la couleur de ma peau, c'est parce que j'ai encore une terre, c'est parce que je peux danser, peindre, chanter, créer comme mes ancêtres l'ont fait avant moi. Mon peuple ne veut pas être comme vous.»

IV

UNE RÉVOLUTION COPERNICIENNE

Depuis que nous l'avons rencontré pour la première fois à Dharamsala, en Inde, le lama Lobsang n'a pas changé. La même somnolence de fauve tranquille enrobe ses gestes. Toujours, ce regard scrutateur. Et, toujours, secrétaire général du monastère Namgyal, rattaché au dalaï-lama. Seules ses joues ont gagné en rondeur, et même ses bras. Osons l'écrire : Lobsang a pris du poids, et lui-même s'en plaint. Est-ce la faute de ses obligations de secrétaire général ? Lui seul le sait...

Aujourd'hui, nous ne sommes pas dans son monastère, sur les pentes de l'Himalaya, mais au niveau de la mer, et même, alors que la discussion fait feu de tout bois, sur le pont arrière d'un hors-bord spacieux. Sa coque blanche fend les vagues de la baie des Anges. À quelques encablures, on aperçoit le port de Nice. Aujourd'hui, le ciel est gris, le plafond bas, la mer agitée. Les embruns ne nous empêchent pas de débattre. Lobsang se fait précis : « Nos grands maîtres en sont arrivés à la conclusion que l'Occident n'a atteint que le niveau 3 pour ce qui est de la maîtrise de l'esprit. » Nous ripostons : « 3 de quoi ? » Lobsang réplique : au monastère, les cours, sur ce sujet entre tous crucial, le mental, comportent en tout onze niveaux. Il nous en resterait encore huit à gravir !

Comblerons-nous jamais notre retard ? Le regard de Lobsang plonge dans l'écume, il hésite ; selon lui, l'enseignement bouddhiste est avant tout une affaire personnelle. Certains, comme l'oracle d'État, occupent un échelon élevé dès leur naissance, grâce au karma de leurs vies antérieures : ils ont ensuite d'autant moins d'échelons à grimper. En vérité, seul le pratiquant, dans le secret de sa conscience, sait à quel échelon il se tient : premier, onzième, entre les deux ? Oui, ce serait seulement cas par cas qu'on pourrait juger si ce retard est comblé. Jamais globalement. Voilà qui nous rappelle que les professeurs des sociétés indigènes ne dispensent pas leur enseignement face à des élèves assis, passifs. Ils invitent leurs disciples à se lever, à s'impliquer, à changer. Cette métamorphose, en Occident, résulte d'une maladie, d'un amour, d'un décès, bref, d'un événement vital. En terre indigène, un enseignement entre dans cette catégorie : il transforme l'élève, hier lourd comme du plomb, aujourd'hui plus léger. A-t-il rejoint le continuum de la conscience du monde, a-t-il pu, à la manière d'une montgolfière, se délester et accéder à l'éther ?

On peut, certes, se réclamer de la puissance du cogito, penser à Descartes, à Hannah Arendt, s'en référer à la liberté définie, par Sartre, comme un pouvoir « irréductible », absolu, que seul l'homme posséderait — quand toute la philosophie orientale enseigne l'inverse, l'interdépendance, affirme que rien n'est absolu, n'existe en soi.

La mer devient plus grosse. Le bateau vire rageusement pour regagner son port d'attache. Le yacht appartient à Tana Matisse, une femme menue et attachante, moineau sur une mer agitée. C'est la veuve de Pierre Matisse, le fils aîné du grand maître. Elle a tenu à inviter le lama Lobsang, et les moines qui sont avec lui à Nice, à faire cette balade en mer avant qu'ils ne repartent pour l'Inde, à Dharamsala. De retour au port, elle demande à ses invités qu'ils fassent une prière à son intention, ce qu'ils accomplissent volontiers, assis sur les banquettes en acajou, tandis que Tana s'applique à fermer les yeux.

Ces moines sont venus à Nice pour réaliser, au musée Matisse, le fameux mandala de Kalachakra, en poudres colorées, composé de cercles, de carrés imbriqués les uns dans les autres. Le musée est bâti sur les hauteurs de la ville, à Cimiez. La démarche a beaucoup surpris. Il nous a fallu patiemment expliquer que la présence de ce mandala n'avait rien d'incongru. Les livres sur Matisse passent sous silence, ou presque, qu'en 1948 le maître — il approche des quatre-vingts ans — déclare à Picasso — lequel va, lui, sur ses soixante-dix ans : « Si je suis quelque chose, je suis plutôt bouddhiste [1]. » L'Espagnol lui reproche de décorer la chapelle dominicaine de Vence : « Mais pourquoi faites-vous ces choses-là ? Je serais d'accord si vous étiez croyant. Dans le cas contraire, je pense que vous n'en avez pas moralement le droit. » Paroles sévères, auxquelles Matisse riposte par cette déclaration — une des rares qu'il ait jamais faites quant à ses convictions personnelles. Matisse, rappelons-le, en dépit des pressions de ses amis dominicains de Vence, mourra en athée. Notre propos à Nice était bien de montrer que, chez Matisse, si quelque chose est « plutôt bouddhiste », c'est surtout la couleur. Matisse appartient à une génération de peintres qui se sont beaucoup souciés de « la marche du cerveau » et qui l'ont fait dépendre de « l'avancement pictural ». Quand Matisse s'adonne aux papiers découpés, vers la fin de sa vie, technique dont il dit qu'elle est une « simplification » de son art, il affirme parallèlement : « Jamais, je crois, je n'ai eu autant d'équilibre qu'en réalisant ces papiers découpés. » Démarche interactive, entre l'esprit de l'homme et l'esprit de la couleur.

Les couleurs du mandala tibétain et celles de Matisse agissent, opèrent, ébranlent le « centre mystérieux de la pensée » dont parle Gauguin, ce peintre en révolte contre l'art de son époque, qu'il juge trop au service de l'œil. À Nice, cela a beaucoup surpris, qu'un maître occidental ait pu avoir de pareilles connivences avec une société asiatique.

Mais, du haut de son échelon « 3 », l'Occident trône, en maître de la planète. Encore que ce ne soit plus aussi vrai aujourd'hui. La science s'est détournée de son cours, elle a gagné des terrains que la religion considérait comme son apanage ; de progrès en progrès, elle en arrive à se rapprocher des savoirs indigènes si longtemps décriés. Guy Pelletier, astrophysicien se réclamant du bouddhisme, évoque l'étrangeté de certaines expérimentations actuelles : « Lorsqu'on provoque une collision de grande énergie entre deux particules prétendument élémentaires dans un accélérateur, par exemple un électron et un positron, il en résulte l'actualisation d'un nombre important de particules qui ont en quelque sorte émergé du vide, en convertissant une grande partie de l'énergie incidente de la collision en énergie de masse des diverses particules ainsi "créées"[2]. » Nous aussi, désormais, dialoguons avec le vide, en nous aidant de nos propres moyens.

Dans les souterrains du Cern, le Centre européen de recherche nucléaire, aux portes de Genève, on va, télescopage de particules aidant, jusqu'à créer un mini-big bang, histoire d'avoir une idée plus précise de la façon dont l'Univers est né. On croit rêver ! Un responsable déclare que ce type d'expérience pourrait provoquer l'émergence d'un trou noir à la surface du globe, lequel, par un effet de suçon cosmique, pourrait aspirer toute la matière terrestre... Le physicien Alavaro de Rujula déclare en effet : « Chaque fois qu'une nouvelle machine est construite au Cern, nous devons nous poser le problème et y faire face[3]. » Heureusement, la probabilité d'un tel désastre est presque égale à zéro, mais nos consciences y font face et dérivent loin, très loin.

L'Occident a basculé, à cause de ses propres recherches, dans une vision inédite de la matière, de l'être, des origines, du temps, de l'Univers. Sans ce changement interne, aucune confrontation n'eût été possible avec les savoirs indigènes. Nous aurions sans doute continué d'ignorer leurs contenus, si éloignés des nôtres, du moins jusqu'ici. Les bons sentiments n'y auraient pas suffi. C'est bien parce que la conscience occidentale a d'abord évolué en son sein qu'elle a pu s'ouvrir à d'autres probabilités. L'humanisme est un leurre sans cette mutation intérieure. Les passerelles qui s'instaurent vont bien au-delà d'un vague dialogue de culture à culture, entre hommes de bonne volonté. Il ne s'agit plus, plus seulement, de musique, de poésie, de contes ou de mythes. Mais d'une rencontre entre nos sciences et leurs savoirs. Et, fait nouveau aussi, sans intermédiaire. Le médecin navajo échange avec son homologue occidental. L'astrophysicien s'adresse au pratiquant tibétain. Le peintre aborigène australien dialogue avec les maîtres de l'art européen.

Qu'on songe au chemin parcouru ! L'Indien n'avait pas d'âme, l'Aborigène était une « brute », le Navajo, un alcoolique. Tous, en tout cas, des êtres « acculturés ». Comme l'Occident a pu se gargariser de ce mot d'« acculture » ! Si peu ont vu, aperçu ou même simplement songé que ces mondes pouvaient cacher des ressources, du ressort! On ne parlait que de déchéance physique, morale, et de leurs signes extérieurs : le désœuvrement, le déracinement, les maladies corrélatives. Les « meilleurs » spécialistes n'envisageaient pas de rebond, encore moins de renaissance. L'humaniste a longtemps trouvé dans ce point de vue sa propre justification. L'anthropologue aborigène Marcia Langton en est parfaitement consciente : « Pourquoi les Blancs ont-ils tant cherché dans "l'autre" un salut à leur propre anxiété ? »

À l'heure des réévaluations, il est important de ne pas retomber dans le manichéisme. Ainsi, nous ne pensons pas que le dalaï-lama ait réponse à tout et unilatéralement raison. Il lui arrive de se tromper. Alors que, devant des scientifiques réunis à Dharamsala, il exprimait l'idée que les Aborigènes « menaient une existence très simple », il lui fut rétorqué par le neurologue américain Robert B. Livingston : « Les Aborigènes ne mènent pas une vie très simple, parce qu'il leur faut connaître les noms spécifiques — individuels, non génériques — de tous les arbres et de tous les fourrés se trouvant sur une centaine de miles à la ronde. Ce qui constitue un sacré défi à la mémoire ! Leur vie est très difficile[4] ! » Et sans doute le dalaï-lama serait-il très surpris d'apprendre qu'on ait pu comparer des initiés du désert à des maîtres tibétains !

Il faut rester vigilants même si, désormais, il nous est impossible de revenir en arrière. Nous le disons souvent : nous-mêmes avons été irradiés par des ondes, des flux invisibles. Nous sommes conscients que notre santé dépend, à coup sûr, de l'existence, ou pas, d'une harmonie en nous. Que pour vraiment juger, il est préférable de s'écarter de son propre système de survie. Que les passions : la jalousie, la colère..., peuvent être, en effet, « obscurcissantes ». Qu'on peut vivre, vieillir et mourir autrement si l'on sait faire pousser dans sa tête un arbre aussi filiforme que l'arbre mulga du désert australien. Éduquer, ce n'est pas bassiner ses enfants avec des idées — les mêmes, bien sûr, que celles avec lesquelles nous avons petitement vécu — mais alléger leur héritage, si l'on peut dire, leur offrir un bagage le plus épuré possible, les encourager à acquérir eux-mêmes une fluidité psychologique, à ne pas se charger de ces passions « obscurcissantes » qui peuvent paralyser, anéantir une existence entière. Un mental n'a pas à être la succursale d'un parti politique !

La pensée d'en face est ondulatoire. Elle serpente autour de la frontière qui sépare la raison des autres potentialités du cerveau. On l'a vu avec l'oracle d'État, la guérison navajo, la création aborigène. Cette pensée ondulante, comme on l'a cru trop longtemps, n'est pas un signe de pathologie. Mais une vérité, une liberté. Autre frontière à être transcendée, celle des sexes : aller vers une pensée hermaphrodite.

La notion de « troisième sexe » se retrouve dans les écrits de Bernard Saladin d'Anglure, anthropologue spécialisé dans le chamanisme, et en particulier celui des Inuits[5]. En territoire navajo, c'était le cas avec Hosteen Klah, hermaphrodite de naissance et grand homme-médecine. On peut citer aussi une autre Navajo, femme-médecine célèbre, Kinipai, également hermaphrodite. Avant tout, c'est d'un ordre symbolique dont il s'agit. Les Navajo séparent — n'y voyons pas un jugement ! — les homosexuels de ces hermaphrodites en robe, dépositaires de la guérison navajo.

Saladin d'Anglure rappelle l'importance, dans la société inuit, du travestissement, et ceci dès l'enfance. On donne à un petit garçon ou une petite fille le nom patronymique d'une parente ou d'un parent qu'on aimait bien et qui vient de mourir. Ce peut être aussi un voisin ou une voisine. Fidélité du cœur qui peut conduire un jeune garçon à porter un nom de femme, et même des attributs vestimentaires en conséquence. La défunte, souligne Saladin d'Anglure, devient une «parente virtuelle». Un jeune peut même se voir attribuer plusieurs patronymes dont la somme laisse apparaître la dominante d'un sexe ou d'un autre, sans relation, nécessairement, avec le sexe véritable de l'enfant. Ainsi un garçon sera-t-il habillé et éduqué en fille, et tout aussi bien l'inverse. Ce phénomène, rapporte cet anthropologue, touche près de 20 p. 100 des enfants inuits. Hermaphrodites culturels, ils grandissent ainsi jusqu'à la puberté. L'étrange — si la chose l'est —, c'est que les chamans, à la fois guérisseurs et prophètes des grands froids, se dégagent essentiellement des rangs de ces enfants. Autre élément qui laisse songeur : ils approchent par étapes du statut de chaman, à travers une longue initiation qui peut être aussi le résultat d'un drame personnel, la conséquence d'un incident marquant — ils ne manquent pas, en terres polaires ! On songe à nouveau aux mystiques qui disent avoir traversé une première mort, sous leur chair, de leur vivant. Devenu chaman, l'élu reçoit le soutien d'esprits auxiliaires sexués, et certains du sexe opposé au sien. On dit même qu'un chaman peut avoir des rapports sexuels — le rêve aidant, éveillé ou nocturne — avec l'un ou l'autre de ces esprits auxiliaires. Le jeu avec la frontière paraît incessant. Ajoutons que la transe du chaman à l'heure de la divination, nombreux sont ceux qui l'ont noté, est douce et de courte durée. L'oracle tibétain, au contraire, exulte mais, on l'a dit, garde un œil sûr quand il lâche sa flèche : elle ne tue personne. Saladin d'Anglure conclut à juste titre qu'on a tort de parler d'hystérie à propos de tous ces phénomènes, car ce mot garde un relent pathologique ; il rappelle qu'on est allé jusqu'à parler « d'hystérie arctique » à propos des transes du chaman ! Nous bannirons désormais ce mot, d'un autre temps.

Que la mesure apparaisse *in fine*, et en particulier dans ces pics de la conscience, conforte encore l'idée que nous sommes dans le domaine de la maîtrise. Ce jeu avec la frontière apparaît presque comme une méthode. La raison n'est pas menacée, simplement, elle n'est plus exclusive, plus seule.

Rares ont été, philosophiquement parlant, ceux qui, en Occident, ont perçu ce potentiel à l'œuvre. Kant entrouvre une porte, quand, en 1794, il parle du néant que « les philosophes chinois s'efforcent, dans des locaux obscurs et en tenant les yeux fermés, de penser et de ressentir[6] ». C'est encore un philosophe allemand, Schopenhauer, qui se confronte directement à la pensée du vide. Il a accès, en 1813, à la première traduction jamais faite en Europe d'une cinquantaine d'*Upanishads* — il en existe en tout plus de trois cents —, des commentaires sur les premiers textes sacrés de l'Inde, les *Veda*, datant eux du IIe millénaire avant notre ère. Schopenhauer a entre les mains la traduction, en latin par Anquetil-Duperron, de ces textes sanskrits, éditée en 1802 à Strasbourg, grande capitale de la mystique rhénane. « J'avoue que je ne crois pas que ma doctrine aurait pu naître avant que les Upanishads, Platon et Kant aient pu éclairer ensemble l'esprit d'un homme », note Schopenhauer en 1816. Il aurait pu ajouter, à ces deux noms, celui du mystique rhénan, Maître Eckart (1260-1327), et sa propre quête du vide. « Dieu est vide de toutes choses, et c'est pourquoi il est toute chose », écrit ce dernier dans sa proposition 23, qui lui vaudra les foudres de Jean XXII, en 1329, soit deux ans après sa mort[7].

Reste que Schopenhauer, qui n'ignore évidemment pas Eckart et qui se réclame d'un empirisme unissant physique et métaphysique, unit pour la première fois l'Orient et l'Occident dans un mélange détonant. En 1819, dans *Le Monde comme volonté et représentation*[8], il livre cette réflexion : « Si nous essayons de nous diriger vers le sujet pensant, en guidant sur lui l'œil de notre esprit, nous ne découvrons, ô terreur, qu'un fantôme sans substance. »

Freud verra à juste titre un allié dans Schopenhauer qu'il qualifiera de « penseur hardi ». Comme lui, Freud est rétif à l'approche livresque. L'inconscient n'est pas une théorie de plus : il se dévoile dans la pratique et l'exploration de soi-même. Et Schopenhauer, via l'Inde, a poussé très loin l'exploration intérieure. Si le père de la psychanalyse écrit en 1922 : « J'ai lu Schopenhauer très tard dans ma vie », il ne manque pas d'ajouter : « Nous sommes parvenus sans nous en apercevoir dans le port de la philosophie de Schopenhauer[9]. »

Loin de nous de vouloir rassembler sous une même bannière tous les « indigènes » : les Navajo ont suivi leur route, les Aborigènes la leur, les Tibétains encore une autre. Mais aucune de ces sociétés n'a jamais négligé l'aventure intérieure. S'il est un point commun qui n'a rien de réducteur — les terres intérieures sont vastes —, c'est bien celui-là.

Freud peut être proche de Schopenhauer et néanmoins refouler le *vide* aborigène. Il ne peut imaginer, pas plus que tous ses informateurs, ethnologues de l'époque, qu'une société aussi démunie puisse être capable de déployer très loin son mental. Un de ses disciples, le Hongrois Géza Roheim, après un séjour en Australie en 1928, développera les thèses du Freud de *Totem et Tabou*[10]. Pourtant, avec le temps, Freud s'intéresse à la parapsychologie. En 1932, il écrit : « Je dirai même que la psychanalyse nous a préparés à admettre des phénomènes comme la télépathie, en insérant l'inconscient entre le physique et ce qu'on a appelé jusqu'ici le psychique[11]. »

Au XXe siècle, les artistes, les peintres surtout, prennent la suite de ces philosophes, élargissent encore la brèche. Gauguin est un pionnier en la matière. Et pas seulement parce qu'il se rend en Océanie et qu'il y meurt, en 1903. S'il ouvre la voie, c'est aussi par son voyage intérieur, son intérêt pour ces formes de spiritualité plurielle que sont la théosophie, le syncrétisme. Gauguin va, comme ses tableaux en témoignent, du Christ à Bouddha, de l'Occident à l'Orient. Au cours de son second séjour dans le Pacifique, de 1895 jusqu'à sa mort, Gauguin écrit beaucoup et notamment ceci : « [Les impressionnistes] cherchèrent autour de l'œil, et non au centre mystérieux de la pensée[12]. » Gauguin ne veut plus d'une peinture qui se contente de flatter le regard, mais il veut qu'elle soit capable d'agir sur l'esprit. Le peintre Redon, grand lecteur de la *Bhagavad Gita*, autre texte sacré de l'Inde, va dans le même sens : « [Les impressionnistes] sont un peu bas de plafond ! », assertion qu'il répète en 1868 et 1913[13]. Gauguin et Redon s'apprécient, et Matisse, lui, « plutôt bouddhiste », les apprécie tous les deux — il achète, à la fin du XIXe siècle, *La Mort de Bouddha*, une œuvre de Redon, et trouve en 1905 dans Gauguin l'impulsion qui le mène vers le fauvisme, vers la couleur non plus descriptive mais « expressive », chargée d'exprimer le monde intérieur[14]. En 1942, Matisse à son tour trouve « un peu courtes » les idées du peintre Sisley, à ses yeux « vraiment un impressionniste ».

On songe encore à Kandinsky, qui considère Matisse comme un de ses principaux inspirateurs. En 1911, il écrit : « Le nombre augmente de ceux qui ont perdu tout espoir dans les méthodes de la science matérialiste pour toutes les questions qui ont trait à la “non-matière” ou à une matière qui n'est pas accessible aux sens. Et comme l'art qui se tourne vers les primitifs, ces hommes cherchent une aide dans les périodes presque oubliées et leurs méthodes. Ces méthodes sont cependant encore vivantes chez certains peuples [...]. À ces peuples appartiennent par exemple ceux des Indes[15]... » Dans l'œuvre de Matisse, Kandinsky distingue « les images d'une très grande vie intérieure ». Quant à Picasso, Kandinsky souligne qu'« il doit l'aboutissement de ses recherches à l'art nègre [...] ». Le grand marchand et ami de Picasso, Kahnweiler, apportera ce correctif : « Il me faut m'inscrire, une fois de plus, en faux contre la thèse d'une influence directe de l'art africain sur les deux peintres cubistes d'alors, à savoir Picasso et Braque. Il s'agit d'une convergence[16]. »

Ainsi, pour les fauves et les cubistes, il y a « convergence » avec l'Océanie, l'Afrique. Pour les abstraits — Kandinsky, Mondrian, Malevitch et Klee —, avec l'Inde et le Tibet. De Gauguin, qui reste néanmoins le premier de cette cordée rompant avec l'œil, le regard, les apparences, l'académicien René Huyghe, conservateur en chef au musée du Louvre, écrit en 1949 : « Le premier qui ait pris conscience d'une rupture d'où sortirait le monde moderne, le premier qui se soit évadé de la civilisation latine, européenne [...], le premier qui ait osé, lucidement et radicalement, transgresser, répudier, la réalité extérieure et le rationalisme, celui-là, c'est Gauguin[17]. »

Au basculement dans le XXIe siècle, c'est la science qui prend le relais. Chose impensable il y a seulement deux décennies ! La science, c'est-à-dire le comble de la raison, de l'objectivité, de la mesure !

Et là, c'est encore de convergence qu'il faut parler. La science a d'abord évolué de l'intérieur, elle a suivi sa route. L'observateur d'hier, bardé de certitudes, fait place aujourd'hui à un personnage plus mouvant, conscient du fait qu'il n'est pas neutre, objectif. Il existe, entre lui-même et le phénomène observé, un continuum, et celui-ci joue un rôle. Toute chose dépend d'une autre, et la notion d'absolu n'existe plus. Nous aimons assez cette définition d'un autre astrophysicien, Jean Audouze : « Nous sommes les enfants de l'Univers. »

Côté indigène, une évolution symétrique se dessine. Le fameux mandala de Kalachakra, à l'origine — six siècles avant notre ère —, était une figure moins complexe que celle que nous admirons à présent. Le *vide* s'y est inscrit surtout avec l'apport tibétain, entre le VIIe et le Xe siècle, enrichissement qui annonce, très à l'avance, le dialogue avec nos astrophysiciens. La société aborigène, elle, a su mettre en œuvre le principe d'innovation. Parallèlement, à notre contact, ces sociétés ont trié dans leur héritage, mais en sachant préserver le noyau dur qui fonde leur différence. Tandis que la science occidentale empiète sur le sacré, les savoirs indigènes, eux, s'avancent vers la raison.

La magie ? Bien sûr qu'elle existe aussi, toujours, de même que la superstition, présente également, d'ailleurs, au sein de nos sociétés. Mais une alliance inédite se dessine : la raison n'est plus seule à décider, sans être pour autant écartée, dévalorisée. Qui voudrait d'un tel résultat ? Toutes les sociétés indigènes, nous disons bien toutes, reconnaissent les mérites de la science. Nous avons été plus longs à admettre que les savoirs indigènes n'étaient pas que subsidiaires. La guérison navajo peut parachever la nôtre, si on sait s'en inspirer. Accepter l'idée d'une « causalité coopérante » non plus n'est pas une mince affaire, tant il est vrai qu'elle peut devenir la goutte qui fait déborder le vase, et l'eau du vase noyer le monde ! Les savoirs indigènes tournent le dos au déluge, quand certains des nôtres, pour ne citer que la bombe H, peuvent nous y précipiter. Un aveuglement persistant continue à nous faire croire que la science peut tout. Aujourd'hui, le projet Génome humain nous est présenté comme la panacée, même si certains généticiens mettent en garde ses défenseurs : l'anomalie génétique doit être considérée comme une prédisposition, non comme un facteur déclenchant[18]. Qui déclenche ? Nous, si le basculement provient de la perte d'une harmonie intérieure ou de l'action d'une cause « coopérante » résultant de notre comportement ! Nous, si notre surcharge existentielle reconvertie en graisse mentale a fini par triompher. Enfin, plus généralement, pour qui veut mesurer l'apport indigène, le jeu autour de la frontière peut aussi prêter à réflexion.

Longtemps a prévalu la thèse que les savoirs indigènes avaient une valeur, certes, mais à l'intérieur, uniquement, de leur périmètre culturel. Elle perdure dans les rangs des spécialistes. Ce que les ancêtres ont légué n'est pas universel, comme si leur richesse passée, sans nous, était par essence invalide. D'autre part, on n'imaginait pas possible une évolution dans les rangs indigènes. C'étaient des sociétés « froides », statiques, échappant à l'évolution historique. Tout au contraire, leurs savoirs ont de tout temps, et autant que les nôtres, évolué. Nous en avons désormais mille preuves.

La science reste-t-elle supérieure aux savoirs indigènes ou faut-il parler d'échange, sur un pied d'égalité, de complémentarité ? Tout dépend de ce qu'on attend et de ce qui nous attend. Si la médecine est, comme c'est probable, amenée à prendre de plus en plus en compte la « cause coopérante », dans le déclenchement de la maladie comme dans le rétablissement du malade, alors le savoir indigène aura une place importante. D'autant plus si nos médicaments témoignent d'une carence face à l'émergence de nouvelles maladies dont le nombre paraît sans fin, surtout si le projet Génome humain montre ses limites. Il reste encore à décider, question non négligeable, si nous voulons nous couper ou non du monde, de son continuum. S'extraire de la communauté des vivants risquerait, à terme, de couper la catégorie des humains de repères qu'elle estimerait extérieurs ou indépendants à elle quand ceux-ci — l'air, l'eau, l'animal... — au contraire conditionnent sa survie. Dans ce cas, il ne resterait plus que le savoir pour le savoir, l'art pour l'art. La pensée indigène s'oppose à cette coupure.

Pensons au mandala, aux peintures de guérison, aux sculptures de sable aborigènes, pour citer les exemples que nous avons explorés. La pratique artistique donne au savoir indigène une résonance. Sans cette pratique, le savoir existe, certes, mais s'adresse uniquement à la raison, universelle, commune à tous les hommes. Avec l'art, ce savoir opère un glissement, il s'adresse à des individus en particulier, comme on l'a vu, il peut aller jusqu'à modifier le cours de leur mental. Il s'adresse au sujet et, l'art étant par définition sans limites, au sujet tout entier.

C'est l'Occident qui, séparant l'art du savoir, l'a coupé du sujet humain. Le poète sénégalais Léopold Sédar Senghor rappelle : « Certains ethnologues et critiques d'art sont allés prétendant que les mots "beauté" et "beau" étaient absents des langues africaines. C'est tout le contraire. La vérité est que le Négro-Africain assimile la beauté à la bonté, surtout à l'efficacité [19]. » Beauté, beau, précise-t-il, signifient en vérité « qui convient », « qui est à la mesure de... ».

À la mesure d'une efficacité. Si cette beauté est d'ailleurs éphémère avec ses sculptures de sable, ses peintures en poudres colorées, c'est parce qu'elle est appelée à être consommée, répartie, offerte à des êtres humains. Certes, il s'agit ici de savoirs bien précis, spécifiques, et qui laissent entrevoir une vision de la vie où l'individu n'est plus un numéro matricule. Si aventure humaine il y a, ces savoirs indigènes s'imposent, ils occupent un rang élevé. En effet, créer sa vie, c'est décider d'elle, un peu comme un Aborigène dépositaire du Rêve refonde régulièrement le monde, ce n'est pas la subir. Cette ambition, ou ce devoir, implique de pouvoir affronter des épreuves, comme la maladie, et, pour se rétablir, de s'appuyer sur son propre pouvoir de guérison, comme l'enseigne tout homme-médecine navajo : autrement dit d'apprendre à ne pas gaspiller ses énergies, au contraire, de savoir centrer, recentrer ses forces, en s'aidant — pourquoi pas ? — du mandala tibétain. L'avons-nous assez laissé comprendre ? Il y a une lecture laïque du mandala. Pas besoin d'être bouddhiste pour l'appréhender, et cette vérité vaut pour tous les savoirs indigènes.

Si, par contre, vivre c'est se tenir peureusement à sa surface, voire en retrait, subir, n'avoir aucune autonomie morale, tenir la raison pour un garde-fou contre tout et contre soi-même, alors, de nouveau, ces savoirs perdent en validité, tombent en désuétude, redeviennent de la magie — surtout pour des âmes blessées.

Avec la beauté se joue la hauteur de la vie. Mais, nous fait-on souvent remarquer, il s'agit d'une beauté codifiée, reposant sur des critères précis. Où est l'invention, la liberté ? Sur le plan purement formel, peut-être. Mais un homme-médecine en exercice prend des initiatives, comme un chirurgien qui doit faire face à un cas particulier. Alors, il improvise, mais dans la nécessité. Sans doute sommes-nous moins sensibles à ces variables dans la mesure où elles s'inscrivent dans une logique d'efficacité, à mille lieues de nos soucis artistiques et du marché de l'art ou des logiques de nos musées. Parfois, cette créativité apparaît comme le résultat d'un long processus collectif, ainsi le mandala de Kalachakra se chargeant, au fil des siècles, d'informations nouvelles. Les Aborigènes nous ont révélé aussi, avec leur principe d'innovation, qu'inventer est un acte sérieux, suprême, qui engage la vie, la guérison. Kandinsky, par exemple, a mis des années avant de s'engager dans l'abstraction. Il craignait qu'un tableau dépourvu de référence au réel, et par ailleurs sans justification morale, ne finisse par sombrer dans l'art purement décoratif, à l'image des motifs d'un tapis ou d'une cravate.

Quand les indigènes font appel à nos matériaux, nos supports, au grand dam de certains spécialistes, on y voit d'emblée une perte d'authenticité. Les Inuits créent des sculptures en os de baleine mais aussi en marbre, se servent d'outils modernes comme nombre d'artistes africains. Les supports vidéo sont très prisés. C'est même un phénomène planétaire. Tous empruntent désormais à nos techniques. L'intégrité est d'abord intérieure. C'est la raison pour laquelle les indigènes préfèrent parler d'autorisation. Car il en faut une, forcément, pour manier des œuvres aussi chargées de sens, de savoir, d'efficacité.

Le bras qui trace, qui peint qui sculpte, d'ailleurs, n'est pas n'importe lequel. C'est l'homme de haut degré qui intervient, après en avoir reçu le droit de ses aînés. L'œuvre d'un initié porte toujours la trace d'un «je-ne-sais-quoi» ou d'un «presque rien» d'inimitable, innovation toujours que cette délicatesse invisible, ou presque.

La science, en évoluant, engage le sujet occidental à abandonner sa position ethnocentriste. Il n'est pas à l'abri d'un saut de conscience tandis qu'il côtoie l'immanence, l'inobservable, ou qu'il accepte, curieux de tout, de prendre rang parmi les phénomènes observés. Lui-même traverse la frontière au-delà de la raison, vers d'autres potentiels. La science d'aujourd'hui, si paradoxal que cela puisse paraître, nous permet de distinguer ce qu'il y a d'indigène en nous, à savoir d'abord cette qualité ondulatoire de la pensée. Pensée, santé, beauté: trilogie pour un IIIe millénaire! Les indigènes, parallèlement, perçoivent ce qu'il y a en eux de civilisateur, d'universel.

Ainsi sommes-nous bien au seuil d'une nouvelle révolution copernicienne.

POSTFACE INÉDITE

CES NOUVEAUX MATÉRIALISTES...

Plus de trois ans ont passé depuis la parution de cette *Enquête* où nous rendions compte de nos aventures, intellectuelles d'abord, auprès des pittoresques acteurs des savoirs indigènes : Nechung, l'oracle d'État, garant de la survie d'un Tibet intérieur qu'aucune Chine ne saura jamais mater — et sa cohorte de soldats de l'esprit ; Alfred Yazzie, Sam Begay, Ben Silversmith, colosses aux doigts de turquoise faisant régner la santé/beauté navajo sur la première nation indienne d'Amérique du Nord ; et, les maîtres de l'art aborigène australien, Kaapa Tjampitjinpa, Tim Leura, Emily Kame, Rover Thomas, Jack Wunuwun, George Milpurrurru... tous seigneurs, à la peau mate, de l'effet de brillance. Au cours de ces trois ans, nous avons continué de creuser des pistes, d'identifier de nouveaux partenaires, à commencer, à notre grande surprise, par des immunologistes et des neurologues de haut rang[1]. Ils se penchent aujourd'hui, comme personne avant eux, les uns sur les bienfaits de la méditation, les autres sur une mystérieuse cérémonie navajo, chargée de gérer « l'ambition de vivre ». Des débats philosophiques, improbables hier, s'engagent. Ainsi les maîtres de la pensée tibétaine se montrent-ils curieux de la phénoménologie ! Autant de convergences qui attestent, encore et toujours, que ces corps sombres, loin d'être les tenants d'une « pensée magique », se révèlent les séduisants interprètes d'un nouveau matérialisme où le corps tient un rôle privilégié.

Ainsi le corps des yogis. Il revient, obsédant. On avait oublié qu'en 1936 deux médecins français, Th. Brosse, neurologue, et Charles Laubry, premier titulaire de la chaire de cardiologie en France, se rendirent en Inde pour étudier la physiologie des « Yoguis ». Ils livrèrent leurs conclusions, la même année, dans *La Presse médicale* : « Si les Yoguis ignorent la structure des organes, ils sont maîtres incontestés de leurs fonctions. [...] Ils jouissent d'un état de santé magnifique et cependant ils se sont infligé des années d'exercices qu'ils n'auraient pas supportées s'ils n'avaient pas respecté les lois de l'activité physiologique[2]. » Brosse et Laubry estiment encore que, chez ces êtres d'exception, c'est la « fusion de l'individu avec l'objet universel » qui permet d'agir sur les fonctions organiques. Un demi-siècle plus tard, au printemps 1992, c'est l'Américain Richard Davidson, patron du laboratoire de Neurosciences affectives à l'université de Wisconsin, à Madison, États-Unis, qui repart sur les contreforts de l'Himalaya à la tête d'une petite équipe qui compte dans ses rangs Francisco Varela, un biologiste, professeur en épistémologie à l'école polytechnique de Paris[3]. Dans leurs bagages, un électro-encéphalographe muni de deux cent cinquante-six électrodes, un générateur d'électricité, et une lettre de recommandation du dalaï-lama, le chef spirituel des Tibétains. Ces chercheurs entendent mesurer plus précisément l'activité cérébrale de grands yogis, lesquels montrent une certaine méfiance. S'ensuivent une série d'expériences plus poussées, en laboratoire, à Madison, scanners à l'appui. Les résultats sont si surprenants que Davidson décide d'élargir son propos : il teste des employés d'une petite société de biotechnologie qu'il initie préalablement, et ce pendant huit semaines, aux techniques de la méditation. Rien de religieux. Des exercices de concentration, de contrôle respiratoire, une familiarisation avec le silence... Une gymnastique des méninges, en somme, comme il en existe une pour les muscles. En juillet 2003, la très sérieuse revue américaine *Psychosomatic Medicine* accepte enfin de publier — après avoir longuement hésité — un article signé par le professeur Richard Davidson et son équipe au grand complet. La méditation, assurent-ils, a pour effet de déplacer le centre de gravité de l'activité cérébrale du sujet vers le côté gauche de son cortex préfrontal — la part du cerveau qui nous différencie du monde animal. Cette pratique, à la portée de chacun, active en outre, et positivement, le système immunitaire. Vaccinés contre la grippe, tous ces méditants, en robe de moine ou en costume de ville, ont en effet fabriqué des anticorps en beaucoup plus grande quantité qu'un groupe témoin non formé à ces techniques. Il y a bien une plasticité du système nerveux central, les neurones ne meurent pas nécessairement au fil du temps, ils peuvent se renouveler, se reconnecter. À cette vitalité s'ajoute une plasticité du système immunitaire. Bref, appliqué à ces disciplines vitales, c'est le mur de Berlin qui tombe.

Ce travail sur la matière corporelle résume étrangement le projet tibétain. Mais pourquoi diable ? Le lama Lobsang Dhargyal, alors secrétaire général du monastère privé du dalaï-lama, à Dharamsala, nous avait révélé l'importance de cette ardeur, lâchant un jour devant nous cette phrase : « Nous sommes supérieurs aux dieux parce que nous avons un corps. » Un bouddhiste tibétain se doit de regrouper toutes ses énergies, sexuelles y compris, pour pouvoir faire passer son mental d'un état grossier à un état « subtil », voire « très subtil », comme une réduction de la matière vers sa quintessence, vers une structure, une forme évidée de toute sa charge de passions, de pensées préétablies. C'est l'Éveil, vertigineuse rencontre avec le vide, la « vacuité », qui fait des grands méditants les champions olympiques du mental. Les dieux, sans corps, sans humeurs, sans plasticité, sans vécu terrestre, sont incapables, eux, d'incarner ces miracles de la matière en expansion.

Mais étions-nous si loin des préoccupations de l'Occident ? Nous allions bientôt découvrir que le dalaï-lama, lui-même grand méditant, debout chaque jour à l'aube, avait manifesté récemment une curiosité pour la phénoménologie, un courant philosophique fondé par l'Allemand Edmund Husserl (1859-1938) et développé magistralement en France par Maurice Merleau-Ponty (1908-1961). À notre connaissance, c'était sans précédent, les Tibétains préférant dialoguer avec des scientifiques plutôt qu'avec des philosophes ou des théologiens.

Alors pourquoi cet intérêt ?

Parce que la phénoménologie procède à une réhabilitation du corps. Husserl qualifie notre corps de « chose sentante », de « sujet-objet », qui accomplit une « sorte de réflexion[4] » car la conscience résulte d'une « dualité » entre le « je transcendental » et la « conscience perceptive » ou « cogito corporel[5] », pour reprendre la formule audacieuse de Merleau-Ponty. Ces deux philosophes rompent avec l'idéalisme qui, depuis des décennies, isolait la philosophie de la matière, du vécu, des sensations. Les maîtres tibétains, si on veut bien leur épargner les « bondieuseries » auxquelles on les cantonne, par fatigue, par confort, par paresse, n'ont jamais fait que ça mettre à bas l'idéalisme, solliciter toutes leurs énergies corporelles afin de sculpter leur conscience, la mettre en forme pour appréhender le vide. Daniel Goleman, directeur du groupement de recherches sur l'intelligence émotionnelle de l'université Rutgers, aux États-Unis[6], évoquait, en mars 2000, « au-delà de la naïveté, l'expertise phénoménologique des yogis ».

On peut pousser plus avant, encore, le parallèle. Le médecin philosophe Georges Canguilhem, maître de Michel Foucault, donne cette définition du « projet phénoménologique » : une « ontologie de l'impensé[7] », tant est grande l'emprise du vécu, de l'empirisme, tant il faut, dans cette affaire, une fois accomplie la « réduction phénoménologique » — qui nous dépouille de l'acquis —, conquérir l'irréfléchi. Comment, alors, ne pas se souvenir que les méditants, au sommet de leur art, rôdent dans le domaine de l'impensé, ce qu'ils appellent, rappelons-le la « vacuité » ? L'empire du vide...

On ne s'étonnera plus de voir, après la neurologie l'astrophysique converger vers le bouddhisme. Les yogis, si on les écoute, insistent pour dire qu'au cours de leurs exercices préparatoires ils s'enfoncent dans les profondeurs des énergies moléculaires, éprouvant déjà la pure énergie, latente. De son côté, Michel Cassé, membre de l'Institut d'astrophysique de Paris, définit le vide quantique comme « regorgeant d'énergies, un océan de particules virtuelles, un champagne généralisé, le substrat éternel du monde[8] ». Invisible, inobservable, fluctuant, on le saisit, ajoute l'astrophysicien, par « connaissance illuminative ». Foi de scientifique ! C'est front à front que les deux vides, bouddhique et quantique, se rencontrent, le premier au niveau le plus subtil de la matière corporelle, le second au niveau le plus reculé, le plus originel de la matière du monde — ce « corps inorganique », selon l'étonnante formule de Karl Marx[9]. Entre les maîtres « des sciences de l'intérieur » — pour citer Robert Thurman, professeur de tibétologie à l'université Columbia, New York, et père de l'actrice Uma Thurman — et les démiurges des sciences de l'univers, la convergence s'accomplit. Mais ce qui est né du vide pourrait-il en effacer toute trace en lui, toute mémoire ?

Troublant leitmotiv quand, à nouveau, une immunologiste, professeur honoraire à la faculté de pharmacie de Montpellier, Madeleine Bastide, s'interposa sur ces pistes. Elle cherchait quant à elle des informations sur les hommes-médecine navajo. Nous rappelâmes qu'ils réalisent sur le sol de leurs maisons de soin, les fameux *hogans*, des peintures « sèches », à l'aide de poudres colorées de roche, puis qu'avec leurs paumes humidifiées ils les transfèrent sur le corps du patient, le but étant bien de l'aider à retrouver, à intérioriser un équilibre — que « tout soit à sa juste place » en lui, et dans sa relation avec le monde. Or, nous venions d'être initiés aux subtilités d'une cérémonie dont la fonction jusqu'ici nous avait échappé : la Voie du Projectile. Les hommes-médecine la donnaient pour renforcer l'« ambition de vivre » du patient. Elle vient en tête dans la chronologie des cérémonies, tout le système cérémoniel des Indiens navajo s'appuie sur elle, et la couleur rose commande à ses peintures. Le « rose de la bonne santé ». Équilibre des globules blancs et rouges ? Appréhension de données intimes que nous ne pouvons plus capter que par la science désormais ? Devions-nous penser aux capacités immunitaires ? Comme Madeleine Bastide nous le confirma, notre immunité est bien d'abord une affaire d'équilibre au sein de la matière cellulaire. Un équilibre en perpétuel renouvellement. Mille milliards de lymphocytes — B et T — regroupés en cent millions de familles qui chacune fabriquent un anticorps spécifique ; mille milliards de petits soldats doués d'une vie très courte : deux jours pour la plupart. La « plasticité » de ce système n'a jamais été si vraie qu'aujourd'hui où la science de l'immunité connaît un développement « quasi explosif », comme le souligne l'immunologiste lyonnais Jean-Pierre Revillard[10].

Après la méditation tibétaine, était-il possible que des peintures sèches, commandées par l'harmonie et déposées sur le corps du patient, agissent à leur manière sur l'« ambition de vivre », et, de là, sur l'immunité ? Si oui, comment ? L'hypothèse nous traversa l'esprit : par l'impact que ces peintures exercent sur le « corps sentant », « sujet-objet », le « cogito corporel », sollicités comme jamais pendant des cérémonies qui peuvent durer jusqu'à neuf nuits et huit jours, avec leurs chants, leurs masques, leurs danses, leurs flamboyantes mises en scène. Alors, oui, dans ce contexte où le patient redevient l'acteur de son corps, la beauté cesse d'être une simple image, une vision ; elle échappe à un ordre exclusivement esthétique, elle s'impose sous les mains de l'homme-médecine comme la loi du vivant, comme un sceau dont le patient se saisit à son tour pour marquer sa chair, et, plus tard, sa conscience. La sentence hautaine et légèrement dédaigneuse à notre endroit des Aborigènes d'Australie nous revenait à l'esprit : « La terre, c'est les beaux-arts[11]. » Le vrai continuum serait-il là, tissé par la beauté, depuis les profondeurs cellulaires de l'être jusqu'à « la dramaturgie, le formalisme coloré de l'univers », selon Michel Cassé, de la physique quantique, en passant par la terre, cette œuvre d'art ?

Retour à Paris. La pénombre dorée d'un bureau, à l'hôpital Cochin, service de médecine interne du professeur Didier Sicard, par ailleurs président du comité national consultatif d'éthique. « Il y a une mystérieuse parenté entre la santé et la peinture », murmure celui qui, jeune agrégé de médecine, exerça son premier poste au Laos, « terre de chamans ». Le professeur déplore ce qu'il appelle « notre illusion contemporaine » et s'en explique : « Nous avons eu le tort de réduire la fonction de l'art à un ordre seulement esthétique[12]. »

Ainsi notre réflexion se resserrait. Les savoirs indigènes se préoccupent surtout de santé, mais, à ce mot, ils donnent un sens beaucoup plus fondateur que nous. L'Occident a construit son système de soins en réaction contre la maladie. Pas eux ! Leur démarche a été et demeure quasi inverse : penser sa santé, c'est d'abord penser celle du monde, se référer à ce qu'il en est quand « tout est à sa juste place », et non quand tout va mal, que le symptôme triomphe. Et si l'art est si souvent sollicité, c'est parce qu'il est la clé du vivant, de l'univers. Notre immunité est harmonie, la terre est une œuvre, le monde une dramaturgie, de formes et de couleurs. La beauté imprègne la matière de l'Être sans induire en lui de rupture. C'est son brevet, sa marque déposée. Sa vérité.

La matière révèle une sacralité, mais sans relever d'aucun culte, nous soufflent à l'oreille ces nouveaux matérialistes. La beauté n'est autre que l'intégrité de la matière.

Décembre 2004

NOTES

INTRODUCTION

1. Miller, H., *J'suis pas plus con qu'un autre*, Paris, Buchet/Chastel, 1976.

2. Foucault, M., Perrot, M. et Barou, J.-P., « L'Œil du pouvoir », in *Le Panoptique*, Belfond, 1977.

3. *L'été australien à Montpellier*, musée Fabre-galerie Saint-Ravy, Montpellier, du 30 juin au 13 septembre 1990.

4. Breton, A., « Main première », *in* Kupka, K., *Un art à l'état brut*, Lausanne, La Guilde du livre, 1962.

5. *Peintures de sable des Indiens Navajo*, La Villette, Paris, du 22 février au 31 mars 1996.

I. LES TIBÉTAINS

1. Goldstein, M. C., *A History of Modern Tibet, 1913-1951, The Demise of the Lamaist State*, Berkeley, Los Angeles, Londres, University of California Press, 1989.

2. Sicard, M., « Le corps produit par ses images mêmes », in *Pratiques, Les cahiers de la médecine utopique*, nº 9, avril 2000, Montpellier, Indigène Éditions.

3. Freud, S., *Sigmund Freud présenté par lui-même*, trad. fr. par Fernand Cambon, coll. « Connaissance de l'inconscient », Paris, Gallimard, 1984.

4. *Ibidem*.

5. *Ibidem*.

6. « Tibet la roue du temps : pratique du mandala », La Villette, Paris, du 26 novembre 1997 au 11 janvier 1998.
7. Sa Sainteté le quatorzième dalaï-lama, *Le Pouvoir de l'esprit, entretiens avec des scientifiques*, Paris, Fayard, 2000.
8. *Ibidem.*
9. *Ibidem.*
10. *Ibidem.*
11. Bédouin, J.-L., *André Breton*, coll. « Poètes d'aujourd'hui », Paris, Seghers, 1950.
12. Tucci, G., *Théorie et pratique du mandala*, Paris, Fayard, 1974.
13. *Ibidem.*
14. Jung, C. G., *« Ma vie », souvenirs, rêves et pensées*, recueillis et publiés par Aniéla Jaffé, trad. fr. par le docteur Roland Cahen et Yves Le Lay avec la collaboration de Salomé Burckhardt, coll. « Folio », Paris, Gallimard, 1973.
15. Noll., R., *Jung, « le Christ aryen »*, Paris, Plon, 1999.
16. Jung, C. G., *« Ma vie », souvenirs, rêves et pensées, op. cit.*
17. Tsou, L., *Le Secret de la fleur d'or*, trad. fr. par Liou Tse Houa, Paris, Librairie de Médicis, 1969.
18. Jung, C. G., *« Ma vie », Souvenirs, rêves et pensées, op. cit.*, Noll R., *Jung, « Le Christ aryen », op. cit.*
19. Masquelier, Y., « Le mandala, un symbole de la psyché dans la vie et l'œuvre de C.G. Jung » *in* Barou, J.-P. et Crossman, S. (éd), *Tibet, la roue du temps : pratique du mandala*, Arles, Actes Sud, 1995.
20. Jung, C. G., *« Ma vie », souvenirs, rêves et pensées, op. cit.*
21. Bacot, J., *Le Tibet révolté*, Paris, Raymond Chabaud-Peuples du monde, 1988.
22. *Ibidem.*
23. Harrer, H., *Sept Ans d'aventures au Tibet*, Paris, Grenoble, Arthaud, 1953.
24. Sa Sainteté le quatorzième dalaï-lama, *Passerelles, entretiens avec le dalaï-lama sur les sciences de l'esprit*, J. W. Hayward et F. J. Varela (dir.), trad. fr. par Claude B. Levenson, Paris, Albin Michel, coll. « Spiritualités », 1995.
25. Lawrence, D. H., *Le Serpent à plumes*, trad. fr. par Denise Clairouin, Paris, Stock, 1931.
26. In *Le Monde*, 16 février 1996.
27. Breton, A., avec le concours de Legrand G., *L'Art magique, formes et reflets*, Paris, Club français de l'art, 1957
28. In *Le Monde*, 16 février 1996.

29. Sa Sainteté le quatorzième dalaï-lama, *Passerelles, entretiens avec le dalaï-lama sur les sciences de l'esprit, op. cit.*
30. Evehema, D. et Mails, T. E., *Hotevilla, Hopi Shrine of the Covenant*, New York, Marlowe & Company, en association avec Touch the Earth Foundation, Solana Beach, 1995.
31. *Ibidem.*

II. LES NAVAJO

1. Rieupeyrout, J.-L., *Histoire des Navajos, une saga indienne, 1540-1990*, Paris, Albin Michel, 1991.
2. Museum of Northern Arizona, *Les Habitants du plateau du Colorado*, Flagstaff, 1991.
3. Mead, M., *Mœurs et sexualité en Océanie*, trad. fr. par Chevassus, G., Paris, Plon, 1963.
4. Aragon, L, Breton, A., « Le cinquantenaire de l'hystérie, 1878-1928 », *in* Nadeau, M., *Documents surréalistes*, Paris, Seuil, 1948.
5. Breton, A., « Manifeste du surréalisme, 1924 » in *Manifestes du surréalisme*, Paris, Jean-Jacques Pauvert, 1965.
6. Frisbie, C., « Vocables in Navajo Ceremonial Music », in *Ethnomusicology*, nº 24, 1980 ; « An Approach of the Ethnography of Navajo Ceremonial Performance », in *Ethnography of Musical Performance*, Norwood Editions, 1980 ; McAllester, D., « Enemy Way Music », in *Papers of the Peabody Museum of Archeology and Ethnology*, Harvard University ; 1954 ; *Hogans, Navajo Houses and House Songs*, avec McAllester-Middleton, S. W., Wesleyan University Press, 1980.
7. Canguilhem, G., *Le Normal et le Pathologique*, Paris, PUF, 1972. Notons que l'ouvrage est d'abord la réédition de la thèse de doctorat en médecine de Canguilhem, soutenue en 1943 devant la faculté de Strasbourg et publiée la même année par cette faculté.
8. Foucault, M., *Naissance de la clinique*, Paris, PUF, 1963.
9. Faris, J., *The Nightway, A History and History of Documentation of a Navajo Ceremonial*, Albuquerque, University of New Mexico Press, 1990.
10. Parezo, N. J., *Navajo sandpaintings, From religious to Commercial Art*, Albuquerque, University of New Mexico, 1983.
11. Reichard, G. A., *Navajo Medicine Man Sandpaintings*, New York, Dover Publications, 1977.

12. Newcomb, F. J., *Hosteen Klah*, trad. fr. par A. de Montal, Aix-en-Provence, Le Mail, 1992.

13. Klah Hosteen, «Tleji or Yehbechai Myth, Retold in Shorter Form from the Myth by Mary C. Wheelwright», in *Bulletin* n° 1, Museum of Navajo Ceremonial Art, Santa Fe, 1938.

14. *Idem.*

15. Newcomb, F. J., *Hosteen Klah, op. cit.*

16. Bateson, G., *La Nature et la Pensée,* trad. fr. par Cardoën A., Chiarieri, M.-C. et Giribone, J.-L., Paris, Seuil, 1984.

17. Witherspoon, G., *Language and Art in the Navajo Universe,* Ann Arbor, The University of Michigan Press, 1977.

18. Canguilhem, Georges, « L'idée de guérison », in *Nouvelle Revue de Psychanalyse,* n° 17, Paris, 1978.

III. LES ABORIGÈNES D'AUSTRALIE

1. *The Encyclopaedia of Aboriginal Australia,* D. Horton (éd.), Canberra, Aboriginal Studies Press for the Australian Institute of Aboriginal and Torres Strait Islander Studies, 1994.

2. Elkin, A. P., *Les Aborigènes australiens,* trad. fr. par A. et S. Devyver, Paris, Gallimard, 1967.

3. Elkin, A. P., *Aboriginal Men of High Degree,* St Lucia, Australie, University of Queensland Press, 1945.

4. Dampier, W., *A Voyage to New Holland: The English Voyage of Discovery in the South Seas in 1699,* Londres, cité *in* Ian Donaldson et Tamsin Donaldson (ed.), *Seeing the first Australians,* Sidney, George Allen et Unwin Australia Pty Ltd., 1985.

5. Cook, J., *Relations de voyage autour du monde,* Paris, FM/La Découverte, 1982.

6. Bankes, T., *A New Royal Authentic and Complete System of Universal Geography,* Londres, 1787.

7. *In* Roberts, J. P., *Massacres to Mining,* Blackburn, Australie, Dove Communications, 1981.

8. Darwin, C., *L'Origine des espèces au moyen de la sélection naturelle,* Gérard & C°, coll. « Marabout Université », Belgique, Verviers, 1973.

9. Freud, S., *Totem et Tabou,* Paris, Petite Bibliothèque Payot, 1965.

10. Frazer, J. G., *Totemism and Exogamy,* Londres, Macmillan, 1910.

11. Freud, S., *Totem et Tabou, op. cit.*

12. Mulvaney, D. J., « Creativity in the Aboriginal Past », in *Art and Australia,* janvier-mars 1976.

13. Glowczewski, B., *Les Rêveurs du désert,* Arles, Actes Sud, coll. « Babel », 1996.

14. Klee, P., *Théorie de l'art moderne,* Paris, Folio Essais, Gallimard, 1964.

15. Lévi-Strauss, C., *La Pensée sauvage,* Paris, Plon, 1962.

16. Myers, F.R., *Pintupi Country, Pintupi Self,* Washington et Londres, Smithsonian Institution Press, 1986.

17. Lévi-Strauss, C., *Race et Histoire,* Paris, Bibliothèque Médiations, Denoël, 1984.

18. Matisse, H., *Écrits et propos sur l'art,* présentés par D. Fourcade, Paris, Hermann, 1972.

19. Malevitch, K., *Du cubisme au suprématisme,* in *Écrits I,* Lausanne, L'âge d'Homme, 1974.

20. Kandinsky, V., *Du spirituel dans l'art et dans la peinture en particulier,* Paris, Gallimard, coll. « Folio essais », 1989.

21. Dingle, T., *Aboriginal Economy, Patterns of Experience,* Fitzroy et Ringwood, Australie, McPhee Gribble/Penguin Books, 1988.

22. Sahlins, M., *Âge de pierre, âge d'abondance,* Paris, Gallimard, 1976.

23. Mountford, C. P., *Mythes et rites des aborigènes d'Australie centrale,* trad. fr. par le commandant A. Guieu, Paris, Payot, 1953.

IV. UNE RÉVOLUTION COPERNICIENNE

1. Matisse, H., *Écrits et propos sur l'art,* présentés par D. Fourcade, Hermann, 1972.

2. Pelletier, G., « De l'introuvable nature », *in* Crossman, S. et Barou, J.-P. (éd.), *Tibet : Les Formes du vide,* Montpellier, Indigène Éditions, 1996.

3. Matthew, R., « Les physiciens vont-ils provoquer la fin du monde ? », in *Courrier international* n° 464, Paris, du 23 au 29 septembre 1999.

4. Hayward, J. W. et Varela, F. J. (éd.), *Passerelles. Entretiens avec le dalaï-lama sur les sciences de l'esprit,* trad. fr. par Levenson, C. B., Paris, Albin Michel, 1995.

5. Saladin d'Anglure, B., *Entretiens avec les auteurs,* Toulouse, novembre 2000, et Saladin d'Anglure, B. et Chalifoux,

J.-J. (éd.), *Anthropologie et sociétés: médiations et chamanisme, sexe et genre*, vol. 22, nº 2, Québec, Université Laval, 1998.

6. Piclin, M., « Schopenhauer et le bouddhisme », *in* Crossman, S. et Barou, J.-P. (éd.), *Tibet: les formes du vide*, Montpellier, Indigène Éditions, 1996.

7. Zehnacker, M., « Maître Eckart, l'incréé et l'incréable », *in* Crossman, S. et Barou, J.-P., *Tibet: les formes du vide, op. cit.*

8. *Le Monde comme volonté et représentation*, nouvelle édition revue et corrigée par Richard Noss, Paris, PUF, 1996.

9. Freud, S., « Au-delà du principe de plaisir », in *Essais de psychanalyse*, trad. fr. par Jankélévitch, S., Paris, Petite Bibliothèque Payot, 1981.

10. Roheim, G., *Héros phalliques et symboles maternels dans la mythologie australienne*, trad. fr. par Dadoun, R., Paris, Gallimard, 1970.

11. Freud, S., « Rêve et occultisme », in *Nouvelles Conférences sur la psychanalyse*, trad. fr. par Berman, A., Paris, Gallimard, 1936.

12. Gauguin, P., « Diverses Choses », *in* Rotonchamp de J., *Paul Gauguin, 1848-1903*, Paris, G. Crès, 1925.

13. Bacou, R., *Odilon Redon*, Genève, Pierre Cailler, 1956.

14. Barou, J.-P., *Matisse ou le miracle de Collioure*, Montpellier, Indigène Éditions, 1998.

15. Kandinsky, V., *Du spirituel dans l'art et dans la peinture en particulier*, Paris, Gallimard, coll. « Folio essais », 1989.

16. Kahnweiler, D.-H., « L'art nègre et le cubisme », in *Présence africaine*, nº 3, 1948.

17. Huyghe, R., « Gauguin créateur de la peinture moderne », in *Gauguin, Exposition du centenaire*, Paris, Éditions des Musées nationaux, 1949.

18. Dianoux, L., « Les médecins sont-ils prêts à la médecine fondée sur le gène ? », in *Pratiques*, nº 12, Malakoff, décembre 2000-janvier 2001.

19. Senghor, L. S., « L'Esthétique négro-africaine », in *Diogène*, nº 16, Paris, 1956.

POSTFACE

1. Ces nouvelles pistes ont fait l'objet d'une publication, *Les clés de la santé indigène*, Paris, Balland, 2004.

2. Georges Canguilhem, dans *Le Normal et le Pathologique* (Paris, PUF, 1979), rappelle cette incroyable expédition de 1936.

3. Francisco Varela est à l'origine des rencontres qui rassemblent tous les deux ans, depuis 1987, sur le thème « Science et bouddhisme », le dalaï-lama, accompagné de collaborateurs comme son médecin particulier, et des scientifiques occidentaux.

4. Citations d'Husserl empruntées à M. Merleau-Ponty, « Le philosophe et son ombre », in *Signes*, Paris, Gallimard, 1967.

5. Merleau-Ponty, M., *La structure du comportement*, Paris, PUF, 1942 ; *Phénoménologie de la perception*, Paris, Gallimard, 1945.

6. Goleman, D., *Surmonter les émotions destructrices, un dialogue avec le dalaï-lama*, Paris, Robert Laffont, 2003.

7. Canguilhem, G., « Mort de l'homme ou épuisement du Cogito », in *Critique*, Paris, juillet 1967.

8. Cassé, M., « C'est une saute d'humeur du vide qui crée le monde », *in* Crossman, S. et Barou, J.-P., *Les Formes du vide* (éd.), Montpellier, Indigène éditions, 1996.

9. Cité par Lagache, A., *Échos du sensible, Une logique de l'homéopathie*, Paris, Atelier Alpha Bleue, 1998.

10. Revillard, J.-P., « Système immunitaire et langage », *in* Oudot, J., Morgon, A. et Revillard, J.-P., *Dix visions sur la communication humaine*, Lyon, PUL, 1981.

11. Langton, M., « La terre, c'est les beaux-arts », *in* Crossman, S. et Barou, J.-P. (éd.), *Peintres aborigènes d'Australie*, Montpellier, Indigène éditions, 1997.

12. Sicard, D., *La médecine sans le corps, Une nouvelle réflexion éthique*, Paris, Plon, 2002.

DES MÊMES AUTEURS

L'ÉTÉ AUSTRALIEN À MONTPELLIER (éd.), Montpellier, musée Fabre, galerie Saint-Ravy, 1990.

L'EMPREINTE DU SABLE, Joe Ben Julior et Claude Viallat (éd.), Montpellier, Art sans frontières, Agde, musée de l'Éphèbe, 1992.

LES COULEURS DE L'HIMALAYA (éd.), Montpellier, Art sans frontières, Les Arts au château d'O, 1993.

TIBET : LA ROUE DU TEMPS, PRATIQUE DU MANDALA (éd.), Arles, Actes Sud, 1995.

PEINTURES DE SABLE DES INDIENS NAVAJO : LA VOIE DE LA BEAUTÉ (éd.), Arles, Actes Sud, 1996.

TIBET : LES FORMES DU VIDE (éd.), Montpellier, Indigène Éditions, 1996.

PEINTRES ABORIGÈNES D'AUSTRALIE (éd.), Montpellier, Indigène Éditions, 1997.

LES CLÉS DE LA SANTÉ INDIGÈNE, Balland, 2004.

De Sylvie Crossman

LE NOUVEL ÂGE, en collaboration avec Édouard Fenwick, essai, Paris, Seuil, 1981.

LA GÉNIZA, en collaboration avec Michel Gabrysiak, roman historique, Paris, Seuil, 1987.

JEAN LACOUTURE, LA BIOGRAPHIE DU BIOGRAPHE, Paris, Balland, 1993.

BENJY VOYAGE AU PAYS DU MANDALA, illustrations de Christine Estève, récit, Montpellier, Indigène Éditions, 1996.

SUR LES TRACES DE LA FOURMI À MIEL, illustrations de Bronwyn Bancroft, récit, Montpellier, Indigène Éditions, 1997.

Traduction de l'anglais :

CAMUS ET L'INDE, de Sharad Chandra, Paris, Balland, 1995.

De Jean-Pierre Barou

DE LA LIBERTÉ DE LA PRESSE À LA PRESSE DE LA LIBERTÉ, essai, Bruxelles, La Taupe, 1970.

GILDA JE T'AIME, À BAS LE TRAVAIL, essai, Paris, Les Presses d'aujourd'hui, coll. « La France sauvage », 1975.

« L'ŒIL DU POUVOIR », entretien avec Michel Foucault et Michelle Perrot, in *Le Panoptique de Jeremy Bentham*, Paris, Belfond, 1977.

« LA FUITE POÉTIQUE », essai, in *Jeunesse de la grève*, Michelle Perrot, Paris, Seuil, 1984.

COMME LES TAUREAUX D'UN MÊME ÉLEVAGE, roman, Paris, Grasset, 1985.

SAKHAROV, SAKHAROV, essai, Paris, Grasset, 1987.

L'ŒIL PENSE, ESSAI SUR LES ARTS PRIMITIFS CONTEMPORAINS, Paris, Balland, 1993, Petite Bibliothèque Payot, 1996.

MATISSE OU LE MIRACLE DE COLLIOURE, essai, préface de Michel Déon, Montpellier, Indigène Éditions, 1997.

« GAUGUIN-MATISSE, VERS LE CHAÎNON MANQUANT », essai, in *1894-1908* : LE ROUSSILLON À

L'ORIGINE DE L'ART MODERNE, Valaison, M.-C., et Barou, J.-P. (éd.), Montpellier, Indigène Éditions — Ville de Perpignan, 1998.

DANS LA COLLECTION FOLIO/ACTUEL

1 Alain Duhamel : *Les prétendants.*
2 Général Copel : *Vaincre la guerre (C'est possible !).*
3 Jean-Pierre Péroncel-Hugoz : *Une croix sur le Liban.*
4 Martin Ader : *Le choc informatique.*
5 Jorge Semprun : *Montand (La vie continue).*
6 Ezra F. Vogel : *Le Japon médaille d'or (Leçons pour l'Amérique et l'Europe).*
7 François Chaslin : *Les Paris de François Mitterrand (Histoire des grands projets architecturaux).*
8 Cardinal Jean-Marie Lustiger : *Osez croire, osez vivre (Articles, conférences, sermons, interviews 1981-1984).*
9 Thierry Pfister : *La vie quotidienne à Matignon au temps de l'union de la gauche.*
10 Édouard Masurel : *L'année 1986 dans* Le Monde *(Les principaux événements en France et à l'étranger).*
11 Marcelle Padovani : *Les dernières années de la mafia.*
12 Alain Duhamel : *Le Ve Président.*
13 Édouard Masurel : *L'année 1987 dans* Le Monde *(Les principaux événements en France et à l'étranger).*
14 Anne Tristan : *Au Front.*
15 Édouard Masurel : *L'année 1988 dans* Le Monde *(Les principaux événements en France et à l'étranger).*
16 Bernard Deleplace : *Une vie de flic.*
17 Dominique Nora : *Les possédés de Wall Street.*
18 Alain Duhamel : *Les habits neufs de la politique.*
19 Édouard Masurel : *L'année 1989 dans* Le Monde *(Les principaux événements en France et à l'étranger).*
20 Edgar Morin : *Penser l'Europe.*
21 Édouard Masurel : *L'année 1990 dans* Le Monde *(Les principaux événements en France et à l'étranger).*
22 Étiemble : *Parlez-vous franglais ?*
23 Collectif : *Un contrat entre les générations (Demain, les retraites).*
24 Alexandre Zinoviev : *Les confessions d'un homme en trop.*

25 Frantz Fanon : *Les damnés de la terre.*
26 Paul Bairoch : *Le Tiers-Monde dans l'impasse.*
27 Édouard Masurel : *L'année 1991 dans* Le Monde *(Les principaux événements en France et à l'étranger).*
28 Raoul Vaneigem : *Traité de savoir-vivre à l'usage des jeunes générations.*
29 Georges Corm : *Liban : les guerres de l'Europe et de l'Orient 1840-1992.*
30 Pierre Assouline : *Les nouveaux convertis (Enquête sur des chrétiens, des juifs et des musulmans pas comme les autres).*
31 Régis Debray : *Contretemps (Éloges des idéaux perdus).*
32 Brigitte Camus-Lazaro : *L'année 1992 dans* Le Monde *(Les principaux événements en France et à l'étranger).*
33 Donnet Pierre-Antoine : *Tibet mort ou vif.*
34 Laurent Cohen-Tanugi : *La métamorphose de la démocratie française.*
35 Jean-Jacques Salomon : *Le destin technologique.*
36 Brigitte Camus-Lazaro : *L'année 1993 dans* Le Monde (*Les principaux événements en France et à l'étranger*).
37 Edwy Plenel : *La part d'ombre.*
38 Sous la direction de Jacques Testart : *Le Magasin des enfants.*
39 Alain Duhamel : *Les peurs françaises.*
40 Gilles Perrault : *Notre ami le roi.*
41 Albert Memmi : *Le racisme.*
42 Dominique Schnapper : *L'épreuve du chômage.*
43 Alain Minc : *Le nouveau Moyen Âge.*
44 Patrick Weil : *La France et ses étrangers.*
45 Françoise Baranne : *Le Couloir (Une infirmière au pays du sida).*
46 Alain Duhamel : *La politique imaginaire.*
47 Le Monde : *L'année 1995 dans* Le Monde (*Les principaux événements en France et à l'étranger*).
48 Régis Debray : *À demain de Gaulle.*
49 Edwy Plenel : *Un temps de chien.*
50 Pierre-Noël Giraud : *L'inégalité du monde.*
51 Le Débat : *État-providence (Arguments pour une réforme).*

52 Dominique Nora : *Les conquérants du cybermonde.*
53 Le Monde : *L'année 1996 dans* Le Monde *(Les principaux événements en France et à l'étranger).*
54 Henri Mendras : *L'Europe des Européens.*
55 Collectif : *Le travail, quel avenir ?*
56 Philippe Delmas : *Le bel avenir de la guerre.*
57 Le Monde : *L'année 1997 dans* Le Monde *(Les principaux événements en France et à l'étranger).*
58 Robert Littell : *Conversations avec Shimon Peres.*
59 Raoul Vaneigem : *Nous qui désirons sans fin.*
60 Le Monde : *Lettres d'Algérie.*
61 Philippe Simonnot : *39 leçons d'économie contemporaine.*
62 Jacques Julliard : *La faute aux élites.*
63 Le Monde : *L'année 1998 dans* Le Monde *(Les principaux événements en France et à l'étranger).*
64 Le Monde : *La Déclaration universelle des droits de l'homme.*
65 Edwy Plenel : *Les mots volés.*
66 Emmanuel Todd : *L'illusion économique.*
67 Ignacio Ramonet : *Géopolitique du chaos.*
68 Jacques Huguenin : *Seniors : l'explosion.*
69 Olivier Languepin : *Cuba (La faillite d'une utopie).*
70 Jean-Louis Andreani : *Comprendre la Corse.*
71 Daniel Junqua : *La presse, le citoyen et l'argent.*
72 Olivier Mazel : *La France des chômages.*
73 Gilles Châtelet : *Vivre et penser comme des porcs (De l'incitation à l'envie et à l'ennui dans les démocraties-marchés).*
74 Maryvonne Roche : *L'année 1999 dans* Le Monde *(Les principaux événements en France et à l'étranger).*
75 Dominique Schnapper avec la collaboration de Christian Bachelier : *Qu'est-ce que la citoyenneté ?*
76 Jean-Arnault Dérens : *Balkans : la crise.*
77 Gérard et Jean-François Dufour : *L'Espagne : un modèle pour l'Europe des régions ?*
78 Jean-Claude Grimal : *Drogue : l'autre mondialisation.*
79 Jocelyne Lenglet-Ajchenbaum et Yves Marc Ajchenbaum : *Les judaïsmes.*

80 Greil Marcus : *Lipstick Traces (Une histoire secrète du vingtième siècle).*
81 Pierre-Antoine Donnet et Anne Garrigue : *Le Japon : la fin d'une économie.*
82 Collectif : *Questions économiques et sociales.*
83 Maryvonne Roche : *L'année 2000 dans* Le Monde *(Les principaux événements en France et à l'étranger).*
84 Roger Cans : *La ruée vers l'eau.*
85 Paul Santelmann : *La formation professionnelle, nouveau droit de l'homme ?*
86 Raoul Vaneigem : *Pour une internationale du genre humain.*
87 Philippe Meirieu et Stéphanie Le Bars : *La machine-école.*
88 Habib Souaïdia : *La sale guerre.*
89 Ahmed Marzouki : *Tazmamart (Cellule 10).*
90 Gilles Kepel : *Jihad (Expansion et déclin de l'islamisme).*
91 Jean-Philippe Rivière : *Illettrisme, la France cachée.*
92 Ignacio Ramonet : *La tyrannie de la communication.*
93 Maryvonne Roche : *L'année 2001 dans* Le Monde *(Les principaux événements en France et à l'étranger).*
94 Olivier Marchand : *Plein emploi, l'improbable retour.*
95 Philippe Bernard : *Immigration : le défi mondial.*
96 Alain Duret : *Conquête spatiale : du rêve au marché.*
97 Albert Memmi : *Portrait du colonisé* précédé de *Portrait du colonisateur.*
99 Hugues Tertrais : *Asie du Sud-Est : enjeu régional ou enjeu mondial ?*
98 Ignacio Ramonet : *Propagandes silencieuses (Masses, télévision, cinéma).*
100 Olivier Godard, Claude Henry, Patrick Lagadec, Erwann Michel-Kerjan : *Traité des nouveaux risques.*
101 Bernard Dupaigne et Gilles Rossignol : *Le carrefour afghan.*
102 Maryvonne Roche : *L'année 2002 dans* Le Monde *(Les principaux événements en France et à l'étranger).*
103 Mare-Agnès Barrère-Maurisson : *Travail, famille : le nouveau contrat.*

Composition Interligne
et impression Bussière
à Saint-Amand (Cher), le 10 juin 2005.
Dépôt légal : juin 2005.
1er dépôt légal dans la collection : janvier 2005
Numéro d'imprimeur : 052435/1.
ISBN 2-07-031395-6./Imprimé en France.

138795